冰与火之歌

卷三 冰雨的风暴 7
[上]

[美]乔治 R.R. 马丁 著

屈畅 胡绍晏 译

重庆出版集团 重庆出版社

Copyright ©1999 by George R.R. Martin
The Song of Ice and Fire (Book 3)
A Storm of Swords
By George R.R. Martin
Simplified Chinese Translation Copyright © 2012 by Chongqing Publishing House Co., Ltd.
This edition arranged with The Lotts Agency Ltd.through Andrew Nurnberg Associates International Limited.
All rights reserved.

本书中文简体字版通过美国Lotts Agency公司及安德鲁·纳伯格联合国际有限公司独家授权出版
版权所有，侵权必究
版贸核渝字（2011）第208号

图书在版编目（CIP）数据

冰与火之歌．冰雨的风暴．7 ／（美）马丁
（Martin,G.R.R.）著；屈畅，胡绍晏译．—重庆：重庆出版社，2012.6
ISBN 978-7-229-05100-6
Ⅰ．①冰… Ⅱ．①马… ②屈… ③胡 Ⅲ．①长篇小说－美国－现代
Ⅳ．①I712.45
中国版本图书馆CIP数据核字(2012)第074933号

冰与火之歌 7

【卷三】冰雨的风暴（上）

【美】乔治 R.R.马丁 著　屈　畅　胡绍晏 译

出版人：罗小卫
责任编辑：傅南寝　邹　禾　唐弋淄
插图：曹　珂
装帧设计：谢颖设计工作室
封面图案设计：罗　烜
责任校对：李小君

重庆出版集团 出版
重庆出版社

重庆市南岸区南滨路162号1幢　邮政编码：400061　Http://www.cqph.com
重庆出版集团艺术设计有限公司　制版
重庆市鹏程印务有限公司　印刷
重庆出版集团图书发行有限责任公司　发行
E-mail:fxchu@cqph.com　邮购电话：023-61520646
全国新华书店经销

开本：880mm×1230mm　1/32　印张：13.25　字数：328千
2012年6月第1版　2015年3月第4次印刷
ISBN：978-7-229-05100-6
定价：35.00元

如有印装问题，请向本集团图书发行公司调换：023-61520678

版权所有　侵权必究

序幕

天灰灰的，冷得怕人，狗闻不到气味。

黑色的大母狗嗅嗅熊的踪迹，便缩了回去，夹着尾巴躲进狗群里。这群狗凄惨地蜷缩在河岸边，任凭寒风抽打。风钻过层层羊毛和皮衣，齐特也觉得冷，该死的寒气对人对狗都一样，可他却不得不待在原地。想到这里，他的嘴扭成一团，满脸疖子因恼怒而发红。我本该安安全全留在长城，照料那群臭乌鸦，为伊蒙老师傅生火才对。琼恩·雪诺这狗杂种安插他的胖子朋友山姆·塔利，抢了我的位子，才害我落到这步田地！妈的，跟这群猎狗一块儿待在鬼影森林深处，卵蛋都快冻掉了。

"七层地狱！"他猛地拽住狗的缰绳，"闻啊，杂种！这是熊的痕迹，还想不想吃肉？快闻！"狗们却缩得更紧，并发出哀鸣。齐特用短鞭在它们头上虚劈，惹得那头黑母狗对他咆哮。"狗肉不比熊肉差。"他警告它，吐息出口，立即结霜。

姐妹男拉克环抱胳膊，双手插在腋窝里，尽管戴着厚厚的黑羊毛手套，他还在不停抱怨指头冻得厉害。"该死，冷得要命，怎么打猎啊？"他说，"去他妈的熊，不值得我们冻坏身子。"

"俺不能空手回去，拉克，"一脸棕色络腮胡的小保罗低吼，"司令大人会不高兴的。"壮汉的鼻涕在扁扁的狮子鼻下结了冰，戴皮革大手套的巨手紧攥着一根长矛。

"熊老也去他妈的。"身材消瘦、眼神游离不定的姐妹男应道，"记得吗，莫尔蒙明天就完蛋了，谁关心他高不高兴？"

小保罗眨眨小小的黑眼珠。或许他又健忘了，齐特心想，这人蠢得什么都记不清。"俺为啥要杀熊老？为啥不把他扔下不管，俺自己跑掉？"

"你以为他会扔下我们不管？"拉克道，"他会追捕我们到死！想被抓吗，大呆瓜？"

"不，"小保罗说，"俺不要，俺不要。"

"所以你会动手？"拉克问。

"对的。"巨汉用长矛在结冰的河岸上一顿。"俺懂。他不能来抓俺。"

姐妹男从腋窝下抽出手掌，望向齐特，"依我看，保险起见，干脆把当官的全宰掉。"

齐特受够了他的建议。"完全没必要。我们的目标只是熊老、影子塔的副指挥班恩，葛鲁布和阿桑——他们懂绘图，真不走运——以及两个追踪能手戴文与巴棱，嗯，外加管乌鸦的猪头爵士。这就够了。趁他们睡着时，悄悄干，千万不能出声，否则死定了。我们都死定了。"他的疖子因恼怒而发光。"把自个儿分内事做好，你和你表哥们千万不能失误。保罗，一定记清楚，是第三哨，不是第二哨。"

"第三哨，"喘着霜气的络腮胡大汉应道，"俺和软足一起动手。俺记得到，齐特。"

今晚没有月光，经过精心设计，他们这伙人中有八个在第三哨站哨，还有两个照料马。这是最好的机会。野人们就要到了。齐特希望在他们到来前逃得远远的。他要活下去。

三百名守夜人弟兄骑行向北，其中两百人来自黑城堡，另一百人来自影子塔。这是几代人中规模最大的一次巡逻，几乎动用了守夜人军团三分之一的兵力。这次行动原本是为了找寻班扬·史塔克、威玛·罗伊斯及其他失踪游骑兵的下落，并侦察野人们迁离村子的原因。现在可好，他们和出发时一样对史塔克和罗伊斯的去向毫无所

知,倒是明白了野人们的所在——他们爬上高耸的雪山,那天杀的霜雪之牙。他们在那儿待到世界末日也不干齐特的事。

但事与愿违。他们来了。顺着乳河下来了。

齐特抬眼望着眼前的河流。石岸结了冰,乳白色的水长年不歇地从霜雪之牙上流淌而下。曼斯·雷德和他的野人大军正顺着这条河流往下走。三天前,索伦·斯莫伍德快马加鞭地赶回来,向熊老报告侦察结果,他手下的白眼肯基则把消息透露给其他人。"大队人马还没出山,但已经在途中。"肯基边用篝火暖手边说,"前锋是'狗头'哈鸦,那个麻脸婊子。刺棒爬到营地边的树上,透过火光看见了她,筋斗琼这傻瓜想直接放箭去射,幸亏斯莫伍德头脑清醒。"

齐特啐了口唾沫,"他们有多少人,算过吗?"

"很多很多。或许两万,或许三万,来不及仔细计算。哈鸦的前锋有五百人,全都有马。"

篝火旁的人们交换着不安的眼神。从前,看到一打骑马的野人都是件稀罕事,五百……

"斯莫伍德派巴棱和我抄远路绕开敌人前锋,前去打探主力。"肯基续道,"他们的队伍无边无际,移动时像结冻的河流,十分缓慢,一天只走四五里,但绝不像要返回村子的样子。人群里一多半是女人和小孩,牲口被驱赶在前面,有山羊、绵羊、拉雪橇的野牛等等。他们赶着大车,推着小车,车里装满大捆毛皮、大块的肉、成笼的鸡、成桶的黄油,总而言之,车里带上了每件该死的家什。骡子和马驮得那么多,教你看了都为动物心痛。女人们背得也一样多。"

"他们顺着乳河走?"姐妹男拉克问。

"我觉得不会错,不对吗?"

乳河会引领他们经过先民拳峰,经过这座上古时代的环堡,经过守夜人的营地。稍有理智的人都知道立刻拔营，退回长城，熊老却备下更多的尖桩、陷坑和蒺藜。对一支大军而言，这管什么用呢？如果赖着不走，迟早全军覆没。

索伦·斯莫伍德居然还想主动出击，仿佛是嫌死得不够快！"美女"唐纳·希山是马拉多·洛克爵士的侍从，他说前天晚上斯莫伍德去了洛克的帐篷。马拉多从前和奥廷·威勒斯老爵士想法一致，力主退兵，但斯莫伍德竭力游说。"塞外之王不知我们的方位如此靠北。""美女"唐纳复述，"他的队伍固然庞大，但不过是些乌合之众，只好浪费粮食，许多人连长剑握哪头都不知道。一次突袭就足以让他们嚎叫着滚回茅屋里，再待个五十年。"

三百对三万，齐特只能称其为疯狂，更疯狂的是马拉多爵士居然动了心，还随斯莫伍德一起晋见熊老，同声附和。"若我们犹豫不决，机会就随之而逝，再也等不到了。"斯莫伍德对每个人反复解释。为反驳他，奥廷·威勒斯声称，"我们是守护王国的坚盾，不能盲目地扔下盾牌。"索伦·斯莫伍德则回击，"最好的防守是迅捷地干掉敌人，而非缩在盾牌后面。"

但无论斯莫伍德还是威勒斯都没有决定权，决定权属于总司令，而莫尔蒙要等其他两队斥候返回后再作决定，其中包括攀登巨人梯的贾曼·布克威尔，以及侦察风声峡的断掌科林和琼恩·雪诺。毫无疑问，布克威尔和科林都遇到了麻烦，多半是死了。齐特在脑海中描绘出一幅图画：琼恩·雪诺孤零零地冻在荒凉的山头上，一支野人的长矛穿透了那杂种的屁股。想到这里，他笑了。希望他们把那头该死的狼也宰掉。

"这里没熊，"他突然下了结论，"不过是些过时的痕迹，没意思。我们回去。"狗们慌不可耐地拉拽着，想走的心情比他还急，或许以为回去就会开饭吧。齐特又忍不住笑了。他已把猎狗饿了三天，目的就是要让它们因饥饿而陷入疯狂。今晚，遁入黑暗之

前,他将在马群中把它们放掉,而"美女"唐纳·希山和畸足卡尔会割断马缰。整个拳峰将布满咆哮的猎狗和恐慌的坐骑,冲撞营火,跳跃环墙,踏平营帐。在混乱的掩护下,十四个兄弟的失踪要很久才能发现。

拉克想将密谋集团扩大一倍——你能指望这个浑身臭鱼味的傻瓜有什么好主意?找错一个人,没弄明白怎么回事就脑袋搬家了。不,十四是个好数字,既保证人手充足,又能保证守秘。大多数人由齐特亲自挑选招募,小保罗就是成果之一——他身为长城上最壮的人,虽然动作比僵死的蜗牛还慢,却能活生生挤碎野人的脊梁骨。短刃也加入进来,他得名于自己拿手的武器。还有被弟兄们称作软足的灰发小个子,年轻时干过上百个女人,常吹嘘说在那话儿插进去之前她们根本没发觉他的到来。

计划由齐特制订,这是聪明人的差事。他在老师傅伊蒙身边干过整整四年呢,之后才被杂种琼恩·雪诺用他的肥猪朋友顶掉。今夜,宰掉山姆威尔·塔利以前,他打算在猪头爵士耳边低语一句:"替我向雪诺大人致意。"跟着才割他的喉咙,让血从层层脂肪里喷出。齐特熟悉乌鸦,不会惹出不必要的麻烦,他也了解塔利,只须匕首轻轻一捅,这胆小鬼就会尿湿裤子哭着求饶。让他求饶,没用。割了他喉咙,再打开笼子放走乌鸦,确保讯息不会送回长城。与此同时,软足和小保罗合力对付熊老,短刃负责班恩,拉克和他表哥们的目标是巴棱和戴文,以杜绝可能的追踪。密谋者们在山下储备了两周的食物,而美女唐纳·希山与畸足卡尔会带走足够的马匹。莫尔蒙死后,指挥权将交到奥廷·威勒斯爵士手中,这没用的老头,胆小如鼠。他将在日落前逃回长城,不会浪费一个人用于追捕。

三人穿越树林,狗们迫不及待。拳峰渐渐在绿丛中露出头来。连日来天色阴暗,熊老下令燃起火把,插在包围陡峭多石的山峰顶端的环墙上，形成巨型火环。一行人涉过小溪，溪水寒冷彻骨，表面是块块浮冰。"我要去海边，"姐妹男拉克吐露，"和表哥们一起去。我们打算造条船，航回三姐妹群岛的家里。"

回家，他们会当你是逃兵，砍掉你的蠢头颅，齐特心想。一旦发誓，便永不能脱离守夜人军团，否则无论躲到七国何处，都会遭遇捕杀。

独臂奥罗打算航往泰洛西，他说在那儿干点小偷小摸不会冒斩手之危，跟骑士的老婆上床也不会被送到冰天雪地来葬送掉一生。齐特想跟他走，问题是自己对潮湿夸张的自由贸易城邦口语一窍不通。再说他也不会做生意，待在泰洛西能干啥？齐特生于女巫沼泽，他父亲终其一生都在别人田地里翻掘搜寻水蛭，工作前先脱个精光，胯下围一块厚皮革就涉进污水烂泥中，等爬回来时，从脚踝到乳头都会吸满水蛭。通常，他让齐特负责把虫子弄掉。记得有一回，一条虫子牢牢吸在男孩手掌上，齐特极端厌恶地压扁了它，因此被父亲打个半死——一打水蛭可以在学士那儿换一个铜板呢。

拉克高兴的话就回家去吧，该死的泰洛西人也一样，齐特哪儿也不去。如果这辈子不用见到女巫沼泽，就真他妈的该谢天谢地。他中意的是卡斯特的堡垒。卡斯特住在那里，俨然是个领主老爷，为啥不能学他的样？真有趣，水蛭人的儿子齐特，有朝一日成为住城堡的领主老爷，他的纹章将是粉红底色上的一打水蛭。为啥只当领主？也许某天还可以当国王呢。曼斯·雷德不也是从乌鸦开始发迹的？我可以当个他那样的王，妻妾成群。卡斯特有十九个老婆，还不算那些没睡过的小女儿。这群女人中虽有一半人像卡斯特一样又老又丑，但没关系，可以让老的去做饭打扫、拔萝卜和喂猪，让年轻的替我暖被子生小孩。卡斯特？哼，他有意见，我就让小保罗给他来次拥抱！

齐特唯一上过的女人是鼹鼠镇的妓女。年轻时，村里的少女

们只消看见他的脸,看见那些疖子和粉瘤,立马就会作呕地跑开。最过分的是邋遢的贝莎,她能为女巫沼泽中每个男孩张开大腿,他以为自己也行。那天,他花了整整一上午去摘野花,因为她喜欢花儿。结果呢,结果她一个劲儿嘲笑他的脸,还说宁愿爬进一个塞满他父亲捉的水蛭的被窝也不和他睡。当匕首插进胸膛时,她的笑容凝固了,多甜美的表情啊,所以他把匕首抽出来又捅了一次。后来他在七泉附近被捕,老侯爵瓦德·佛雷不屑出席审判,只派来私生子瓦德·河文。齐特记得的下一件事就是被一身臭气的黑衣恶魔尤伦押往长城,为那甜美的片刻,他们夺走了他的一生。

现在他要把一切夺回来,包括卡斯特的女人。那个凶蛮的老野人做得对:想要哪个女人就动手,决不要扭扭捏捏送什么花,让她有机会关注你的疖子!齐特决心不犯同样的错误。

我能成功,他向自己保证过上百遍。只要干净利落地逃掉,就赢了一大半。奥廷爵士将朝南直奔影子塔,那是返回长城最短的路径。他不会来抓我们,威勒斯不会,他只会逃命。索伦·斯莫伍德呢?大概会继续鼓吹出击,可奥廷爵士出了名的谨慎,而他才是头儿。其实说穿了,只要我们逃掉,这些又有什么打紧,斯莫伍德想打就打,关我屁事?全部送命最好,那样别人多半会认为我们也一块儿牺牲了。这是个新点子,很有吸引力。要让斯莫伍德获得指挥权……就得同时干掉奥廷爵士和马拉多·洛克爵士,但这两人日夜有侍卫守护……不行,风险太大。

"齐特,"他们在哨兵树和士卒松下的石头小径艰难行进,小保罗开口道,"鸟儿怎么办?"

"该死,什么鸟儿?"这呆瓜居然关心什么鸟儿。

"熊老的乌鸦,"小保罗说,"俺杀了他,以后谁喂他的鸟儿呢?"

"他妈的谁管这破事儿?你高兴的话连它一起宰了便是。"

"俺不是不敢杀鸟儿，"大汉道，"可那是只会说话的鸟儿，好稀奇哟。但要不杀它，它说出俺做的事儿咋办？"

姐妹男拉克笑出声来。"小保罗，脸皮比城墙还厚。"他嘲弄道。

"你闭嘴。"小保罗凶狠地吼道。

"保罗，"齐特抢在大汉发怒前发了话，"看到躺在血泊中、喉咙被割开的老头子，不需要鸟儿说话，谁都明白这是谋杀。"

小保罗思考了一阵齐特的话。"对的，"他承认，"可俺能留下那只鸟儿吗？俺喜欢它。"

"它是你的了。"为了让他闭嘴，齐特赶紧宣布。

"很好，咱们哪天没饭吃了，还有个东西应急咧。"拉克评论。

小保罗的声调又阴沉下来，"最好别来吃我的鸟儿，拉克，最好别来。"

齐特听到丛林那头传来声音。"你两个都给我闭嘴，快到拳峰了。"

走出树林时，他们位于山峰西麓，于是绕路往南寻找更便利的上山途径。林边有十来个守夜人练习弓箭。人们在树干上绘着靶子，瞄准它们射击。

"看哪，"拉克说，"肥猪射箭。"

没错，离他们最近的射手正是猪头爵士本人，这个窃取了他在伊蒙学士身边职位的胖子。只消看到山姆威尔•塔利，他就气不打一处来。在他眼中，侍候伊蒙学士是世上最便宜的工作。老盲人很和善，而克莱达斯又总是抢着干活，因此齐特的任务十分简单：清扫鸦巢、生起炉火、准备饭菜……伊蒙又从不打他。死胖子，凭什么把我排挤出去？凭你出身高贵、懂得认字儿？妈的，杀他之前，得让他好好瞧瞧我的匕首。"你们先走，"他告诉两名同伴，"我去

瞧瞧。"狗们还在拽着他,盼望赶紧回去,盼望山顶的食物。齐特抬起靴尖给了母狗一脚,让它们平静了些。

他躲在林子里看胖子摆弄一根和他一般高的长弓,那张红彤彤的圆脸因专注而皱成一团。塔利身前的地上插着三支箭。他搭箭拉弓,用了好长时间瞄准后才发射。箭支飞到绿丛中不见踪影。齐特纵声大笑,直笑得干呕。

"这支是一定找不到了,他们又会怪到我头上的。"艾迪森·托勒特宣布,这位郁郁寡欢的灰发侍从人称忧郁的艾迪。"自打我弄丢了马,什么东西不见了他们都要找上门来,似乎这之间有什么联系似的。它是白的,雪也是白的,还要我怎么说呢?"

"风吹走了那支箭,"葛兰道,这是雪诺大人的另一位朋友,"握紧弓把,山姆。"

"它好重。"胖子抱怨,不过还是取出第二支箭。这次射得很高,穿过了目标上方十尺处的树冠。

"我确信你打掉了一片叶子,"忧郁的艾迪说,"树叶已经落得够快了,没必要帮忙,"他叹道,"大家都明白落叶后面紧跟着什么。诸神在上,这里好冷。试试最后那支,山姆,我的舌头快冻在口腔顶上了。"

猪头爵士放低长弓,看样子马上就要痛哭流涕。"太难了。"

"搭箭,拉弓,放,"葛兰说,"继续。"

胖子顺从地拔出最后那支箭,搭在长弓上,拉起,发射。这次他完成得很迅速,不像前两次那么眯着眼睛痛苦地瞄准。箭矢击中炭笔勾勒的人形胸腔下方,颤动不休。"我射中他了!"猪头爵士惊讶地喊,"葛兰,看到了吗?艾迪,看哪,我射中他了!"

"对,穿过了肋骨。"葛兰说。

"我杀了他?"胖子想弄清楚。

托勒特耸耸肩,"也许戳穿了肺,如果他有肺的话。基本上,树木是没有，这是自然规律。"他从山姆手中接过长弓，"我见过更糟的射击，是的，噢，我自己也出过糗。"

猪头爵士一脸喜色。你还以为他真干出了什么大事！不过当他瞧见齐特和他的狗，笑容却立即收敛，并很快消失了。

"你射中了一棵树，"齐特说，"但若换作曼斯·雷德的手下呢？他们不会呆站着，伸出枝叶沙沙作响，噢，不会的。他们会扑过来，在你耳边尖叫，吓得你尿裤子，我敢打赌！他们会用斧子砍进这对小小的猪眼睛之间，你这辈子最后听到的声音将是头骨破碎的轰鸣。"

胖子浑身发抖。忧郁的艾迪把手放在他肩上。"兄弟，"他庄重地说，"发生在你身上的遭遇并不意味着山姆威尔会重演。"

"什么，托勒特？"

"砍碎你头骨的斧子。你的脑子难道不是有一半流到地上教狗吃了？"

大蠢材葛兰乐了，连山姆威尔都挤出一点微弱的笑容。齐特踢着最近的狗，拉起绳子，调头去爬山。尽管笑，猪头爵士，到晚上看谁笑到最后。他想把托勒特也干掉。阴沉的马脸蠢货，没你好果子吃。

即使踏在拳峰这头最平缓的山坡上，攀登依旧艰辛。刚到山腰，狗们又开始咆哮拖拉，大概以为终于要开饭了。他让它们尝了尝靴子的滋味，还给那只居然敢反咬他的丑陋大狗一顿鞭子。拴好它们，他立即跑去报告。"痕迹正如巨人报告的那样，可狗闻不到什么，"他在莫尔蒙的黑色大帐篷前对总司令说，"或许给河流冲刷过，也或许只是过时的痕迹。"

"遗憾，"秃顶的莫尔蒙司令满脸杂乱的灰胡子，声音跟神情一样疲惫，"吃点鲜肉可以改善大家的生活。"他肩上的乌鸦边点头边复诵，"鲜肉，鲜肉，鲜肉。"

咱们可以把那些该死的狗烤了，齐特心想，幸好他在被熊老遣散之前管住了嘴巴。这是我最后一次向这家伙低头，他满意地认定。回来的路上越来越冷，狗们在坚实的冻土上凄楚地挤作一团，齐特有些渴望爬进它们中间。他压下这个念头，找来一条羊毛围巾裹脸，只在嘴边留出一道小缝。不断走动似乎会好过点，于是他嚼上一片酸叶子，绕着环墙缓缓踱步，不时和站岗的弟兄分享两口，倾听他们说话。白天站哨的没一个参加他的密谋，虽然如此，多听听别人的想法总没错。

绝大多数人的想法就是天真他妈的冷。

人影变长，寒风渐强。风钻过环墙的石缝，发出高亢尖细的声响。"我讨厌这声音，"小个子巨人说，"让我想起哭闹着要奶喝的婴儿。"

他踱回狗群旁，拉克正等他。"当官的又被召进熊老帐篷里，似乎在激烈争论。"

"那是他们的事，"齐特说，"他们出身高贵——班恩除外——可以用言语代替美酒并沉醉其中。"

拉克神秘兮兮地凑过来。"大呆瓜在盘算那只鸟，"他告诫，四下斜睨确保没人靠近，"刚才还问能不能为这臭东西预备些玉米。"

"乌鸦，"齐特说，"可以吃尸体。"

拉克咧嘴一笑，"也许，是他的？"

或是你的。照齐特看，大汉比拉克更有用。"别再惹小保罗。你干你的，他干他的。"

等他终于摆脱姐妹男，坐下来磨剑时，树间只剩最后几缕阳光。戴着手套工作真他妈不容易，可手套又不能摘下来。天这么冷，哪个蠢材敢赤手空拳触摸钢铁，立即就会失去一片皮肤。

太阳终于沉没，狗们呜咽不止。他给了它们清水和又一通咒骂,"再等半晌,你们就可以开野餐去了。"这时他闻到饭香。

齐特从厨子哈克那里领到自己那份硬面包、蚕豆和培根汤。戴文也在篝火边,"林子里太安静,"老林务官说,"河边没有青蛙,树上没有猫头鹰,没见过这么死气沉沉的森林。"

"你这牙齿的声音才死气沉沉咧。"哈克道。

戴文的木假牙噼啪作响,"连狼也找不到,以前是有的,现在却没了。依你看,它们会上哪儿去?"

"比这儿暖和的地方。"齐特说。

篝火旁坐着一打兄弟,其中有四个参加了他的密谋。他边吃边眯眼依次打量每个家伙,看看有没有谁露出马脚。短刃十分平静,默默坐着磨剑,一如既往;"美女"唐纳·希山继续说他的低级玩笑。他有洁白的牙齿,肥厚的红嘴唇,黄头发梳成时髦的样式披在肩膀上。他爱宣称自己是兰尼斯特家的私生子,说不定真是,但齐特看中的并非面貌或出身,选唐纳·希山是因为他靠得住。

对林务官"锯木响"他可没那么有信心,此人的鼾声比干的活儿更出名,可现在他表现得如此焦躁,让人觉得他是再也不会打呼噜了。马斯林更糟,寒风在呼啸,齐特却能看到他脸上不断淌下汗水,火光下汗珠闪烁,活像潮湿的小钻石。他也不吃东西,只呆呆瞪着汤碗,仿佛饭香让人作呕似的。我得看紧这家伙,齐特心想。

"集合!"十几个声音同时叫喊,顿时传遍山顶营地的每个角落,"守夜人军团的汉子们!到中央营火边集合!"

齐特皱紧眉头,几口灌下菜汤,加入其他人的行列。

熊老挺立在火堆前,在他身后,斯莫伍德、洛克、威勒斯和班恩站成一列。莫尔蒙身披厚实的黑毛皮斗篷,乌鸦栖息在他肩上,整理着黑羽毛。铁定没好事。齐特挤在黄伯纳和某个来自影子塔的弟兄之间。等除开森林里的哨兵和围墙上的守卫之外所有人都到齐之后,莫尔蒙清清喉咙,吐了口唾沫,水星子还没到地面就结了

冰。"弟兄们,"他说,"守夜人军团的汉子们!"

"汉子!"他的乌鸦尖叫,"汉子!汉子!"

"野人们出发了,正顺着乳河走出山区,索伦确信敌军前锋将于十天后抵达这里。他们中最有经验的掠袭者在狗头哈玛的率领下组成先锋部队,剩下的要么作后卫,要么护卫曼斯•雷德本人,要么就是为保卫漫长的队伍而分散开来。敌人赶着牛、骡子、马……但牲口不够,多数人只能步行,没有武装,未经训练,仅有的武器也多半是兽骨、石器,并非钢铁。此外,他们还拖带着妇女、儿童、成群的山羊和绵羊……一切一切的家当。总而言之,敌人虽然为数众多,却十分脆弱……他们甚至不知道我们的存在——至少我们如此祈祷。"

他们不知道才怪!齐特心想,你这该死的、愚昧的老白痴,他们当然知道,这跟太阳会升起一样明显!断掌科林没回来,不是吗?贾曼•布克威尔也没回来,不是吗?只要他们两队人中任一个给野人逮住,妈的,我们早暴露了。

斯莫伍德迈步向前。"曼斯•雷德打算冲破长城,将血腥的战争带给七大王国。很好,我们以其人之道还治其人之身,明天就把战争带给他。"

"黎明时分,我们全力进发。"人群开始窃窃私语,熊老续道,"先向北,接着转向西,绕个大弯。等我们回头时,哈玛的前锋早该越过了拳峰。霜雪之牙脚下有很多可供埋伏的曲折小峡谷。敌人的队伍绵延无数里,咱们就从多个方向同时袭击,让他们以为我们有三千人,而不只是三百。"

"毕其功于一役,在敌人骑兵返回前撤退。"索伦•斯莫伍德说,"他们要追,就让他们追个痛快,我们正好绕回去攻击队伍另一头。烧掉车子,驱散牲口,尽可能屠杀他们的人。如果办得到的话,最好干掉曼斯•雷德本人。只要能逼他们各自逃命,滚回茅屋山洞去，就算大功告成：即便事有不顺，咱们也可以在去长城的途中不断骚扰对方，让他们用无数尸首作路标。"

"可他们人多势众。"齐特身后的某人说。

"我们是去送死。"这是马斯林的声音，虚弱而恐慌。

"送死，"莫尔蒙的乌鸦一边尖叫，一边拍打黑色的翅膀，"送死，送死，送死。"

"我们中许多人会死，"莫尔蒙道，"也许集体殉职。可正如一千年前另一位总司令所说，这不正是人们要我们披上黑衣的原因吗？牢记你们的誓言，弟兄们。我们是黑暗中的利剑，长城上的守卫……"

"抵御寒冷的烈焰。"马拉多·洛克爵士拔出长剑。

"破晓时分的光线。"其他人回应，又有几把长剑出鞘。

接着所有人都拔剑而出。将近三百柄长剑高举在空中，三百个嗓音在高喊："唤醒眠者的号角！守护王国的坚盾！"齐特别无选择，只能跟着一起喊。空气因为人们的吐息而迷雾腾腾，钢铁辉映着火光。他欣慰地发现拉克、畸足以及"美女"唐纳·希山都参加进来，假装自己也是大笨蛋们中的一员。太好了。计划就要进行，没有招来多余的关注。

喊声停歇时，他又一次听到刺穿环墙的呼啸寒风。火炬摇摆不定，似乎连它们也觉得冷，突来的死寂中，乌鸦一遍一遍地呱呱高叫："送死。"

聪明鸟儿，齐特心想。官员们遣散大家，吩咐众人饱餐一顿，好好休息，养精蓄锐。齐特爬进狗群旁自己的毛毯里，脑海里满是忧虑。如果那天杀的誓言让某人变了心怎么办？如果小保罗又忘了，在第二哨而不是第三哨时跑去杀莫尔蒙？如果马斯林害怕了，如果有人去告密，如果……

他发现自己在暗夜中聆听。寒风好似嚎哭的孩子，不时还能听

到一两句谈话,一声马儿的嘶鸣,一根噼啪作响的柴火。别的就没了。真静。

贝莎的脸出现在眼前。我要插的不是匕首啊,他想对她说,我给你摘了花,有野玫瑰、艾菊和金杯子,花了整整一上午。他的心在打鼓,响亮得使他以为会吵醒整座营地。嘴边的胡须全冻住了。我在怕什么,怕贝莎吗?以前每次想起她,只是记得她垂死时的面容。我到底哪里不对劲?几乎无法呼吸。难道睡过头了?他爬起来,什么东西湿湿的、冰冰的掉在鼻子上。齐特抬起头。

下雪了。

脸上的泪珠结成薄冰。这不公平,他想大喊,雪会毁了他的事,毁了一切精心策划。雪下得好大,厚实的白羽毛很快覆盖了他。在大雪中,怎么找得到储藏食物的地窖,怎么追寻向西的小道?无需戴文和班棱,谁都能抓住他。再说,踏在新雪上,看不清地形,夜里多么可怕,马儿难免绊住树根,在石头上摔断腿。一切都结束了,他意识到,还没开始就已经结束。我们失败了。水蛭人的儿子终究没有领主大人的命,他不会有城堡、王冠和妻儿,只有一把野人的长剑穿肠而过,一座无名的坟冢孑然孤立。雪夺走了我的一切……该死的雪……

雪毁过他一次。雪诺和他的宠物猪崽。

齐特站起来。大腿已然麻木,不断下坠的雪花不仅让远方的火炬呈现出朦胧的橘色光晕,并且化为团团白色的冷虫子,与他纠缠。它们停在肩膀和脑袋上,钻进嘴巴和眼睛里,他咬牙切齿地拂拭反击。山姆威尔•塔利,他想,至少我得干掉猪头爵士。他裹起围巾,拉好兜帽,穿越营地,大步迈向这懦夫的所在。

大雪使他在帐篷间迷路,走了半天才注意到胖子于山石和鸦笼间用断枝搭建的小小防风网。塔利埋在黑羊毛毯和杂乱毛皮下,被大雪所掩盖,活像一座浑圆柔软的山丘。齐特拔出匕首,期望钢刀穿过毛皮不会发出太大声响。一只乌鸦尖叫起来。"雪诺。"另一只跟着嘀咕,黑色的眼珠透过铁栏杆瞧他。头一只不甘示弱,也叫起"雪诺"。他蹑手蹑脚地越过它们,准备伸出左手捂胖子的嘴巴,接着……

呜呜呜呜呜呜呜呼呼呼呼呼呼呼呼呼

他的手停在半空,止不住想咒骂。号声传遍营地,尽管微弱而遥远,却毋庸置疑。诸神怎么总跟我作对!总跟我作对!熊老在四周丛林里布下眼线,以防不测。看来贾曼·布克威尔从巨人梯回来了,齐特猜测,或是风声峡的断掌科林。一声号角代表兄弟归来。如果这是断掌,那么琼恩·雪诺大概也在其中。他还活着。

山姆·塔利睁开惺忪睡眼,坐起身,迷惑地望着漫天大雪。乌鸦们叫得更欢,齐特听到他的狗也跟着吠。这该死的营地已经苏醒。他用套着手套的指头紧抓住匕首握柄,等候号声消逝的那一刻,不料等来的却是另一声号角,更高亢也更绵长。

呜呜呜呜呜呜呜呜呜呜呜呼呼呼呼呼呼呼呼呼呼呼

"诸神在上。"山姆·塔利抱怨。胖子东倒西歪地站起来,脚纠缠在斗篷和毯子里。他踢开这堆东西,伸手去够挂在附近岩石上的锁甲。当他挣扎着穿上大衣时,注意到站在一旁的齐特。"两声吗?"他问,"我梦见自己听到两声号角……"

"你没做梦,"齐特说,"两声号角召唤我们拿起武器,两声号角提醒我们敌人来临。那些混蛋就在外面,胖子,两声号角代表野人逼近。"那张大圆脸上的恐惧让他直想笑,"让他们都下七层地狱!该死的哈玛!该死的曼斯·雷德!该死的斯莫伍德!他说他们离这儿还有——"

呜呜呜呜呜呜呜呜呜呜呜呜呜呼呼呼呼呼呼呼呼呼呼呼呼呼呼呼呼呼呼呼

号声持续着,持续着,似乎永不完结。乌鸦在笼中拍翅、尖

叫、飞舞，狠狠地撞栏杆。营地里所有守夜人军团的战士都已经起身，穿戴铠甲，整理剑鞘，拿好战斧和长弓。山姆威尔·塔利浑身发抖地站着，脸色与飘落在他们身边的白雪无异。"三声，"他刺耳地说，"这是三声，我听见三声。他们从没吹过三声。数千年来都没有过。三声代表——"

"——异鬼来袭。"齐特的声音不知是笑是哭。他的内衣突然湿了，尿液流淌过大腿，裤子上方雾气腾腾。

詹姆

东风拂过纠结的发丝,温柔而芳香,一如瑟曦的指尖。他倾听着鸟儿的欢唱,感受到河流的脉动,小船正随木桨的划动,驶向天际渐渐出现的曙光。在黑暗中待了这么久,詹姆感觉世界是如此甜美,他几乎就要晕过去。我活了下来,沐浴着阳光。猛然间,他哈哈大笑,笑声突兀,犹如惊起的飞鸟。

"安静。"妞儿皱眉抱怨。皱眉比微笑更适合她那张丑陋的宽脸——当然詹姆也还没见她笑过。他自顾自地想象让她脱下镶钉皮甲穿上瑟曦的丝裙服是什么样。和穿丝衣的母牛没啥两样。

但这头母牛会划船。粗糙的棕色马裤下,她确实有着牛一般的腿,硬木一样粗,而手臂上长长的肌腱随着每次击桨而伸缩。即使划了大半夜,她也没有疲劳的迹象,划另一支桨的表弟克里奥爵士可差远了。她看起来真像个高大强壮的乡下妞儿,口气却又透出高贵,身上带着长剑和匕首。噢,她会用吗?詹姆想试试,一旦摆脱镣铐马上就试。

他手戴铁铐,脚上也有,脚踝间连着的沉重铁环还不到一尺长。"我以身为兰尼斯特的荣誉发誓还不够?"他们绑他时,他咯咯笑道。凯特琳·史塔克将他灌得酩酊大醉,对逃出奔流城的过程,詹姆一片模糊。似乎狱卒找了些麻烦,但这强壮妞儿几下便将其制服。

随后穿越无穷无尽的楼梯,转来转去,他的腿软得像草,三两次绊倒在地,最终被妞儿架着走。走到某处,他们将他裹进一件行者斗篷,猛推入小船底。他记得自己听到凯特琳夫人令人打开水门

的吊闸,随后一字一句、用不容争议的语调将新条件复述给克里奥爵士,要他带回君临禀报。

接着便是乘船。虽然药酒让他昏昏沉沉,但他心情不错,舒展身体的感觉……在黑牢里受制于铁链,是得不到这种享受的。很久以来,詹姆已习惯了行军途中在马上小寐,这并不难。提利昂要是知道我逃亡途中竟是一路睡过去的话,一定会笑得前仰合后。醒醒吧,铁镣声还真让人厌烦。"小姐,"他喊,"行行好,把这些铁玩意儿砸开,咱们轮着划如何?"

她又皱眉了,露出一口马牙和那种怒冲冲的怀疑。"你得好好戴着镣铐。弑君者。"

"你打算个个儿划我们去君临呀,妞儿?"

"我叫布蕾妮,不叫妞儿。"

"我叫詹姆·兰尼斯特,不叫弑君者。"

"国王不是你杀的?"

"女人不是你当的?噢,别不承认,要不解开裤衩给我瞧瞧?"他无辜地笑笑,"或者解开胸衣也成,可看你那样子,恐怕那也证明不了什么。"

克里奥爵士苦恼地说:"表哥,注意礼貌。"

这家伙身上兰尼斯特的血液相当稀薄。克里奥是吉娜姑妈和那愚钝的艾蒙·佛雷的长子,那呆子自打和泰温·兰尼斯特公爵的妹妹结婚起就生活在对泰温大人的恐惧中。当初瓦德·佛雷侯爵率李河城加入奔流城一方时,艾蒙爵士吓得只敢站在妻子这边。凯岩城多了个帮倒忙的蠢猪。克里奥爵士模样像头黄鼠狼,打斗起来像只鹅,勇气相当于比较勇敢的绵羊。凯特琳夫人答应把信带给提利昂就释放他,克里奥爵士便庄严起誓。

其实在黑牢里,他们都发了一堆誓,詹姆发得最多,这是凯特琳夫人为释放他们而索取的代价。她用那大块头妞儿的剑指着他的心窝:"发誓,你再不会拿起武器反对史塔克家族或徒利家族;发誓,你会迫使你弟弟兑现诺言,平安无恙地释放我的女儿们。以你身为骑士的荣誉、以你身为兰尼斯特的荣誉、以你身为御林铁卫的荣誉起誓。以你姐姐、你父亲、你儿子的性命,向新旧诸神起誓,然后我才放你回你姐姐身边去。若不答应,休怪我白刀子进,红刀子出。"她转动长剑,锋利的剑尖穿透褴褛衣衫,刺痛感至今记忆犹新。

总主教该如何评价一个喝得烂醉、被绑在墙上、用长剑指着胸膛的人所发下的誓言呢?詹姆并不真正关心那肥胖的骗子和他所宣称服务的神灵,他想到的是凯特琳夫人在黑牢里踢翻的那个桶。奇怪的女人,肯将女儿的性命托付给把荣誉当狗屎的我?当然啦,其实她的希望是寄托在提利昂身上。"也许,说到底她不笨。"他大声道。

押他的人理解错了,"我不是笨蛋。更不是聋子。"

他对她已经算礼貌了,嘲弄她太容易,简直让人没干劲。"我自言自语呢,没说你。很抱歉,黑牢里容易养成坏习惯。"

她对他皱皱眉,推桨向前去,拉回来,再推向前,什么也没说。

她的嘴上功夫就同脸上的花容月貌一样。"以言谈判断,我认为你定有个高贵的出身。"

"我父亲是塔斯家的塞尔温,受神祝福的夜临城伯爵。"她勉强答道。

"塔斯,"詹姆复诵,"想起来了,狭海中一块荒凉的岩礁……说来,夜临城从属于风息堡,你怎投到临冬城的罗柏帐下去了呢?"

"我为凯特琳夫人效劳。她命我将你平安送到君临城里你弟弟提利昂那儿,而不是和你斗嘴。你给我安静一些。"

"哎哟,行行好,我受够了安静的滋味,小姐。"

"那就和克里奥爵士说去,我与怪物之间无话可谈。"

詹姆大叫大嚷:"怪物?在水下面?柳林里?啧啧,可我没带剑呀!"

"我指的是那个亵渎亲姐、杀害国王,并将无辜儿童扔下高塔的男人。"

无辜?那坏小子在偷窥我们。詹姆只想和瑟曦好好独处一个钟头。北地之行是场折磨:天天看到她,却不能碰她,每晚都见酩酊大醉的劳勃跌跌撞撞地走向吱吱作响的大轮宫,爬到她床上。提利昂尽全力逗他,但那远远不够。

"提到瑟曦时礼貌点,妞儿。"他警告她。

"我叫布蕾妮,不叫妞儿。"

"哈,还关心怪物怎么称呼你呀?"

"我叫布蕾妮。"她像猎狗一样顽固地回答。

"布蕾妮小姐?"对方的不自在令詹姆好笑,"布蕾妮爵士?"他乐了。"不,我不那么想。你可以用皮带、织物把一头母牛从头到尾打扮好,还给她穿漂亮的丝衣当铠甲,但那并不意味着可以骑她上战场哪。"

"詹姆表哥,求求你,别这么粗鲁。"斗篷下,克里奥爵士穿了件罩袍,上绣佛雷家的双塔和兰尼斯特家的雄狮的四分纹章。"路还很长,我们不能总是争吵不休。"

"想吵的时候我只用剑解决,老表,我和女士聊天呢。告诉我,妞儿,你们塔斯的女人长得都跟你一样逊吗?我真为那边的男人遗憾,在海中央沉闷的岩石上居住,或许一辈子都不认得真正的女人。"

"塔斯是个美丽的岛,"妞儿边用力划水边咕哝,"蓝宝石之岛。给我安静,怪物,否则我塞住你的嘴巴。"

"瞧，她才真够粗鲁，不是吗，老表？"詹姆问克里奥爵士。"我看她还有钢筋铁骨，事实上，没人敢当面叫我怪物。"尽管在背后都那样说，我毫不怀疑。

克里奥爵士不安地咳嗽两声。"布蕾妮小姐无疑听了很多关于凯岩城的流言。史塔克家不能在战场上打败你，爵士，所以散播恶语放冷箭。"

他们在战场上打败过我，你这没下巴的笨蛋。詹姆会意地笑了，人们可以从这样的虚伪笑容中解读出不同的含义。表弟克里奥爵士是真正吞下了那些狗屎，还是在竭力讨取欢心？他究竟是个怎样的人，诚实的笨蛋还是无耻的马屁精？

克里奥爵士笑着续道，"有人竟相信御林铁卫会出手伤害孩子，他们根本就不明白荣誉的含义。"

马屁精。说真的，他后悔将布兰登·史塔克扔出窗户。那孩子奄奄一息时，瑟曦向詹姆没完没了地抱怨。"他才七岁，詹姆，"她痛斥他，"就算明白看到的事情，我们也可以吓吓他，让他闭嘴。"

"我不知道你想——"

"你从不用脑子。如果那孩子醒来告诉他父亲——"

"如果！如果！如果！"他拉她坐到膝盖上，"如果他醒了我们就说他在发梦，在骗人，倘若情况不妙，我宰了艾德·史塔克便是。"

"宰了艾德·史塔克？你有没想过劳勃会怎样？"

"劳勃想怎样就怎样，我又不怕他，连他一起杀，歌手说不定会写首名叫《瑟曦的阴道之战》的歌呢。"

"噢！滚开，詹姆！"她暴跳如雷，挣扎着想站起来。

他反而吻了她。起初她试图反抗，接着便将嘴巴顺从地张开。他记得她舌尖美酒和丁香的味道。她颤抖着。他扯开她的裙服，撕

裂丝绸，露出乳房，再没人去管史塔克家的孩子……

事后瑟曦还惦记着那小孩，然后雇了凯特琳夫人说的那个人去保证他一睡不醒？不，想让他死，她一定会叫我去，至少不会雇如此拙劣的杀手。

下游，初升太阳的光芒照耀在清风吹拂的河面上。南岸都是丰润的红土，如道路般平整。条条小溪汇入大河，被浸没的腐败枝干靠在岸边。北岸是一片荒野，耸立的山崖足有二十尺高，上面长满桦树、栎树和栗树。詹姆发现前方高地上有座瞭望塔，正随船桨的划动而变高变大。但在到达之前，他就明白那儿已经荒废，塔身历经风吹日晒的石头上爬满了玫瑰花。

风向改变时，克里奥爵士帮那肥妞儿升起帆。这是块红蓝条纹的硬三角布，徒利家的色彩，若遇上兰尼斯特家的部队肯定招惹麻烦，但这是他们仅有的帆。布蕾妮掌舵。詹姆扔出下风板，移动时铁镣嗒嗒作响。之后，行船速度快多了，风向和潮流都顺着他们。

"你何不把我交给我父亲？大家乐得节省路程。"他指出。

"凯特琳夫人的女儿人在君临，我誓死也要带回她们。"

詹姆转向克里奥爵士，"表弟，匕首给我。"

"不行，"女人紧张起来，"决不给你武器。"她的口气如磐石般毫不妥协。

她怕我，即便是戴铁镣的我。"克里奥，看来不得不请你为我修面了。别动胡子，把头发剃掉。"

"剃成光头？"克里奥·佛雷诧异地问。

"全国上下众人皆知詹姆·兰尼斯特是个无须的金发骑士，一位留着肮脏黄胡子的秃头也许不会引人注目。当我戴着铁镣时，宁可不被认出。"

这匕首并不具备应有的锋利。克里奥拿它狠狠劈砍，锯开纠结的头发，将其扔到一旁。豪奢的金色卷发在水面漂荡，向船尾缓缓流去。乱发落下，一个虱子爬到他颈上，詹姆反手捉住，用拇指捏碎了它。克里奥爵士从头皮上捻起其他虱子，轻弹入河中。詹姆弄湿头颅，指点克里奥爵士磨利匕首，把剩下的黄毛残株全刮去。完成之后，他们又认真修剪胡须。

水中映出的男人他根本不认识。不只秃头，黑牢的岁月使他看上去至少老了五岁：脸变消瘦，眼窝凹陷，外加从未有过的皱纹。*我不再和瑟曦一模一样了。她会恨我的。*

正午时分，克里奥爵士进入梦乡，发出的鼾声活像一对交配的野鸭。詹姆探头望向船尾渐渐消逝的世界。离开黑牢之后，每块岩石、每棵树都是奇境。

沿途不断驶过许多简陋的单人木屋，它们由长长的细竿子支撑，看上去活像水鹤。没有居民的迹象，只有鸟儿在头顶飞来飞去，或于岸边的树枝上怪叫，詹姆还瞥见银鱼划过水面。徒利的鳟鱼，坏兆头，他心想，直到看见更糟的——好几根漂流的原木其中一根原来是苍白肿胀的尸体，身披的斗篷无疑为兰尼斯特的绯红色。他思索这是否是他认识的人。

三叉戟河的支流为人、物穿行河间地提供了方便。和平年代，河上满是渔民小艇、运粮大船以及出售衣服和缝衣针的商人的浮船，甚至有涂得五颜六色、极其花哨的戏子船——它们的风帆用超过半百不同颜色的布料缝成——向上游行驶，路过一个个村庄城堡。

战争带走了一切。他们经过村庄，却没看到村民。被割破撕裂的空渔网挂在树上，算是渔人居住的唯一迹象。一个在河边饮马的小女孩瞥见风帆就全速逃走。嗣后他们经过一座被烧焦的塔楼，十来个农民在塔楼躯壳下的田地里掘土，用无神的眼光打量着小船，确定来者不是威胁后，便继续劳作。

红叉河宽阔且流速缓慢，蜿蜒的河道处处回环弯曲，之间缀

满树木茂密的小岛和阻隔航道的沙洲,而水面以下暗礁点点。布蕾妮似乎极为敏锐,常能预知危险,发现通道。詹姆赞她江河知识丰富,她怀疑地看着他,"我不熟悉河流。但塔斯是个海岛,我在学会骑马以前就懂得如何操桨弄帆。"

克里奥爵士坐起来,揉揉眼睛。"诸神在上,手臂好酸,风没停吧?"他嗅了嗅,"我闻到雨的气息。"

詹姆希望下场大雨。奔流城的黑牢可不是七国最干净的地方,现在的他闻起来定像块酸败的奶酪。

克里奥眯着眼望向下游,"烟。"

一根纤细的灰色手指弯弯曲曲地升起。烟柱在许多里外的南岸,盘旋升腾。在它下方,詹姆隐约看到一座大房子,旁边有棵挂满死女人的栎树。

这些尸体还没被乌鸦动过,细细的绳索深深地勒进她们咽喉下柔软的皮肤里,清风吹得她们转动摇摆。"这不是骑士风范的行为,"驶近看清之后,布蕾妮说,"真正的骑士决不会饶恕这般无耻的屠杀。"

"真正的骑士每次上战场都做得更狠,妞儿,"詹姆道,"这不过是小菜一碟。"

布蕾妮转舵朝河岸驶去,"我不会把无辜的人留给乌鸦。"

"好个没心肝的妞儿!乌鸦不是活神仙,也需要食物果腹。走我们的路,留下这帮死鬼,傻女人。"

他们在那棵斜伸出水面的大栎树上方着陆。布蕾妮降下风帆,詹姆爬出去,镣铐使他的行动显得十分笨拙,红叉河水浸满他的鞋子,湿透他褴褛的马裤。他笑着跪下,把头深埋进水里,湿漉漉地甩荡。手上都是结块的污泥,等仔细洗干净,这双手终于变回白皙纤细的模样。可他的腿僵得要命,几乎站不稳。妈,我在霍斯特·徒利的黑牢里待得太久了。

布蕾妮和克里奥把船拖上岸。尸体就挂在他们头上，散发出腐烂水果的气息。"得有人去把绳索割断。"妞儿说。

"我来爬树，"詹姆叮叮当当地跋涉上岸，"先请你把镣铐去了。"

妞儿不理他，只目不转睛地凝视一具女尸。詹姆的脚镣才一尺长，只能迈着小碎步凑过去。当他看到悬得最高的那具尸体颈项上挂的粗牌子时，不由得哈哈大笑。"贱人与狮子同床。"他读道，"啊哈，是的，这是毫无骑士风范的行为……但是你们这边干的，不是我们的人。可怜的女人，到底造了什么孽哟？"

"她们是旅店小妹，"克里奥爵士说，"记得这儿曾是个旅店，我上回来奔流城，还带着队伍在此过夜。"如今这栋建筑除了石地基、倒塌的房梁及一些烧得焦黑的灰烬以外什么也没留下。轻烟从瓦砾堆中冒出来。

很久以前，詹姆就把妓女和情妇都留给提利昂去关心，他只有瑟曦一个女人。"看来这些女孩取悦了我父亲大人的士兵们，也许给他们送过吃喝，所以得到了叛徒的颈圈——就为一个吻和一杯麦酒。"他向河的四周来回巡视，确定附近没人。"这里是布雷肯家的地盘，也许是杰诺斯大人亲自下的令。我父亲烧了他的城堡，恐怕他怀恨在心。"

"也可能是马柯·派柏所为，"克里奥爵士说，"或者是那个在森林里躲躲藏藏的贝里·唐德利恩，不过我听说他只杀士兵，不害平民。再或许是卢斯·波顿手下的北方人干的？"

"波顿在绿叉河被我父亲打败了。"

"但没被消灭。"克里奥爵士道，"泰温大人向渡口进军时，他再度南下，若奔流城中的消息属实，他已从亚摩利·洛奇爵士手中夺取了赫伦堡。"

詹姆不喜欢这个消息。"布蕾妮，"他说，希望礼貌一点可以

让她听听他的话,"如果波顿大人占领了赫伦堡,三叉戟河和国王大道都将被封锁。"

那双蓝色的大眼睛里似乎出现了一丝不确定。"你受我的保护,除非杀了我,否则谁也不能碰你。"

"我不认为这对他们能造成什么困扰。"

"我的武艺和你相当,"她防备地说,"我是蓝礼国王选中的七卫之一,他亲手将彩虹护卫的七色丝披风系在我的肩膀上。"

"彩虹护卫?想必是个七仙女骑士团啰?有位歌手曾说穿丝袍的女人个个美丽……但他和你没照过面,对吧?"

女人脸红了。"我们还得掘墓。"她开始爬树。

她爬上树干,这棵栎树的下半部分枝干宽得可以让人站立。她手握匕首,穿行在树叶丛中,砍落尸首。躯体落下,苍蝇一下子围过来,落下的尸体越多,臭气也越来越重。"正派人干吗帮妓女埋尸呀?"克里奥爵士抱怨,"再说,我们没工具掘土,瞧,这里没有铲子,我可不会用我的剑,我——"

布蕾妮惊叫一声,飞跳下树,"上船,快,远处有帆。"

他们全速撤退。詹姆跑不起来,只能由表弟拽回小船上。

布蕾妮推桨开船,匆忙升帆。"克里奥爵士,你和我一起划。"

表弟点头称是。这回小船比以前驶得更快,水流、风向和整齐的划动都帮着他们。戴镣的詹姆无所事事,便竭力瞭望上游。风帆的尖头出现在视野里,红叉河回环时,隔着一片树林,它看起来就像在田野上向北方移动,而他们却在往南,但这只是假象。他手搭凉棚,"褐红与水蓝。"

布蕾妮的大嘴无声地蠕了蠕,活像头反刍的乳牛,"快,爵士。"

旅馆很快在身后消失,帆的尖头也不见了,但这并不意味着什么。一旦追踪者们越过回环,风帆会再度出现。"看来,咱们只能希望高贵的徒利家族停下来埋葬横死的妓女啰。"詹姆不敢想象被送回监牢的前景。如果提利昂在场,定有许多好计谋,而我唯一的念头就是操家伙和他们打。

此后大半个钟头,他们都在不安地探望追踪者,同时于不断出现的弯道和杂木丛生的小沙洲间潜行。正当他们以为摆脱了追赶的时候,远处的帆却终于出现。克里奥爵士停止划桨,"异鬼抓走他们!"他擦擦额头的汗珠。

"快!"布蕾妮催促。

"追兵是艘河上战船。"詹姆仔细观察后宣布,来船随着每次击桨,越变越大。"每边九支桨——十八个人。若甲板上还有士兵,就更麻烦。它的帆也比我们大,追上来只是时间问题。"

克里奥爵士僵住了。"十八个?"

"对,一人得料理六个。其实,八个对我而言都不成问题,只要没这些铁玩意儿妨碍。"詹姆举起手腕。"好心的布蕾妮小姐愿不愿放我呢?"

她没理他,把全副精力用在划船上。

"我们早出发半晚,"詹姆说,"他们天亮后才开始行动。就算中途收桨节约体力,划了这么长时间,也该筋疲力尽,只是看着我们的帆鼓起了劲而已,不会持续很久。我们可以干掉很多人。"

克里奥爵士张口结舌,"可……可他们有十八个。"

"不止,我猜有二十甚至二十五人。"

表弟呻吟起来,"我们毫无希望……"

"我说过有希望吗?我的意思是,最好的结局就是手握长剑战死沙场。"没错,詹姆·兰尼斯特从来不怕死。

布蕾妮停止划船。汗水将她亚麻色的头发凝成一股一股,搭在前额,使她更难看了。"你受我的保护。"她说,粗重的声音饱含

怒火，几乎就是咆哮。

他为她的顽固感到好笑。她真是条带乳头的猎狗——如果她那乳头也算乳头的话。"保护我啊，妞儿；或者放了我，让我自己保护自己。"

战船飞快驶向下游，如腾飞的巨大木蜻蜓。在木桨的疯狂击打下，周围的水成了乳白色。来船景象变得清晰，甲板上簇拥着人群，他们手中有金属的反光，詹姆还发现弓箭手的踪影。弓箭手他恨弓箭手。

这横冲直撞的战船船头站有一位矮壮的秃顶男子，浓密的灰眉毛，强健的手臂。他在铠甲外穿了件白色旧罩袍，上绣一根淡绿垂柳，但斗篷是用徒利家的银鱼纹章扣系的。罗宾·莱格爵士是奔流城的侍卫队长，年轻时出了名的强悍，但他的时代已然过去——他与霍斯特·徒利同年，两人都已老去。

两船相隔不到五十码时，詹姆围住嘴巴叫道："来为我送行吗，罗宾爵士？"

"来送你回去，弑君者，"罗宾·莱格爵士大吼，"你的头发呢？"

"我希望自己多件法宝，靠头上的灿烂光芒影响敌人。瞧，这对你起作用了。"

罗宾爵士没被逗乐。小艇和大船之间的距离缩小到四十码。"把桨和武器扔到水里，我不会伤害任何人。"

克里奥爵士扭动身子。"詹姆，告诉他，是凯特琳夫人放了我们……交换俘虏，这是合法的……"

詹姆照实说明所有情况。"凯特琳·史塔克不是奔流城的统治者，"罗宾爵士吼回去。四个弓箭手挤到他旁边，两人站，两人跪，"把剑扔进河里。"

"我没有剑，"他答道，"如果有的话，我会捅穿你的肚子，再割下那四个胆小鬼的卵蛋。"

回应他的是一阵箭雨。其中一支猛扎在船桅上，另两支刺穿风帆，第四支差一尺射中詹姆。

红叉河的又一个大转弯就在眼前，布蕾妮把小艇转向弯道的方向。转弯时，甲板剧烈摇晃，撑满的帆噼啪作响。一个大沙洲矗立在河中央，主河道向右，而它和北岸的悬崖间只有一条狭窄的小道。布蕾妮掌舵向左驶去，帆布涟漪阵阵。詹姆望进她的眼睛。好漂亮的眼睛，他心想，充满镇静。他知道如何阅读男人的眼睛，如何发现其中的恐惧。而她充满了决心，丝毫没有绝望。

只剩三十码，大船也进入弯道。"克里奥爵士，掌舵，"妞儿命令，"弑君者，操桨，帮我们撑开岩石。"

"乐意为小姐效劳。"木桨虽不比铁剑，好歹可以打烂敌人的脸，还能挡开攻击。

克里奥爵士把桨塞到詹姆手中，爬向船尾。他们越过沙洲前端，向那小道急速转向，小艇倾斜时，激起的水柱击打在崖壁上。沙洲树木茂密，成群的柳树、栎树和高大的松树在激流中洒下长长的阴影，掩盖了暗礁和被淹没的腐败树干。左边的悬崖陡峭而凹凸，碎石和断屑从岩壁上不断下落，让底部的河流翻滚着白色泡沫。

他们从艳阳下进入黑影中，在这道树木组成的绿墙和灰棕色的石岩间，战船发现不了他们。不过是箭雨间的小小喘息，詹姆一边想，一边将船从半淹的巨石旁推开。

小艇突然摇晃起来。他听到轻柔的溅水声，回身扫视，布蕾妮已然消失。隔了半响，他发现她正努力从悬崖下的水流中浮起来，涉过一个浅水洼，爬过岩石，开始攀登。克里奥爵士目瞪口呆。蠢货，詹姆暗想。"别管那妞儿，"他厉声对表弟喝道，"掌好舵。"

他们看见树丛后的帆，河上战船完全驶进了小道入口，离他们还有二十五码。对方的船头剧烈摇晃着，数支箭矢射出，每支都差得甚远。两船的晃动让弓箭手很难瞄准，但詹姆知道他们很快就能找回平衡。布蕾妮爬到了岩壁中间，正努力寻找落脚点，以求登顶。罗宾•莱格会发现她的，而一旦被他发现，她就将被弓箭手们射下来。詹姆希望老人的矜持会蒙蔽他的眼睛。"罗宾爵士，"他高喊，"我有话说。"

罗宾爵士举起一只手，弓箭手们放低长弓，"快说，弑君者，我没工夫浪费时间。"

詹姆呼喊时，小艇触到一大窝碎石，晃得厉害。"我有一个更具建设意义的提议——一对一决斗，就你和我。"

"你以为我是刚出生的婴儿，兰尼斯特？"

"不，我以为你是快呜呼哀哉的老鬼。"詹姆举起胳膊让其他人看见他的手铐，"我可以戴镣跟你打，你怕什么？"

"不怕你！爵士，如果我能选择，这方式再好不过，但给我的命令是尽可能将你生擒。弓箭手！"他发出信号，"搭箭，拉弓，放——"

距离不满二十码。弓箭手不会失手，不过当他们拉开长弓时，一阵鹅卵石的瀑布落在周围。小石块砸在甲板和舵上，弹入水中。懂得抬头的聪明人发现一块母牛般大的巨石从悬崖顶落了下来。罗宾爵士惊惶地呼喊。岩石坠入空中，撞上岩壁，裂成两半，猛冲而下。大的那块折断船桅，撕裂风帆，把两个弓箭手抛入水中，压碎了一个收起桨的桨手的大腿。战船迅速进水，看来小的那块穿透了船体。岩壁反射着桨手的惨叫，而弓箭手们在水流中狂乱地击打。依姿势看，没一个会游泳。詹姆笑了。

他们通过了小道，战船则沉入水里，旋转着搁在暗礁上。詹姆•兰尼斯特暗自感谢诸神保佑。罗宾爵士和这帮该死的弓箭手们得湿漉漉地走上好长一段才能返回奔流城，而他也同时摆脱了那个丑陋的肥妞儿。妙极了。等松开这些铁玩意儿……

克里奥爵士发出一声叫喊，詹姆抬头，看见布蕾妮就站在前方远处的悬崖上。小船越过弯道进入河流时，她也走上边缘突出的石头，跳下岩壁，翻腾的动作真有几分优雅。这时候希望她脑袋撞上礁石实在煞风景。克里奥爵士把小船划过去。谢天谢地，我还留着木桨，等她游过来，当头一敲就能永远摆脱掣肘。

但他发现自己把桨向水面伸了出去。布蕾妮紧紧抓住，詹姆把她拉上来，帮她爬进小艇，水从她头发和湿衣服上流下，在甲板上形成一个小水池。湿透的她更丑了。谁能想到她还会更丑呢？"该死的蠢妞，"他告诉她，"我们可以自己走的。你以为我会感激你？"

"我才不那么以为，弑君者。我只相信神圣的誓言，要把你平安带到君临去。"

"真的？"詹姆给了她最灿烂的笑容，"真是奇人一个。"

凯特琳

戴斯蒙·格瑞尔爵士终其一生都在侍奉徒利家族。凯特琳诞生时，他只是个侍从；在她学会走路、骑马和游泳时，他当上了骑士；在凯特琳出嫁那年，他成为教头。他看着霍斯特公爵的小凯特长成少女，当上大领主的夫人，变作国王的母亲。然而现在，他却目睹她成为叛徒。

弟弟艾德慕出征前任命戴斯蒙爵士为奔流城代理城主，所以他不得不前来处理她的罪行。为减轻不安，老骑士特地带上她父亲的总管，不善言谈的乌瑟莱斯·韦恩。两个大男人站在她面前，胖胖的戴斯蒙爵士涨红了脸、窘迫万分，瘦瘦的乌瑟莱斯则面色暗淡、眼神忧郁。两人都想等对方先开口。

他们把一生都献给了我父亲，而我带给他们的却是耻辱，凯特琳疲惫地想。

"您的孩子，"最后是戴斯蒙爵士开口，"韦曼学士把情况都对我们说了。可怜的孩子，多悲惨，多悲惨，但是……"

"我们与您同感悲伤，夫人，"乌瑟莱斯·韦恩说，"奔流城内所有人都一样，但是……"

"这消息一定让您发了疯，"戴斯蒙爵士接着道，"为悲伤而疯狂，这是母亲的疯狂，男人们会理解的。可您不明白……"

"我什么都明白。"凯特琳坚定地说，"我明白我做过什么，我明白那是叛逆大罪。如果你不肯惩罚我，人们将会认为我们串通一气放走了詹姆·兰尼斯特。这事是我干的、我一个人干的，由我自己承担。给我戴上弑君者留下的镣铐吧，我会自豪地戴着它们。"

"镣铐？"这个词让可怜的戴斯蒙爵士震惊，"给国王的母亲、老爷的亲生女儿？不可能。"

"也许，"管家乌瑟莱斯·韦恩说，"夫人可以禁闭自己，直到艾德慕爵士归来。您可否独处一段时间，以为自己被谋害的孩子们祈祷？"

"禁闭，是的，"戴斯蒙爵士赶紧道，"住在塔顶房间，我们为您安排。"

"如果要禁闭我，请准我待在父亲的卧室，好让我在他最后的日子里给他些许安慰。"

戴斯蒙爵士考虑了一会，"很好。您会受到礼遇，住得舒适，但不得在城堡内自由活动。您想的话，可以去圣堂，但在艾德慕公爵返回之前别的地方都不能去。"

"如你所愿。"弟弟在父亲归天以前根本不是公爵。凯特琳懒得去纠正他，"你可以派守卫看守我，但我向你承诺，我决不会逃跑。"

戴斯蒙爵士点点头，为能完成这尴尬的任务而形喜于色。眼神沉痛的乌瑟莱斯·韦恩在代理城主离开后多待了一会儿，"您干了一件非常可怕的事，夫人，可这件事毫无意义。戴斯蒙爵士已命罗宾·莱格爵士前去追赶，要他活捉弑君者……倘若不行，就把人头带回。"

这点凯特琳早已料到。战士啊，请赐予她力量，布蕾妮，希望你别辜负我，她如此祈祷。她已经做了力所能及的一切，除了期望，再没什么能做的了。

人们把她的物品搬到她父亲的卧室，卧室中有一张带巨型遮罩的大床——她便是在这里出生的——床柱被雕成跳跃鳟鱼的形状。早先父亲将床移到台阶下半部，面对着卧室外的三角阳台，以便观看他一辈子钟爱的河流。

凯特琳进门时，霍斯特公爵正在熟睡。于是她走到外面的阳台，一只手放在粗糙的石栏杆上。城堡夹角处，迅猛的腾石河注入宁静的红叉河，越过交汇点，她可以眺望下游远处。若有条纹风帆的船从东方出现，定是罗宾·莱格爵士无疑。但暂时水面上什么也没有，她为此感谢诸神，然后回到父亲身旁坐下。

凯特琳不知霍斯特公爵是否明白她的存在，或她的存在能否带给他安慰，她只知道陪伴他能予自己慰藉。如果你知道我刚犯下的罪过，会怎么说呢，父亲？她思索，如果我和莱莎落在敌人手中，你会做出一样的行为吗？你会谴责我，称其为母亲的疯狂吗？

房间里充斥着死亡的气息，浓重、甜腻而腐败，附在空中。这让她想起失去的孩子，她的甜心布兰和小瑞肯，他们都被奈德的养子席恩·葛雷乔伊给杀了。她一直沉浸在失去奈德的悲伤中，从来无法摆脱，而今又加上两个宝贝……"失去孩子，是多么可怕而残忍的事啊。"她轻声呢喃，更像是自言自语，而不是说给父亲听。

霍斯特公爵的眼睛却陡然张开。"艾菊。"他嘶哑的声音中带着深深的苦痛。

他没认出我。凯特琳已经开始习惯被他当做她母亲或妹妹莱莎，但"艾菊"对她而言还是个陌生名字。"我是凯特琳，"她说，"凯特啊，爸爸。"

"原谅我……那鲜血……噢，求你……艾菊……"

难道父亲生命中还有另一个女人？他年轻时候辜负过某位乡下少女？还是母亲死后他在某个女仆怀中找到过慰藉？这些想法十分奇怪，让人不安，突然间她觉得自己并不真正了解父亲。"谁是艾菊，大人？你想让我把她找来吗，爸爸？我该上哪儿去找她？她还活着吗？"

霍斯特公爵呻吟，"死了。"他的手摸索过来，"但没有关系，你会再怀上的……怀上一群乖宝宝，嫡生的宝宝。"

再怀上？凯特琳心想，什么意思？莫非他忘了奈德已死？他是一直在和"艾菊"对话，还是在对我说，再或者对象是莱莎或妈妈？

他咳嗽起来，血沫飞溅，手指却握得更紧。"……当个好妻子，诸神会保佑你……会有孩子……嫡生的孩子……啊啊啊赫赫赫，"突发的痛苦痉挛让霍斯特公爵手臂绷紧，他的指甲抠进她手掌，他发出一声窒息的尖叫。

韦曼师傅立即进门，调好另一剂罂粟花奶，帮他的领主灌下去。片刻之后，霍斯特·徒利公爵重新陷入沉眠。

"他在呼唤一个女人，"凯特说，"一个叫艾菊的女人。"

"艾菊？"学士茫然地盯着她。

"连你也不知道？我猜是某个女仆，或者附近村庄里的姑娘，再或许是某位故人？"凯特琳已经离开奔流城很久很久了。

"不，我不记得，夫人，如果您想要的话，我可以去调查一下。乌瑟莱斯·韦恩清楚在奔流城当过奴仆的每个人的底细。艾菊，是这个名字？老百姓喜欢用鲜花或草药的名字来为女儿命名。"学士沉吟半晌，"曾有个寡妇，我想起来了，常到城堡来回收需换鞋底的旧鞋。她似乎叫艾菊，让我再想想看，也许叫兰花？就是这类名字。但她已有多年没来过了呀……"

"她叫紫罗兰。"凯特琳说，对这女人她有记忆。

"是吗？"学士有些抱歉。"请原谅，凯特琳夫人，我不能待在这儿。戴斯蒙爵士向我们明确宣布，除非与职责相关，否则不能和你说话。"

"那你应该遵令行事。"她不怪戴斯蒙爵士，一切都是她自作自受。毫无疑问，代理城主担心她利用奔流城中众人对领主之女的忠诚去继续干蠢事。至少我摆脱了战争，她告诉自己，尽管只有一小会儿。

学士离开后,她披上一件羊毛斗篷,踱回阳台。阳光洒在河面上,河水奔腾流过城堡,熠熠生辉。她用手遮挡住光线,极目眺望远处的风帆,深深畏惧着可能看到的景象。但什么也没有,什么也没有代表着希望依旧存在。

她望了一整天,一直站到夜晚,直到双腿酸痛得无法直立。下午晚些时候,有只乌鸦飞回城堡,拍打着巨大的黑翅膀进入鸦巢。黑色的翅膀,带来黑色的消息,她一边想,一边回忆起上只乌鸦所带来的恐怖。

夜幕降临时,韦曼学士进房为徒利公爵作护理,同时给凯特琳捎来一顿简朴的晚餐,包括面包、奶酪和山葵煮的牛肉。"我跟乌瑟莱斯·韦恩谈过了,夫人。他十分确定在他为奔流城服务期间,绝对没有一个叫艾菊的女仆。"

"我看见今天有只乌鸦返回。抓到詹姆了吗?"难道他已被杀了?噢,诸神慈悲。

"不,夫人,我们没有收到弑君者的消息。"

"那是别的战斗?艾德慕有麻烦?或是罗柏?求求你,发发慈悲,不要让我如此恐慌。"

"夫人,我不能……"韦曼四下扫视,好似在确认没有旁人监视。"是这样,泰温公爵离开了河间地,所有渡口都恢复了平静。"

"请问,乌鸦从哪边来?"

"西边。"他答道,一面手忙脚乱地打理霍斯特公爵的睡衣以避开她的目光。

"是关于罗柏的消息?"

他犹豫了一下,"是,夫人。"

"他有麻烦,"从对方的表情和行动中,她明白他在刻意隐瞒什么。"快告诉我!罗柏出事了吗?他受伤了吗?"千万别死啊,诸神在上，求求你们，千万别告诉我他已经死了。

"陛下攻打峭岩城时负了伤。"韦曼师傅说，仍旧回避着凯特琳的眼睛，"他信中说是小伤，不值得牵挂，他很快就要班师回来。"

"受伤？什么伤？有多严重？"

"他说是不值得牵挂的小伤。"

"胡说！所有的伤我都非常牵挂。他得到精心照料了吗？"

"请您放心，峭岩城的师傅会照顾他，这毫无疑问。"

"他伤在哪儿？"

"夫人，我奉命不得和您谈话，很抱歉。"收拾好药瓶后，韦曼匆匆离去，留下凯特琳再度和父亲独处。罂粟花奶发挥了效用，霍斯特公爵沉浸在酣睡中。一丝细细的唾沫从张开的嘴角里流出来，弄湿了枕头。凯特琳折好一块麻布，将唾沫轻柔地擦掉。当她碰他时，霍斯特公爵又开始呻吟。"原谅我，"他说，声音轻得让她几乎无法分辨字句，"艾菊……鲜血……那鲜血……诸神在上……"

尽管她不明白他在说什么，但他的话语令她意外的困扰。鲜血，她心想，所有的一切都归结于鲜血？父亲，这女人是谁，你对她做了什么，以至到现在还在祈求她的原谅？

当晚，凯特琳睡得时断时续，不断做着关于她孩子们的梦，失去的孩子和死掉的孩子，各种各样的噩梦。天色还远未破晓，她突然为父亲的话所惊醒。乖宝宝，嫡生的宝宝……他为何那样说，除非……除非他和这叫艾菊的女人有了私生子？她不相信。若是弟弟艾德慕，一打私生子她都不奇怪。但父亲不会，霍斯特公爵不会，绝对不会。

难道艾菊是他对莱莎的某种昵称，正如他叫我凯特？我从南方返回奔流城那次，他就把我和妹妹弄混了。你会再怀上的……怀上一群乖宝宝，嫡生的宝宝。莱莎流产过五次，其中在鹰巢城两次、君临三次……但在奔流城从来没有，怎么可能有？这儿霍斯特公爵可以亲自照顾她。除非……除非她怀过孩子，在她的初次……

她和妹妹于同一天结婚，但她们的丈夫新婚燕尔就抛下妻子前去参加劳勃的叛军，把她们留给父亲照料。当她们的月经不再定时到来，莱莎认定她俩都怀了孩子，并为此陷入无比的喜悦中。"你的儿子会是临冬城继承人，而我的呢，会是鹰巢城公爵。噢，他们会成为最好的朋友，就像你的奈德和劳勃大人，真的，他们会比亲兄弟更紧密，我就是知道。"当年的她好开心啊。

但莱莎的经血不久后又回来了，她所有的欢乐也随之而逝。凯特琳一直认为莱莎只是那次月经来得有点迟，如果她真怀过孩子……

她还记得头一次将宝宝放到妹妹怀中的情景。当时的罗柏好小啊，虽然红着脸，号哭个不停，却强壮，充满生命和活力。看到他，莱莎脸上爬满泪痕。她匆忙将孩子推回凯特琳怀中，飞奔而去。

如果在此之前她失去过一个孩子，就足以解释父亲的言语，以及其他一些事……莱莎和艾林公爵的婚姻安排得非常匆忙。当年的琼恩就已是老人了，比她们父亲的年纪还大，但他是一个没有继承人的老人。他前两任妻子都没给他留下子嗣，他的外甥和布兰登·史塔克一起死在君临，他英勇的表弟在"鸣钟之役"中阵亡。若要延续艾林家族，他需要一个年轻妻子……一个确能生产的年轻妻子。

凯特琳起身脱掉长袍，走上台阶，没入黑暗之中，暂时远离父亲。无边的恐怖充斥在她心底。"父亲，"她说，"父亲，我明白了。"她已不再是那个满脑子白日梦的纯洁新娘，她成了寡妇、成了叛徒、成了悲伤的母亲，但也更加懂事，对世态炎凉瞧得一清二楚。"你逼他娶了她，"她低语道，"莱莎就是琼恩·艾林为获得徒利家族的军队所必须付出的代价。"

难怪妹妹的婚姻如此乏味。艾林家族素来骄傲，非常珍惜自己的荣誉。琼恩公爵或能为促成徒利家族加入叛乱事业而迎娶莱莎，同时也期望彼此产下子嗣，但要他爱上一个被玷污过，而且是不情愿地和他上床的女人实在太难。他心地善良，富有责任感，这些都毫无疑问，可莱莎需要的是温暖。

第二天早餐时，凯特琳要来鹅毛笔和纸，开始给身处艾林谷的妹妹写信。虽然字字都难以下笔，她还是把布兰和瑞肯的事原原本本地告诉了莱莎，但说得最多的是她们的父亲。他满脑子想的都是对你干下的错事，而他的时间已经不多。韦曼师傅告诉我，他不敢再调制更大剂量的罂粟花奶。现在是父亲与他的剑和盾长眠在一起的时候了，是他该休息的时候了。可他还在竭力斗争，不愿倒下，我想，这都是因为你，他渴望你的原谅。战火纷飞，鹰巢城和奔流城之间十分危险，对此我很明白，但你可否让一大队骑士护卫着穿越明月山脉呢？带上一百个骑士，一千个骑士，行不行？假如你真的不能来，至少给他写封信，好吗？写几句爱恋的话语，让他平静地死去？你总可以随便写写，我会亲自读给他听，让他安详地离开。

甚至在搁笔封蜡时，凯特琳就已经感到这封信太渺小也太迟了。韦曼学士认为霍斯特公爵撑不过乌鸦往返鹰巢城的时间。尽管他这么说……但不论机会多么渺茫，徒利家的人从不轻易放弃。把羊皮纸托付给学士之后，凯特琳去了圣堂，在天父面前为父亲点上一根蜡烛，另一根献给老妪，是她透过生死之门向世界窥视时把第一只乌鸦送到人间，第三根给了圣母，为的是莱莎和她们所失去的孩子们。

当天晚些时候，当她坐在霍斯特公爵床边翻来覆去地看同一本书的同一页时，远处有喧哗声传来，伴随着"嘟嘟"的喇叭声。罗宾爵士回来了,她立即想到,心中无比恐惧。她奔向阳台,只见河面依旧空无一物,而远方的声音却越来越清晰,那是无数马匹的嘶鸣、铠甲的叮当响以及此起彼伏的欢呼。凯特琳赶紧登上弯曲的楼梯,来到堡顶观察。戴斯蒙爵士并没有禁止我上堡顶,她边爬边告诉自己。

声音发源于城堡远端的正门处。一大群人站在闸门前,等着它颠簸上升。城外的旷野里,大约聚集了数百名骑士。朔风吹起,旗帜飘扬,看到奔流城跳跃鳟鱼的徽记,她颤抖的心才得到平息。原来是艾德慕。

两小时后,他才过来见她。这期间,城堡里回荡着团聚的欢笑,男人和女人拥抱,父亲和孩子拥抱。三只乌鸦从鸦巢中放出,舞动着黑色的翅膀,腾空而去。凯特琳站在父亲的阳台上望着它们。她重新梳洗过头发,换好干净衣服,准备接受弟弟的责备……即便如此,等待依旧难熬。

终于,门外传来声响,她连忙坐下,把手放在膝盖上。艾德慕的靴子、护胫和罩袍上溅满了干涸的褐泥。看着他的样子,你难以想象他是得胜归来的将军。他变瘦了,精神憔悴,面颊苍白,边幅不整,眼窝深陷。

"艾德慕,"凯特琳担忧地问道,"你看来很不舒服。发生了什么事?兰尼斯特军过河了吗?"

"我把他们赶了回去。泰温大人,格雷果·克里冈、亚当·马尔布兰……统统都打不过我。可,可是,史坦尼斯他……"他的脸皱成一团。

"史坦尼斯?史坦尼斯怎么了?"

"他在君临一败涂地。"艾德慕闷闷不乐地说,"舰艇被焚毁,军队溃散覆灭。"

兰尼斯特的胜利是坏消息,但凯特琳不若弟弟那么失望。她忘不了那些影子的噩梦，忘不了影子潜入蓝礼的帐篷，在钢铁闪耀的一刹那，他的血从护喉甲里涌出。"史坦尼斯和泰温公爵一样，都不是我们的朋友。"

"你根本不懂。高庭已宣誓效忠乔佛里，多恩也一样，整个南方都一样。"他的嘴紧抿在一起。"而你竟然放走了弑君者！你没这个权利。"

"作为母亲，我为什么没这个权利？"她语调平静。其实她心中明白高庭的倒戈对罗柏的事业是个沉重的打击，但眼下不能分心。

"你没这个权利。"艾德慕重复，"他是罗柏的俘虏，你的国王的俘虏，罗柏让我保证他的安全。"

"布蕾妮会保护他，她用她的剑向我发了誓。"

"就凭那个女人？"

"她会将詹姆送到君临，然后把艾莉亚和珊莎平安带回来。"

"你以为瑟曦是傻瓜？"

"我没指望瑟曦，我想到的是提利昂。他在朝堂上发过誓，弑君者同样对我发了誓。"

"詹姆的话一钱不值。至于小恶魔，据说他头上挨了一斧，多半在你的布蕾妮赶到君临以前就得死掉——如果她到得了的话。"

"死掉？"诸神真的如此残酷？她逼詹姆发了上百道誓言，但真正的希望其实寄托在他弟弟身上。

艾德慕无视她的痛苦，"看守詹姆是我的职责，我会把他抓回来。我已送出乌鸦——"

"给谁？送了几只？"

"送了三只，"他说，"以确保消息传达到波顿大人那边。无论走陆路还是水路，去君临都必须接近赫伦堡。"

"赫伦堡，"这个词让房间霎时黯淡下来。恐惧让她的声音变得粗浊了许多,"艾德慕,你知道自己干了什么吗?"

"别害怕,我把你排除在外。在信中,我只说詹姆业已自行潜逃,并悬赏一千金龙以捕获他。"

错上加错,凯特琳绝望地想,我弟弟是个白痴。她的泪水不争气地盈满眼眶。"如果他是私自脱逃,"她轻声说,"而不是作为被交换的俘虏,兰尼斯特家怎可能把我的女儿们交给布蕾妮?"

"这你不用担心,因为根本走不到那一步。就凭撒下的天罗地网,我可以保证,弑君者休想逃脱。"

"你可以保证我永远见不到我的女儿!布蕾妮本来也许能把他安全带到君临……只要无人搜捕,可现在……"凯特琳说不下去了,"走开,艾德慕。"她没有命令他的权力,而这座城堡过不多久就将彻底属于他,但此刻她的语调不容争议,"把我留给父亲和悲伤,我再没什么同你说的了。走开,走开。"她只想立刻躺下,闭上眼睛,陷入沉睡,祈祷噩梦不要到来。

艾莉亚

天空同他们逃离的赫伦堡的城墙一样乌黑，细雨下个不停，淹没了马蹄的声音，模糊了他们的脸庞。

他们向北跑，远离大湖，在荒芜的田野里跟随一条勉强能辨认出车辙的乡村道路，进入布满溪流的森林。艾莉亚带头，猛踢着偷来的马，马儿迈着轻快的步子，没多久稠密的树木就包围了他们。热派和詹德利竭力跟上她的步伐。远处不断传来狼嗥，她听到热派粗浊的喘息。无人说话。艾莉亚不时回头，确认两个男孩没落得太远，确认没有人追赶。

他们会来的，她对此确信无疑。她不仅从马厩偷了三匹马，从卢斯·波顿本人的书房里拿走了地图和一把匕首，还在边门杀了一个守卫。那守卫蹲下去捡贾昆·赫加尔给她的旧硬币，却被她割了喉咙。血泊中的死者迟早会给人发现，接着便是大叫大嚷。他们会叫醒波顿大人，然后把赫伦堡从城垛到酒窖搜个遍，发现失踪的地图和匕首，以及铁匠房里消失的几把长剑，厨房里不见的面包和奶酪。最后他们会找上一个面包小弟、一个铁匠学徒，还有一个叫娜娜……或者黄鼠狼，或者阿利的侍酒。

恐怖堡伯爵不会亲自追来。卢斯·波顿会躺在床上发号施令，光着身子，苍白的皮肤上挂满水蛭，用特有的轻言细语布置追捕。追兵多半由他手下的队长沃顿率领，此人的长腿上一直带着铁护胫，因而得了个外号叫"铁腿"；再或许派来追赶他们的将是唾沫横飞的瓦戈·赫特及他手下的佣兵，这些人自称勇士团，别人称他们为血戏班（当然没人敢当面这样说）或猎足者，因为赫特大人有把对头的手脚剁下来的习惯。

如果被他们抓住，艾莉亚心想，手脚就都没有了，卢斯·波顿还会剥掉我们的皮。她仍旧穿着侍酒的制服，胸口在心脏部位绣有波顿伯爵的家徽：恐怖堡的剥皮人。

每次回头，她都等着远方的赫伦堡城门涌出一片火炬，或是巨大的高墙上人头攒动，但最终什么也没发生。赫伦堡仍旧沉睡，直到消失于黑暗中，隐没树后，无从得见。

到达第一条小溪时，艾莉亚掉转马头，离开道路。他们在曲折的河道中走了四分之一里，方才爬上一处石岸。如果追踪者们带着猎狗，这会让我们的气味无从分辨，她期望如此。我们不能走道路。道路只会带来死亡，她告诉自己，所有的道路都会。

詹德利和热派没有质疑她的决定。毕竟她有地图，而热派看来同害怕追捕者一样怕她。他亲眼目睹过被她杀掉的守卫。算了，他怕我未必不好，她提醒自己，如此一来，他就会乖乖听话，而不是自己干出些蠢笨的事。

其实我应该更胆小的，她心想。她才十岁，瘦骨伶仃，骑在一匹偷来的马上，前面是黑黑的森林，后方是想剁下她脚的追兵。但不知为什么，她觉得自己比从前在赫伦堡时镇静多了。雨水洗掉了指间卫兵的鲜血，背上的长剑在风中摇荡，无数野狼如灰色阴影，狂奔于暗夜，而她艾莉亚·史塔克一往无前、无所畏惧。恐惧比利剑更伤人，她低声复诵着西利欧的教诲，还有贾昆的话语，*valar morghulis*。

雨停了又下，下了又停，还好斗篷足以遮蔽风雨。艾莉亚驱使大家保持匀速前进。大树底下漆黑一片，地面松软，布满裂缝，到处是半掩埋的树根和隐藏的石块，男孩们都不善骑术，无法跑得更快。很快，他们越过又一条道路，路上深深的车辙印里盛满了雨水。艾莉亚再次远离道路，带着男孩们在起伏的丘陵中穿梭，越过荆棘、石兰和纠缠的灌木，深入狭窄山沟的底部，沉重的树枝夹着潮湿的树叶，一次又一次抽打着他们的脸。

忽然，詹德利的母马绊倒在泥潭中，后腿跪倒，将他掀出马鞍，幸而人马都平安无恙。詹德利还是那副固执样，迅速翻身上马，继续前进，什么也没说。没过多久，他们目睹三匹野狼在吞食一只小鹿的尸体。热派的马闻到血腥味，惊恐地立起来，随后亡命奔逃。两匹狼见状逃之夭夭，但第三匹抬起头，露出牙齿，准备保卫自己的猎获。"往后退，"艾莉亚告诉詹德利，"慢慢走，别吓着它。"他们骑马缓缓绕开此地，直到再看不见野狼和它的美餐，她这才拍马追赶热派，只见男孩绝望地抓着马鞍，他的马在森林里乱撞。

再后来，他们经过一个焚毁的村落，小心翼翼地踏过那些被烧成黑炭的小屋空壳。途中，有一排苹果树上吊死了十来个人，尸体业已腐烂到骨。热派为他们祈祷，恳求圣母的慈悲，他轻声低语，一遍又一遍地重复。艾莉亚盯着这些披着湿透的褴褛衣衫的无肉躯体，说的是自己的祷词：格雷果爵士，邓森，波利佛，"甜嘴"拉夫，记事本和猎狗，伊林爵士，马林爵士，乔佛里国王，瑟曦太后。她碰了碰藏在腰带下的贾昆给的硬币，以 *valar morghulis* 结束了名单。接着她骑到死人身下，伸手摘下一个苹果。苹果熟透，烂成了糊，她连着蠕虫一起吞吃。

那是没有黎明的一天，天空缓缓放亮，但看不到太阳。漆黑变成灰暗，色泽犹犹豫豫地重现人间，哨兵树呈现出暗绿的色彩，黄褐和淡金色的阔叶几乎成了棕色。他们停下来饮马，同时吃了一顿冰凉的简单早餐，有热派从厨房偷出来的面包，还有黄色的硬奶酪。

"你有明确的目标吗？"詹德利问她。

"我们去北方。"艾莉亚说。

热派茫然地四处打量，"哪条路通向北方？"

她用奶酪一指,"那条。"

"连太阳都没有,你怎么知道走那条?"

"笨蛋,看苔藓啦,你瞧,在树的一面它们长得特别茂盛,那就是南边。"

"我们去北方做什么?"詹德利想知道。

"北方有条三叉戟河,"艾莉亚展开偷来的地图,"看到没?一旦我们到达三叉戟河,就可以沿河向上走,直到奔流城。就这样。"她用手指描绘路径,"路虽长,但顺着河走决不会迷路。"

热派对着地图不断眨眼。"哪儿是奔流城?"

奔流城被标示为一座塔楼,绘制在两条蓝线的交汇处,那想必是腾石河与红叉河。"这儿,"她指着地图,"奔流城,下面有文字。"

"阿利,你识字呀?"他万分惊奇,好像她刚才声称自己能在水上走路。

她点点头。"到了奔流城,我们就安全了。"

"会吗?为啥?"

因为奔流城是我外公的城堡,而我哥哥罗柏在那里,艾莉亚几乎冲口而出。但她咬紧嘴唇,叠好地图,"我们只能这样希望。先到了再说吧。"说罢,她翻身上马。向热派隐瞒真相,她心里挺不舒服,但这是没办法的事,她无法信任他。詹德利是知道的,但他情况不同。詹德利有自己的秘密,虽然这秘密究竟是什么,连他自己也很迷惑。

出发之后,艾莉亚让他们加快速度,要马儿以尽可能大的步幅前进。有好几次,当她看到面前出现大块平地时,便用马刺猛地扎马,飞奔起来。不过,她心知速度仍远远不够。路越来越颠簸,这些丘陵不高,也不很陡,但似乎无穷无尽,他们很快便厌倦了无休止地爬上爬下,情愿跟着地势走。顺着小河床,穿行在错综复杂的小峡谷中,周围密集的树木,为他们罩上一项巨大的华盖。

有时,她让热派和詹德利先行,自己循原路返回去掩盖足迹。自始至终,她都竖起耳朵,等待追兵的出现。太慢了,她咬紧嘴唇,提醒自己,我们走得太慢,一定会被追上的。有一回,走在山脊上时,她发现有些黑影正穿越他们身后那道峡谷里的小溪,半晌之间,她惶恐地认定卢斯•波顿的骑兵已经赶上,可仔细一看,那不过是一群狼。于是她用手围住嘴巴,朝狼群吼叫:"啊呜呜呜呜呜呜呜呜呜,啊呜呜呜呜呜呜呜呜。"狼群里最大那匹狼抬起头,跟着她吼,声音让艾莉亚不禁浑身颤抖。

正午时分,热派开始抱怨。他告诉他们,他屁股酸痛得不得了,马鞍还把他大腿内侧的皮给磨破了,最重要的是,他想睡觉。"我太累了,会从马上摔下来的。"

艾莉亚望向詹德利,"如果他摔下来,你认为先找上门的是谁?野狼还是血戏子?"

"大概是狼吧,"詹德利说,"狼鼻子更好使。"

热派的嘴巴张了又合。他继续跟进,终于没有摔下来。雨又开始下了。自始至终,除了偶然的间歇,从没见到太阳。温度越来越低,苍白的迷雾于松木间弥漫,涌动在被烧焦的光秃原野上。

詹德利的脸色和热派一样糟,但他固执得不肯抱怨。他骑马的姿势很笨拙,那头黑色乱发下的脸虽然坚定,可艾莉亚认定他根本就是在苦撑。我早该料到,她自顾自地思索。她从懂事开始就在骑马,小时候骑小矮马,大一点骑真正的骏马,可詹德利和热派都是城里人,在城里平民都得走路。尤伦把他们带出君临时给过他们坐骑,可骑驴子或坐马车在国王大道上缓缓旅行是一回事,驱策骏马在原始森林和烧焦原野间游荡又是另一回事。

单独走也许更快,艾莉亚对此心知肚明,可她不能抛下他们。再怎么说,他们也是她的伙伴、她的朋友、她唯一活着的朋友,况且如果不是为了她,他俩都还好端端待在赫伦堡里呢,一个打铁一个做饭。倘若教血戏子们抓住,我就告诉他们我是艾德·史塔克的女儿、北境之王的妹妹。我要命令他们带我去见我哥,并不得伤害热派与詹德利。可他们不会相信我,就算他们相信……恐怖的波顿大人怎么办呢?他虽是哥哥的封臣,但她十分怕他。我决不会让他们抓住我们,她静静发誓,一边手举过肩,握紧詹德利为她偷来的长剑,我决不会。

当天下午晚些时候,他们走出了森林,前方是一道堤岸。热派欢快地呐喊:"三叉戟河!现在只需往上游走,就像你说的。我们终于到了!"

艾莉亚咬紧嘴唇。"我不认为这里是三叉戟河,"眼前的河道因雨水而变宽了,即使如此,仍不满三十尺。她记忆中的三叉戟河比这儿宽得多。"这河太小啦,不可能是三叉戟河,"她告诉他们,"而且我们并没走多远。"

"我们明明就到了,"热派坚持,"我们骑了一整天的马,几乎没停过,肯定走了很长很长的路。"

"让我们再看看地图。"詹德利说。

艾莉亚下马,取出地图,并将其展开。雨点急速地敲打在羊皮纸上,很快聚成细流。"据我估计,我们的位置在这附近,"她边说边指,男孩们将头伸过她肩膀仔细瞧看。

"可是,"热派道,"照你这么说,我们几乎就没动弹。瞧,你指着这里说这是赫伦堡,而你现在几乎还指在这儿!可我们都骑了一整天了!"

"赫伦堡离三叉戟河有很长的距离,"她说,"不走上好多天是不可能到的。前面一定是另外的河,这些河中的一条,瞧。"她指点着地图所标示的若干细蓝线,每条线下都注释着名称。"戴瑞河,绿苹果江,少女河……这里,这条河,小柳江,应该是这条。"

热派瞪着那细线,再瞧瞧面前的河流,"可我觉得它并不小呀。"

詹德利同样皱起眉头,"你指的这条河将注入另一条河里,呃。"

"大柳江。"她念道。

"照图看来,这条大柳江会注入三叉戟河,所以我们可跟着小柳江,走到大柳江,再到三叉戟河,但方向得往下游,不能往上。不过,如果这河不是小柳江,而是旁边那条……"

"碧波溪。"艾莉亚读道。

"看,它弯弯曲曲,最后流进湖里,回到了赫伦堡。"男孩用手指追溯着细线。

热派的眼睛瞪得像灯笼。"不!我们一定会被杀的!"

"我们得先弄明白这究竟是哪条河,"詹德利宣布,用的是他最顽固的声调,"必须弄明白。"

"不,没这个必要。"地图的蓝线旁注有名字,河堤边却不会写标语。"我们既无须往上游走,也没必要向下游,"她下定决心,卷起了地图,"我们越过它,继续往北,就跟开始时一样。"

"这马能游过去吗?"热派疑惑地问,"看上去很深耶,阿利,里面有蛇怎么办?"

"关键不是这个问题,关键是你能否确定我们一直在往北走?"詹德利不肯让步,"瞧瞧周围的丘陵……搞不好我们一直在原地打转……"

"树下的苔藓……"

他指着最近那棵树,"这树三面都长着苔藓,而那边那棵一点苔藓都没有。我们很可能已经迷路了。"

"也许罢,"艾莉亚说,"但无论如何,我都要跨过这条河,你不愿跟上就待在这儿吧。"她重新爬上马背,不再搭理两个男孩。就算他们不跟我走,或许也能找到奔流城,只是多半会先被血戏子们抓住。

她沿着河堤骑,走了大半里,才找到一个似乎可以过河的地方。即便在这儿,她的母马也不情愿下水。甭管河的名称到底是什么,反正它又浑又急,河道中央的水直漫到马腹。鞋子浸透了,但她夹紧马镫,爬上对岸。这时,身后传来"扑通"声,以及母马紧张的嘶鸣。他们终于还是来了,真不错。她掉过马头,目睹男孩们挣扎着渡河,最后湿漉漉地来到她身边。"这里不是三叉戟河,"她告诉他们,"这里不是。"

接下来的第二条河没那么深,也更容易通过。这也不是三叉戟河,对此没有人提出异议。

再次休息时,天色已渐渐变暗,他们放了马,拿出面包和奶酪。"又湿又冷,"热派抱怨,"我们离赫伦堡够远了,肯定很远了,应该把火——"

"不行!"艾莉亚和詹德利异口同声地喊道,热派吓得缩了回去。艾莉亚斜眼瞟瞟詹德利。他和我异口同声,就像琼恩以前那样。她想起在临冬城的岁月,在众兄弟之中她最思念的无疑是琼恩·雪诺。

"至少睡个觉?"热派继续求告,"我真的很累,阿利,屁股痛得要命咧,我想一定是起水疱了。"

"被抓着的话,你会更惨的。"艾莉亚道,"我们别无选择,只能继续前进。"

"可天已快黑了,今晚连月亮都没有……"

"少啰唆,上马吧!"

光线逐渐消失,他们缓慢前行,艾莉亚惊觉身体越来越沉。她明白自己像热派一样需要休息,可她哪敢呀?如果睡着了,也许等睁开眼,就会看到瓦戈·赫特站在面前,身旁是小丑夏格维、"虔诚的"乌斯威克、罗尔杰、尖牙、厄特修士这些怪物们。

没过多久,她的马开始像风中的蜡烛一样摇晃起来,眼皮逐渐加重。有那么一会儿,她闭上了眼睛,接着又猛然睁开。我不能打瞌睡,她对着自己无声地呐喊,我不能。她用手指狠揉眼睛,把它撑开,然后抓紧缰绳,踢马慢跑。可无论人还是马都不能保持速度,走出几步,又回到漫步中。她的眼睛又闭上了。这次再也不能立即睁开。

当她再次睁眼时,马儿已经不走了,而是低头啃着一丛青草。詹德利摇着她的胳膊。"你睡着了。"他告诉她。

"没有,我不过休息一下眼睛。"

"胡说,哪有休息眼睛这么长的?你的马在原地打转,没等它停下,我就知道你睡着了。瞧,热派和你一样困得不行,他刚刚撞上树枝,被打落马下,你应该听得到他的喊叫。哦,这么大声音都没唤醒你。行了,你必须停下来休息。"

"我能走,能像你一样继续走。"她打着呵欠。

"骗人,"他说,"你想当个笨蛋那就继续走吧,可我得停下。别多说了,我值第一班岗,你快睡。"

"热派呢?"

詹德利指了指。热派早已躺在地上,裹着斗篷,睡在潮湿的落叶堆中,发出轻微的鼾声。他手中握有一大轮奶酪,似乎只咬了几口就睡着了。

唉,没什么可争的了,艾莉亚心想,詹德利说得没错。血戏子们也需要休息吧,她告诉自己。由于周身无力,她几乎无法从马背上下来,不过躺倒在一棵桦树下前,总算还记得先把坐骑拴好。地面又硬又湿。她不知自己有多久没在真正的床上睡过,有多久没享受热腾腾的饭菜和熊熊的炉火了。合眼前,她做的最后一件事是拔出长剑,放在身旁。"克雷果爵士,"她一边呢喃一边打呵欠,"邓森,波利佛,'甜嘴'拉夫,记事本和……记事本……猎狗……"

她做了个血红而狂野的梦。血戏子们出现在梦中,一行四人,白皮肤的里斯人和一个伊班港来的、黑皮肤的野蛮斧手,满身伤疤的多斯拉克马王羿戈与不知名的多恩人。他们没完没了地骑马,冲过层层雨帘,身穿生锈的铁甲和湿淋淋的皮甲,长剑与战斧在马鞍上叮当作响。他们以为自己在追捕我,她清清楚楚地明了这奇怪的梦,但他们错了,是我在追捕他们。

在梦中她不再是小女孩,而是匹狼,硕大而强壮。她从他们面前的大树下走出来,展露利牙,发出一声隆隆的低吼。她可以闻到人和马身上散发出的强烈恐惧。里斯人的马人立起来,恐慌地尖啸,其他人则用人类的语言互相喊叫,但还没等他们作出反应,其他的狼也从黑暗和细雨中猛扑而出。它们组成庞大的团队,消瘦、潮湿而沉默。

战斗短暂而血腥。浑身长毛的男子还没拔出斧头就被拖下马来,黑人在弯弓搭箭时也死掉了。里斯的白人想跑,但她的兄弟姐妹们紧追不舍,逼他不断转弯。最后,狼从四面八方扑上去,撕咬马腿,他一落地,喉咙也同时被撕开。

只有满头铃铛的男人坚守阵地。他的马踢中了她一个姐妹的头颅,他自己则把她另一个姐妹几乎劈成两半。弯曲的银色爪子迅捷舞动,应和着发梢铃铛的轻响。

她带着全身的怒气,跳到他背上,把他倒撞下马鞍。坠落时,她用嘴紧锁住对方的胳膊,牙齿穿过皮革、羊毛和柔软的血肉。落地后,她狂野地一甩头,把他的上肢从肩膀上生生扯了下来。她满心喜悦,用嘴巴来来回回地晃动肢体,喷洒出温暖的血雾,散发在寒冷漆黑的雨幕中。

提利昂

他被陈旧铁门链发出的嘎吱声吵醒。

"谁?"他嘶声叫道。虽然声音生硬嘶哑,但他至少能说话了。提利昂仍旧发着高烧,完全失去了时间概念。睡了多久?他太虚弱,虚弱得不像话。"谁?"他再次叫喊,试图大声一些。火炬的光芒从敞开的大门外溢入,但在卧室里,唯一的光源只是床边一根快燃尽的蜡烛。

一团黑影缓缓向他走来,他不禁浑身颤抖。这里是梅葛楼,每个下人都是太后的爪牙,这名来访者多半是瑟曦派出,前来完成曼登爵士未竟的任务。

对方踱进烛光范围内,饶有兴味地打量着侏儒苍白的脸庞,咯咯笑道:"刮胡子不专心,对吧?"

提利昂摸向那道巨大的伤痕,从左眼直到下巴,穿过残缺的鼻子。还没长出新皮的肉向外翻卷着,手感暖暖的,"好一把可怕的大剃刀,真的。"

波隆炭黑的头发刚刚洗过,笔直地梳在脑后。他穿着柔软的高筒靴、锃亮的皮衣、镶小银片的宽腰带和淡绿丝绒斗篷,暗灰色羊毛上装上用亮绿丝线绣着一条燃烧的锁链。

"你上哪儿去了?"提利昂质问对方,"从我送信给你到现在……多半有两个星期了。"

"只有四天,"佣兵道,"况且我来过两次,你睡得跟死猪一样。"

"我才没死,没那么容易屈从于我亲爱的老姐。"也许不该说得这样大声，但提利昂懒得在意，他打心眼里清楚瑟曦是操纵曼登爵士的幕后黑手。"你胸前的破玩意儿是什么？"

波隆咧嘴一笑，"是什么？我的骑士纹章呗。烟灰底色上一条着火的绿锁链。蒙你父亲大人所赐，我如今成了黑水的波隆爵士，小恶魔，你可别忘了我的身份。"

提利昂用手撑着羽毛绒床垫，向后蠕动几寸，把头枕起来，"你才不要忘了，骑士身份是谁许下的！"他一点也不喜欢"蒙你父亲大人所赐"这句话。泰温公爵没有浪费一点时间，前脚把自己儿子从首相塔里扔出来，后脚便颁布册封，这是给所有人看的信息。"我丢了半个鼻子，你却当上骑士，诸神啊，这到底是怎么回事？"他酸溜溜地感叹，"我父亲亲自册封你的？"

"那怎么可能？我们这些从绞盘塔幸存的人被交给总主教和御林铁卫们打点，先抹油，后拍肩。妈的，只有三个白骑士活下来主持仪式，花了整整半天。"

"我只知道曼登爵士阵亡。"实际上，这可恶的杂种正打算割我喉咙，却被波德推进了河里。"还有谁死了？"

"猎狗。"波隆说，"他其实没死，逃了。听金袍子说，他临阵脱逃，而你代他率队出击。"

这可不算我的好主意。皱眉时，结疤的肌肉紧绷绷的，他招手示意波隆找椅子坐下。"亲爱的老姐把我当蘑菇，扔在这漆黑的地方喂我狗屎吃。波德倒是个好孩子，可他舌头打的结比凯岩城还大，况且我对他说的情况一半都不信。我叫他去找杰斯林爵士，他竟回报说他死了！"

"死的哪里才只他一个咧，守军少说也折了几千。"波隆坐下来。

"他怎么死的？"提利昂忙问，突然恶心起来。

"战斗正酣时，你姐姐忽命凯特布莱克们把国王接回红堡——

反正我是这样听说的。金袍军看到国王离去,认为自己已遭抛弃,这时铁手挡在他们前面,命令他们坚守岗位。大家都承认拜瓦特做得很好,他们几乎就要在他的激励下回头了,不料斜刺里飞来一箭,正中铁手颈项。中箭后的他看起来不那么可怕,所以被人们从马上拖下来,当场格杀。"

瑟曦欠我的又一笔债。"我外甥,"他说,"乔佛里,他可有遇险?"

"不比别人多,实际上比大多数人都少。"

"他受到什么伤害没有?带过战伤?弄脏头发?撞到脚趾?裂开指甲?"

"毫发无伤。"

"那瑟曦怎能这么干?我明明警告过她,一旦国王离开便会出现这种状况。告诉我,现在金袍军由谁指挥?"

"你父亲大人把职位赏给了手下某位西境人,一个叫亚当·马尔布兰的骑士。"

多数情形下,金袍子们都会抵制外地人的领导,但亚当·马尔布兰爵士真是个英明的选择。和詹姆一样,他是那种人们愿意心甘情愿追随的人。我失去了都城守备队。"我派波德去找过夏嘎,可他就是找不着。"

"怪不得他,御林那么大,其实石鸦部还在林子里,夏嘎似乎喜欢上了那儿。提魅率灼人部回家了,满载着战后从史坦尼斯大营中抢到的东西。倒是齐拉带着十来个黑耳部民在某天早上返回了临河门,却被你父亲手下的红袍卫士赶走,城里的人在旁欢呼着向他们泼粪。"

忘恩负义。黑耳部曾为了他们浴血奋战。看来当我吃了药,无助地躺在床上发梦时,我的血亲骨肉们把我的爪牙一根一根地拔了下来。"我叫你来,首先是想让你去找我老姐。既然她的宝贝儿子在战斗中平安无事，那她就不需要人质了。她发过誓，会放了爱拉雅雅——"

"不用劳烦我，她已经放人了。八九天以前放的，在鞭打之后。"

提利昂用力提提身子，无视那突如其来的肩膀刺痛，"鞭打？"

"他们把她拴在庭院中央的柱子上折磨，然后把血淋淋的裸女推出堡门。"

她正在学识字呢！提利昂狂乱地想。横贯脸颊的伤疤越绷越紧，他脑海里则是关不住的狂怒。没错，爱拉雅雅只是个妓女，但她甜美勇敢，比他见过的所有贵妇人都更心地纯洁。提利昂没碰过她，她只是雪伊的伪装，可由于他考虑不周，竟让她为演戏付出了惨重代价。"我向老姐保证过，爱拉雅雅发生的任何事都会在托曼身上重演，"他大声回忆道，觉得自己快要吐了，"我该如何来报复一个年仅八岁的男孩？"可我不做的话，瑟曦就是赢家。

"托曼并不在你手里。"波隆直率地说，"得知铁手丧命后，太后立刻派出凯特布莱克们去讨回托曼，罗斯比那儿的人没一个有胆说不。"

又一次打击，不过也算一点安慰，必须承认，他喜欢托曼。"这些凯特布莱克怎么回事？按理说该是我们的人，"他烦躁不安地提醒波隆。

"从前是，当时我能付给他们两倍于太后方面的酬劳。如今她涨价了。大战后，和我一样，奥斯尼和奥斯佛利都当上骑士。诸神才明白这是为什么，没人见他们上过战场。"

我的雇工背叛了我，我的朋友蒙受着灾难和耻辱，而我却一动不动地在这儿腐烂，提利昂心想，我以为自己赢得了这场该死的战争，胜利的滋味就是这样的吗？"听说蓝礼的鬼魂显灵，打败了史坦尼斯，有这么回事？"

波隆浅浅一笑，"在绞盘塔上，我只看见旗帜散落战场，敌人纷纷弃械逃亡，可那些待在食堂或妓院没出门的家伙却活灵活现地吹嘘着蓝礼公爵杀了这个打败那个。其实事实本身不难理解，史坦尼斯麾下军队中大部分人从前追随过蓝礼，所以一当看见有人身穿熟悉的亮绿铠甲出现便纷纷倒戈。"

他的一切苦苦经营、惊心动魄的出击、船桥上的血战，连脸也被砍成两半，到头来，竟为一个死人所埋没——如果蓝礼真死了的话。他还想知道别的事，"史坦尼斯如何逃走的？"

"他手下的里斯舰队泊在海湾内，在你的铁索后面。眼见战事不妙，他们便靠到岸边，尽可能地装走士兵。据说，到最后敌人互相践踏、格杀着抢夺上船位置。"

"罗柏·史塔克呢？在这期间，他有何举动？"

"他手下的狼仔烧杀抢掠，一路打到暮谷城。你父亲刚分兵给塔利伯爵，命他北上平叛。我本想跟去，据说他不仅作战英勇，分配战利品也十分慷慨。"

失去波隆的思虑成了最后一根稻草。"不。你必须留下来，这是你职责所在，你是首相的侍卫队长。"

"你不是首相了，"波隆尖刻地提醒他，"你父亲才是。妈的，他有自己的卫队。"

"你为我雇的那些人呢？"

"有很多在绞盘塔战死，剩下的人和你叔叔凯冯爵士结账之后，便被赶了出去。"

"他可真好心，临走还记得还钱。"提利昂酸溜溜地说，"这么说来，你对金子也没兴趣喽？"

"不他妈的像。"

"好，"提利昂说，"很好，我这儿还需要你。你有曼登·穆尔爵士的消息吗?"

波隆笑道:"他妈的给活活淹死了。"

"我欠他一笔巨债,不知该怎么偿还。"他摸摸脸上的伤疤,"说真的,我对此人了解不多。"

"他是个死鱼眼的白袍。除此之外,你还想知道什么?"

"他的底细,"提利昂道,"从头到尾。"其实他想要的是曼登爵士为瑟曦效力的证据,但不敢直说。在红堡里,人人都得学会管住嘴巴,因为墙里面不仅有老鼠,还有会说话的小小鸟和蜘蛛。"扶我起来,"他说,一边竭力撑着,"该去见父亲了,再不露面可不行。"

"他铁定会夸你变漂亮了。"波隆嘲弄道。

"算啦,我的脸本就这样,如今还掉了半个鼻子……我们还是说说漂亮人儿吧,玛格丽·提利尔抵达君临了没?"

"没有,还在途中,但整个城市业已为她陷入了疯狂。你知道吗?提利尔家从高庭运来整车整车的食物,以她的名义散发给人民。每天都有数百辆马车进城。君临的大街小巷里,提利尔的人招摇过市,只要胸前缝着细小的金玫瑰,就不用为喝酒买单。有丈夫的女人、没丈夫的寡妇,还有妓女,所有女的都为这些绣着金玫瑰的黄毛小子而迷乱。"

他们向我吐唾沫,却给提利尔送酒喝。提利昂从床上滑下来,腿脚摇晃,天旋地转,他慌忙抓住波隆的手臂,差点跌个狗吃屎。"波德!"他叫道,"波德瑞克·派恩!七层地狱,你在哪儿?"疼痛像只无牙的狗噬咬着他。提利昂痛恨虚弱,尤其痛恨自己的虚弱。这让他感到羞耻,羞耻让他愤怒。"波德,滚到这里来!"

男孩飞奔而至。他看见提利昂紧倚着波隆的胳膊站了起来,顿时张口结舌。"大人。您起来了。是否……您是……您是要酒吗?安眠酒?要我去叫学士?他说您必须待在这儿。我的意思是,待在床上。"

"我已经在床上待得太久,把干净衣服给我。"

"衣服?"

为啥这孩子在战斗中头脑清醒、手脚灵活,可其他时间总是一团糟,提利昂无法理解。"衣服是用来穿的东西,"他解释,"外套,上衣,马裤,,袜子。拿给我。替我穿上。我才能离开这该死的牢房。"

合三人之力,他才穿好衣服。虽然脸上的伤十分可怕,但伤筋动骨的是肩臂结合部那一击,有一支箭曾插进腋窝里。平日,法兰肯学士为他更衣时,血和脓会从褪色的血肉中渗出,稍微移动就牵起一阵贯穿全身的刺痛。

穿好上衣后,提利昂笼上一条马裤,松垮地披了一件大睡袍。波隆扶起他的脚,为他穿鞋,波德则为他找来一根拐棍。出门之前,他特地喝下一杯安眠酒,酒里不仅加了蜂蜜,还有适量的罂粟花奶。

即使如此,他仍感到眩晕,走在曲折的石阶上,腿不住发抖,只能一手拄拐杖一手靠着波德的肩膀。途中碰到一个侍女,她瞪着大大的白眼睛,盯住他们,活像看到了鬼魂。我是坟墓中爬出的侏儒,提利昂心想,看吧,想看就看个够吧,我比以前更丑了,快跑去告诉你的伙伴们吧。

梅葛楼是红堡中最坚固的地方,一座城中之城,四周围着一道干涸而极深的护城河,河床上钉满尖刺。出门时已是晚上,吊桥升了起来,马林·特兰爵士穿着白甲白袍守在桥前。"放下吊桥。"提利昂命令他。

"太后有令,日落后不得放下吊桥。"马林爵士一直是瑟曦的走狗。

"太后正在休息,而我找父亲有事。"

泰温•兰尼斯特公爵的名字产生了魔力。马林•特兰爵士一边咕哝，一边下达指示，跟着吊桥就放了下来。另一位御林铁卫在河对面站岗。奥斯蒙•凯特布莱克爵士看到提利昂蹒跚着走来，满脸堆笑，"感觉好点了，大人？"

"好多了。什么时候再打仗？我简直等不及了。"

波德带他走到螺旋梯前，但提利昂只能沮丧地张口呆望。我爬不上去，他对自己承认。他只好咽下所有的自尊，让波隆抱上去，心中只盼望晚上没人出没、没人看见、没人嘲笑，没人去传播这个侏儒像婴儿般被提上台阶的故事。

外院里，营帐到处滋生。"这些是提利尔家的人，"他们在丝绸和帆布的迷宫中穿梭，波德瑞克•派恩解释道，"还有罗宛大人和雷德温大人的部下。这里空间不够。我的意思是，整个城堡都装不下。很多人得自己找地方住。在城里住。旅馆和其他地方。他们都是来参加婚礼的。国王的婚礼，乔佛里国王的婚礼。您能好起来参加婚礼吗，大人？"

"怎么，我可不怕人。"至少，他们是来参加婚礼而不是来打仗的，不大可能会有人割你的鼻子。

首相塔的窄窗内隐隐约约还有灯光。门卫红袍狮盔，乃是父亲的亲信。提利昂认得他们俩，他们俩也认出了他……但没人敢看他第二眼，这点他注意到了。

走进大门，迎面遇见亚当•马尔布兰爵士。他身穿华丽的黑漆胸甲，披着代表都城守备队司令身份的金缕披风，正走下台阶。"大人，"他说，"看到你起来我真高兴，我听说——"

"——关于一个小小的坟墓已经挖好了的谣言？我也听说了。你看，这种情形下我还真非起床不可。据说你当上了都城守备队的长官，我是该恭喜你呢，还是该同情你？"

"恐怕是两者兼而有之吧。"亚当爵士哈哈大笑。"除去战死和开小差的,我手下还有四千四百人,只有诸神和小指头知道该怎么来支付这帮家伙的工资,而你姐姐还命令我一个都不准遣散。"

还那么急切干吗,瑟曦?仗已经打完,金袍军对你用处不大了。"你刚和我父亲会面?"他问。

"是啊,恐怕我没带给他好心情。照泰温大人的观点,四千四百个守卫总该能找到一名走失的侍从了,但你堂弟提瑞克依然下落不明。"

提瑞克是他过世的二叔提盖特爵士之子,仅只有十三岁,在先前的君临暴动中失了踪。当时他刚和艾弥珊德伯爵夫人成婚,这位夫人是哈佛家族最后的传人,还没断奶咧,该不会成了七国历史上最年轻的寡妇吧。"我也没找着他。"提利昂承认。

"他早成蛆虫的养料啦,"波隆用惯有的傲慢腔调插了一句。"铁手搜过,太监还悬赏一大笔,他们都找不到,更别说你。算了吧,爵士。"

亚当爵士厌恶地瞪着佣兵。"身关血亲,泰温大人的态度非常坚定:不论死活,都要找到这小子。放心,我不会辜负他。"他转向提利昂,"你可以到你父亲的书房去见他。"

那是我的书房,提利昂心想,"好的,我记得路。"

上楼的台阶更多,但这回他只搭着波德的肩,靠自己的力量爬了上去。波隆为他开门。泰温·兰尼斯特公爵坐在窗下,就着油灯书写信件,听到门闩的声音,才抬了抬眼。"提利昂。"他平静地说,一边放下手中的鹅毛笔。

"真是荣幸,您居然还认得我,大人。"提利昂松开波德,用拐棍支撑住身体,蹒跚上前。什么事情不对劲,他突然意识到。

"波隆爵士,"泰温公爵说,"波德瑞克。在我们谈话期间,你们最好在外面等。"

波隆望向首相的眼神很难说不是傲慢,但最后他鞠个躬,退了出去,波德跟着他。沉重的大门在他们身后紧紧关闭,剩下提利昂·兰尼斯特独自面对他的父亲。现在是夜晚,就连窄窗也全部关上,但屋内的寒气依旧十分逼人。瑟曦给他灌输了些什么谎话?

凯岩城公爵像比他年轻二十岁的人一样硬朗,那严峻的神情中,甚至还透出几分英气。结实的金色胡须掩盖了他的下颚,衬托出一张严厉的脸、一个秃头和一张紧闭的嘴巴。金手组成的项链挂在他脖子上,每根手指都扣住另一只手的手腕。"好漂亮的项链。"提利昂说。它更应该戴在我身上。

泰温公爵不理他话中带刺,"你给我坐下。这么着急地离开病床,明智吗?"

"我受够了那张病床,"提利昂知道父亲有多鄙视虚弱。他走向最近的椅子,"瞧,您的房间多好。说出来都没人信,当我奄奄一息时,他们居然把我扔到梅葛楼下的小黑牢里。"

"红堡里挤满了来参加婚礼的客人,等他们离开后,我们自会给你换个舒服的地方。"

"哦?非常感谢。大婚的日子定了吗?"

"乔佛里和玛格丽将在新年的第一天完婚,那也是新世纪的第一天,而典礼将宣告一个新时代的到来。"

一个兰尼斯特的新时代,提利昂心想。"好吧,父亲,看来那天我只好推掉其他约会啰。"

"你来这儿就为着抱怨卧室和开些蹩脚玩笑?省省吧,我有几封重要信件要写。"

"重要信件。当然。当然。"

"有的胜利靠宝剑和长矛赢取,有的胜利则要靠纸笔和乌鸦。罢了,你是来责备我的吧,别遮遮掩掩,提利昂。我在巴拉拔学士允许的范围内多次到病床前看望过你,当时你跟死人没两样。"泰温公爵十指交叉,顶着下巴,"你为何赶走巴拉拔?"

提利昂耸耸肩,"法兰肯学士不会让我继续沉睡。"

"巴拉拔学士是雷德温大人的随员,他的医术,众人有口皆碑。瑟曦想得周到,特意推荐他来照顾你,她很为你的性命担忧。"

只怕她担忧的是我保住小命吧。"那当然,所以她才一直守在我床前啰。"

"你这样讲,实在很不恰当。瑟曦要操办国王的婚礼,我则要统辖战争,而至少两周前你就脱离了生命危险。"泰温大人审视着儿子丑陋的面孔,淡绿的眼睛毫不退缩,"的确,好可怕的伤,你当时究竟在发什么疯?"

"敌军带着攻城锤冲向大门。若是詹姆率队出击,您会称之为英勇。"

"詹姆不会蠢到在战斗中脱下头盔。我相信,你已经把伤你的人给杀了?"

"不错,那可怜虫死透了。"其实曼登爵士是教波德瑞克·派恩干掉的,他被推进河里,铠甲的重量使他再也没有浮上来。"对手的死就是我的欢乐。"提利昂甜甜地说。不过曼登爵士并非他真正的对手,他没有杀他的理由。他只是猫的爪子,而我知道猫是谁,是她,是她想确保我上战场一去不回。但他没有证据,泰温公爵是不会接受这样的指控的。"您怎么还留在城里,父亲?"他问,"您不去对付史坦尼斯大人或者罗柏·史塔克再或者其他什么人吗?"而且越快越好。

"在雷德温大人的舰队赶到前,我们无法攻打龙石岛。没关系,史坦尼斯·拜拉席恩的太阳已经在黑水河沉没,再也不可能升起。至于史塔克,那小子人还在西境,但另一支由赫曼·陶哈和罗贝特·葛洛佛指挥的北方大军正攻向暮谷城,我派塔利伯爵正面迎敌,同时让格雷果爵士沿国王大道进发,以切断他们的后路。陶哈和葛洛佛将被夹在中间，史塔克军三分之一的步兵已注定要被勾销掉。"

"暮谷城？"暮谷城毫无战略意义，少狼主干吗急着拿下它？

"这些你都不需要关心。你的脸苍白得跟死人一样，竟还有血从衣服里渗出来。想要什么就快说，然后给我回床上去。"

"我想要……"他的喉咙又干又紧。我想要什么？比你打算给我的多，父亲。"波德告诉我，小指头当上了赫伦堡公爵。"

"不过是空头衔。眼下卢斯·波顿为罗柏·史塔克守着赫伦堡，培提尔大人又极渴望光耀门楣。怎么说，他毕竟在达成提利尔的婚约一事上为我们作了很大贡献。兰尼斯特有债必还。"

事实上，和提利尔的婚约是提利昂的主意，可现在说出来也太斤斤计较。"这头衔并不像您想象的那么空洞，"他警告，"除非有利可图，否则小指头决不出手。当然，事情已经公布，也只好暂时作罢。您提到还债的事？"

"而你想要自己的奖赏，对吧？很好，你想从我这儿得到什么？领地？城堡？官位？"

"一点该死的感激会是一个不错的开始。"

泰温公爵目不转睛瞪着他，"猴子和戏子才需要喝彩，还有伊里斯。你很好地执行了命令，我承认这点，无人否定你所扮演的角色。"

"我所扮演的角色？"提利昂残余的鼻孔几乎要喷出火来，"照我看，是我一人拯救了这个该死的城市。"

"不对，大家公认是我对史坦尼斯大人的突袭扭转了局面。提利尔大人，罗宛、雷德温和塔利，他们也打得很出色。别人还告诉我，摧毁拜拉席恩舰队的野火是你姐姐瑟曦让炼金术士们提供的。"

"而我做的只是修剪鼻毛，对吗？"提利昂无法压抑愤懑的声调。

"拦江铁索是个好主意,它替我们锁定了胜局,你就想听我说这个?当然,我还应当感谢你为我们达成与多恩领的联盟。弥塞菈已安全抵达阳戟城,你该高兴才是。亚历斯·奥克赫特爵士信中说,她喜欢上了亚莲恩公主,而崔斯丹王子为她着迷。说到底,我厌恶送给马泰尔家人质,但恐怕也别无良策。"

"我们也将得到人质。"提利昂说,"我允诺道朗亲王御前会议中的重臣席位,除非他带着大军前来,否则在这儿便会任我们摆布。"

"但愿重臣席位是马泰尔家要求的一切。"泰温公爵说,"你还许诺为他复仇。"

"我许诺还他正义。"

"随你怎么说。关键在于这事需要流血。"

"血,肯定不是件紧俏东西,对吧?打仗的时候,我就在血泊中奔波呢。"提利昂不想兜圈子,"莫非您喜欢上了格雷果·克里冈,以至于无法放弃他?"

"和他弟弟一样,格雷果爵士有他的用处。想要在权力的游戏中胜出的人,身边都需要野兽……从波隆爵士和那些原住民看来,你已经学会了这一课。"

提利昂想起提魅烧烂的眼睛,夏嘎的战斧,齐拉的人耳项链,还有波隆。尤其是波隆。"林子里到处都找得到野兽,"他提醒父亲,"小巷中也有。"

"不错,也许可以换只狗,我会仔细考虑。那么,如果没别的事……"

"你有几封重要信件要写,是的。"提利昂用摇晃的腿撑起身子,眩晕的浪涛从头到脚地掠过,他闭了会儿眼,稳定心神后,才颤动着向大门迈了一步。他以为自己会走第二步,接下来是第三步，但相反，他回过了头。"您刚才问我想要什么？那好，我就告诉你，我要的只是照权利属于我的东西。我要凯岩城。"

父亲的嘴闭得更紧，"那你哥哥怎么办？"

"御林铁卫的骑士不准结婚，不得生子，不能据地，你同我一样对此心知肚明，别再自欺欺人了。詹姆从披上白袍那天起，就自动放弃了对凯岩城的继承权，只是你从不肯承认。过去的事我们不提，现在我想要你当着全国诸侯的面宣布我是你的儿子和法定继承人。现在是时候了。"

泰温公爵淡绿眼睛里的金黄瞳仁就像融化的黄金一般发出光芒，却不带丝毫情感。"凯岩城，"他用平板、冷淡、死寂的语气念道，然后加上一句，"决不。"

这个词悬在父子之间，庞然，锋利，充满毒素。

开口之前我就知道了答案，提利昂心想，詹姆加入御林铁卫已经十八年，我却从不敢提出这个话题。我早就知道。我早就心知肚明。"为什么？"他强迫自己问，明知自己不会喜欢父亲的回答。

"你居然还问我这个？你，你这个害死母亲而出世的人？你是个怪胎、畸形、不听话的主；在你心中装满妒忌、充斥着恶意；你淫欲缠身，尽耍小聪明。世人的律法让你冠我的姓氏、穿我的衣服，因为我无法证明你不是我的种。为了教导我谦逊之道，诸神迫使我目睹你佩着雄狮纹章四处蹒跚招摇，那可是我父亲的纹章，我祖父的纹章，兰尼斯特家族的纹章！但无论诸神还是世人都不能强迫我把凯岩城交给你，让它变成你的妓院。"

"我的妓院？"云散天开了，提利昂一下子明白他的怒气从何而来。他咬紧牙关，"瑟曦拿爱拉雅雅的事向你告状。"

"她叫这个名字？抱歉，我可记不住你那堆妓女。比如，你小时候娶的那个叫什么？"

"泰莎。"他吐出这回答，摆好挑战的姿势。

"红叉河畔那个营妓呢？"

"你为什么关心？"他答道，他不愿在父亲面前提起雪伊的名字。

"我才不关心。她们死活都不干我事。"

"原来是你下令鞭打雅雅的。"这不是提问。

"你姐姐把你对我孙子的威胁告诉了我，"泰温公爵的声调赛过寒冰，"她说谎了吗？"

提利昂无法否认，"是的，我那样说过，但只是为了保证爱拉雅雅的安全，让凯特布莱克们不至于虐待她。"

"为一个妓女的安全，你居然威胁自己的家族，自己的亲属？这就是你的行事之道？"

"是你教导我，成功的威胁比直接的打击更有效。我在君临主政期间，若非如此施为，只怕乔佛里早就把家给败光了！你想鞭打人，应该从他开始。但托曼不一样……我怎会伤害托曼？他不仅是个好孩子，还是我的血亲。"

"就像你母亲一样？"泰温公爵突然站起来，高高俯瞰着侏儒儿子。"回去，提利昂，再也休提凯岩城的继承权。你会得到奖赏，但那将是适合你的服务和位置的那份。千万别搞错——这是我最后一次容忍你使兰尼斯特家族蒙羞。再也不得跟妓女鬼混。下次教我在你床上发现，我就吊死她。"

戴佛斯

他久久凝视着那张越变越大的帆，不知自己究竟想死还是想活。

等死很容易。只需爬回洞穴，任凭船只驶过，死亡很快就会来到。高烧多日不退，几乎蒸发了他，浑黄的毒水在肚肠里翻滚，烦乱的睡眠中颤抖从未停止。每个清晨他都更加虚弱。很快我就不会再受折磨了，他告诉自己。

即使高烧不能夺走他的生命，他也会渴死。这里没有淡水，只有偶尔的降雨，积存在岩石缝隙中。三天以前（还是四天？躺在这块礁石上，要分清天日是不可能的。）他的小水池就干掉了，干得像块老骨头，而四周却是无边无际、起着涟漪的灰绿汪洋，让他无法承受。饮用海水就意味着末日的来临，他对此十分明白，可当时实在忍受不住，喉咙烧得像火。是一阵突如其来的暴雨拯救了他，当时他好虚弱，以至于只能躺在雨中，闭上眼睛，张开嘴巴，一任雨点打在干裂的嘴唇和肿胀的舌头上。不管怎样，他接下来总算有了点力气，而礁石上的水池、小沟和裂缝都暂时注满生气。

但这是三天（或四天？）前的事了，而今水已消失殆尽。有些被蒸发，剩下的他吮了个干净，等到明天，又得吮吸污泥以及从洼穴底部挖到的潮湿冷硬的石头。

退一万步讲，就算没有高烧和干渴，饥饿同样会要命。他所在之地不过是辽阔的黑水湾中一块突出的荒石。潮落之时，会有细小的螃蟹吸附在石滩上——他在战斗过后也是被冲刷到那里的。他在岩石上撞碎它们，吮吸爪子里的肉和壳里的内脏。螃蟹们总把他的手夹得生痛。

　　潮起之时，石滩会消失，戴佛斯不得不慌忙爬上岩石，以免再次被冲进海湾。满潮时分，岩石顶端比海平面高出十五尺，但海湾里的浪很高，因而无法保持身上干燥，就算躲进洞里也没用（说真的，所谓的洞不过是岩石中的大窟窿）。礁石上除了青苔之外什么也不长，海鸥也不来这儿。时而有些幼鸟会停在尖顶上，戴佛斯不断尝试抓它们的方法，可每当他靠拢，它们便飞快地离开。他扔石子，却虚弱得发不上力，即便击中目标，也只能惹得海鸟对他恼怒尖叫，接着拍拍翅膀远走高飞。

　　从他的避难所，可以望见其他礁石，有的似乎比他这块要高。别的不说，虽然目测可能出现误差，但他认为最近那块至少比海平面高出四十尺。更诱人的是，那儿常盘旋着一大群海鸥。戴佛斯幻想游过去侵夺它们的巢穴，可海水冰凉，潮流汹涌无常，自己又没力气。游过去和喝海水无异，同样会要命。

　　多年的海上生涯使他明白狭海的秋季总是潮湿多雨。因为日照转弱，白天倒不太难过，可夜里却越来越冷。海风不时刮过海湾，卷起道道白色的浪涛，湿透了戴佛斯，让他浑身颤抖。在高烧和寒冷的轮番攻击下，很快他便开始持续而痛苦的咳嗽。

　　洞穴是他唯一的遮蔽所，却远远不够。退潮之际，漂流的木头和烧焦的残骸不时被冲刷到石滩上来，可它们无法打出火花。曾有一次，在绝望中，他试着摩擦两片浮木，但木头业已彻底腐朽，他的努力只换回手上几大块水疱。他的衣服没有干过，而来此之前一只鞋就已在海湾中遗失。

　　口渴、饥饿、暴露，三个伙计，陪伴他度过每一天的每个时辰，最终成为了他的朋友。但愿不久之后，他的某个朋友会怜悯他，为他解脱无尽的折磨。也许应当直接走进海里，奋力向北游，他知道海岸就在北方某处，虽然眼睛看不见。距离太远，身体虚

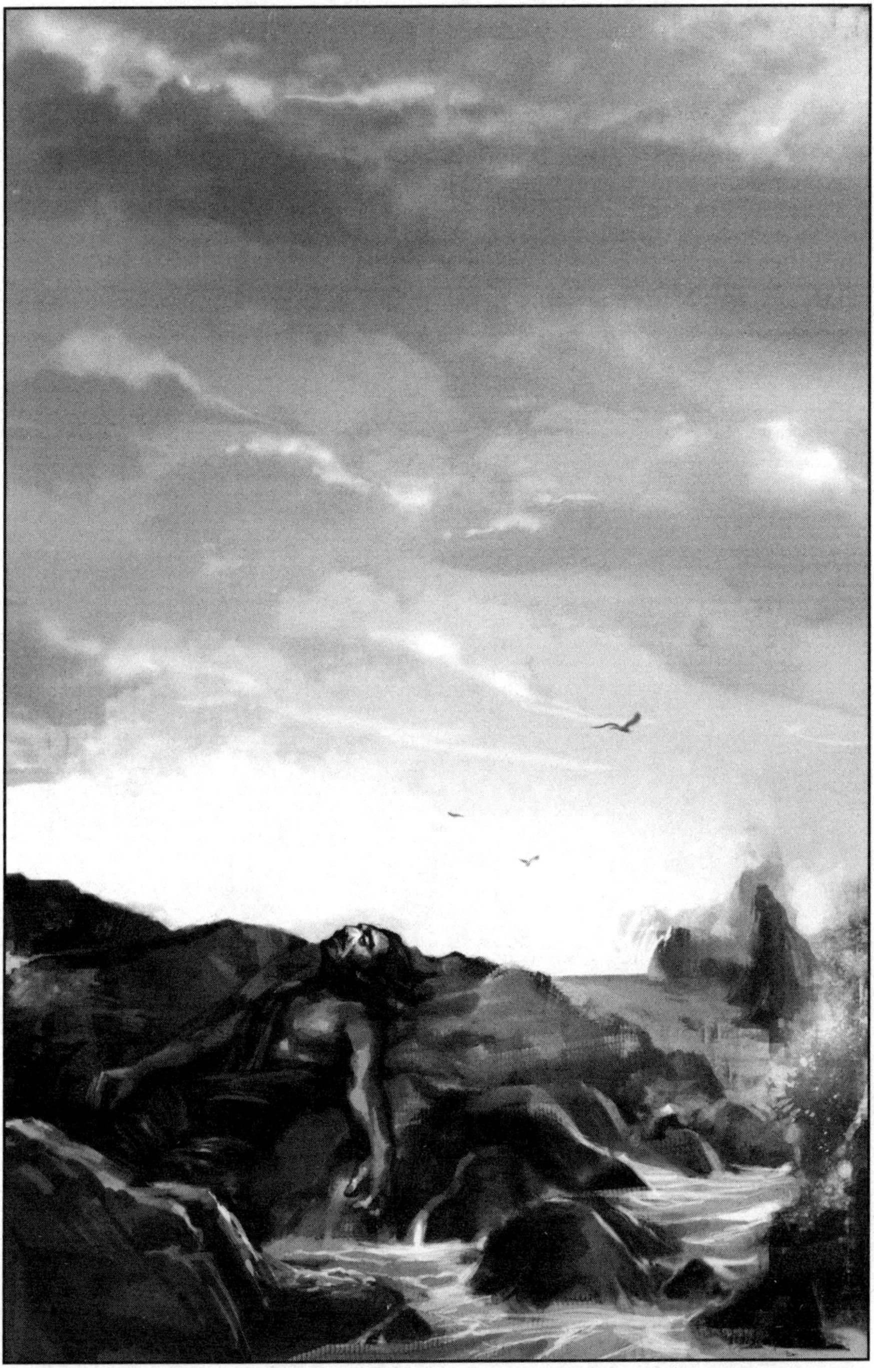

弱，游不过去，这都没关系。戴佛斯打小便是名水手，他希望死在海里。水下的神灵在等着我，他告诉自己，是我去见他们的时候了。

偏偏这时，远方却出现了那只帆，起初只是地平线上一个斑点，而今却越变越大。这里不该有船的。他知道礁石的位置，此乃黑水湾中一系列海底山脉突出的地方，称为美人鱼礁。最高的礁石比海面高出一百尺，还有十来个高出三十至六十尺的小型尖顶，水手们统一呼作"人鱼王之矛"。他们深知，每一块破浪而出的尖顶下面，都隐藏着一打暗礁。总而言之，任何有理智的船长都会远远避开。

戴佛斯用苍白红肿的双眼打量着渐渐鼓起的船帆，试图分辨海风吹刮帆布的声响。她正对着我驶来，除非立刻改变航向，否则很快就近得能听到我从这小小避难所发出的呼喊了。我活了。如果我想活的话。对此，他却不能确定。

我该怎么活？他心想，一任泪水模糊了视线。诸神在上，我该怎么活？我的孩子们死了，戴尔和阿拉德，马利克和马索斯，也许连戴冯也……做父亲的怎有脸在失去如此多的强壮孩儿之后苟活下去？我该怎么活下去？我是一具空壳，一只死去的螃蟹，内里什么都没有。他们为什么还要来救我，难道他们不明白吗？

想当初阵容强盛地进军黑水河，舰队上空飘扬着光之王的烈焰红心。戴佛斯和他的黑贝丝号位于第二战列，两边是戴尔的海灵号和阿拉德的玛瑞亚夫人号。他的三子马利克是怒火号的桨官，位于第一战列正中，马索斯则是父亲船上的大副。在红堡的高墙下，史坦尼斯·拜拉席恩的战船与小鬼国王乔佛里的"玩具"展开交锋。霎时间，河面布满漫天的弩箭，钢铁的撞锤不断击碎船桨和木壳。

然后那头巨兽开始咆哮，四周全是绿的火焰——这是野火，炼金术士的屎尿，绿火恶魔。黑贝丝号一下子被掀离水面，当时马索斯就站在父亲身旁。戴佛斯坠入河中，绝望地拍打挣扎，急流围住了他，迫使他不断打旋、打旋。上游，烟火撕裂天空，火柱冲起五十尺高。黑贝丝号，怒火号，还有十几艘其他船只同时燃烧，浑身是火的人跳入水中，却再也没有浮起。海灵号和玛瑞亚夫人号遍寻不着，想必已在漫天野火中沉没、粉碎或是消失，根本无从找寻儿子们，流水带着他直往河口冲。横亘在前的是兰尼斯特的巨型铁索，从北岸到南岸，河口处除了燃烧的野火和战船之外什么也没有。看到这番景象，他几乎停止了呼吸，但恐怖的声响仍源源不断地从耳朵里灌进来：烈焰的噼啪声、流水蒸发的嘶嘶声、垂死士兵的尖叫，还有潮流带他涌向地狱时那可怕的热浪在脸上的拍击。

他只需袖手旁观，不消片刻，就能和孩子们团聚，沉睡在海湾底部清冷的绿色泥土里，任凭小鱼噬咬脸庞。

但不知为什么，他却深吸口气，潜入水下，向着河底猛扎。唯一的希望是从铁索、燃烧的战船及水面四散漂流的野火底下穿过去，拼命地游，一直游到后方安全的海湾。戴佛斯是个游泳好手，而且那天没穿盔甲，唯一戴着的圆盔也于坠海时丢失了。他在绿色的水帘里穿梭，见到无数挣扎摸索的人，沉重的铠甲和锁甲正把他们慢慢拽进河底。戴佛斯游过他们，用尽腿上每一分气力蹬开躯体，追随潮流的方向。海水很快灌进他的眼睛。他越游越深，越游越深，越游越深，随着每一次游动，逐渐难以屏住呼吸。记得自己望见了河底，透过嘴巴喷出的气泡瞧去，这儿柔软而昏暗。什么东西碰到腿，一块石头？一只鱼？一个淹死的士兵？他不知道。

他需要空气，却不敢上浮。越过铁索了吗？在海湾内了吗？如果浮上去触到船只，必定要憋死；倘若出现在飘浮的野火中，第一口呼吸就会将肺烧成灰烬。他在水中扭着身子往上瞧，除了暗绿的黑影，什么也看不到，而他动作太剧烈，突然间便无从分辨河流的走向。恐慌攫住了他。他拼命拍打，手拂过河底，挖出团团污泥，彻底遮蔽了视线。胸膛愈来愈紧,他四处乱抓、踢打、推搡、不断翻动,肺部呐喊着要呼吸空气。踢啊,踢啊,在漆黑的水底迷路了,踢啊,踢啊,踢到再也踢不动为止。他张口号叫,海水猛灌而进,味道像盐巴,戴佛斯·席渥斯明白自己就快淹死了。

恢复知觉时,太阳已然升起,他躺在一块裸露礁石下方的滩头,四面是空荡荡的海湾,身旁有一根破碎的桅杆、一面烧焦的帆布和一具肿胀的尸体。涨潮的时候,桅杆、帆布和尸体全都消失,只把戴佛斯孤零零地扔在"人鱼王之矛"的岩石上。

经历了漫长的走私者生涯,戴佛斯对君临附近海域的了解比他拥有过的任何家园都要深。他很清楚他的避难所不过是海图上的一个小点,况且这个小点正是诚实的水手应当回避,而不是靠近的地方……他自己倒来过美人鱼礁几次,只为躲避侦察。等有一天,我的尸体在这块岩石上被人发现,他们或许会用我的名字为它命名,他心想,就叫"洋葱之岩"吧,这就是我的墓志铭。他别无所求。父亲保护孩子,修士们如此教诲,可他戴佛斯偏偏把自己的孩子们带进烈火之中。戴尔再不可能使他的妻子怀上他们一直祈求的孩儿了;而阿拉德,他在旧镇、在君临、在布拉佛斯都有情人,她们很快便要陷入哀泣之中;马索斯甚至来不及完成自己的梦想,没能当上船长,拥有自己的船;而马利克再也不能成为骑士。

他们都死了,我该怎么活?无数英勇的骑士,伟大的领主,比我优秀的人,比我高贵的人,纷纷捐躯,只有我……爬进洞穴里去,戴佛斯,爬进去,缩成一团,船就会离开,没有人会再来打扰你。睡在石头上,让海鸥啄出你的眼珠,让螃蟹享用你的血肉,你享用过它们,你欠它们的情。躲起来,走私者,躲起来,别出声,然后死去。

风帆几乎近在眼前。再过一会儿,船就会平静地离开,他也将平静地死去。

他的手伸向咽喉，摸索着一直戴在颈项上的小皮袋，里面保留着他的国王册封他为骑士当天，削下的四根指节。我的幸运符。短指在胸前拍打、摸索，什么也没找到。袋子不见了，连同里面的指骨一起。史坦尼斯一直不理解他为何要留着这些骨头。"提醒我谨记吾王的公正。"他用破裂的嘴唇低语。而今连它们也不见了，大火像带走我的孩子们一样带走了我的幸运符。在梦中，河上的火焰从未熄灭，手持火鞭的魔鬼在水面舞蹈，活人在抽打下燃烧，化为焦炭。"圣母啊，发发慈悲吧，"戴佛斯祈求，"救救我，温柔的圣母，救救我们大家。我的幸运符丢了，我的孩子们死了。"他无法抑制地号啕大哭，咸咸的泪水在面颊积成小溪。"火带走了一切……火……"

也许只是一阵刮过岩石的海风，也许只是一阵拍打滩头的浪潮，但在那一瞬间，戴佛斯·席渥斯听到了她的回应。"是你招来火焰，"她低语道，声音像隔着贝壳听潮一般微弱轻柔，充满忧伤，"是你烧了我们……烧了我们……烧了我们们们们们们们。"

"是她干的！"戴佛斯哭喊，"圣母啊，请不要将我们抛弃。是她干的，那红袍女，梅丽珊卓，是她！"她仿佛出现在眼前：心形脸蛋、红色的眼睛、红铜色的长发。她穿着红色的长礼服，由丝绸和缎子所制，走起路来有如火焰在移动。她来自东方的亚夏，在龙石岛上，用异乡的神灵俘获了赛丽丝和王后门下的贵族，接着又俘获了国王史坦尼斯·拜拉席恩的心。国王走得太远，竟把烈焰红心当成自己的旗帜，侍候光之王拉赫洛，圣焰之心，影子与烈火的真主。在梅丽珊卓的力促下，他把龙石岛圣堂里的七神神像全拖出来，在城门口焚烧；后来还烧毁了风息堡的神木林，甚至那棵刻着庄重面容的巨大白色鱼梁木也难逃厄运。

"是她干的。"戴佛斯重复，只觉言语加倍的无力。是她干的，可你是帮凶，洋葱骑士。在那个漆黑的夜晚，是你载她潜进风息堡，放出阴影之子。你不无辜，你怎么可能无辜？你在她的旗帜下骑行，在她的旗帜下航海，你眼睁睁看着七神在龙石岛被焚烧，什么也没做。公正的天父、慈悲的圣母、睿智的老妪，铁匠和陌客，少女与战士，统统被她奉献给那残酷的神灵，而你只是静静地站着，闭上嘴巴。即便她杀害了克礼森老师傅，即便目睹了如此暴行，你仍旧什么也没做。

风帆就在一百码外，飞速穿越海湾。很快，它就会经过这里，逐渐消失。

戴佛斯爵士开始往上爬。

他用发抖的手牵引自己，发烧的脑子里思维模糊。伤残的手指两次在潮湿的岩石上打滑，他几乎跌落下去，用尽全力方才抓紧。掉下去就死定了，而他必须活着。至少要再活一会儿，有使命必须完成。

顶端很窄，而他又那么虚弱，根本无法安全站立，他只好蹲在上面，挥舞着骨瘦如柴的手臂。"船，"他在风中呼喊，"船，这里！这里！"从高处，他可以更清楚地打量她；细瘦的彩绘条纹船壳，青铜制的船首像，翻腾的风帆。船壳上有名字，可戴佛斯不识字。"船，"他再次叫道，"救救我，救救我！！！！！！"

艏楼上一名水手发现了他，指指点点。他看见其他船员奔向船舷，目瞪口呆地打量他。帆降下来，桨也收起，她开始朝他的避难所转舵。来船很大，不可能靠近，于是在三十码外，她放出一艘小艇。戴佛斯趴在岩石上，盯着小艇靠拢。四个人在划，第五个人站在船首。"你，"当小艇离石礁只剩几尺时，对方发话道，"岩石上的这个人。你是谁？"

一个飞黄腾达的走私者，戴佛斯心想，一个愚忠于君王，以致忘记神灵的蠢货。他的喉咙干得要命，不知该如何吐词，所以话说出来，连自己也觉得陌生。"我是黑水河一战的幸存者。我是……

一个船长,一个……一个骑士,我是一个骑士。"

"是嘛,爵士先生,"对方说,"那您为哪位国王效劳?"

来船很可能属于乔佛里,他突然意识到,假如说错话,就会被遗弃,被扔在这里听天由命。不,不会,她有彩绘船壳。这是里斯人的船,萨拉多·桑恩的船,圣母派来的船!圣母慈悲啊,她把使命托付给了我。史坦尼斯还活着,他明白了,我的国王还活着,我还有别的孩子,我还有一个忠诚而深情的妻子。我怎能忘记呢?圣母是真正慈悲的。

"史坦尼斯,"他朝里斯人吼回去,"诸神在上,我为史坦尼斯国王效劳。"

"啊,"船上的男人说,"我们也一样。"

珊莎

这份请柬看起来如此单纯，可珊莎每读一次就觉得肚子紧了几分。她快当上王后了，又漂亮又富有，人人都喜欢，为何偏要急着与叛徒之女共进晚餐？不合情理，她心想，也许玛格丽·提利尔想试探一下失势的竞争者？她是不是恨我？认为我暗地里诅咒她……

前几天她带着庞大的队伍踏上伊耿高丘时，珊莎就在城堡长墙上观看。为欢迎未婚妻前来都城完婚，乔佛里亲自去国王门迎接，两人在欢呼的群众中并驾齐驱。小乔穿着闪亮的金甲，提利尔家的女孩穿一件由秋天的花朵编织而成的斗篷，斗篷随风飘扬，内里则是绿衣，显得格外迷人。她年方十六，棕头发，棕眼睛，苗条美丽。当她经过时，人民高呼她的名字，举着孩子让她赐福，在她的马蹄周围撒下无数花瓣。她的母亲和祖母跟在后面，坐在一座侧面雕刻着一百朵纠结玫瑰的大轮宫里，每朵玫瑰都镀了金、闪闪发光。老百姓也向她们欢呼致敬。

他们把我从马上拖下来，若非猎狗来救，肯定一命呜呼。珊莎没做过对不起平民们的事，与之相对，赢得他们爱戴的玛格丽·提利尔连都城都没来过。她希望我也喜欢上她吗？珊莎注视着请帖，默默地想。似乎这确是玛格丽亲笔手书。她希望得到我的祝福吗？不知乔佛里是否知道这次晚宴的事。整件事的幕后黑手也许正是他，想到这里，她便不寒而栗。如果乔佛里是始作俑者，他一定备下不少残酷的玩笑，用来在那年长的女孩面前羞辱她。他会再次命令御林铁卫脱她的衣服吗？上回，他舅舅提利昂制止了他，现今小恶魔大伤初愈，显然不可能来救她。

除了我的佛罗理安,没人会来救我。唐托斯爵士许诺送她回家,但得等到乔佛里的新婚之夜。一切都安排好了,她亲爱的、忠诚的弄臣骑士保证,现在只需耐心等待,默默计算时日……

看来我不得不默默地参加晚宴……

或许我错怪了玛格丽•提利尔;或许这份请柬是礼貌的表示,一点单纯的心意;或许这只是一顿普通的晚宴。可这里是红堡,这里是君临城,这里是国王乔佛里•拜拉席恩一世的宫廷,如果说珊莎在这里还学会了什么的话,那就是谁也不能信任。

但不管心里怎么想,她都必须接受。她没有地位,只是一位遭到抛弃的叛徒之女,叛军首领的妹妹。她无法拒绝乔佛里的未婚妻。

真希望猎狗在我身旁。激战正酣的那个晚上,桑铎•克里冈来到她的卧室,想带她逃出城去,却被珊莎拒绝。近来,她常在深夜里醒来,思索自己的决定是否明智。她把他那身污染的白袍藏在装夏季丝绸衣衫的雪松木箱里,却不知为何要这样做。人们都说猎狗是懦夫,战斗进行到最高潮时,他喝得大醉,只能由小恶魔代他率军出击。珊莎理解他,她知道他那半边烧烂脸庞的秘密。他只怕火。那一晚,野火让长河自己似乎都燃烧起来,空中满是绿色烈焰。身处城堡以内,珊莎尚且感到无比恐惧,在外面……简直不堪设想。

她长叹一声,取出鹅毛笔和墨水,给玛格丽•提利尔写了一封和蔼亲切的回函,表示接受邀请。

当约定的夜晚来临时,另一位御林铁卫来到她的房间,这名男子和桑铎•克里冈的差别就像……没错,就像鲜花和野狗的差别。望着挺立在门槛外的洛拉斯•提利尔爵士,珊莎的心跳不断加速。自他率领他父亲的前锋部队杀回君临以来,这是她头一回和他如此接近。霎时间,她不知该说什么好。"洛拉斯爵士,"她勉强应道,

"您……您看上去真俊。"

他迷惑地微笑,"小姐过誉,您才真是漂亮。来,舍妹正急切盼望您大驾光临呢。"

"我也是这般急切地盼望着。"

"不仅玛格丽,我的祖母大人也在等您。"他挽起她的手,带她下楼梯。

"您的祖母?"洛拉斯爵士触碰着她的手,她几乎无法走路、说话和思考。透过丝衣,她感觉到他手上的温度。

"奥莲娜夫人,她也会参加晚宴。"

"噢,"珊莎道。他在和我说话耶,他靠近我,挽着我,触摸我。"我知道了,她被称作'荆棘女王',是吗?"

"是的,"洛拉斯爵士笑了。那是全天下最温馨的笑容,她心想。"当然啦,可别当面这样讲,否则会给刺到哦。"

珊莎脸红了。傻瓜都知道没有女人会喜欢"荆棘女王"这种外号。也许瑟曦·兰尼斯特说得没错,我确实是个笨女孩。她努力搜寻机智或有趣的事来和他攀谈,可一切风趣都离她远去。她想称赞他的帅气,却意识到自己已经说过了。

可他真的好漂亮。自打上次见面以来,他似乎长高了,但柔和与优雅丝毫不减,珊莎没见别的男孩子有他那对绝妙的眼瞳。不,他不是男孩子,是大人了,是御林铁卫的一员。她觉得他穿白袍比穿提利尔家族绿色和金色的服装还要好看许多。他全身上下,唯一的异色来自于扣住披风的胸针,那是一朵柔金制成、黄澄澄的高庭玫瑰,配有精致的绿宝石树叶。

今天把守梅葛楼大门的是巴隆·史文爵士。他同样一身雪白,却没洛拉斯爵士一半好看。走过钉满尖刺的护城河,二十多个男人正在院子里练武。近来城堡十分拥挤,外院早已让给宾客们搭建营帐,只剩狭小的内庭用于训练。雷德温家双胞胎中的一个被塔拉德爵士打得节节败退，雇佣骑士的盾牌上有眼睛的徽章。凯切镇的肯洛斯爵士生得矮胖，尽管每次提剑都气喘吁吁，却能勉力抵挡奥斯尼•凯特布莱克；与之相对，奥斯尼的兄弟奥斯佛利把青蛙脸的侍从莫洛斯•史林特一顿好揍，不管用的是不是钝剑，史林特明天肯定会全身青肿。珊莎瞧见不禁一缩。他们还没埋葬上场战争的尸体，就已经在为下场战争做准备了。

广场边缘，有一个盾牌上绣了一对金玫瑰的骑士独自抵挡三个人的攻击。就在他们注目之时，他击中那三人其中一位的头部，敲得对方失去知觉。"那是你哥吗？"珊莎问。

"是的，小姐，"洛拉斯爵士道。"加兰通常和三人一起练，甚至对上四个。他说战场上鲜有一对一的机会，因此得早作准备。"

"他一定非常勇敢。"

"他是个伟大的骑士，"洛拉斯爵士回答，"真的，他使剑比我强，我只有长枪胜他半筹。"

"是啊，我记得的！"珊莎忙道，"我记得您骑马挺枪的英姿，爵士先生。"

"小姐您真体贴，可您是何时见我骑马的呢？"

"在首相的比武大会上，您不记得了吗？当时你骑一匹雪白的坐骑，铠甲上有千束不同的花朵。你给了我一朵玫瑰，一朵红玫瑰，抛给其他女孩的却是白玫瑰，"谈到这她便脸红了，"您说：再伟大的胜利也不及我一半美丽。"

他温和地笑笑，"我不过是实话实说，相信每个有眼光的男人都会认同。"

他真的不记得了，珊莎吃惊地意识到，他只是随口奉承，根本不记得我或者玫瑰或者别的事情。一朵红玫瑰，不是白玫瑰。她一直以为那意味着什么，那意味着一切啊！"当时你刚把罗拨•罗伊斯爵士打落下马。"她绝望地补充。

他突然抽离手臂。"我在风息堡杀了罗拨,小姐。"年轻骑士没有自吹自擂,语调中是深深的悲哀。

"你不仅杀了他,还杀了蓝礼国王的另一名彩虹护卫。珊莎曾听井边的洗衣妇谈起过,如今竟然忘了。"当时蓝礼大人刚过世,对吧?对您可怜的妹妹而言,这多么可怕啊。"

"对玛格丽?"他的声音有些不自然,"……她倒没关系。她人在苦桥,根本没有目睹。"

"即便如此,当她听到……"

洛拉斯爵士的手轻轻掠过剑柄,握把由白皮革制成,圆头则是雪花石膏做的玫瑰。"蓝礼死了。罗拨也死了。再说他们有什么用!?"

他尖锐的声调吓得她踉跄后退,"我……大人,我……我无意冒犯,爵士先生。"

"你的话也冒犯不了我,珊莎小姐。"洛拉斯回答。所有的善意烟消云散,他也不再挽她的手了。

他们在深沉的静默中攀登蜿蜒的螺旋梯。

唉,为什么要提起罗拨爵士?珊莎心想,我把一切都搞砸了,他在生我的气。她竭力想说些什么来赔罪,可能想到的一切话语都那么蹩脚虚弱。闭嘴,你只会搞得更糟,她告诉自己。

梅斯·提利尔公爵和他的队伍住在王家圣堂背后那座长长的板岩顶堡垒里,此地名为"处女居",前朝国王"受神祝福的"贝勒便于此幽禁他的姐妹们。因为他认为,看不见她们,就不会被引诱而陷入肉欲中。高大精雕的木门外,站着两位戴镀金半盔、披金线滚边绿袍的卫士,胸前绣有高庭的金玫瑰,两人均七尺身高,宽肩细腰,浑身肌肉。珊莎走近来观察,发现自己无法将对方分辨开来。他俩有同样强健的下颚,同样深邃的蓝眼睛,同样稠密的红胡须。"他们是谁呀?"她询问洛拉斯爵士,不由得抛却了刚才的不快。

"我祖母的私人护卫,"他告诉她,"双胞胎,一个叫艾里克,一个叫阿里克,由于难以分辨,祖母干脆称他们为左手和右手。"

左手和右手打开大门,玛格丽·提利尔亲自奔下短短的阶梯,前来迎接。"珊莎小姐,"她喊道,"你能前来我真是太高兴了。欢迎你,欢迎你。"

珊莎在未来的王后陛下脚前跪下,"您给了我莫大的荣耀,陛下。"

"何不叫我玛格丽?快,快起来。洛拉斯,快扶珊莎小姐。对了,能叫你珊莎吗?"

"如果您高兴的话。"洛拉斯爵士扶她起来。

玛格丽用一个兄妹间的吻打发走骑士,挽起珊莎的手臂,"来吧,我的祖母在等你呢,她的耐性可不是太好唷。"

壁炉里,炉火噼啪燃烧,甜美的香草撒在地板上。长长的搁板桌边,坐了十来个贵妇人。

珊莎只认得提利尔公爵高大而威严的妻子,艾勒莉夫人,她长长的银色发辫上绑着珠宝环。玛格丽为她引见其他人:首先是她的三位表妹,梅歌、雅兰和埃笋,年龄均与珊莎相仿;丰满的洁娜夫人是提利尔公爵的妹妹,嫁到绿苹果佛索威家中;面容秀丽、长着一对明亮眼珠的莱昂妮夫人也是佛索威家的人,她嫁给了加兰爵士;娜丝特瑞卡修女有一张长满痘子的、单调的脸,但她似乎兴高采烈;白皙、优雅的格雷佛德夫人怀着孩子,而布尔威伯爵夫人自己都还是个小孩,尚不满八岁;玛格丽称喧闹肥胖的梅内狄斯·克连恩为"欢乐的玛瑞",她开始还以为这是玛瑞魏斯夫人的昵称呢,后者是一名性格开放的黑眼睛密尔美女。

最后，玛格丽把她领到长桌首位那个白发的干枯老妇人面前，"我很荣幸地向你介绍我的祖母奥莲娜夫人，前任高庭公爵罗斯·提利尔大人的遗孀——他的音容笑貌是我们家人共同的慰藉。"

老妇人身上散发出玫瑰香水味。她看起来好小啊，怎么可能有刺呢？"吻我，孩子，"奥莲娜夫人边说，边用斑驳柔滑的手拉住珊莎的手腕，"你真好心，肯来和我及这群蠢母鸡们共进晚餐。"

珊莎恭敬地吻了老妇人的面颊，"不，是我该感谢您的好意，夫人。"

"我认识你祖父，瑞卡德公爵，虽然彼此了解不深。"

"他在我出生前就死了。"

"是的，我想起来了，孩子。据说你的徒利外公也快死了，霍斯特公爵，他们告诉你了吧？他是个老头，虽然没我岁数大，但黑夜终究会降临到每个人头上，只是对某些人而言快一点。你比大多数人更能体会这点，可怜的孩子。我明白，你很悲伤，我们都为你逝去的亲人们感到遗憾。"

珊莎瞟瞟玛格丽，"当我听说蓝礼大人的死讯时，的确十分悲伤。陛下，他是多么堂皇的人儿啊。"

"你真好心。"玛格丽道。

她祖母则嗤之以鼻，"没错，他堂皇，有魅力，澡也洗得干净。他知道如何打扮、如何微笑、如何沐浴，从而得出结论自己该当国王！毫无疑问，拜拉席恩家的人总有些荒唐念头，我觉得，这都是从他们的坦格利安血统中继承的。"她擤擤鼻子。"他们曾想让我嫁给坦格利安家的人，我可不依。"

"蓝礼既勇敢又温柔，祖母大人，"玛格丽说，"父亲很喜欢他，洛拉斯更是尤有过之。"

"洛拉斯还小，"奥莲娜夫人直截了当地说，"善于用木棒把别人敲下马来，但这种运动不能让他变聪明。至于你父亲，我有时候觉得自己要是个乡下农妇就好了，才好拿大木勺敲他，把各种思量灌进那颗肥脑袋里。"

"母亲！"艾勒莉夫人申诉。

"闭嘴，艾勒莉，少来这种语气。还有，别叫我母亲，如果生过你，我会记得的。总而言之，我又没说你，只是在责备我儿子，痴呆的高庭公爵。"

"祖母，"玛格丽说，"注意一下言辞嘛，不然珊莎小姐会以为我们是一群怪人呢。"

"她会以为我们是一群风趣的人，不管怎么说，至少我们中的一员是这样。"老妇人转回珊莎的方向，"那是叛逆，我警告过他，劳勃有两个儿子，蓝礼还有位兄长，他凭什么要求那张丑陋的铁椅子呢？啧——啧，我儿子告诉我，您就不想让您的甜心当上王后吗？你们史塔克家族曾经世代为王，艾林家族和兰尼斯特家族也是，即便拜拉席恩家，从母系计算也是古代的王族，只有提利尔家在龙王伊耿于'怒火燎原'一役中烧掉正统的河湾王以前不过是总管地位。如果照实说，正如讨厌的佛罗伦家经常哀号那样，我们家对高庭的权利确实有点站不住脚。'这有什么关系？'你问，无疑这没关系，除非是碰上我儿子这样的呆瓜。将来可能看见孙子坐上铁王座的前景让他自我膨胀，就像个……得，你们怎么称呼那个？玛格丽，你最聪明，行行好，告诉你可怜、半聋的老祖母，那种产自盛夏群岛、一戳就膨胀十倍的怪鱼叫什么名字？"

"他们叫它充气鱼，祖母。"

"它就叫这个，盛夏群岛人真是缺乏想象力。如果照实说，我儿子该拿充气鱼当纹章，最好还弄顶王冠戴在鱼头上，就跟拜拉席恩家在他们的雄鹿头上弄的一样，这样该心满意足了。如果你问我，我得说我们本应和这桩该死的愚行保持距离，挤下的乳汁可不能注回乳房去。充气鱼大人给蓝礼公爵戴上王冠以后，我们家就只好没完没了地下跪,还被别人牵着鼻子走。你对此怎么看,珊莎?"

珊莎的嘴张了又合,她觉得自己才像条充气鱼。"提利尔家的血统可以追溯到青手加尔斯。"这是仓促间她能找出的最佳答案。

荆棘女王不以为然,"有什么用?佛罗伦家、罗宛家、奥克赫特家……一半的南方贵族都一样。都说加尔斯善于播种,使万物欣欣向荣,依我看,他用来播种的可不止手而已。"

"珊莎,"艾勒莉夫人打断谈话,"你一定饿坏了,就让我们一起享用烤野猪和柠檬蛋糕吧?"

"我最喜欢柠檬蛋糕。"珊莎承认。

"行了,我们都知道。"奥莲娜夫人宣布,她显然不打算住嘴。"瓦里斯那家伙似乎以为我们该为这点情报感谢他,如果照实说,我不太了解太监的思维模式,在我看来,他作为男人最有用的部位都给切掉了。艾勒莉,你叫上菜了吗,还是想活活饿死我啊?这儿,珊莎,坐我旁边,我可不像她们那么讨厌。你喜欢看小丑表演,对吧?"

珊莎抚平裙子,然后坐下,"呃……小丑,夫人?您的意思是……穿杂色衣服的那种?"

"今天他穿的是羽毛衣。你以为我在说谁?我儿子?这些可爱的女士?不,别脸红,配上头发你看起来活像个大石榴。如果照实说,所有人都是小丑,而穿杂色衣服的比戴王冠的更有趣。玛格丽,好孩子,召'黄油饼'进来,让我们看看珊莎小姐的笑容。你们其他人都坐下,我先前没交代吗?瞧你们的样子,珊莎一定以为我孙女身边是群绵羊呢。"

黄油饼先于饭菜到来,此人穿着绿黄羽毛做的小丑套装,头插一根绵软的鸡冠花。他非常肥胖,圆滚身材,有三个月童那么大。他翻滚着进入大厅,跳上桌子,把一颗硕大的鸡蛋恰好放在珊莎面前。"请敲碎它,小姐,"他指示。于是她敲碎蛋壳,十来个黄色的小鸡从里面冒出来,四下乱跑。"抓住它们!"黄油饼呼喊。年幼的布尔威伯爵夫人拦住一只,并把它交给黄油饼,只见他昂头便将小鸡塞进自己肥肿的大嘴里,一口吞下。当他打嗝时,细小的黄羽毛从鼻子里飞出。布尔威伯爵夫人伤心得号啕大哭,可当她看见小鸡从自己的裙服袖子里蠕动而出、爬到手臂上时,眼泪又立刻化为喜悦的尖叫。

仆人们送上韭葱和蘑菇炖的肉汤,黄油饼玩起杂耍,奥莲娜夫人把身子向前蹭了蹭,手肘靠在桌子上。"你了解我儿子吗,珊莎?你了解高庭的充气鱼大人吗?"

"他是一个伟大的领主。"珊莎很有礼貌地回答。

"他是一个伟大的白痴。"荆棘女王纠正,"他父亲同样是个白痴。我指的是我丈夫,前任公爵罗斯。啊,千万别误会,我很爱他,他心地善良,在床上也不无能,可他脑筋就是转不过弯!你知道吗?他鹰狩时竟从悬崖上掉了下去。他们说,他一直盯着天空,根本没注意马。"

"而现在呢,我的白痴儿子也在干同样的蠢事,只是他骑的换成了狮子不是马。骑狮容易下狮难啊,我警告过他,可他只会傻笑。如果你有了孩子,珊莎,记得要经常责打,他才会听你的话。我只有这一个儿子而我舍不得,所以他现在对黄油饼的兴趣都比对我的大。我告诉他,狮子可不是能随便打发的猫咪,而他把我当做'唠叨的母亲'。如果你问我,我得说在这个国家里唠叨的人的确很多,而所有这些国王若肯先放下剑,听听他们母亲的话无疑会干得出色许多。"

珊莎意识到自己又张大了嘴巴。一旁,艾勒莉夫人和其他贵妇正被黄油饼的表演——用头、肘和宽大的臀部颠橘子——逗得大笑,她赶紧往嘴里塞了一勺肉汤。

"关于那个小鬼国王，我希望你说实话，"奥莲娜夫人突然道，"我指的是乔佛里。"

珊莎握紧汤勺。实话？我不能。别问这个，求求你，我不能说出来。"我……我……我……"

"是的，我在问你，有谁比你更了解呢？我承认，那小子看起来确有王者风范。嗯，显得有些傲慢自大，这也应当归结于他的兰尼斯特血统。然而，我们听说了许多令人困扰的谣言。这些谣言有没有真实的成分？那小子虐待过你吗？"

珊莎神经质地四处张望。黄油饼把一整个橘子放进口中，咀嚼、吞咽，边用手掌拍打脸颊，边用鼻子将种子一颗颗吹出来。女人们咯咯发笑，仆人则进进出出，处女居中回荡着盘子和汤勺的碰撞声。一只小鸡跳上桌子，走进格雷佛德夫人的肉汤里面。看样子，无人关注她，即便如此，她仍旧害怕。

奥莲娜夫人不耐烦起来，"你傻盯着黄油饼作甚？我在问你问题，我等待你的回答。你的舌头教兰尼斯特家拔了吗，孩子？"

唐托斯爵士警告过她，只有在神木林里，才能放心说话。"小乔……乔佛里国王，他……陛下他英俊又潇洒，而且……而且像雄狮一样勇敢。"

"是啊，兰尼斯特家的人都是狮子，而提利尔放屁都有玫瑰的香味。"老妇人厉声喝道，"我问的是他究竟怎么样！聪明吗？有没有颗好心肠？能不能关心人？具备国王必需的骑士风度吗？他会钟爱玛格丽、深情地待她，并像保护自己的荣誉一样保护她的荣誉吗？"

"他会的，"珊莎撒谎，"他非常……非常帅气。"

"见鬼，孩子，你可知道，别人都说你是个像黄油饼一样的大傻瓜，从前我还不肯相信呢。帅气？起码我教导过玛格丽'帅气'的价值，那东西全是狗屁！'明焰'伊利昂够帅气，你瞧他是个什么样的怪物。我把问题再清楚地说一遍：乔佛里到底是个怎样的人？"她伸手抓住一名路过的仆人。"我不喜欢韭葱，把肉汤端开，上干酪。"

"蛋糕之后才上干酪，夫人。"

"我想什么时候上就什么时候上，立刻把干酪给我端来。"老妇人转向珊莎。"你在害怕，孩子？别怕，在场的都是女人，只管说实话，没人会伤害你。"

"我父亲总是说实话。"珊莎静静地说，她发觉自己无法抛开疑虑。

"艾德公爵，是的，是的，他有那样的好名声，却被他们当做叛徒，砍了脑袋。"老妇人直勾勾地瞪着她，目光锋利明亮，犹如利剑的尖头。

"乔佛里，"珊莎说，"是乔佛里干的。他答应过我会手下留情，可依然砍了父亲的头。他说这就是手下留情，然后带我到城墙上，强迫我看，看那头颅。他想让我哭，可是……"她忽然停下，遮住嘴巴。我怎么回事？诸神在上啊，竟然在他们面前说这些，如今覆水难收，早晚会有人告诉小乔……

"继续。"催促的人变成了玛格丽。她是乔佛里的未婚妻，珊莎不知她刚才听到多少。

"我不能说，"如果她把我的话告诉他，如果她说出去？他一定会杀了我，或把我送给伊林爵士。"我……我父亲是叛徒，我哥哥也是，我只是个叛徒之女，求求您，别再让我说了。"

"镇静，镇静！孩子。"荆棘女王命令。

"她吓坏了，祖母，你看看她。"

老妇人朝黄油饼大喊，"小丑！来，给我们唱个歌，唱个长点的，让我想想……《狗熊和美少女》很合适。"

"好！"肥胖的小丑应道，"说唱就唱！我可以倒立着唱吗，夫人?"

"这样会唱得好些?"

"不会。"

"那就给我好好站着唱。我可不想你把帽子掉下来,就我所知,你从不洗头!"

"如您所愿,"黄油饼深深鞠躬,打了一个响嗝,然后立正站好,腹部吸气,吼叫起来:"这只狗熊,狗熊,狗熊!全身黑棕,罩着毛绒……"

奥莲娜夫人向前蠕动,"我比你还小的时候就知道,红堡里的石墙都是长耳朵。好,他们爱听就听,让他们去欣赏歌谣,我们好好谈谈。"

"可是,"珊莎说,"瓦里斯……他知道,他总是……"

"唱大声点!"荆棘女王朝黄油饼叫嚷,"没吃饭是吧?我这对老耳朵都快聋了,你还说什么悄悄话?肥小丑,我付钱可不是来听你说悄悄话的!给我唱!"

"……狗熊!"黄油饼大喝,宏伟的低音震动屋檐。"噢,人们都在说,快来见美人!美人?他懂,可我是狗熊!全身黑棕,罩着毛绒!"

满脸皱纹的老妇人笑道:"高庭的花丛里,同样有不少蜘蛛。只要遵守规矩,我就放它们一马;若敢碍事,立即踩死。"她拍拍珊莎的手背。"好啦,孩子,现在可以说实话了。乔佛里到底是个怎样的人?为何他冠着拜拉席恩的姓氏,做起事来却包含了兰尼斯特所有的劣根性?"

"沿着大路这头到那弄。这头!那弄!男孩,山羊,跳舞的熊!"

珊莎觉得心脏提到了嗓子眼。荆棘女王靠得如此之近,她能闻到老妇人酸败的呼吸,对方消瘦纤细的手指更捏痛了她的手腕;另一边，玛格丽也在关注。她不禁浑身颤抖。"他是个怪物，"她低声说，声调颤巍，以至于连自己都听不清，"乔佛里是个怪物。他在屠夫小弟的事情上撒谎，逼得我父亲杀掉了我的小狼；当我惹他不高兴时，他会叫御林铁卫打我。夫人，他既邪恶又残忍，真的，太后也和他一样。"

奥莲娜夫人和她孙女交换了个眼神。"啊，"老妇人说，"这真遗憾。"

不妙，诸神在上，珊莎恐惧地想，如果玛格丽不肯嫁给他了，小乔会怪罪我的。"求求您，"她脱口而出，"千万别耽误婚礼……"

"别害怕，充气鱼大人下定决心要让玛格丽当上王后，而提利尔的承诺比凯岩城所有金子加起来还值价，至少在我活着的时候是这样。不管怎么说，我们感激你的实话，孩子。"

"……边跳边转，慢慢走向美人！美人！美人！"黄油饼跳着、吼着、跺着脚。

"珊莎，有兴趣去高庭拜访吗？"玛格丽·提利尔微笑时，像极了她哥哥洛拉斯，"秋天的花朵正在那边到处盛开，果树丛和喷泉，阴凉的庭院，大理石柱廊。我父亲大人的城堡里聘请了很多歌手，他们唱得可比这黄油饼好多了，除此之外，我们还请来笛手、提琴家和竖琴手。高庭有最好的骏马，有可供你沿曼德河游玩的花船。对了，你会玩猎鹰吗，珊莎？"

"会一点。"她承认。

"噢，她好甜，纯洁，美容！蜂蜜在少女发丛！"

"你会像我一样爱上高庭的，我就是知道，"玛格丽拂过珊莎额头一髻松开的头发，"等你到了那儿，就不会想离开了。而且……你也不必离开。"

"发丛！发丛！蜂蜜在少女发丛！"

"嘘，孩子，"荆棘女王尖刻地说，"珊莎还没告诉我们，是否愿意作此旅行呢。"

"啊，我当然愿意。"珊莎道。高庭听起来就像她梦中的殿堂，那个她衷心期盼过的，美丽动人、充满魔力的君临宫廷。

"……跟随夏日里的气涌。狗熊！狗熊！全身黑棕，罩着毛绒。"

"可是太后，"珊莎突然想到，"她不会准许我……"

"她会准许的。兰尼斯特家靠高庭的支持才能保住乔佛里的王位，只要我的白痴儿子提出要求，她除了答应别无选择。"

"他会吗？"珊莎问，"他会提出要求吗？"

奥莲娜夫人皱起眉，"这事包在我身上，当然，暂时不会把真正的打算告诉他。"

"他跟随夏日里的气涌！"

珊莎跟着皱眉，"真正的打算，夫人？"

"笑着喊香味在这弄！蜂蜜在空中！"

"让你平安地举行婚礼，孩子，"黄油饼吼着那首非常古老的歌谣，老妇人轻声说，"和我的孙子。"

和洛拉斯爵士结婚，噢……刹那间，珊莎几乎无法呼吸。她想起洛拉斯爵士穿着闪亮的宝石铠甲，扔给她那朵红玫瑰；她想起洛拉斯爵士披上白袍，无瑕、纯洁而迷人；她想起他欢喜时嘴角的小酒窝；她想起他悦耳的浅笑声和手上的温度。接下来，她无法抑制地想象如何脱掉他的外衣，如何爱抚他光滑的皮肤，如何踮着脚尖亲吻，如何将手指深深埋进那稠密的棕色卷发里，如何盯着他那双深沉的棕色眼眸，神魂颠倒，如痴如醉。一阵红晕爬上她的颈项。

"噢，我是女孩，纯洁而美容！跳舞不跟毛狗熊！狗熊！狗熊！跳舞不跟毛狗熊！"

"这样子你喜欢吗，珊莎？"玛格丽问，"我没有姐妹，只有哥哥。噢,求求你同意吧,求求你答应嫁给我哥哥吧。"

她跌跌撞撞地挤出言语:"是的,我愿意,比做什么都乐意。我会嫁给洛拉斯爵士,好好爱他……"

"洛拉斯?"奥莲娜夫人恼火起来,"别傻了,孩子,御林铁卫是不能结婚的。你在临冬城没有老师吗?够了,我们谈论的是我孙子维拉斯。毫无疑问,他比你大一点,但非常可爱。怎么说,在我们家里,他是最不像白痴的一个,也是高庭的继承人。"

珊莎头晕目眩,前一刻脑袋里还装满对洛拉斯的幻想,转眼间就被她们夺走了。维拉斯?维拉斯?"我,"她迟钝地说。礼貌是贵妇人的盔甲,注意言行,你不能冒犯她们。"我还没那个荣幸认识维拉斯爵士呢,夫人。他是……他是个像他弟一样伟大的骑士吗?"

"……把她举在空中!狗熊!狗熊!"

"不,"玛格丽说,"他没发过誓。"

她的祖母又皱起眉,"告诉这女孩实话。那可怜的小伙子跛了腿,这就是实情。"

"他是在侍从时代残废的,在他的第一次比武会上,"玛格丽透露,"他的马踩碎了他的腿。"

"冬恩的红毒蛇应该对此负责,我指的是奥柏伦·马泰尔和他手下的学士。"

"我呼唤骑士,可你是狗熊!狗熊!狗熊!全身黑棕,罩着毛绒!"

"维拉斯虽然断了腿,可他心肠好。"玛格丽说,"小时候,他常为我读书,还给我画星星的图案。你会像我们大家一样爱上他的,珊莎。"

"边踢边喊,少女惊恐,可他舔蜂蜜的发丛,发丛!发丛!他舔蜂蜜的发丛!"

"我什么时候可以见到他？"珊莎犹豫地问。

"很快，"玛格丽承诺，"我和乔佛里成婚以后，我祖母就带你去高庭。"

"是的。"老妇人道，边拍拍珊莎的手臂，边给她一个柔和、起皱的笑容，"这是我的心愿。"

"叹息尖叫然后踢向空中！狗熊！她唱，美丽狗熊！我们一同，海角天空，狗熊，狗熊，少女美容。"黄油饼吼出最后一个音节，跳到半空，然后双脚重重撞地，震得桌子上的酒杯乱晃。女人们笑着拍手。

"我还以为这恐怖的歌曲没个完呢，"荆棘女王说，"看哪，我的干酪终于来了。"

琼恩

世界一片灰暗，松木和苔藓的味道和着一丝寒意，飘荡在风中。黑土地上升起苍白的迷雾，骑手们在碎石和乱木中费力地穿行，直下河谷，朝如珍珠般散落的温暖火堆奔去。火堆很多，多得让琼恩无法计算，数百数千的篝火组成一条摇曳的光带，伴随着冰冻的白色乳河，看起来就成了两条河。此情此景，让他右手五指不自禁地开开合合。

他们骑下山脊，没有举旗也没有吹奏，一片死寂中，只听远方河水的潺潺流动，马蹄的嘚嘚声，以及叮当衫身上骨甲的碰撞。头顶某处，老鹰展开灰蓝的巨翅，俯瞰着下方的人、狗、马和白色冰原狼。

马蹄踢动碎石，石块滚下斜坡，琼恩看见白灵扭头过去搜寻这突兀的声响。他一整天都远远跟着他们，这是他的习惯，而当月亮在哨兵树梢升起时，他就会睁大血红的眼睛跑来了。一如既往，叮当衫的猎狗们朝他齐声哮吼狂吠，但冰原狼漠不关心。六天前的晚上，他们扎营后，最大的那条猎狗试图从后方偷袭他，不料白灵比它更快，打得那狗满身伤痕、落荒而逃。从此以后，狗群始终和他保持距离。

琼恩·雪诺的马轻声嘶鸣起来，但抚摩和软语很快让它恢复了平静。我自己的恐惧能这么轻易平复就好了。他一身漆黑，这是守夜人军团的黑衣，可他却骑行在敌人之中。我跟着他们，跟着这些野人。耶哥蕊特穿着"断掌"科林的斗篷，朗尔要了他的锁甲，他的手套被大个子矛妇芮温勒拿走，而某个弓箭手得到了他的靴子。

相貌平庸的矮个子"长矛"里克赢得了科林的头盔，但这头盔并不适合他那颗窄头颅，所以他把它送给耶哥蕊特。叮当衫将科林的骨头装进口袋里，放在伊本那颗血迹斑斑的头旁边，琼恩正是跟随这几位游骑兵来到风声峡的。死了，他们都死了，而全世界都知道我也完了。

耶哥蕊特骑行在他身后，他前面的是长矛里克。骸骨之王让这两人看住他。"如果让乌鸦飞走，我就把你们的骨头给煮了。"出发时他告诫两名守卫，透过用作头盔的巨人头骨，歪曲的牙齿下露出得意的笑。

耶哥蕊特斥骂他："你想自己看住他么？如果要我们来做，就少废话，我们自己会做。"

他们是真正的自由民，琼恩发现，叮当衫可以领导他们，却无法凌驾于他们之上。

野人头目转而恶狠狠地瞪着他，"乌鸦，你骗得了其他人，骗不了曼斯。他一眼就能拆穿你的伪装。然后呢，我会把你那只狼的皮拿来做斗篷，接着划开你柔软的肚腹，缝只黄鼠狼进去。"

琼恩用剑的手开开合合，手套下灼伤的指头蠢蠢欲动。长矛里克在一旁笑道："这么大的雪，你上哪儿去找黄鼠狼呀？"

头天晚上，经过整日骑行，他们在一座无名的高山顶上找到一处碗状浅石滩，就地扎营。雪花飘飞，人们蜷缩在火堆旁，琼恩看着吹雪降落到篝火上空，迅速融化消解。尽管他穿着层层羊毛衣、毛皮和皮甲，仍旧感觉寒冷彻骨。用餐以后，耶哥蕊特一直坐在他身旁，她拉起风帽，手掌缩进袖子里以求温暖，"等曼斯听到你对断掌的所为后，他会立刻接受你的。"

"接受我？"

女孩轻笑道："接受你成为我们中的一员。你以为自己是头一只飞离长城的乌鸦？我知道，你打心底渴望自由飞翔。"

"我可以自由加入,"他缓缓地说,"也可以自由离开吗?"

"当然可以,"她的笑很温馨,唯独牙齿有些歪斜,"而我们也有猎杀你的自由。自由是危险的事物,但人人都渴求它的滋味。"她把罩着袖子的手掌放在他膝盖上。"你什么都不懂。"

是的,我还不懂,琼恩心想,但我会去看、去听、去学,探明底细就奔回长城。野人们把他当做背誓者,可他在心底仍是守夜人的汉子,执行着断掌科林交给他的最后使命。在我杀他之前,他的最后托付。

他们下到斜坡底部,面前是一条流下山峦注入乳河的小溪,看似纹丝不动,反射着光芒,但坚冰下传来水流的响声。叮当衫带他们渡过溪流,踏碎水面的薄冰。

接近营地时,曼斯·雷德的斥候靠过来。琼恩瞥了他们一眼:八个骑兵,有男有女,全穿着毛皮和皮衣,手执长矛或用火淬过的枪,但只装备了几顶头盔和几副破烂的盔甲。对方首领有些特别,胖乎乎的,水汪汪的眼睛,满头金发,提一柄锋利的钢铁巨镰刀。这是哭泣者,他立时反应过来。黑衣兄弟们经常谈论他。和叮当衫、"狗头"哈玛和"猎鸦"阿夫因一样,他是出了名的掠袭者。

"骸骨之王,"哭泣者招呼道,一边打量琼恩和他的狼,"那是谁,就那个?"

"一只逃来的乌鸦,"叮当衫说,他喜欢被人称为骸骨之王,那件叮当作响的骨甲是他的骄傲,"他怕我像趴断掌的骨头一样趴了他。"他提起那袋战利品,在野人斥候们面前摇晃。

"是这小子杀了断掌科林,"长矛里克说,"他和他的狼。"

"他把欧瑞尔干掉了。"叮当衫说。

"这小子是个狼灵。"大个子矛妇芮温勒插进来,"他的狼咬下断掌一截小腿呢。"

哭泣者用那对红润潮湿的眼睛又瞄了琼恩一眼,"是吗?哦,他有狼的特质,我现在瞧见了。带他到曼斯那儿去!由他发落。"他调转马头,绝尘而去,他的手下紧跟着他。

他们排成单列,在乳河河谷的营地里穿行,寒风又湿又重。白灵紧随琼恩,他的气味如同传令官,宣告了他们的到来。不一会儿,野人们的狗全部聚集而至,咆哮、吠叫。朗尔嚷着让它们安静,但不起作用。"他们不喜欢你的伙伴呢,"长矛里克对琼恩说。

"一边是狗,一边是狼,"琼恩说,"它们不是同类。"就像我不是你们的同类。但我必须暂时抛开这些,去履行责任,履行最后一次和断掌分享营火时科林交给他的责任——伪装成背誓者,去找出野人们在阴冷荒芜的霜雪之牙挖掘的秘密。"某种力量,"断掌科林对熊老断言,可他在找出真相之前就死了,甚至不知道曼斯·雷德是否挖到了"它"。

沿河都是篝火,点缀在板车、推车和雪橇旁。野人们用兽皮和羊毡匆匆搭起无数帐篷,也有些人就着大岩石建个窝,或睡在车子下面。琼恩看见男人在火堆旁淬着长木矛的尖头,一边还掷矛试手;两位穿皮甲留胡须的少年用棍棒互相击打,跳过篝火追逐对方,口中呼喝不断;十来个女人坐成圆圈,给弓箭上羽毛。

这是为我的弟兄们准备的箭,琼恩心想,为我父亲的人民准备的箭,为临冬城、深林堡和最后壁炉城准备的箭,为北境准备的箭。

可眼前并不都是战争气象。他也看见跳舞的姑娘,听到婴孩的哭闹。一个裹着毛皮的小男孩从马前跑过,因为嬉闹而气喘吁吁。绵羊和山羊自由漫步,牛群在河岸边搜寻青草,羊肉的香味自营火处四溢开来,一整头公猪被串在木叉上熏烤。

骑到一处由高大葱绿的士卒松围成的空地时,叮当衫下了马。"就在这儿扎营,"他告诉朗尔、芮温勒和其他人,"将马、狗,还有你们自己都喂饱。耶哥蕊特、长矛，把乌鸦带走，让曼斯好好瞧瞧，接着我们就来剥他。"

剩下的路他们步行，经过更多的篝火和更多的帐篷，白灵依然在后紧跟。琼恩没见过这么多野人。他甚至怀疑是否有人曾见过这么多野人。这片营地无边无际，不，这不是一片营地，而是上百处，每一处都易受攻击。由于分散在好几里格的空间里，因此根本谈不上防备，没有陷坑，没有削尖木桩，只有几小队斥候在四周巡逻。各个团队、氏族和村落看中什么地方，就直接扎营下来，丝毫不管别人。这就是自由民。如果他的弟兄们抓住机会，这里的很多人就得为自由而付出生命的代价。他们虽人多势众，可缺乏守夜人军团的纪律。纪律严明，十战九胜，父亲曾教导过他。

国王的帐篷十分醒目，比他刚才所见最大的帐篷还要大出两倍，音乐声从帐内传出。它虽和别的帐篷一样是用兽皮缝制，但材料是雪熊的纯白毛绒。帐篷顶立着一对巨鹿角，想必是从先民时代曾驰骋于七大王国的巨驼鹿头上采到的。

直走到这里，他们才碰到守卫：两名卫兵站在帐篷门口，挂着长矛，手臂上捆了圆皮盾。看到白灵，其中一名守卫放低长矛，"野兽不能进。"

"白灵，停下。"琼恩命令。冰原狼听话地坐下来。

"长矛，看好这家伙。"叮当衫掀开帐门，打手势让琼恩和耶哥蕊特进去。

帐内酷热，充满烟雾。四角都搁着装烧炭的篮子，放射出暗淡的红光，地面则铺了厚厚的兽皮作地毯。一身黑衣地来此地，静待那个自称塞外之王的变色龙处置自己，琼恩感到无比孤单。当眼睛适应这团弥漫的红色烟雾后，他发现里面共有六人，但没人关注他。一个黝黑的青年男子正与一位漂亮的金发女郎分享一角杯蜜酒；一个怀孕的女人站在火盆旁烧烤一串小鸡；一位穿着褴褛的红

黑斗篷的灰发男子盘腿坐在枕垫上,边弹竖琴边唱:

多恩人的妻子像艳阳一样美丽,
她的亲吻比阳春还暖意;
多恩人的刀剑却是由黑铁制成,
它们的亲吻则恐怖无比。

琼恩听过这首歌谣,不过在这里——在长城以外的兽皮帐篷中,在离拥有赤红山峦和温暖煦风的多恩十万八千里的地方——听着它有些异样。

叮当衫拉下发黄的头骨盔,等待歌唱结束。脱掉骨甲和皮甲之后,他其实很瘦小,容貌平凡,下巴多节,短胡须,面颊扁平而灰黄,眼睛则是一条细线,眉毛横贯前额,尖尖的秃头上有几丛稀薄的黑发。

多恩人的妻子洗浴之际会唱歌,
像蜜桃一样甜美的声调;
多恩人的刀剑却有自己的歌谣,
如水蛭一般锋利和冷傲。

火盆边的凳子上坐了一个矮小却非常粗胖的男人,正津津有味地吃着一串烤鸡。热腾腾的油脂流过下巴,淌进雪白的胡子里,而他欢快地嘻笑着。他粗壮的胳膊上,戴着雕刻有符文的厚重金箍,身上穿的则是沉重的黑色环甲——那只能得自于死去的游骑兵。几尺之外,另一名高瘦男子正对着地图皱眉,他穿着缝有青铜鳞片的皮衫,背上横拷一把皮制剑鞘的双手巨剑。此人像矛一样笔直,身上有长条的肌腱,胡子刮得很干净,头却秃了,他还有硬朗的直鼻子和深陷的灰色眼眸。若有耳朵的话他的样子算得上潇洒，可惜他一只耳朵也没有。琼恩不知是霜冻还是战争造成的，总而言之，缺了它们，男人的头有些失衡，显得又窄又尖。

白胡子和秃头都是战士，琼恩只消一眼就清楚，而且都比叮当衫厉害得多。他不知道他们中谁是曼斯·雷德。

他倒在地上黑暗在回荡，
鲜血的滋味舌头来尝。
他的兄弟跪下为他而祈祷，
而他笑着笑着放声歌唱：
"兄弟啊，兄弟，我的末日临降，
多恩人夺走了我的身子，
没有关系，凡人终有一死亡，
而我却曾将多恩人的妻子品尝！"

当《多恩人的妻子》的最后一个曲调缓缓消逝后，秃顶无耳的男子从地图上抬起头，恶狠狠地瞪着叮当衫、耶哥蕊特以及夹在他们中间的琼恩。"这是谁？"他说，"一只乌鸦？"

"没错，这杂种杀了欧瑞尔，"叮当衫说，"他还是个该死的狼灵。"

"那你带来做什么？砍了就是。"

"他已经倒戈了，"耶哥蕊特解释，"他亲手宰了断掌科林。"

"就凭这小子？"听罢此言，无耳的男人有些恼怒，"断掌是我的猎物。乌鸦，你有名字吗？"

"我叫琼恩·雪诺，陛下。"不知该不该在"塞外之王"面前跪下。

"陛下？"无耳的男人望向粗胖的白胡子，"你瞧，他以为我是国王咧。"

满脸胡子的胖子哈哈大笑，笑得鸡块到处飞溅，他用那只巨手擦擦嘴。"他肯定是个不长眼睛的小子！难道有缺耳朵的国王吗？见鬼，那样王冠会直直地掉到脖子周围！哈哈！"他边朝琼恩咧嘴大笑，边在马裤上擦拭手指。"闭上臭嘴，乌鸦。转过头去，你要找的人在后面。"

琼恩转过头去。

歌手站起身来。"我是曼斯·雷德，"他边说边放下竖琴，"而你是奈德·史塔克的私生子，临冬城的雪诺。"

琼恩惊得半晌说不出话，良久之后方才勉强恢复镇静："您……您怎么知道……"

"这个故事待会儿再讲。"曼斯·雷德说，"你喜欢我唱的歌吗，小子？"

"您唱得很不错。此外，这首歌我以前也听过。"

"'没有关系，凡人终有一死亡'，"塞外之王轻声道，"'而我却曾将多恩人的妻子品尝'。告诉我，我们的骸骨之王说的可是实话？你杀了我的老朋友断掌？"

"是的。"他是故意放水让我杀的。

"影子塔不再如以前那般可畏了，"国王语带悲伤，"科林虽为我的对手，但也曾是我的弟兄，因此……我应该感激你呢，琼恩·雪诺？还是应该诅咒你？"他给了琼恩一个嘲弄的笑。

塞外之王没有国王的样子，甚至不像个野人。他中等身材，苗条，尖脸，一双精明的棕色眼睛，还有棕色长发——只不过此时已经泰半灰白了。他头顶没有王冠，手臂没有金环，颈项没有宝链，总而言之，一点装饰也无。他穿的是羊毛衫和皮衣，全身上下唯一引人注目的是褴褛的黑羊毛斗篷，其上有几个长长的裂口被褪色的红丝绸缝补起来。

"你应该感激我除掉了你的对手，"最后琼恩说，"同时诅咒我害死了你的朋友。"

"哈哈！"白胡子的男子叫道，"说得好！"

"同意。"曼斯·雷德示意琼恩靠近，"你想加入，就得先了解我们。那个你误以为是我的人叫斯迪，为瑟恩的马格拿——马格拿在古语中的意思是'领主大人'，"曼斯转向白胡子，无耳的男人冷冷地瞪着琼恩，"这位凶猛的小鸡吞食者是我忠诚的托蒙德，那位女人——"

托蒙德不依，"等等，你报了斯迪的头衔，也该说说我的。"

曼斯·雷德微笑。"如你所愿。琼恩·雪诺，在你面前是巨人克星托蒙德，吹牛大王，吹号者，以及破冰人。他也是雷拳托蒙德，雪熊之夫，红厅的蜜酒之王，生灵之父和诸神的代言人。"

"这还差不多。"托蒙德道，"幸会，琼恩·雪诺，我虽瞧不起什么史塔克，却对狼灵感兴趣。"

"火盆边那位好女人，"曼斯·雷德续道，"是妲娜。"怀孕的女人羞涩地笑笑。"你务必像待王后一般待她，她怀着我的孩子。"他转向剩下的两人。"这位美人是她妹妹瓦迩，瓦迩身边的年轻人贾尔则是她的新宠物。"

"我不是别人的宠物。"贾尔凶猛而阴沉地说。

"瓦迩又不是男人[①]，"白胡子托蒙德嗤之以鼻，"你应该发现这一点了吧小子。"

"你已经认识我们了，琼恩·雪诺，"曼斯·雷德道，"这就是塞外之王和他的宫廷。现在轮到你说。你从哪儿来？"

"我来自临冬城，"他说，"这次是从黑城堡出发。"

[①]此处是双关。英语用man来代指人，上句是"I am no man's pet"，而托蒙德将这句话中的"man"故意曲解为男人，答道"Andval（瓦迩）'s no man"。

"你为何背井离乡，来到乳河上游？"他不待琼恩回答，望向叮当衫，"他们有多少人？"

"五个。宰了三个，抓到这小子，还有一个上了山，骑马无法追踪。"

雷德的目光再次与琼恩交汇。"你们只有五个？藏了别的人没有？"

"不，我们是四个人加上断掌，科林，他一个能顶二十个。"

塞外之王哈哈大笑，"不错，大家都这么说。还有一个问题……黑城堡的新手跟着一群影子塔的游骑兵，这又是为何？"

琼恩早就备妥说辞："司令大人把我派到断掌手下锻炼，因此我参加了巡逻。"

斯迪马格拿皱眉道，"你是说，巡逻……乌鸦会到风声峡来巡逻？"

"村庄纷纷被遗弃，"琼恩实话实说，"好像所有的自由民都突然消失了。"

"啊……消失了，"曼斯·雷德道，"消失的可不止是自由民。谁告诉你我们在这儿，琼恩·雪诺？"

托蒙德喷喷鼻息，"那还用问，肯定是卡斯特呗，否则就当我是腼腆少女好了。我跟你说过，曼斯，该砍下那狗东西的脑袋。"

国王生气地扫了这位长者一眼。"托蒙德，总有一天你得学会在说话前动动脑子。我当然知道是卡斯特。我的目的是考察琼恩。"

"哈哈，"托蒙德吐口唾沫，"好，我闭嘴！"他朝琼恩咧嘴笑道，"看啊，小子，这就是为啥他能当国王而我不行。我喝得多，打仗强，歌也比他唱得响，那话儿更有他的三倍大，可曼斯比我狡猾。你知道，他从前是个乌鸦，哈哈，乌鸦是诡计多端的鸟儿。"

"我想和这小子单独谈谈,骸骨之王,"曼斯·雷德对叮当衫说,"你还有其他人,都走吧。"

"什么,我也要走?"托蒙德道。

"当然,尤其是你。"曼斯说。

"哈!我才不会在不受欢迎的地方吃东西咧,"托蒙德站起身,"我和我的小鸡还是离开吧。"他抓起另一串鸡肉,塞进斗篷衬里缝的口袋,说一声"哈!"算是道别,然后舔着手指走出帐门。大家跟着他离开,除了女人妲娜。

"随便坐。"等人们离开后雷德说,"饿吗?托蒙德还留了两只鸟。"

"我很荣幸能吃您的东西,陛下,谢谢您。"

"陛下?"国王笑了,"没人能从自由民嘴里听到这个头衔。他们多半直接叫我曼斯,少数人称呼我为曼斯头领。来杯角蜜酒?"

"乐意之至。"琼恩说。

妲娜切割着烤脆的小鸡,给了他俩一人一半,国王则豪饮蜜酒。琼恩摘下手套,用手指帮助进食,他饿得厉害,吮吸着骨头上每片肉丁。

"托蒙德说得没错,"曼斯·雷德边撕面包边讲,"黑乌鸦确实是种诡计多端的鸟儿……而我在你出生之前就是乌鸦了,琼恩·雪诺,所以当心哟,千万别对我耍花招。"

"如您所说,陛——曼斯。"

国王忍俊不禁,"曼斯陛下!有何不可?好啦,我答应要讲故事,讲讲我为什么认识你。你想明白了吗?"

琼恩摇摇头,"叮当衫预先通报过?"

"用鸟?我们没有训练有素的乌鸦。不,我记得你的脸,是因为我以前见过。见过两次。"

这没道理。琼恩使劲想想，终于弄明白了。"当您还是守夜人的兄弟时……"

"非常正确！是的，那是第一次。当年的你还是个小孩，我则全身黑衣，作为前任司令官科格尔的十二名护卫之一，护送他前来临冬城拜访你父亲。我在庭院周围的内城墙上漫步，撞见你和你哥哥罗柏。前天夜里下过雪，你两个在城门上堆了一大堆，等着某个倒霉鬼从下面经过。"

"我记起来了！"琼恩带着惊讶的笑容说。一个在城墙上漫步的年轻黑衣兄弟，是的……"你发誓不会暴露我们的。"

"而我守住了誓言。至少，守住了这个。"

"我们把雪倒在胖汤姆头上，他是我父亲手下最迟钝的侍卫。"后来他俩被汤姆追得满院子跑，直到三人的脸颊都变得像熟透的苹果一般红。"可你说见过我两次，另一次是什么时候呢？"

"当劳勃国王前来临冬城任命你父亲为御前首相的时候。"塞外之王轻声道。

琼恩的眼睛由于难以置信而瞪得老大，"那怎么可能？"

"那是事实。你父亲知道国王已在途中后，便给长城上的弟弟班扬写信，让他赶来参加宴会。黑衣兄弟和自由民之间的交易来往比你了解的要深得多，所以消息很快也传到了我耳中。这个诱惑令我无法抗拒。你叔叔没见过我，所以我不担心他，我也不认为你父亲会记得多年以前匆匆飞过的一只小乌鸦。我打算亲眼看看劳勃，国王对国王，同时也想多了解一下你叔叔班扬。那时他是首席游骑兵，是我子民的灾星。所以我骑上最快的马，说走就走。"

"可是，"琼恩提出异议，"长城……"

"长城能够阻止军队，却不能挡住独身的汉子。我带上琵琶和一包银鹿，在长车楼附近攀过冰墙，越过新赠地，再南行数里格后买马。我日夜兼程，而劳勃带着沉重的大轮宫以便他的王后能舒服地旅行,因此在临冬城以南约一天骑程的地方终于被我赶上,我随即加入到王家队伍中。你知道,自由骑手和雇佣骑士常凑到王族身边,希望能留在御前服务,而我的琵琶使我很容易被接纳,"他笑意不减,"我精通长城内外所有淫曲小调咧。晚宴时你也在,当晚你父亲招待劳勃,我在大厅末端的长凳上和一帮自由骑手对饮,边听旧镇的奥兰多弹长竖琴,歌唱长眠于海底的君王,边吃你父亲的烤肉和蜜酒。我好好瞧了瞧弑君者和小恶魔……也瞄到过艾德公爵的孩子们和他们脚边的小狼。"

"您就像吟游诗人贝尔,"琼恩说,他忆起耶哥蕊特在霜雪之牙上给他讲的故事,那天晚上他差点杀了她。

"我像他就好了。啊,贝尔的事绩很让人激动……我却没胆子偷走你某位妹妹。贝尔写下自己的歌谣,并永世流传,而我只会翻唱比我出色的人编的曲子。还要蜜酒吗?"

"不了,"琼恩说,"假如您被发现……被抓住……"

"你父亲不会砍我的头,"国王耸耸肩,"因为我在他的厅堂吃饭,受宾客权利的保护。有关宾客的法则同先民一样古老,如心树一般神圣。"他朝布满碎面包渣和鸡骨头的桌板比了比,"所以啰,你在这里也是宾客,有我的保护,不会受伤害……至少,今夜如此。说实话,琼恩•雪诺,你是个因恐惧而变节的懦夫呢,还是别有隐情?"

不管有没有宾客权利,琼恩•雪诺知道自己正如履薄冰,稍有失足,便会万劫不复,死无葬身之地。每个词都得仔细掂量,他告诫自己,一边喝下一大口蜜酒拖延摊牌时间。放下角杯时,他道:"您先告诉我您的理由,然后我就说。"

正如琼恩所预期,曼斯•雷德笑了,这位国王很明显是个自信满满的人。"我会告诉你我弃职的经过,我会的。"

"有人说您为顶王冠,有人说您为个女人,还有人说您天生有

野人的血统。"

"野人的血统就是先民的血统，先民的血统也就是史塔克家族的血统。至于王冠，你在这儿看到了吗？"

"我看到了一个女人。"他瞥向姐娜。

曼斯抱拢她，"不，我夫人是清白的。从你父亲的城堡回归途中，我遇见了她。断掌是朽木做的雕塑，我可是有血有肉的人，着迷于女性的魅力……和四分之三的黑衣兄弟一样。说真的，有的黑衣人干过的女人是那可怜的七国之君的十倍。你得再猜，琼恩·雪诺。"

琼恩考虑了一会，"断掌说您喜欢野人的音乐。"

"这没错，已经接近答案了，但还不准确。"曼斯·雷德站起来，松开斗篷的搭扣，将其铺在桌面上。"我是为这个。"

"为一顶斗篷？"

"一顶誓言效命的守夜人兄弟的黑羊毛斗篷，"塞外之王说。"有一次，我们出去巡逻时打死了一只美丽的巨鹿，正忙着剥皮呢，不料血腥味引来了附近巢穴里的影子山猫。是我把它赶走的，可我的斗篷在打斗中被撕成了碎条。你看到了吗？这里，这里，还有这里？"他咯咯笑道，"那畜生还撕烂了我的手臂和脊背，我比那头鹿流的血还要多。弟兄们害怕我在返回影子塔让穆林学士诊治以前就死掉，所以把我抬到一个野人村庄，据说那里有个老女巫懂些医术。不巧的是，她已经死了，只留下一个女儿。那姑娘替我清洗伤痕，缝好创口，还喂我粥和药水，直到我康复。她用亚夏产的鲜红丝绸缝好我破碎的斗篷，丝绸是她祖母从一只被冲到冰封海岸的遇难小船上发现的。这是她最大的财宝，是她给我的礼物。"他把斗篷披回肩上。"回到影子塔，他们从仓库里给了我一件崭新的羊毛斗篷，一件全黑的斗篷，整洁清爽，配上黑色的马裤和黑色的靴子，黑色的上衣和黑色的锁甲。那件新斗篷没有磨损、没有划痕、没有裂口……也没有红色。守夜人必须穿着黑衣,丹尼斯·梅利斯特爵士严厉地提醒我,当我是个健忘之人。他还说,你的旧斗篷可以烧掉了。"

"第二天早上我就离开……去了一个亲吻不再是罪恶,人们可以自由选择斗篷的地方。"他扣紧搭扣,重新坐下。"你呢,琼恩·雪诺?"

琼恩又吮下一口蜜酒。看来,只有一个说法能让他信服。"您说您去过临冬城,参加过我父亲招待劳勃国王的晚宴。"

"是的,我的确在那里。"

"那您应当一清二楚才对。乔佛里王子和托曼王子,弥塞菈公主,我兄弟罗柏、布兰和瑞肯,我妹妹艾莉亚与珊莎,他们走过中央的通道,万众瞩目,而落座的地方也仅比国王和公爵的高台低一席。"

"如何?"

"您看见我坐哪儿了吗,曼斯?"他向前靠了靠,"您看见他们把私生子扔哪儿了吗?"

曼斯·雷德长久地审视着琼恩的脸孔。"我想我该为你找件新斗篷。"国王边说,边伸出手。

丹妮莉丝

蔚蓝的海面十分平静，只听见缓慢沉稳的鼓点，以及木桨柔和的划动。大商船贝勒里恩号呻吟着，粗重的牵引绳紧紧绷起，风帆则从桅杆上可怜地悬垂下来，纹丝不动。即便如此，当她站在前甲板上看着她的龙在湛蓝的晴空中互相追逐时，丹妮莉丝·坦格利安依然感到前所未有的快乐。

她的多斯拉克人把海洋称为毒水，只要马不能喝的液体就是不洁的东西。三艘船从魁尔斯起锚的那天，他们脸上的表情仿佛是在走向地狱，而不是驶往潘托斯。她年轻而勇敢的血盟卫们注视着逐渐缩小的海岸线，眼睛瞪得又大又白，但每个人都决心不在其他两人面前显露怯意，她的女仆伊丽和姬琪则没有这番顾忌，她们死命抓住栏杆，再小的颠簸，都令她们呕吐不止。丹妮的小卡拉萨的其余部众全待在甲板下面，宁可与紧张不安的马匹为伍，也不愿瞧见这个没有陆地的可怕世界。航行六天后，偶遇一场突来的风暴，当时她透过舱盖听到甲板下的声音：马儿蹬踢嘶鸣，骑手们则以轻微而颤抖的声音不住祈祷。

但风暴吓不倒丹妮，她的称号便是"风暴降生"。当年，当她在遥远的龙石岛哭着出世时，维斯特洛历史上最大的一场暴风雨也于同时在海上呼啸。风暴如此狂烈，甚至刮裂了城墙上的石像鬼，并将她父亲的舰队摧毁殆尽。

狭海上时有风暴，丹妮在孩童时代便穿越狭海几十次，从一个自由贸易城邦逃到另一个自由贸易城邦，仅仅领先篡夺者的刺客一步之遥。在途中，她喜欢上了海洋。她喜欢空气里刺鼻的咸味，喜欢苍穹覆盖下的无垠海面。这虽然让她感觉渺小,却也带来了自由。她喜欢此刻跟着贝勒里恩号游泳的海豚,如银色标枪一般穿透波浪,她还喜欢不时瞥见的飞鱼。她甚至喜欢水手,喜欢他们的歌谣与故事。有一回,在航向布拉佛斯途中,当她注视着船员们顶风使劲拽下一面巨大的绿色船帆时,竟突发奇想地认为,成为一名水手该有多好。她把想法告诉哥哥,却被韦赛里斯狠狠揪住头发,大哭一场。"你是真龙血脉,"他朝她嘶喊,"真龙,不是臭烘烘的鱼。"

他是个傻瓜,大傻瓜,丹妮心想,如果他更理智,更有耐心,那么此刻航向西方以取回王座的应该是他而不是我。虽然她明白韦赛里斯愚蠢又恶毒,但有时候,还是忍不住想念他——不是想念那个残酷而软弱的牺牲品,而是想念那个童年时代准她爬上他床的哥哥,那个常给她讲述七大王国故事的男孩,那个为她描绘登上王位以后美好生活的国王。

船长走到她身边,"若是贝勒里恩号能像与她同名的龙一样腾空飞翔,陛下,"他用杂着浓重潘托斯口音的瓦雷利亚语说,"我们就无需划桨,无需牵引,也无需祈祷起风了。"

"就是这样,船长。"丹妮微笑作答。她很高兴在短时间内就把这个人争取了过来。格罗莱船长和他的主子伊利里欧·摩帕提斯一样,是个老潘托斯,用自己的船搭载三条龙令他紧张得像个少女——即便现在船舷外仍挂着数十桶海水,以防万一着火。起初,格罗莱想把龙关进笼子,为安抚他,丹妮答应下来,但龙的可怜模样让她很快改变了主意,坚持放他们自由。

格罗莱船长从这个安排中得到了好处,虽然有过一场微不足道的小火,但比起从前以赛杜里昂号之名航行的时代,贝勒里恩号上突然少了许多老鼠。她的船员们曾经好奇又害怕,而今却开始对"他们"的龙油然生出古怪而强烈的骄傲,从船长到帮厨小弟,都

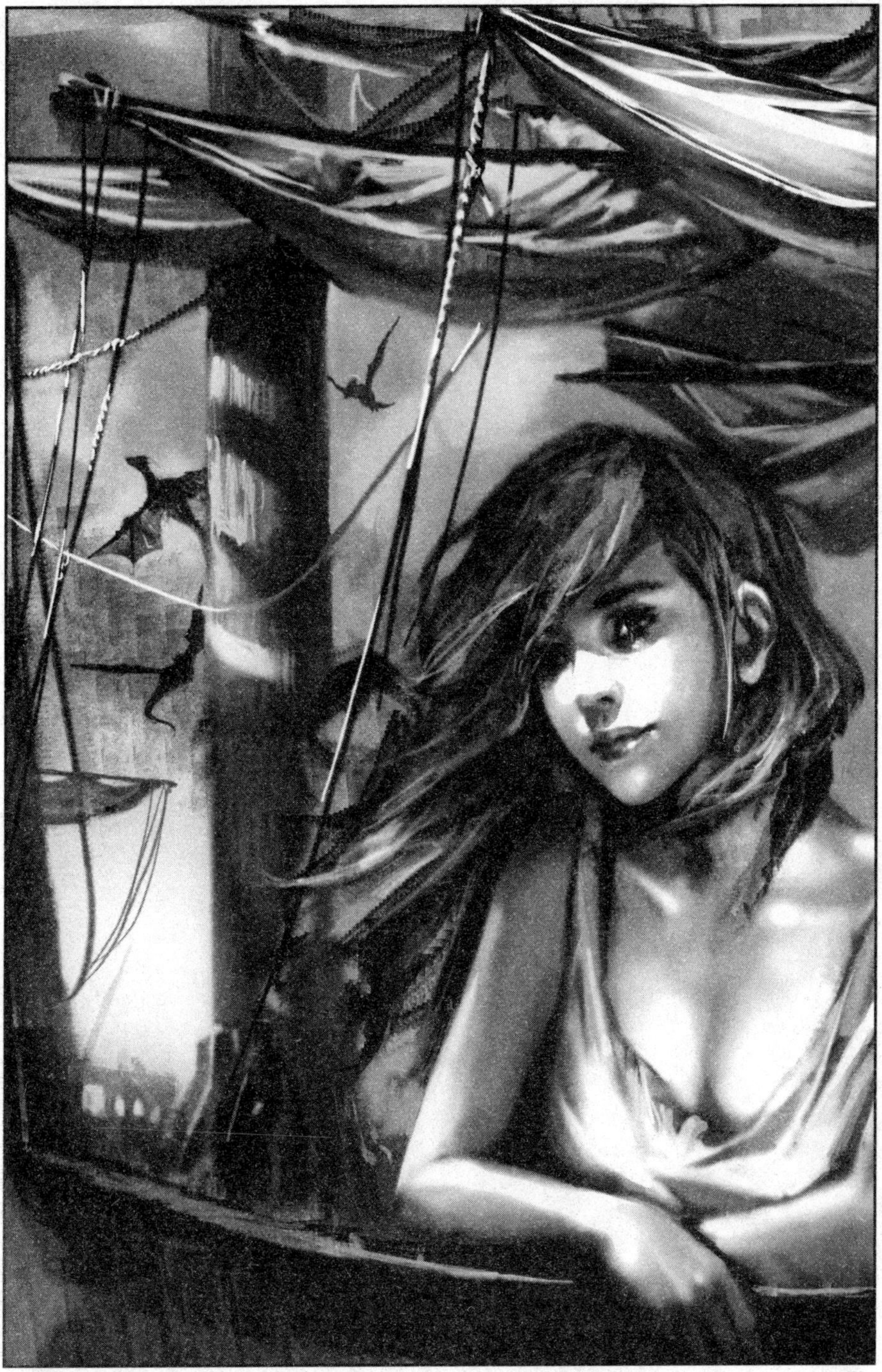

喜欢看他们三个飞翔……尽管那份骄傲没有丹妮强烈。

他们是我的孩子，她告诉自己，若巫魔女所言非虚，他们还将是我唯一的孩子。

韦赛利昂的鳞片是新鲜的乳白色，他的角、翅骨和脊骨则是暗金色，好似阳光下闪亮的金属。雷哥则由夏天的碧绿和秋天的青铜色构成。他俩在船队上方翱翔，一圈一圈地盘旋，越升越高，竞相攀比。

龙喜欢从高处攻击，丹妮已经知道，当他们爬到对手与太阳之间，就会折起翅膀，尖啸着俯冲而下。接着他俩会互相扣住，纠缠成一团鳞甲的球，一边自天空翻滚下落，一边舞爪甩尾。他们第一次争斗时，她好怕会伤到彼此，结果证明这对他们而言只算活动筋骨。等降到海面，两条龙即刻分离，咝咝尖叫着再度升起，舞动翅膀挥开蒸腾的海水。卓耿也在飞，但早已飞出她的视线范围。他常到远方去捕猎，离船有好多里。

她的卓耿一直很饿，成长也最为迅速。再过一两年，也许就大到可以骑了，到时候我无需用船就可渡过咸水汪洋。

但那个时候还没有到来。再说，雷哥和韦赛利昂还只有小狗的体型，卓耿虽比他们大一些，但任何一条狗都比他们重——因为龙的身躯基本由颈项、尾巴和翅膀组成，比看上去要轻。丹妮莉丝·坦格利安要回家还得靠木头、帆布和风。

迄今为止，前两者均为她提供了优良服务，变幻无常的风却成为叛徒。六天六夜，海面波澜不惊，而今已是第七天，依然没有好转迹象。唯一值得庆幸的是，伊利里欧总督派给她的船中有两艘是划桨商船，各有两百支桨，并配备了精壮水手。难在大商船贝勒里恩号，她像肥母猪般笨重宽阔，体积大，帆也大，可由于没桨，无风的时候半点动弹不了。瓦格哈尔号和米拉西斯号放出绳索拖拽，她缓慢而痛苦地前进着，三艘船上都挤满了人和各种商品。

"我看不到卓耿，"乔拉·莫尔蒙爵士来到前甲板上，站到她身旁，"他又迷路了吗？"

"迷路的是我们，爵士先生。卓耿不喜欢如婴儿般蠕动爬行，我也不喜欢。"黑龙比其他两条胆大，他第一个在水面上展翅试飞，第一个在船只间翱翔穿越，第一个冲入浮云消失无踪……也是第一个开始捕猎杀戮。想当初那条飞鱼刚破出水面，便被一道火焰紧紧包裹，接着卓耿将其一口吞掉。"他能长多大？"丹妮好奇地问，"你清楚吗？"

"传说在七大王国，有的龙能擒出海里的巨怪。"

丹妮微笑："令人惊叹。"

"这只是传说而已，卡丽熙，"被放逐的骑士说，"传说中，有些睿智的老龙甚至能活一千年呢。"

"那龙究竟能活多久？"她抬起头，只见韦赛利昂低低地掠过商船，翅膀缓缓拍打，扇起疲软的风帆。

乔拉爵士耸耸肩，"龙的天然寿命比人长得多，至少歌谣里这么讲……七大王国的人民最熟悉的龙就是坦格利安家族的龙。他们为战争而繁殖，也在战争中死去。屠龙很难，但并非不可企及。"

那个侍从白胡子起初站在精雕的船首像边上，用消瘦的手拄着长长的硬木拐杖，此刻转过身来，"黑死神贝勒里恩在仲裁者杰赫里斯一世统治时期方才死去，共活了两百岁。他大得出奇，可一口吞下整只野牛。陛下，龙是不会停止生长的，只要拥有食物和自由。"他本名阿斯坦，因为满脸白胡须，所以被壮汉贝沃斯起了个绰号叫白胡子，这个绰号也很快被大家接受。他虽不及乔拉爵士的肌肉结实，却比后者高大，眼睛是浅蓝色，长长的雪白胡子如丝绸一样顺滑。

"自由？"丹妮略感不解，"什么意思？"

"在君临，您的先祖为他们的龙盖了一栋圆顶巨堡，称为'龙穴',迄今仍矗立在雷尼丝丘陵顶,只是早成废墟。昔日,王室的龙就在那居住,那好像一个大洞穴,外面有非常宽阔的铁门,里面可容三十个骑士骑马并肩通过。即便如此,龙穴里的龙却从没长到他们祖先的大小。学士们都说,这是墙和圆顶的关系。"

"见鬼,假如墙能限制体积,那农民该像侏儒,而国王该像巨人,"乔拉爵士说,"事实恰恰相反,茅屋里往往生出大个子,城堡中住的却是矮子。"

"人是人,"白胡子回答,"龙是龙。"

乔拉爵士哼了一声以示轻蔑,"还真把自己当那么回事。"被放逐的骑士不喜欢这个老人,打一开始就表现得很明显。"那有劳你给我们介绍一下龙的知识,怎么样呢?"

"不,我也不甚了解。但好歹我当初在君临生活期间,铁王座上坐的是伊里斯国王,我有幸见过悬挂在王座厅墙上的巨龙头骨。"

"韦赛里斯对我提起过那些头骨,"丹妮道,"据说篡夺者把它们取下来收藏,因为不堪忍受它们日日俯瞰他坐着偷来的王座。"她招手示意白胡子靠近。"你见过我的父王吗?"国王伊里斯二世在他女儿出生前就死了。

"我很荣幸地见过他,女王陛下。"

"他是否善良温和?"

白胡子尽力掩饰自己的感受,但那些感受其实清清楚楚地写在他的脸上。"陛下他……通常很和善。"

"通常?"丹妮微笑,"不是一直?"

"对于心目中的敌手,他会非常残酷。"

"明智的人决不会成为国王的敌手,"丹妮说,"那么,你也了解我哥哥雷加吗?"

"据说没有人真正了解雷加王子。我只在比武会上见过他,也听他弹过银弦竖琴。"

乔拉爵士嗤之以鼻,"只怕是和成千人一起参加丰收宴会时听的吧,亏你还没宣称自己是他的侍从。"

"我当然不敢如此夸口,爵士。雷加王子的第一任侍从是米斯·慕顿,接下来是瑞卡德·隆莫斯。他俩后来都被他亲手册封为骑士,并成为他终身的伙伴。除此之外,王太子殿下还有许多密友,包括年轻的克林顿伯爵,以及他的老朋友亚瑟·戴恩。"

"拂晓神剑!"丹妮愉快地喊道,"韦赛里斯跟我说过那把不同寻常的白剑,他还说亚瑟爵士是全国上下唯一可与我哥匹敌的骑士。"

白胡子低头,"我没资格质疑韦赛里斯王子的话。"

"他是国王,"丹妮纠正,"虽未经加冕,但依旧是七国之君,韦赛里斯三世。好啦,你刚才什么意思?"他的回答并不如她预期。"乔拉爵士曾说我哥雷加是最后的真龙传人,我以为他定是个非常厉害的战士,对吧?"

"陛下,"白胡子道,"龙石岛亲王的确很厉害,但……"

"说,"她催促,"尽管直说。"

"遵命。"老人斜倚在硬木拐杖上,皱起眉头。"无可匹敌的战士……好动听的评价,可是女王陛下,您知道吗?评价往往不能决定胜负。"

"刀剑能决定胜负,"乔拉爵士生硬地说,"而雷加王子精于刀剑。"

"不错,爵士,他确实武艺高强,可……我目睹过上百次比武和比我愿意见到的多得多的战争,无论哪个骑士,无论他如何强壮、如何迅捷、如何精准,只要他是人,终归有极限。他可以赢得一次艰难的比武,也可能输掉一场简单的斗争。草地中的小坑,晚餐时吃的脏东西,或许就意味着失败。而一阵突然的风向改变却会赐予你胜利,"他瞥了乔拉爵士一眼,"或者手臂上女士赠与的信物。"

莫尔蒙脸色一沉,"小心你的舌头,老头子。"

阿斯坦见过兰尼斯港外那场比武会,当时莫尔蒙手缠女士赠与的信物,赢得了长枪比试,也赢得了那位女士——海塔尔家族的琳妮丝——的心,她是他的第二任妻子,高贵而美丽……但她毁了他、抛弃了他,如今对他而言,关于她的记忆是一种折磨。"别生气,我的好骑士,"她将手搭在乔拉胳膊上,"阿斯坦无意冒犯。"

"遵命,卡丽熙。"乔拉爵士的声音很不情愿。

丹妮回身面对侍从,"除了韦赛里斯的故事,我其实不大了解雷加,而长兄去世时,他也只是个小男孩。说说看,雷加究竟是个怎样的人?"

老人考虑了一会儿,"首先,他很有才干。他坚定、沉着、忠实、诚恳。关于他有个著名的故事……无疑乔拉爵士也知道。"

"我想听你说。"

"如您所愿。"白胡子说,"龙石岛亲王小时候好学得有点过分,他比别的小孩早得多就能识字读书,以至于人们常说雷拉王后怀他时一定吞了书本和蜡烛。雷加对孩童的玩耍没兴趣,他的智慧令学士们惊奇,而他父亲手下的骑士们则酸溜溜地开玩笑说,圣贝勒又回来了……直到有一天,雷加王子从古旧的卷轴里发现了某些东西,突然间改变了性格。没人清楚究竟怎么回事,只知道某天一大早,那孩子出现在校场上,正在穿戴盔甲的骑士们惊讶地望着他径直走向教头威廉·戴瑞爵士,他说:'给我长剑和铠甲,我必须成为战士。'"

"他真的是个战士!"丹妮高兴地说。

"是的,"白胡子鞠了一躬。"请原谅,陛下。说到战士,壮"

汉贝沃斯起来了,我必须去服侍他。"

丹妮回头扫了一眼。太监正抓着船中间的扶手爬上甲板,他体格虽庞大,动作却极灵敏。贝沃斯人不高,但胸膛宽阔,估计体重超过十五石,厚实的棕色肚子上横七竖八满是淡白的旧疤痕。他穿着松垮的短裤,系一条黄丝肚兜,镶铁钉的皮背心则小得有些可笑。"壮汉贝沃斯饿了!"他朝所有人吼叫,"壮汉贝沃斯要吃东西!"他转身发现前甲板上的阿斯坦,"白胡子!你给壮汉贝沃斯拿吃的来!"

"你去吧。"丹妮告诉侍从。对方又鞠了一躬,然后离开,前去服侍他的主人。

乔拉爵士注视着他的身影,那张生硬而坦诚的脸皱成一团。莫尔蒙高大健壮,有强硬的下颚和厚厚的肩膀,虽谈不上英俊,却是丹妮此刻最真诚的朋友。"这老头说话添油加醋,希望您明察。"白胡子走远后,他告诉她。

"女王须要聆听所有人的话,"她提醒他,"尊贵的人与低贱的人,强壮的人与弱小的人,高尚的人与堕落的人。一个人的声音也许会欺骗你,但综合许多人的意见才能得到真相。"这是她从书中读来的。

"那么请听听我的话,陛下,"被放逐的骑士说,"这个白胡子阿斯坦在欺骗您!您不觉得作为侍从,他太老了吗?况且他若真的侍奉一个呆头呆脑的太监,怎会如此善于言谈?"

确实古怪,丹妮不得不承认。壮汉贝沃斯从前是个奴隶,在弥林的斗技场中长大受训。他声称伊利里欧总督派他来保护她,而她也确实需要保护。铁王座上的篡夺者用领地和爵位来招募杀手,有一次暗杀就在她眼皮底下发生。而今她越接近维斯特洛,想必遭到攻击的可能性将越来越大。另一方面,不待她离开魁尔斯,男巫俳雅·菩厉便派出遗憾客,来为尘埃之殿中被她烧死的不朽之人复仇。

据说,男巫有仇必报,而遗憾客决不失约。此外,大多数多斯拉克人也与她对立。昔日卓戈卡奥的寇们都有了自己的卡拉萨,一旦发现她这小队人马,必定会毫不犹豫地加以攻击,屠杀和奴役她的子民,并把丹妮本人带回维斯·多斯拉克,逼她加入多希卡林枯瘦老妪们的行列。札罗·赞旺·达梭斯帮过她,但魁尔斯巨商的目的只是她的龙。还有阴影之地的魁晰,戴红漆面具的神秘女子,以及她深奥莫测的忠告。她也是敌人吗?还是危险的朋友?丹妮说不上来。

乔拉爵士把我从施毒者手中救出,白胡子阿斯坦替我挡住蝎尾兽,也许下一次就轮到壮汉贝沃斯。他体格宽阔,手臂粗如小树干,而他随身携带的那把极长的亚拉克弯刀锋利得可以用来刮胡子——虽然他光滑的棕色脸颊长不出胡子。他脾气跟小孩似的,作为保护者,还缺乏很多素质。谢天谢地,我有乔拉爵士和血盟卫,以及——我的龙。总有一天,魔龙将成为她最好的护卫,正如三百年前,他们守护征服者伊耿和他的妹妹们一样。然而目前,他们给她带来的危险多过于保护。全世界只有三头活龙、三头属于她的活龙,他们不仅是重生于世的奇迹与恐怖,更是无价之宝。

她满腹思量,突然感到后颈一阵凉气,一缕银金色的头发披散下来,在额头飘荡。上方,风帆动了起来,霍霍作响,欢呼声响彻贝勒里恩号。"风!"水手们大喊,"风来了!风!"

丹妮抬头,只见大商船的帆鼓胀波动,帆绳紧紧绷起,来回敲打,弹奏出这漫长的六天来他们一直期盼的甜美乐章。格罗莱船长冲到船尾,高叫着发号施令,潘托斯人兴高采烈地爬上桅杆,开始工作。连壮汉贝沃斯也袒露出大肚子,跳了一会儿舞。"诸神保佑!"丹妮说,"你看到了吗,乔拉?我们又上路了!"

"对,"他说,"但我们上哪儿去呢,女王陛下?"

风吹了一整天,开始是东风,接着是狂乱的阵风。太阳在红晕之中落下。我离维斯特洛仍有半个世界那么远,丹妮提醒自己,但每一小时、每一分钟，都更加接近。她试图想象第一眼看到那片她注定要统治的土地时，会是什么感受。那是世上最美的海岸，我知道的，怎么可能不是呢？

那天深夜，当贝勒里恩号在黑暗中穿梭，丹妮盘腿坐在船长室的床铺上——"即使是在海上，"格罗莱非常客气地宣布，"女王仍然优先于船长。"——喂龙时，传来一阵急促的敲门声。

伊丽已在床铺下睡着了（三人同睡太挤，今晚轮到姬琪跟她的卡丽熙共享柔软的羽毛床），但听见敲门声，尽职的女仆还是起身走向门口。丹妮拉起床单，夹在腋下，她裸着身子，根本没料到这个时刻会有访客。"进来。"她说。一盏摇曳的灯下，站着乔拉爵士。

被放逐的骑士低头走进来，"陛下，很抱歉打扰您休息。"

"我还没休息呢，爵士先生。来，过来看。"她从膝上的小碗里取出一块咸肉，举起来让她的龙看见。他们三个都饥渴地盯着。雷哥展开绿翅膀，搅动空气，而韦赛利昂的脖子跟随她手前后伸缩，仿佛一条乳白的长蛇。"卓耿，"丹妮轻柔地说，"*dracarys*。"随后将肉抛到空中。

卓耿的动作比眼镜蛇还快。他吼叫着喷出火焰，鲜红、橙色和黑色掺杂在一起，肉未坠落，已被烤焦。他用尖利的黑牙猛地咬住，雷哥的头也飞快地伸过来，仿佛要从哥哥嘴里偷取战利品。但卓耿一口把肉吞下，抬头尖声喊叫，较小的绿龙只能发出沮丧的咝咝声。

"别这样，雷哥，"丹妮恼火地说，一边在他头上拍了一下，"上次是你吃到的，别太贪嘴嘛。"她朝乔拉爵士微笑。"瞧，我无需用火盆为他们烤肉了。"

"是，我看到了。*dracarys*？"

听到这个词，三头龙同时转过头来，韦赛利昂喷出一道淡金色火焰，逼得乔拉爵士急速后退了一步。丹妮咯咯笑道："小心哟，别说这个词，爵士先生，否则休怪他们把你胡子烧掉。在高等瓦雷利亚语中，这是'龙焰'的意思。我在训练他们，得选择无人会碰巧说出来的口令。"

莫尔蒙点点头。"陛下，"他说，"能否私下讲几句？"

"没问题。伊丽，请你先离开。"她把手放在姬琪裸露的肩膀上，将另一个女仆摇醒。"你也一样，亲爱的，乔拉爵士有话跟我说。"

"是，卡丽熙。"姬琪从铺位上翻身而起，裸着身子打了个哈欠，浓密的黑发披散下来。她迅速穿上衣服，跟伊丽一起离开，并关上舱门。

丹妮把剩余的咸肉尽数给了龙，让他们去抢，然后拍拍身边的床铺。"坐吧，好骑士，你想说什么？"

"三个人，"乔拉爵士道，"壮汉贝沃斯、白胡子阿斯坦和派他们来的伊利里欧·莫帕提斯。"

你怎么又来了？丹妮把床单拉高，搭到肩膀上。"怎么回事？"

"魁尔斯的男巫们警告过您：命中注定您将经历三次背叛。"被放逐的骑士提醒她，韦赛利昂和雷哥在一旁又抓又咬。

"一次为血，一次为财，一次为爱。"丹妮忘不了不朽之人的话。"弥丽·马兹·笃尔是第一次。"

"这意味着还有两个叛徒……现在他们同时出现了。是的，我就担心这个，不要忘记，劳勃许诺只要有人能杀了你，即可受领封地成为贵族。"

丹妮倾身向前，抓住韦赛利昂的尾巴，将他拖离绿色的兄弟身边。她移动时，床单自胸前掉落，她连忙抓紧，重新盖住自己。"篡夺者死了。"她说。

"他儿子接替他继续统治。"乔拉爵士抬起头，深色的眼睛对上她的目光。"一个忠实的儿子会为父亲讨债。即便是血债。"

"这个男孩乔佛里或许想置我于死地……如果他还记得我的话。但不管怎么说，这跟贝沃斯或白胡子阿斯坦有何关系？那老人甚至连剑都没有，你亲眼看到的。"

"我当然看见了，我看见他如何熟练地使用那根拐杖。还记得他在魁尔斯杀死蝎尾兽的事吗？他要敲碎您的喉咙也一样容易。"

"没错，可他没有下手。"她指出，"要害我的是那蜇人的蝎尾兽，他则救了我的命。"

"卡丽熙，您不觉得白胡子和贝沃斯跟杀手是串通好的吗？这多半是为了骗取您的信任而布下的陷阱。"

她朗声大笑，吓得卓耿嗞嗞叫起来，而韦赛利昂拍拍翅膀跃到舷窗上，"好厉害的陷阱。"

被放逐的骑士却没有笑，"这是伊利里欧的船，我们身边是伊利里欧的船长、伊利里欧的水手……壮汉贝沃斯和阿斯坦也是他的人，不是您的。"

"伊利里欧总督庇护过我。壮汉贝沃斯还说，听到我哥死的消息时，他哭了。"

"是啊，"莫尔蒙道，"但他是为韦赛里斯而哭呢，还是为自己落空的计划掉泪？"

"他的计划没有落空！伊利里欧总督一直是坦格利安家族的朋友，他非常富有……"

"他的钱不是天上掉下来的，据我所知，这个世界上没有人因为慈善而发财致富。男巫们预言第二次背叛是为了钱，而除了钱，伊利里欧·莫帕提斯还看重什么？"

"他的性命。"房间另一头，卓耿不安地挪动着，蒸汽从他嘴里升起。"弥丽·马兹·笃尔因为背叛而被我烧死。"

"弥丽·马兹·笃尔是您的奴隶，而在潘托斯，伊利里欧将是您的主人，情况不一样的。请相信我，我不仅了解您，也了解总督。他精于算计，聪明无——"

"为赢得铁王座，我正需要聪明人。"

乔拉爵士哼了一声，"那个下毒的酒商也很聪明。聪明人往往不怀好意。"

丹妮不由自主地把腿收到床单下面，"可你会保护我，我还有我的血盟卫。"

"就凭四个人？很好，卡丽熙，看来您信得过伊利里欧·莫帕提斯，坚持让自己被不了解的人所包围，比如臃肿的太监和全世界最老的侍从。我只是求求您，从俳雅·菩厉和札罗·赞旺·达梭斯那儿吸取教训。"

他本意是好的，丹妮提醒自己，一切皆源于对我的敬爱。"在我看来，不信任任何人的女王跟信任所有人的女王一样愚蠢。我很明白，每接纳一个人都是一次冒险，但不冒风险又怎能赢得七大王国？难道靠一个被放逐的骑士和三个多斯拉克血盟卫去征服维斯特洛吗？"

他顽固地咬紧下巴，"我不否认，您的道路需要冒险，但遇到骗子或阴谋家还加以接纳，结局将和您哥哥一样。"

他的固执令她恼怒。他还把我当小孩子看待。"壮汉贝沃斯连早餐都得靠别人安排，好个阴谋家！而白胡子阿斯坦撒过谎吗？"

"他是假扮的！你瞧他今天说话莽撞，哪里有侍从的样子？"

"是我命令他直说，我想了解我大哥呀。"

"陛下啊陛下，了解你大哥的人不止他一个。好吧，在维斯特洛，御林铁卫的队长在御前会议上拥有席位，他不仅用武力，同时也以智慧为国王效劳。您说我是女王铁卫的首席骑士，那我请求您，好好听我说，我有个计划。"

"计划？快告诉我。"

"伊利里欧·莫帕提斯要您回潘托斯，寄居于他的屋檐下。很好，去就去……但时间由您决定，而且不是孤身一人。就让我们看看他的人究竟有多忠诚、多顺从。请命令格罗莱船长，改变航线，前往奴隶湾。"

丹妮有些不安，听说渊凯、弥林和阿斯塔波这些奴隶制大城邦里的人口市场如脓包般滋生，相关的故事让人心惊胆战。"我去奴隶湾做什么？"

"您得招募军队，"乔拉爵士道，"既然您喜欢壮汉贝沃斯，便满可以从弥林的斗技场里再买几百个……但我建议驶往阿斯塔波，在阿斯塔波，您能购买无垢者。"

"戴青铜尖刺盔的奴隶？"丹妮在自由贸易城邦见过无垢者，他们往往替总督、大君和执政官当卫兵，"我要他们来做什么？无垢者不会骑马，通常还是很胖。"

"您在潘托斯或密尔见过的无垢者都是些护卫，完全不能发挥长处。他们无所事事，而太监本就容易发胖，因为食物是他们仅存的欲望。陛下，通过几个老迈的家族奴兵来判断所有无垢者就跟通过白胡子阿斯坦来判断所有侍从一样。对了，您听过三千勇士保卫科霍尔的故事吗？"

"没听过。"床单从丹妮肩头滑落，她将之拉回原位。

"四百多年前，多斯拉克人首度从东方骑马出现，沿途洗劫焚烧每个城镇。领导他们的卡奥叫特莫，他的卡拉萨不若卓戈的那么大，但也不小，至少有五万人，其中一半是辫绑铃铛的战士。"

"科霍尔人知道他来临的消息后，便着手加固城墙，增加一倍士兵，并雇来两个佣兵团——亮帜团和次子团。由于传来的情况越来越不妙，他们赶紧从阿斯塔波补买三千无垢者，但几乎已来不及了。无垢者们长途行军赶往科霍尔，远远便看见烟雾和尘埃，听到战斗的喧嚣。"

"等他们抵达城下,太阳已经落山,乌鸦和野狼享用着科霍尔重骑兵们的遗体,而亮帜团和次子团早早卷旗逃匿,佣兵一旦面对强弱悬殊、毫无希望的情况就会这样做。夜幕降临,多斯拉克人没有再战,他们撤回营地彻夜饮酒、跳舞和狂欢,准备第二天攻破城门,肆意奸淫掳掠。"

"但到破晓时分,当特莫和他的血盟卫们领着卡拉萨走出营地,却发现三千名无垢者已在城门前排好阵形,头顶飘扬着科霍尔的黑山羊旗。您若了解多斯拉克人的战法,就会明白,他们根本不把这支小队伍放在眼里面:对徒步的步兵,他们不会包抄迂回,而是直接骑马冲锋践踏。"

"于是多斯拉克人发起攻击,而无垢者们紧握盾牌、压低长矛,纹丝不动。面对两万铃铛作响的哮吼武士的决死冲锋,他们毫无惧色。"

"多斯拉克人一共冲锋了十八次,但在那片盾牌和长矛前,好比浪涛拍打岩石一样溃散。特莫卡奥三次派出骑射手,围着对手轮番射击,弓箭如雨般撒向这三千勇士,但无垢者只是举起盾牌,挡在头上,不肯让步。到最后,他们只剩下六百人……但有超过一万二千名多斯拉克战士倒在战场上,包括特莫卡奥,他的三名血盟卫,他所有的寇和所有的儿子。三天之后的清晨,新卡奥率领幸存者们列队庄严地来到城门前,一个接一个,每人都割断自己的发辫,扔到那三千勇士脚下。"

"从那天起,科霍尔的守备队便全由无垢者组成,每人举着的长矛上都挂有一束人类的发辫。"

"这就是您将在阿斯塔波找到的东西,女王陛下,请在那儿上岸,完成交易后,再由陆路继续前往潘托斯。没错,这会花费很多时间……但未来,当您跟伊利欧总督一起用餐时,将有一千把剑为你撑腰,而不仅仅只是四把。"

他的确为我贡献了智慧,丹妮心想,但是……"怎么买下一千名奴隶战士?我的财产只剩碧玺兄弟会送的王冠而已。"

"真龙对阿斯塔波人和魁尔斯人而言,都同样意味着重生于世的伟大奇迹,想必奴隶商人们会和魁尔斯的巨商一样,送您大量礼物。假如不够……您忘了吗?这三条船上不止有您的多斯拉克人和他们的马,还有从魁尔斯购买的大批货物。我清点过货舱,亲眼看到无数丝绸、虎皮、琥珀、翡翠雕刻、藏红花、没药……奴隶便宜,陛下,虎皮却很昂贵。"

"那些是伊利里欧的东西。"她抗议。

"而伊利里欧是坦格利安家族的朋友。"

"那就更不应该窃取他的货物。"

"如果有钱的朋友不愿出钱,那他有什么用,女王陛下?假如伊利里欧总督拒绝你,只能证明他不过是有四重下巴的札罗·赞旺·达梭斯而已。如果他真诚地支持您,就不会舍不得三船货物,您想想看,他的虎皮哪有比替您买来军队更好的用途呢?"

是的,是的。丹妮激动起来。"可路途遥远,会有危险……"

"走海路同样有危险。海盗船在南方航线徘徊,瓦雷利亚以北的烟海则有魔鬼出没,下一次风暴没准能令我们船毁人亡,夏日之海的巨怪也许会将商船拖进海底……再或船队因无风而再度停滞,在等待中活活渴死。陆地行军有危险,女王陛下,但海洋不见得更安全。"

"若格罗莱船长拒绝怎么办?阿斯坦,壮汉贝沃斯,他们又会怎么做呢?"

乔拉爵士站起身,"或许是该您亲自去发现的时候了。"

"是的,"她下定决心,"是的!"丹妮将床单往后一扔,从床铺上跳起来。"我要立即去见船长,命他驶向阿斯塔波。"她弯腰打开箱子，抓起最上面的外套和一条宽松的纱丝长裤。"把我的勋章腰带给我，"她一边命令乔拉，一边把纱丝长裤拉过臀部，"还有我的背心——"她转身道。

乔拉爵士搂住了她。

"噢，"她只来得及说出这一个字，便被他抱紧，两对唇压在一起。他浑身上下散发出汗、盐和皮革的味道。他将她紧紧压向自己，短上衣的铁扣嵌入她赤裸的乳房。他用一只手抓住她的肩膀，另一只手顺着她的脊椎滑至细小的后腰。她的嘴不由自主地张开来，任他的舌头伸入探索。他的胡子虽然扎人，她心想，但嘴里很甜美。除了嘴角的长髯，多斯拉克人不留络腮胡，而在此之前，只有卓耿卡奥吻过她。他不能这么做，我是他的女王，不是他的女人。

长长的一吻，丹妮说不准究竟有多久。结束后，乔拉爵士放开她，她快速回退一步。"你……你不该……"

"我不该等这么久。"他替她说完，"早在魁尔斯，我就该吻你，不，在枯骨之城，在红土荒原，我就该吻你，每日每夜，我都该吻你。你那么美丽温柔，天生就是用来亲吻的尤物。"他的眼睛看着她的乳房。

丹妮在乳头出卖自己之前用手盖住，"我……你这是逾越！我是你的女王。"

"您是我的女王，"他说，"也是我这辈子见过最勇敢、最甜蜜和最美丽的女人。丹妮莉丝——"

"陛下！"

"陛下，"他让步了，"龙有三个头，记得这句话吧？从尘埃之殿中听来之后，你一直深感疑惑。好吧，我告诉你：从前有贝勒里恩、米拉西斯和瓦格哈尔三条巨龙，分别由伊耿、雷妮丝和维桑尼亚骑乘。坦格利安家族的纹章是三头龙——实际上，是三条龙，三个骑手。"

　　"我想也是，"丹妮说，"可我的哥哥们都死了。"

　　"雷妮丝和维桑尼亚不仅是伊耿的妹妹，还是他的妻子。你没了哥哥，但你可以有丈夫。让我明确地告诉你，丹妮莉丝，在这个世界上再没有人及得上我对你一半的真诚。"

布兰

山脊陡然升起,岩石与土壤的长坡道形如利爪。斜坡的低处有树,松木、山楂和岑树,但较高处无植被覆盖,顶端则突兀地耸立在多云的天空下。

山脊在呼唤他。他向上跑去,一开始是轻松漫步,随后越来越快,越跑越高,斜坡在他强健的腿下向后退去,鸟儿在他经过时从头顶树枝间四散飞离,一边挥舞爪子,一边扇动翅膀,逃往空中。他听见清风在树叶间叹息,松鼠唧唧喳喳地耳语,甚至还听见松果翻滚落地的声响。无数鲜活的气味则如一首动听的歌谣,环绕着他,歌颂美好的绿色世界。

沙砾在爪下飞扬,他登上最后几尺,屹立于顶峰。太阳高挂在松树之上,硕大而鲜艳,在他身下,树林与山丘连绵不断,向远方延伸,直到视线和嗅觉的尽头。一只鸢在天空中盘旋,犹如粉红底板上的一个黑影。

我是王子。一个声音在脑海中回响,一个真切的声音。我是绿色世界的王子,狼林的王子。他强壮、敏捷、凶猛,生活在美好的绿色世界中的生物都怕他。

下方远处,林间有什么东西移动。他只瞥见灰影一闪,然后又迅速消失,令他不禁竖起耳朵。水流湍急的绿溪边,又一条身影掠过。是狼,他知道,是他的小个子远亲们,正在打猎。王子看到更多形体,敏捷的灰爪子影影绰绰。他们是一个族群。

他也有过一个族群,如今已找不到了。六狼一体,五狼残存,分割天涯,互不联络。在他内心残留着声音的印象,那是人类赋予他兄弟姐妹们的名字，但他并非通过声音来辨认他们。他记得气味，他们有相似的气味，同一族群的气味，虽然每一个又各不相同。

王子身边只剩下暴躁的弟弟，那个眼里闪动绿火的弟弟，就连他也有许多次狩猎没见着了。随着每一次日落，弟弟越走越远，王子终于成了孤身一人。其他的兄弟姐妹更是散落人间，好比狂风卷走的树叶。

但他不时能感觉到他们，仿佛大家仍在一起，只不过被石头或树木阻挡了视线。他嗅不到他们的气味，听不到他们的嗥叫，但能感觉到他们的支持……除了那个逝去的姐姐。想起她来，他的尾巴默然低垂。只有五个，没有六个了。四个外加沉默的白色兄弟。

他们属于森林，属于积雪的山坡和嶙峋的丘陵，属于巨大的绿松和金叶橡树，属于湍急的溪流和镶着霜冻的湛蓝湖泊。可他的姐姐离开荒野，走进人类建造的石山孔洞中，那里由另一类猎人统治，能进不能出。这些往事，狼王子统统都记得。

风向忽然转变。

鹿，恐惧，血。猎物的气味激起他内在的饥饿。王子又嗅了嗅，转过身，急速奔跑。他沿着山脊顶端飞跃奔驰，下颚半张。山脊另一头比他上来的地方要险峻，但他稳健地踏过岩石、树根和腐叶，冲下山坡，穿过树林，大步前进。他被气息所牵引，愈行愈快。

鹿已倒下，濒临死亡，周围环绕着八个他的小个子灰色远亲。族群首领开始用餐，雄性先吃，接着是他的配偶，他们轮流从猎物鲜红的下腹部撕肉。其余的狼耐心等待，只有那个小尾巴有些不安宁，他在离其他狼几步远的地方焦躁地转圈，尾巴压得低低的。他将最后一个用餐，吃兄长们的剩饭。

王子处在下风，他们没闻出来，直到他跳上坠落的圆木，离死鹿仅六步之遥。小尾巴头一个发现他,可怜地呜咽了一声,便悄悄溜走。除了领头的雄性和雌性,族群里的狼都转身龇牙咆哮。

冰原狼报之以低吼,作为警告,同时也向他们展示自己的牙。他比远亲们体型大,是瘦骨嶙峋的小尾巴的两倍,比两个族群首领则大一半。他跳下来,跃入他们中间,三匹狼见状落荒而逃,消失在灌木丛中。另一匹朝他袭来,张嘴就咬。他迎头对抗攻击,两狼相撞,他用下颚咬住对方的腿,将其甩到一边。野狼一边吠叫,一边一瘸一拐地走开。

顷刻间,原地只留下那匹头狼,巨大的灰公狼,嘴上满是猎物柔软的腹部流出的鲜血。他鼻口有些白,表明了老狼的身份,他张开嘴,红色的唾液从齿间滴落。

他没有恐惧,王子心想,和我一样。这将是一场恶斗。他们同时扑上前。

他们斗了很久,在树根、岩石、落叶及猎物散落的内脏中翻滚,用牙齿和爪子互相撕扯。他们时而分开,绕着圈子,然后猛冲上去再次接战。王子个头比较大,也更强壮,但他的远亲拥有族群的支持。母狼在附近巡游,边嗅边咆哮,一旦她的配偶受伤脱离战斗,她就会挺身而出。其他的狼也不时冲进战团,趁王子不备咬他的腿或耳朵。其中有一只令他恼火无比,王子便燃起杀气扑过去,撕开了对方的喉咙。从此以后,其他狼都跟他保持距离。

当最后一丝红光从绿色和金色的树冠间透析进来时,老狼疲惫地倒在泥土里,仰面朝天,露出喉咙与腹部。他投降了。

王子吸吸鼻子,舔去对方皮毛和伤口中的血。老狼低声呜咽了一下。冰原狼回到猎物旁,他很饿,而猎物属于他了。

"阿多。"

突如其来的喊声令他停下来吼叫。狼群用绿色和黄色的眼睛注视着他,眼珠子在白昼的余光中闪亮。他们不知所措。一阵怪异的风在他耳边轻响，他把爪子埋进鹿腹，撕下满满一大块肉。

"阿多，阿多。"

不，他心想，不要，我不要回去。那是男孩的思维，不属于冰原狼。四周的森林暗淡下来，只剩树木的阴影和闪烁的眼睛。透过那些眼睛，他看到一个咧嘴笑着的高大人类，以及墙上点缀了硝石的石窖。舌尖已尝不到浓郁温暖的鲜血味道。不，不要，不要，我要吃，我要吃，我要……

"阿多，阿多，阿多，阿多，阿多，"阿多一边念一边轻摇他的肩膀。阿多试着轻柔地摇，他一直在试，可他有七尺高，强壮而不自知，于是布兰被摇得牙齿哒哒作响。"别摇了！"他恼怒地喊道，"阿多，住手，我回来了，我回来了。"

阿多停下来，神情有些窘。"阿多？"

森林和野狼全部消失，布兰回来了，回到一座古代瞭望塔底的潮湿地窖里。这座塔被荒弃了数千年，甚至失去了塔的形状，翻倒的石头上长满苔藓和常春藤，除非走到近处，否则根本不明白这团纠结的杂物到底是什么。布兰为它取名"摇坠塔"，而梅拉找到了向下通往地窖的路。

"你去得太久。"玖健·黎德年方十三，仅比布兰大四岁，而且体格瘦小，身高也只多布兰两三寸，但他说话腔调严肃，使得他比实际年龄看起来更成熟、更有智慧。在临冬城，老奶妈称他为"小个子祖父"。

布兰朝他皱眉，"我要吃东西。"

"梅拉很快就会带晚餐回来。"

"我不想吃青蛙。"梅拉来自颈泽，习惯吃青蛙，布兰也不好责怪，可是……"我想吃鹿肉。"片刻间，他记起鹿的滋味，鲜血和肥美的肉，令他垂涎欲滴。为了它，我恶斗一场。我是赢家。

"你有没在树上留标记？"

布兰脸红了。玖健总要他在睁开第三只眼、变成夏天时做些事,比如扒树皮、逮兔子回来,或将石头推成直线等等。无聊的事。"我忘了。"他说。

"你每次都忘。"

没错,我每次都忘。其实心里是想做的,但一旦成为狼,这些事便不再重要。夏天有一整个世界可以看、一整个世界可以嗅,绿色的森林全供他打猎。他可以奔跑!没什么比奔跑更美好,没什么比得上追逐猎物。"我是王子,玖健,"他告诉年长的男孩,"我是森林的王子。"

"你的确是王子,"玖健轻声提醒他,"其余部分却记错了。快,告诉我,你是谁。"

"你明明就知道。"玖健是他的朋友,也是他的老师,但有时候布兰就是想揍他。

"我要你自己说。告诉我,你是谁。"

"我是布兰,"他阴沉地道。残废的布兰。"布兰登·史塔克。"瘸腿的男孩。"临冬城的王子。"然而临冬城业已焚烧毁灭,它的人民被驱散、被屠杀。玻璃花园粉碎,温泉水从墙壁裂口中涌出,在阳光下蒸腾。一个再也回不去的地方,你怎能成为那里的王子呢?

"谁是夏天?"玖健问。

"我的冰原狼。"他微笑着说,"绿色世界的王子。"

"男孩布兰和冰原狼夏天。你们是两种个体,对不对?"

"两种个体,"他叹道,"一个整体。"每当玖健变得像现在这样无聊,布兰就讨厌他。在临冬城,他要我做狼梦,现在又要我回来。

"请记得自己的身份,布兰,一定要记得,否则你会被狼所吞没。当你们结合时,仅仅披着夏天的皮奔跑、狩猎和嗥叫是不够的。"

他是为我好,布兰心想,我喜欢夏天的形态更甚自己的本体。可身为易形者,好处不就是能选择喜欢的形态么?

"你会记住吗?下次一定要在树上做记号,具体哪棵树并没有关系,只要做了就行。"

"我会的。我会记住。你喜欢的话,我现在就回去,这次决不忘记。但我会先饱餐鹿肉,并跟那些小狼再打一仗。"

玖健摇摇头,"不。你得留下来吃东西,用你自己的嘴吃。狼灵是不能靠他的动物吃的东西过活的。"

你怎么知道?布兰愤愤不平地想,你又不是狼灵,怎么知道我不行?

阿多猛然站起来,几乎把头撞到拱形天花板上。"阿多!"他一边喊,一边向门口冲去。梅拉推门而入,走进他们的避难所。"阿多,阿多。"大个子马童咧嘴笑道。

梅拉今年十六岁,已是成人女子了,身高却和弟弟一样。布兰有一回问她为什么长不高,她告诉他,泽地人都是小个子。她有褐色的头发,绿色的眼睛,胸部跟男孩一样平,但走起路来优雅轻巧,布兰看了直羡慕。梅拉有一把长而锋利的青铜短刀,可她喜欢一手拿着细长的三叉捕蛙矛,一手拿着编织精巧的索网作战。

"有谁饿了吗?"她边问,边举起她的捕获:两尾银色的小鳟鱼和六只肥青蛙。

"我。"布兰说。但他不想吃青蛙。在临冬城,在所有的糟糕事情发生之前,瓦德兄弟俩曾说,吃青蛙会让牙齿变绿,腋下长青苔。他在临冬城没发现他俩的尸体……但那儿有许多尸体,根本看不过来,况且他们没进房子里搜查。

"我马上弄给你吃,愿意帮我清洗猎物吗,布兰?"

他点点头。要生梅拉的气可不容易,她远比她弟弟快活,总能逗他笑。没有东西能吓住她或令她生气，噢，除了玖健，他有时候……其实玖健·黎德能吓住所有人。他一袭绿衣，眼睛是青苔的色彩，还会做绿色之梦——必定成真的梦。除了……他梦见我死在臭佬脚下，但我并没有死。当然，从某种意义上说，"我"又确实是死了。

玖健让阿多出去找木柴，趁布兰和梅拉清洗鳟鱼和青蛙的当口，生起一小堆火。他们用梅拉的大铁盔当锅，将猎物切成小丁，再加入水和阿多找到的野生洋葱。这锅炖青蛙虽不若鹿肉好吃，倒也不错，布兰边吃边下结论。"谢谢你，"他说，"梅拉小姐。"

"乐意为您效劳，王子殿下。"

"明天出发，"玖健宣布，"继续上路。"

布兰看出梅拉的紧张。"你又做了绿色之梦？"

"没有。"他承认。

"那为何急着离开？"他姐姐质问，"'摇坠塔'是个好地方。附近没有村庄，林子里全是猎物，溪流湖泊中则有鱼和青蛙……谁会上这儿来找我们呢？"

"这里不是我们的目的地。"

"但这里很安全。"

"我明白，这里'似乎'很安全，"玖健说，"但能维持多久？临冬城打了一场仗，死人我们都瞧见了。打仗意味着战争。如果有军队不知不觉地靠近……"

"也许那正是罗柏的军队，"布兰道，"我哥很快会从南方回来，我知道的。他会带着所有部队回来，赶走铁民。"

"你家学士临死前没提到罗柏，"玖健提醒他，"但他说过，铁民在磐石海岸，而波顿的私生子在东边。卡林湾和深林堡已告陷落，赛文家的继承人死了，托伦方城的代理城主也死了。烽烟四起，人人自危。"

"行程艰难啊，"他姐姐说，"我知道你想去绝境长城，去找三眼乌鸦。主意虽好，但路途遥远，布兰又没有腿，只有阿多。假如我们有马，一切还好……"

"假如我们是老鹰，还可以飞呢。"玖健尖刻地道，"事实是，我们没长翅膀，正如我们没有马。"

"马找得到，"梅拉说，"狼林深处也有林务官、农人和猎人。有些会有马的。"

"就算他们有，又怎么样？去偷吗？当窃贼？眼下我们首先要避免的就是被人追捕！"

"我们可以买，"她道，"公平交易。"

"你看看我们，梅拉。一个残废的男孩、一匹冰原狼、一个头脑简单的大个子和两位背井离乡的泽地人。这有多么明显。消息会传得沸沸扬扬。只要布兰被当成死人，他就很安全；假如他活着的消息传出去，他立刻会成为猎物，被那些真正想要除掉他的人追捕。"玖健走到火堆边，拿棍子捅捅余烬。"三眼乌鸦正在北方等着我们。布兰需要更贤明的老师。"

"那我们该怎么走，玖健？"他姐姐问，"该怎么走？"

"用脚走，"他回答，"一步一步地走。"

"从灰水望到临冬城我们走了多久？别忘了，那还是骑马。而今你要我们徒步穿越更长的路途，却连目的地究竟在哪儿都不清楚。你说要越过绝境长城。的确，我跟你一样，没去过那儿，但我很清楚长城之外是个很辽阔的地方。玖健，三眼乌鸦到底有几只？怎么才找得到？"

"或许是他找到我们。"

梅拉还不及回答，突然传来一个声音，那是飘过夜色的遥远狼嗥。"是夏天？"玖健边听边问。

"不是。"布兰认得出冰原狼的声音。

"你肯定?"小个子祖父继续问。

"我肯定。"夏天去了很远的地方,不到黎明不会回来。玖健能做绿色之梦,却无法区分野狼和冰原狼,他不禁奇怪大家为什么会听玖健的话。他不像布兰那样是王子,也没有阿多的高大强壮,甚至无法如梅拉一般捕猎,但不知何故,大家总是服从他的指示。

"我们应该像梅拉说的那样去偷马,"布兰忍不住道,"然后到最后壁炉城投奔安柏家。"他想了一会儿。"或者偷一条小船,沿白刃河南下,抵达白港。那里由胖胖的曼德勒大人统治,在丰收宴会上你们见过他的,我很喜欢他。先前他想造船,或许已经造好了,我们可以坐船到奔流城,带着罗柏和他所有的军队回家,到时候就不需要躲躲藏藏了,罗柏不会让任何人伤害我们。"

"阿多!"阿多打个嗝,"阿多,阿多。"

他是唯一赞同布兰的人。梅拉只是笑笑,玖健皱紧眉头。他们从不照他的话做,也不想想他是史塔克家的人、临冬城的王子,而颈泽的黎德家毕竟只是臣属嘛。

"阿阿阿阿多,"阿多摇晃着说,"阿阿阿阿阿阿多,阿阿阿阿阿多,阿多——阿多——阿多——"有时候他就喜欢这样,用抑扬顿挫的方式说自己的名字,一遍,一遍,又一遍;而有时候,他又会非常安静,甚至能让你忘记他的存在。没有人知道"阿多"这个词究竟是什么意思。"阿多,阿多,阿多!"他高喊起来。

看来他不打算停下。"阿多,"他说,"你何不去练剑呢?"

马童已经忘记了他的剑,听布兰提醒才记起来。"阿多!"他又打了一个嗝,接着去取武器。他们一行人有三把剑,都是从临冬城的墓窖里拿的,当时布兰和弟弟瑞肯在那儿躲避席恩·葛雷乔伊的追捕。布兰拿了布兰登叔叔的剑,梅拉拿了他祖父瑞卡德公爵膝盖上的那把,阿多取的则古老得多。那是一把巨大而沉重的铁家什,千百年来疏于打理,早已变钝,锈迹斑斑。可马童一次就能舞上几个钟头,乱石堆旁有棵枯树,树的一面已被他砍成碎片。

他出去后,隔着墙壁,他们仍能听到他一边劈树,一边吼着"阿多!"。幸亏狼林广大,周围又无人烟。

"玖健,你说的老师是什么意思?"布兰问,"你就是我的老师啊。我没在树上做记号,是我的错,但我下次会的。就像你说的,我睁开了第三只眼……"

"睁得太大,我甚至害怕你掉进去,像狼一样度过余生。"

"不会不会,我向你保证。"

"男孩布兰作了保证,冰原狼夏天会记得吗?你跟夏天一起奔跑、一起狩猎、一起杀戮……你更多地屈从于他的意志,而不是让他听命于你。"

"我不过忘了而已,"布兰抱怨,"我才九岁呢,长大后就会好了。即使是傻子佛罗理安和龙骑士伊蒙王子,在九岁时也不厉害嘛。"

"没错,"玖健道,"说得有理。但你顺利成长的前提是白昼绵长,压制黑夜……而事实却刚好相反。你是夏天的孩子,布兰,请你牢记史塔克家族的箴言。"

"凛冬将至。"布兰浑身战栗。

玖健严肃地点点头,"我梦见一只长翅膀的奔狼被灰色石链束缚于地,便赶来临冬城释放他。而今锁链已然解开,你却依旧不能飞。"

"那你就教我。"布兰害怕梦中经常出现的三眼乌鸦,它无休止地啄他两眼间的皮肤,要他飞起来。"你是绿先知。"

"不,我不是,"玖健说,"我只是一个会做梦的男孩。绿先知的能力比我强得多。首先,他们是狼灵,和你一样。他们中最伟大者,可以披上任何鸟兽的形体,天上飞的、水里游的或陆上爬的概不例外,他们还能通过鱼梁木上的眼睛,看到表象下的真实。"

"诸神赐予人们众多天赋,布兰。你瞧,我姐姐是个猎人,她的天赋即是动则迅捷无双,静则纹丝不动、隐匿行藏。她耳朵灵敏,眼睛锐利,双手稳健。她能在泥沼下呼吸,在树叶上奔跑。这些事情,我做不到,你也做不到。与之相对,诸神赐予我绿色之梦的能力,而给你的……布兰,你可以超越我,你是长翅膀的狼,没人说得出你可以飞多高飞多远……但你需要指导,而我是无法帮助你掌握我无法理解的天赋的。泽地人记得先民和他们的朋友森林之子……但是被遗忘的东西太多了,不知道的就更多。"

梅拉握住布兰的手。"如果我们留下,不去招惹是非,你或许会很安全,直到战争结束。但除了我弟弟能教的,你什么也学不到,而他早已倾囊相授;如果我们离开,去最后壁炉城,或者去长城之外,则要冒被抓的危险。我很清楚,你还是个孩子,但请你相信,你也是我们的王子、是我们封君的后嗣、是国家的继承人。我们以大地与江河、青铜与钢铁、以冰与火的名义向你宣誓效忠。离开,会冒风险,也能发掘天赋,一切都由你做主,我们作为你的臣仆,听从你的命令。"她咧嘴笑笑,"至少在这件事上。"

"你的意思是,"布兰说,"无论我作何决定,你们都会照办?真的吗?"

"真的,王子殿下,"女孩回答,"请你好好考虑。"

布兰试图冷静思考,以得出结论,父亲就是这样子做的。大琼恩的叔父"鸦食"莫尔斯与"妓魔"霍瑟十分勇猛,他也相信他们的忠诚。还有卡史塔克家。父亲常说,卡霍城坚不可摧。和安柏家或卡史塔克家在一起,应该会很安全。

也可以南下去找胖胖的曼德勒大人。在临冬城时,他总是笑口常开,而且从没像其他领主那样以鄙夷的眼神看待布兰。还有赛文城,那里比白港更近,但鲁温学士说过,克雷·赛文已死。他突然意识到,安柏家族、卡史塔克家族和曼德勒家族的人可能也死了。而如果被铁民或波顿家的私生子抓住,他也会死。

如果留在这儿,躲在摇坠塔下,就没人找得到。他会继续活下去,继续当个残废。

布兰意识到自己在哭。真是个傻孩子,他心想,不论走到哪里,卡霍城、白港,甚至灰水望,你仍然是残废。他握手成拳。"我要飞,"他告诉他们,"我要去见乌鸦。"

戴佛斯

他来到甲板上,潮头岛在身后缩成长线,龙石岛则从前方海面升起。山顶飘荡着一缕灰白的烟,标明岛的所在。龙山今早又不安稳,戴佛斯心想,又或是梅丽珊卓在焚烧什么。

"莎亚拉之舞"号穿越黑水湾,通过喉道,逆风行驶,途中他一直想着梅丽珊卓。巴尔艾蒙家的尖角城位于马赛岬顶端,它的瞭望塔上燃烧着熊熊烈火,让人忆起红袍女喉头的大红宝石。世界日升又日落,流云的颜色跟她婆娑的丝绸长袍仿若一致。

她正在龙石岛上等他,带着所有的美丽和力量。她拥有他的神、她的影子和他的国王,而他则一无所有。迄今为止,红袍女祭司似乎一直对史坦尼斯忠心耿耿。但实际上,正是她拖垮了他,就像人拖垮一匹马。为一己迷梦,她骑着他奔向权力,还将我的孩子们送进火里。我要把她的心活生生挖出来,用火来祭奠。他摸了摸船长送的那把精良的里斯长匕首。

船长待他很好。他名叫柯连恩·萨斯芒,跟这艘船的主人萨拉多·桑恩一样,来自于里斯,里斯人常见的淡蓝眼睛长在他饱经风霜的瘦脸上。此人在七大王国间进行贸易已有许多年。当他得知从海里捞起来的就是著名的洋葱骑士,立即把自己的舱室和衣服让给戴佛斯,还为他找来一双差不多合脚的新靴子,并坚持要前走私者享用他的美味——只是效果不妙。戴佛斯的胃受不了蜗牛、鳗鱼及柯连恩船长钟爱的其他海产,用餐之后,一整天他都上吐下泻,摇摇晃晃地趴在栏杆上度过。

木桨划动,龙石岛越变越大。现在戴佛斯不仅能看出山的轮廊，也能看见拥有石像鬼和龙形塔楼的黑石巨堡。"莎亚拉之舞"号的青铜船首像劈开波浪，溅起的海水如张开的翅膀。他将重心靠在栏杆上，庆幸有东西支撑，之前经历的磨难使他十分虚弱，站久了腿脚便会颤抖。有的时候，他无法抑制地咳嗽，甚至咳出带血的唾沫。这没关系，他告诉自己，诸神既然救我于水火之中，便绝不会用疾病来杀害我。

桨官沉重的鼓点、船帆的飘荡和木桨的律动吱嘎声，不由得让他回到了青年时代。在那许多个烟雾朦胧的清晨，同样的声音曾激起他心中的恐惧——它们预示着老崔蒂蒙爵士麾下海上警卫队的到来，伊里斯·坦格利安二世对走私者毫不留情。

一切都恍如隔世。一切都发生在洋葱船之前，在围攻风息堡之前，在史坦尼斯削短我的手指之前；一切都发生在战争之前，在红色彗星出现之前，在我起名席渥斯、成为骑士之前。在史坦尼斯大人提拔我之前。是他造就了我。

柯连恩船长告诉他，史坦尼斯的希望已在黑水长河燃烧的当晚彻底破灭。前方是大火，兰尼斯特军则从侧面包抄，反复无常的臣属们在他最需要支持的时候成百上千地倒戈。"有人看见蓝礼国王的鬼魂，"船长道，"他率领狮子的先锋军左冲右杀，绿甲在野火映照下闪烁着幽灵般的光芒，他的鹿角盔上燃烧着金色的火焰。"

蓝礼的鬼魂。戴佛斯不知儿子们会不会也变成鬼魂回来。在海上讨生活见过太多诡异的事情，鬼魂又有什么奇怪呢？"就无人尽忠职守啰？"他问。

"未变节的是少数，"船长说，"其中后党人士居多。我们把许多鲜花狐狸纹章的人载上了船，当然，更多的人只得留在岸上。眼下，佛罗伦大人是御前首相。"

山越来越高，山上围绕着苍白的烟雾。船帆在歌唱，鼓点继续敲打，木桨平滑划动，过了一阵，港口出现在面前。好空旷啊，戴佛斯心想，记得出发以前，每个码头都挤满了船，船只停泊在防波堤边摇曳。如今最好的泊位由萨拉多·桑恩的旗舰瓦雷利亚人号占据——那儿原先是怒火号与她的姐妹舰的地盘——该船周围也都是彩绘船身的里斯舰艇。他徒劳地寻找着玛瑞亚夫人号和海灵号的踪迹。

进港前他们收了帆，仅凭划桨行进。系缆绳时，船长走向戴佛斯，"请你去会会我家亲王。"

戴佛斯试图回答，却爆发出一阵咳嗽，他赶紧抓住栏杆，朝外啐了一口。"国王，"他喘息着说，"我得去见国王。"找到国王，就能找到梅丽珊卓。

"没人能觐见国王，"柯连恩·萨斯芒坚定地说，"萨拉多·桑恩会向你解释。来，先去见他吧。"

戴佛斯实在太虚弱，无力表示异议。他只能点点头。

萨拉多·桑恩不在瓦雷利亚人号上。他们在四分之一里外的另一个码头上找到了他，他正带着两个太监在一艘大肚子潘托斯货船"丰收"号的货舱里清点货物。两个太监一人提灯，一人拿蜡板和铁笔。"三十七，三十八，三十九，"当戴佛斯和船长走下舱室时，老海盗数得聚精会神。今天他穿一件酒红色外衣，漂白高筒皮靴上嵌着银色蔓叶纹。他拔掉一个罐子的木塞，嗅了嗅，打个喷嚏，然后说，"粗颗粒，二流品质，我的鼻子不说谎。还有啊，清单上白纸黑字写着四十三罐，其他的跑哪儿去啦？这些潘托斯佬，当我不会数数吗？"他回头看见戴佛斯，骤然停顿下来，"噢，噢，等等，是胡椒还是泪水，使我双眼模糊？站在我面前的是洋葱骑士？不，这不可能，我亲爱的好朋友戴佛斯死在那条燃烧的河里，大家都这么说。为何、为何他的鬼魂要来纠缠我？"

"我不是鬼魂，萨拉。"

"不是鬼魂？我的洋葱骑士从不像你这样瘦、这样苍白。"萨拉多·桑恩从香料罐和布匹中挤过来,热烈地拥抱戴佛斯,在他双颊各吻一下,然后又吻了额头。"很温热,很温热,亲爱的爵士先生,你的心脏还在跳动。这是真的吗?大海把你吞进去,却又吐了出来?"

戴佛斯想起了补丁脸,希琳公主的弱智弄臣。他也曾沉入大海,回到岸上便疯了。我也疯了吗?他用戴手套的手遮住嘴巴咳嗽,"我从铁索下游过,被冲到人鱼王之矛上。若不是莎亚拉之舞号碰巧路过,只怕就得死在那儿了。"

萨拉多·桑恩单臂搂住船长的肩膀,"干得好,柯连恩,你会得到丰厚的奖赏。梅佐·马赫,好太监,把我的老友戴佛斯带去船长室,给他取些掺丁香的热葡萄酒,我可不喜欢他的咳嗽声。记得往里面挤酸柑汁,再拿白干酪和一碗我们刚清点过的裂口绿橄榄!戴佛斯,我处理完这位好船长就来找你,你能原谅我的吧?记住,别把橄榄吃光啰,我会生气的哟!"

两个太监中的长者将戴佛斯领进船中间一间宽大而奢华的舱室,里面地毯厚实,窗户镶嵌着彩色玻璃,巨大的皮椅子能让三个戴佛斯坐得舒舒服服。干酪和橄榄很快送上,外加一杯冒热气的红葡萄酒。他双手捧住,满心感激地啜了一口,暖意在胸膛扩散,令人欣慰。

萨拉多·桑恩很快赶到,"酒你可得包涵点啰,我的老友,这帮不识货的潘托斯佬,就算把水染成紫色,他们也会信以为真。"

"好歹能暖暖胸口。"戴佛斯道,"我母亲常说,热酒比敷药管用。"

"依我之见,你还是敷点药吧。在一颗岩石上待这么久,噢,我的天哪!对啦,你觉得这把漂亮椅子怎么样?瞧,他的屁股可真肥哟!"

"谁?"戴佛斯边饮热酒边问。

"伊利里欧·莫帕提斯,告诉你,他就像一条长胡子的鲸鱼,这些椅子正是按他的身材做的,尽管他很少离开潘托斯。其实啊,依我之见,胖子坐什么都舒服,因为他自个儿就带着垫子嘛。"

"你搞到潘托斯船?"戴佛斯质问,"又做起海盗啦,我的亲王?"他将空杯子放到一边。

"哎哟,一回来就不说好话。干海盗有什么好?萨拉多·桑恩吃的苦头还不够呀?错啦错啦,我只是讨债而已。噢,理论上我已经发财了,没错,可实际上呢?哎,萨拉是个讲道理的人,他没要金币,只要了一张上等羊皮纸,薄薄的,上面有御前首相艾利斯特·佛罗伦爵爷的亲笔签名和国王的印章。嘿,我当上黑水湾总督了咧,未经我的恩准,谁也不能穿越属于我的领海,是的,不行!不法之徒甭想黑夜里悄悄溜过去,逃避合法的税收和检查,你瞧,这条船就算是走私啦,因此我完全有权将其没收,"老海盗嘻嘻笑道,"我啊,人就是好,可没砍别人的指头哦。嘎,几根指头管什么用?船只和货物才值钱嘛,人呢,人可以付赎金,不过分吧?"他锐利地瞥了戴佛斯一眼。"你身体不大好,我亲爱的朋友。你在咳嗽……人也瘦了,透过皮肤能看见骨头咧。而且啊,你装指骨的小袋子……"

戴佛斯习惯性去摸那不复存在的皮袋子。"我在河里把它弄丢了。"我的幸运符。

"河上的战斗真可怕,"萨拉多·桑恩严肃起来,"即使在海湾内,看过去都直发怵。"

戴佛斯咳出几口痰,紧接着又咳。"黑贝丝号和怒火号首先起火。"他终于嘶哑地说出来,"难道所有的船都完了?"他还抱有一点点希望。

"有些是没烧着啦,比如史蒂芬公爵号、珍娜号、快剑号和欢笑君王号等等,他们在上游,避开了炼金术士的屎尿。但链子升起来,照样跑不掉呀。最后嘛,有几条投降,大多数逆黑水河而上,脱离战场,然后被船员们自行凿沉,以免落入兰尼斯特之手。听说珍娜号和欢笑君王号还在河上做起了强盗,吓,谁说得准呢?"

"玛瑞亚夫人号呢?"戴佛斯忙问,"海灵号呢?"

萨拉多·桑恩伸手搭在戴佛斯前臂上,捏了一把,"不,不,很遗憾,我的朋友,戴尔和阿拉德,他们都是好汉子……有一件事可以让你欣慰——你的小戴冯被我们救走了。勇敢的孩子啊,都说他怎么也不肯离开国王身边。"

他感到晕眩,长出了一口气。之前他一直不敢问起戴冯。"圣母慈悲,我必须去见他,萨拉,必须去见他!"

"是的,"萨拉多·桑恩说,"依我之见,你也该航往风怒角,去见见老婆和两个小家伙才对。总而言之,你得有艘新船。"

"陛下会给我船。"戴佛斯道。

里斯人摇摇头。"船,陛下半艘都没有,而萨拉多·桑恩多的是。国王的船都在河上烧光啦,而我却一艘都没损失哟。你会有新船的,我的老友,你也会替我航海,对吧?只需在漆黑的夜里悄悄摸进布拉佛斯、密尔或瓦兰提斯,神不知鬼不觉,再悄悄载着丝绸与香料出来。瞧,咱们都会发财的。"

"你对我很好,萨拉,但我效忠的对象乃是当今王上,不是你的钱包。战争还在继续,根据七大王国的律法,史坦尼斯仍旧是铁王座的法定继承人。"

"依我之见,既然船都烧光啦,那就什么律法都谈不上啰。再说,你那位国王呢,嗯……恐怕你会发现他变了。惨败之后,他避不见人,自个儿窝在石鼓楼里。目前朝政由赛丽丝王后和她伯父艾利斯特伯爵共同打理,她把国王的印章交给伯父,这位爵爷便据此自封为首相,一天到晚迷上了盖章,瞧,我那张漂亮羊皮纸也在内哟!唉,表面是很堂皇啦,可说到底这只是一个小王国,潦倒又荒凉,最最关键的是,没钱,没钱!嘿嘿,连付给老实忠诚的萨拉多·桑恩一点点应得的报酬都做不到。咱们的王国还得靠我搭救出来的几位落汤鸡骑士和我手下勇敢的船员来保卫,好让人伤心哟。"

一阵痛苦的咳嗽迫使戴佛斯弯下腰来。萨拉多·桑恩上前帮忙,却被他挥手制止。过了好一会儿,他才恢复。"不见人?"他喘着气说,"什么意思,陛下他从不见人?"即使在自己耳中,这话声也显得又黏又浊,舱室在周围旋转,令人晕眩。

"除了她之外,"萨拉多·桑恩说,戴佛斯不用问也知道他指的是谁。"我的朋友,你太难为自己了。我看哪,你现在需要的是床,不是萨拉多·桑恩。对,一张床,一堆毯子,一贴用在胸口的热敷药,以及更多的香料热酒。"

戴佛斯摇摇头。"我没事。告诉我,萨拉,这件事我必须了解。难道陛下除了梅丽珊卓,不见任何人?"

里斯人怀疑地盯了他许久,才不情不愿地说下去,"是的,卫兵会拦住所有人,甚至包括王后和他的小女儿,仆人们送去的食物也从未动过。"他倾身向前,压低声音。"我听到一些奇怪的说法:瞧,山里面有熊熊大火,而史坦尼斯和那红袍女结伴走下去看,据说有井道和秘密楼梯通往山的内部,在那个炽热的地方,只有她能安然无恙。嗨,这些恐怖事情一天到晚都有人讲,我老喽,听了过后饭都吃不下。"

好个梅丽珊卓。戴佛斯不禁浑身颤抖。"一切都是红袍女的阴谋,"他说,"她用烈火吞噬我们,以惩罚史坦尼斯抛弃她的举动;她企图使国王以为,没有她的巫术就不能获得天下。"

里斯人从碗里挑了一颗饱满的橄榄。"这都是老生常谈啰,我的朋友,最近常有人这么说。如果我是你,绝不会讲得这么大声,龙石岛上到处都是后党人士哦,噢,没错,他们耳朵尖、刀子更尖哟。"他将橄榄送入嘴里。

"我也有刀子，柯连恩船长送的礼物。"他拔出匕首，放在他们中间的桌子上。"我要用它剖出梅丽珊卓的心脏——如果她有心的话。"

萨拉多·桑恩一口吐出橄榄核。"戴佛斯，噢，好戴佛斯，这玩笑可开不得。"

"我没开玩笑。我就是要杀她。"但愿寻常武器能将她杀死。对此戴佛斯并不确定，他曾亲眼看见克礼森老师傅将毒药偷放入酒里，两人都喝了，结果学士一命呜呼，红袍女却安然无恙。然而匕首插入心脏……歌手们不是说，恶魔也能被兵器击杀吗？

"你简直不着边际，朋友。"萨拉多·桑恩警告他，"海里面待久喽，我瞧你还没康复吧，发烧把脑子也烧坏了。好啦，好啦，到床上多休息一段时间，等身子好些了再说。"

等决心削弱了再说？戴佛斯站起身来，的确有些发烧和晕眩，但没关系。"你是个反复无常的老滑头，萨拉多·桑恩，但另一方面，你也是我的好朋友。"

里斯人摸摸银白的尖胡子，"也就是说，你会陪着好朋友，对吗？"

"不，我要走。"他边咳边道。

"走？上哪儿去？你给我好好瞧瞧自己！又是咳嗽，又是发抖，弱不禁风的样子，上哪儿去啊？"

"回城堡。回我自己的房间。去见我儿子。"

"去见红袍女的吧？"萨拉多·桑恩满腹狐疑地说，"她也在城堡里。"

"对，还有她。"戴佛斯将匕首收回鞘中。

"你这个卖洋葱的走私贩，倒干起刺客来啦？生病，你在生病，连匕首都握不住，还逞什么强！知道被抓的话，会有什么后果吗？我告诉你，你们在河上被敌人烧，叛徒在岛上被王后烧。她称他们为'暗之仆',真可怜哪,火刑架前,红袍女却高唱赞歌。"

戴佛斯并不惊奇。我知道,他心想,他不说我也知道。"桑格拉斯大人,"他说,"赫柏·蓝布顿爵士的两个儿子。"

"就是这样,他们都被烧死了,你也会被烧死。你杀得了她,将遭后党的人报复而烧死;杀不了她,则会被她亲自烧死。她会一边高声歌咏,一边看着你惨叫而亡。醒醒吧,你才刚死里逃生咧!"

"这正是我一刻也不能逗留的原因,"戴佛斯说,"我要立即终结亚夏的梅丽珊卓和她的一切作为。大海为何把我吐出来?萨拉,你跟我一样了解黑水湾,任何有理智的船长都不会冒着沉船的危险,来穿越人鱼王之矛的暗礁。'莎亚拉之舞'号本不该在那里。"

"是风的关系,"萨拉多·桑恩大声坚持,"一阵逆风,仅此而已。一阵逆风把她吹到了南面。"

"那是谁刮的风?萨拉,咳……母在对我说话。"

里斯老海盗眨眨眼,"你母亲已经死了……"

"是圣母!她给了我七个儿子,我却任她被他们焚烧,什么也没做。她在对我说话,她说:'是我们招来火焰。'不,我还召来了影子。在那个漆黑的夜晚,是我替梅丽珊卓划船,载她潜进风息堡,放出阴影。"它依旧时时在他的噩梦中出现,用枯瘦的黑手攫住血流不止的大腿,扭动着爬出鼓胀的肚子。"她杀死克礼森师傅和蓝礼大人,杀死勇敢的科塔奈·庞洛斯爵士,还有我的儿子们。该有人去找她算账了。"

"有人会去,"萨拉多·桑恩说,"是的,就是这样,有人会去,但不是你。你虚弱得跟孩子似的,怎能打斗?留下来吧,我求求你了,来,咱哥俩聊几句家常,多吃点东西喽,然后咧,然后或许我们航向布拉佛斯,雇一个无面者来干,怎么样?但凭你呀,不行，不行，你必须坐下来吃东西。"

他怎么能这样？他让我好难办，戴佛斯疲惫地想，这件事本身就已经很难办了。"我的腹中盛满复仇的欲望，萨拉，无法再容纳别的东西。让我走吧，为了我们的友情，祝我好运，让我走。"

萨拉多·桑恩霍地起身，"依我之见，你不是我真正的朋友。你想想，当你死后，谁会把骨灰带给你老婆，并告诉她，她失去了老公和四个儿子？只有伤心的老萨拉多·桑恩！但你想怎样就怎样吧，勇敢的骑士先生，冲向你的坟墓去吧！让我来收集你的遗骨，交给你剩下的孩子，好让他们放进小口袋，系在脖子上！"他气鼓鼓地挥舞着戴满戒指的手。"走，走，走，走，走。"

戴佛斯不想就这样离开。"萨拉——"

"走。或者留下。留下更好，但你想走就走吧，走。"

他走了。

从丰收号通往城堡大门的路漫长而孤独。码头边的街道以前挤满士兵、水手和平民，如今一片空旷萧索；以前能从嗷嗷叫的猪群和赤裸身体的孩子们中间穿过，如今只有窜来窜去的老鼠。腿像布丁一样绵软，咳嗽第三次把他折磨得弯腰，不得不停下来歇息。没人伸出援手，甚至没人在窗户后窥视。所有门窗统统紧闭，超过一半的屋子在致哀。啊，十人出征一人回，戴佛斯心想，牺牲的不止我儿子。愿圣母怜悯所有人。

城堡大门也紧紧关闭。戴佛斯用拳头敲打镶铁钉的木门。无人作答。他改用脚踢，一次又一次。终于，一个十字弓手出现在上方的堡楼，从两个高大的石像鬼间望下来，"谁？"

他把手拢在嘴边，仰头喊道："戴佛斯·席渥斯爵士求见国王陛下。"

"喝醉了吗？走开，别烦了。"

萨拉多·桑恩警告过他。于是戴佛斯改变策略，"那么，请让我儿子出来。他名叫戴冯，是国王的侍从。"

守卫皱了皱眉。"你刚才说你是谁？"

"戴佛斯，"他喊道，"洋葱骑士。"

那个脑袋消失了一会儿，然后又回来。"走开。洋葱骑士在河上阵亡，他的船被烧了。"

"他的船被烧了，"戴佛斯确认，"但他人没死，就站在这里。城门守卫队长是杰特吗？"

"谁？"

"杰特·布莱伯利。我跟他很熟。"

"我没听过这个名字。很可能他已经没命了。"

"那么，齐特林大人呢？"

"这我倒知道，他在黑水河上给烧死了。"

"钩疤脸威尔呢？公猪哈尔呢？"

"死了，都死了，"十字弓手说，脸上突然浮现出怀疑。"等在这里。"说完他又一次消失。

戴佛斯耐心等待。死了，都死了，他郁闷地想，还记得哈尔油腻的上衣下白胖胖的肚皮，记得鱼钩在威尔脸上留下的长长疤痕，记得杰特向女士脱帽的姿势——不管面对五位还是五十位女人，不管对方出身高贵或者低贱，他都那样彬彬有礼地致敬。他们有的被淹死，有的被烧死，跟我的儿子们和成千上万其他人一起，到地狱里去守护国王了。

他正出神，十字弓手突然回来，"绕到突击口去，我们放你进来。"

戴佛斯依令而行。领他的卫兵他都不认识，只见他们扛着长矛，胸前绣有佛罗伦家族的鲜花狐狸纹章。出乎意料的是，他们没送他到石鼓楼，却经由拱形的龙尾门，下到伊耿花园。"等在这儿。"他们的头目告诉他。

"陛下知道我回来的消息吗?"戴佛斯问。

"我怎知道?我讲了,等着。"说罢,那人带着他的长矛兵离开。

伊耿花园里充溢着愉悦的松木清香,高大的黑树从四周拔地而起。这里还有野玫瑰和耸立的刺棘丛,淤泥地中生长蔓越橘。

他们为何带我来这儿?戴佛斯不明白。

附近传来铃铛轻响和孩子的欢笑,弄臣补丁脸从灌木丛中跳将出来,摇摇晃晃,古怪横行,希琳公主则风风火火地紧跟在后。"站住,"她对他大喊,"阿丁,你给我站住。"

弄臣看见戴佛斯,竟真的猛然站住。他单脚跳来跳去,锡桶鹿角盔上的铃铛响个不停,叮,叮,他唱道:"傻子血,国王血,处女大腿也流血,链子拴宾客啊,大人,链子拴新郎啊,我知道,我知道,噢噢噢!"希琳差点就赶上他了,但他唱完却立刻跳过蕨丛,消失在树林里,公主拔腿就追。此情此景,让戴佛斯不由得笑了。

他用手套遮住嘴咳嗽,不料另一个小形体也从灌木丛中冲出来,正好撞在他身上,把他撞倒在地。

男孩也同时跌倒,但立刻翻身而起。"你在这儿干吗?"他边拍尘土边问,这孩子漆黑的头发坠至领口,眼睛蓝得令人吃惊,"我跑的时候,你不该挡道。"

"没错,"戴佛斯表示同意,"我不该挡道。"他挣扎着起身,不料又爆发出一阵咳嗽。

"不舒服?"男孩扶住他的手,将他拉起来,"要叫学士吗?"

戴佛斯摇摇头,"咳嗽而已,一会就好。"

男孩信了。"我们在玩美女与怪兽,"他解释,"我当怪兽。这是个幼稚的游戏,但我表妹喜欢。你叫什么名字?"

"戴佛斯·席渥斯爵士。"

男孩怀疑地上下打量，"没骗人吧？你看上去可不像骑士。"

"我是洋葱骑士呢，大人。"

蓝眼睛眨了眨，"驾驶黑船的？"

"你知道这个故事？"

"在我出生以前，你把鱼和洋葱送到风息堡给我史坦尼斯叔叔，缓解了提利尔公爵的围困。是的，我知道。"男孩挺直身子。"我是艾德瑞克·风暴，"他宣布，"劳勃国王之子。"

"是的，您当然是，"戴佛斯料到了。这孩子虽有佛罗伦家族著名的招风耳，但头发、眼睛、下颚和颊骨无一不打着拜拉席恩的印记。

"你认得我父亲？"艾德瑞克·风暴问。

"我入宫拜访您叔叔时见过他许多次，但没有对话。"

"父亲教我打仗，"男孩骄傲地说，"差不多每年都来看我，跟我一起比武。去年命名日，他送的礼物是一把战锤，跟他自己的一模一样哦！只是小一号。可惜他们不让我把它从风息堡带来。我史坦尼斯叔叔真的砍断了你的手指？"

"只有最后一个指节。手指还在，短一点罢了。"

"给我看。"

戴佛斯摘下手套，男孩仔细端详。"他没削掉你的大拇指？"

"没有。"戴佛斯边咳边说，"没有，他把大拇指留给了我。"

"他不该削掉你任何一根手指，"男孩评判，"这是很糟糕的行为。"

"我是个走私者。"

"是的，但没有你为他走私鱼和洋葱，他活不下来。"

"史坦尼斯大人为了洋葱而授予我骑士称号，为了走私而削掉我的手指。"他把手套重新戴上。

"我父亲不会削掉你的手指。"

"您说得没错，王子殿下。"是的，劳勃跟史坦尼斯不同，这孩子像他，也像蓝礼。想到这里，他焦虑起来。

男孩刚要开口，突然传来脚步声。戴佛斯转身，只见亚赛尔·佛罗伦爵士带着十来个卫兵，沿花园小径走来。卫兵们穿着加垫上衣，胸口绣有光之王的烈焰红心。后党，戴佛斯心想，突然又开始咳嗽。

亚赛尔爵士矮胖结实，酒桶一样的胸膛，双臂粗壮，腿脚弯曲，耳毛密集，身为王后的伯伯，担任龙石岛代理城主已有十年之久。他知戴佛斯深受史坦尼斯信赖，故而对他颇为礼遇，但这回开口时，语调却冰冷无礼，"戴佛斯爵士，你竟没淹死，真是奇迹。"

"洋葱会浮起来，爵士先生，请问您是来带我觐见国王的吗？"

"我是来带你去黑牢的。"亚赛尔爵士挥手示意他的人上前。"抓住他，取走匕首，他想刺杀我们尊贵的女士。"

詹姆

　　詹姆最先发现客栈。主建筑坐落在弯道南岸，又长又低的厢房伸展到河面上，好似要拥抱过往旅客。客栈底层由灰石砌成，上层用了石灰粉刷的木材，顶棚则铺上石板。它带有马厩，还有座爬满藤蔓的凉亭。"烟囱没烟，"接近后他提示，"窗户也没亮光。"

　　"上回经过时，客栈还开着，"克里奥·佛雷爵士道，"这地方的麦酒不错，或许我们可以去酒窖里找找。"

　　"不行，里面恐怕有人，"布蕾妮说，"要么躲起来，要么是死了。"

　　"几具尸体就吓着你了，妞儿？"詹姆道。

　　她朝他怒目而视。"我的名字是——"

　　"——布蕾妮。好啦，你就不想在床上睡一宿，布蕾妮？不管怎么说，这总比待在开阔的河面上安全吧？依我之见，咱们先瞧瞧究竟怎么回事，再做打算不迟。"

　　她没回话，但不一会儿，却转舵朝老朽的木码头驶去。克里奥爵士赶紧手忙脚乱地收帆，待船轻轻地靠在墩子上，他又爬出去系绳子。詹姆跟随他行动，动作因铁镣的关系而显得笨拙。

　　码头远端，一根铁柱上摇晃着一面脆弱的招牌，依稀看得出画了一位下跪的国王，双手合拢，以示臣服。詹姆一眼瞧去，不由得笑出声来，"妙，这客栈太妙了。"

　　"有何特别之处？"妞儿疑惑地问。

　　克里奥爵士作答："小姐，这里便是'屈膝之栈'，建在最后一位北境之王向征服者伊耿屈膝臣服的地方。我想，招牌上画的应该就是他。"

"当托伦带领大军南下时，河湾王和凯岩王已在怒火燎原之役中一败涂地。"詹姆道，"他亲眼目睹伊耿的巨龙和军队后，便作出了明智的选择，弯下自己结冰的膝盖。"突然传来一匹马的嘶鸣。"哎，马厩里居然还有一匹马，真不简单。""一匹便足以让我远走高飞。哈哈，让我们瞧瞧这是谁的家？"不等回答，詹姆便拖着叮当作响的镣铐冲下码头，肩膀靠在客栈门上，用力一推……

……正对着一把上好弹药的十字弓，一个约莫十五、又矮又胖的男孩端着它。"狮子，鱼，还是狼？"这小子盘问。

"我想要阉鸡呢。"同伴们走到詹姆身后。"我说，十字弓是懦夫的武器。"

"别动，否则我射死你！"

"来啊，你装不上第二发就得被我表弟捅个透心凉。"

"小心，别乱吓唬孩子啊。"克里奥爵士忙喊。

"我们不会伤害你，"妞儿说，"吃的喝的都会付钱。"她从口袋里掏出一个银币。

男孩怀疑地瞧着硬币，又打量詹姆的镣铐。"他干吗带着铁家伙？"

"这还用问？宰了几个放冷箭的呗，"詹姆道，"有麦酒吗？"

"有。"男孩把弓放低一寸。"把剑带解开，让它们自己掉下来，或许能为你们弄点吃的。"他小心翼翼地转圈，来到钻石形状的玻璃厚窗前窥探，大概想确认外面的状况。"船帆是徒利家的。"

"我们从奔流城来。"布蕾妮松开剑带的系扣，"哗啦"一声，它落在地上。克里奥爵士也照办。

一位形容憔悴、满脸麻子的男人从地窖里走出，手握一柄屠夫切肉用的大刀。"你们一伙就三个？三个还好，马肉够了，老马倔脾气，肉还算新鲜。"

"有面包吗？"布蕾妮问。

"有硬面包和放陈的燕麦饼。"

詹姆咧嘴笑道："难得难得，今个居然碰上一位诚实店家。你瞧，上哪儿都给端些变质面包和生硬老肉，却从没听他们亲口承认过哟。"

"我不是店家。我在房子后面埋了他，连着他的女人。"

"这么说，他俩都是被你杀的啰？"

"妈的，杀了我会承认吗？"男人吐口唾沫。"算了，狼仔干的好事，又或是狮子干的，有什么区别？反正我和我老婆发现两具尸体，这地方就顺理成章归咱们喽。"

"你老婆在哪儿？"克里奥爵士问。

男人怀疑地瞅着他，"问这么清楚干吗？她不在这儿……你们仨也不该在这儿，除非银钱的滋味能讨我喜欢。"

布蕾妮把硬币掷过去。他伸手接住，咬了咬，塞进兜里。

"她那儿还有。"端十字弓的小男孩宣布。

"她那儿是有。孩子，去，到下面拿些洋葱。"

这小子把十字弓放到肩膀上，又愠怒地瞧了瞧他们，方才跑去地窖。

"你儿子？"克里奥爵士问。

"我和我老婆捡的小子。我们有过两个儿子，一个让狮子杀掉，一个死于天花。这小子他娘被血戏班抓去了，这年月呀，睡觉时得有人照看才安心。"他舞动砍刀指指桌子，"你们先坐。"

壁炉已冷，詹姆挑了最靠近灰烬的位子坐下，把长腿伸展开，每动一下都伴随着铁镣的响声。真烦人。等事情完结，我要把这堆东西绞到妞儿的喉咙上，瞧她会不会喜欢。

不是店家的男人烤好三大块马肉,并用培根油炸洋葱,算是弥补那难吃的燕麦饼。詹姆和克里奥喝麦酒,布蕾妮则要了一杯果酒。小男孩坐在果酒桶子上,跟他们继续保持距离,蓄势待发的十字弓放于膝盖。他的养父倒是端着一大杯麦酒过来谈话。"奔流城那边有什么新闻?"他问克里奥爵士——很明显,他把佛雷当成了头。

克里奥爵士瞥了布蕾妮一眼方才回话。"霍斯特公爵不行了,但他儿子坚守红叉河的渡口,对抗兰尼斯特。两军多次交战。"

"嗨,到处都在交战。打算上哪儿去啊,爵士?"

"去君临。"克里奥爵士边说边揩嘴角的油脂。

他们的主人嗤之以鼻。"你们仨都是傻瓜不成。上次听人说,史坦尼斯国王已经兵临城下啦,带着十万大军,手持一把魔剑。"

詹姆握紧手铐,暗暗拧了拧,希望把它弄断。妈的,让我来试试史坦尼斯的魔剑。

"如果我是你,会避开国王大道,"男人续道,"听说路上糟透了,不仅有成群的狼仔和狮子,还有无数游荡的'残人',照谁都抢。"

"都是些寄生虫而已,"克里奥爵士蔑视地宣称,"不敢来打搅全副武装的正派人。"

"请原谅,爵士,可我只看见一位有武装的正派人,双拳难敌四手,况且他还要照顾女人和戴铁镣的囚犯。"

布蕾妮阴沉地望着对方。妞儿害怕被人提醒是个妞儿,詹姆心想,一边再拧了拧手铐。铁环又冷又硬,毫不动摇,反倒把他手腕磨破了皮。

"我打算沿三叉戟河直到海边,"妞儿告诉他们的主人,"在女泉城买马,然后沿暮谷城、罗斯比一路南下,应该不会卷入战火。"

他们的主人摇摇头。"你到不了女泉城,离这儿不到三十里,有两条船被烧掉后沉在水里,堵住了河道,有群强盗守在那儿打劫。再说,即便你过得了这关,下游的跳石滩和红鹿岛也是相同状况。还有闪电大王,他到处出没,随意穿越河流,一会儿这头一会儿那边,从不停止。"

"谁是闪电大王?"克里奥爵士询问。

"您不知道,爵士?就是贝里伯爵啊。他打起仗来迅雷不及掩耳,犹如晴空中的闪电,所以得了这个外号。人人都说他是不死之身。"

一剑下去,谁都会完蛋,詹姆心想。"密尔的索罗斯还跟着他?"

"是啊,红袍巫师本领高强着呢。"

没错,能跟劳勃·拜拉席恩来个一醉方休这本领确实高强。詹姆曾听索罗斯向国王夸口,当初之所以选择当红袍僧全因这身袍子能隐藏葡萄酒的痕迹,劳勃听了轰然大笑,喝下去的麦酒全喷在瑟曦的银丝披风上。"或许我没资格反对,"他说,"但依我之见,走三叉戟河似乎不妥。"

"正是如此,"他们的主人附和,"就算过了红鹿岛,中间也没碰上贝里伯爵和红袍巫师,前面可还有红宝石滩呢。听人说,那里由水蛭大人的狼仔把守,但那是很久以前的消息了。也许现在换成了狮子,或是贝里伯爵,或是其他人,谁知道呢。"

"或许没有人。"布蕾妮坚持。

"我不会把宝压在这上面,小姐……如果我是您,就从这里离开河流,穿越陆地,如果远离大道,躲在不见天日的树林中,小心隐藏……啊,我可不想跟你们一起走,但这样至少还有机会。"

肥妞儿露出怀疑的神色。"这么做,也得有马才行。"

"这里有马,"詹姆指出,"我听见马厩里的声音。"

"没错,这里有马,"不是店家的店家说,"正好有三匹,但它们是不卖的。"

詹姆没法忍住笑,"那当然喽,但瞧瞧总可以吧。"

布蕾妮皱起眉头,而那位不是店家的男人目不转睛地望着她。过了一会儿,她勉强道,"去瞧瞧吧。"于是人们一起离开饭桌。

马厩很久未经清理,空气中全是粪便的味道,黑色的大苍蝇群聚在稻草堆边,嗡嗡响着飞来飞去,停靠在随处可见的马屎堆上。目光所及确实只有三匹马,它们组成一个不太协调的三重唱:一匹迟钝的棕毛犁马,一匹半瞎的老白马,还有一匹骑士的坐骑,深灰色斑纹,挺有精神头。"无论多高的价都不卖。"所谓的业主宣布。

"你打哪儿弄的?"布蕾妮想弄清楚。

"我和我老婆来客栈时那匹拉犁的就在这了,"男人说,"和你们刚才吃的那匹待在一起。白马是晚上自己游荡过来的,那匹快的则是被男孩逮到,上面的鞍子和缰绳都好好的呢。在这儿,我给你瞧。"

取出的鞍具上装饰着银钉,褥子的颜色原本是粉红与墨黑相间的方格,现在几乎成了褐黄。詹姆认不出是谁家花色,但能轻易发现褥子上的血迹,"好啊,总之不会有人来认领了。"他检查犁马的腿,然后掰开白马的嘴巴计算。"灰马给一块金币,若他肯附送马鞍的话,"他劝告布蕾妮,"犁马算一块银币。如果我们把那白畜生带走,他还该倒找钱咧。"

"别这么评论自己的坐骑,爵士。"妞儿从凯特琳夫人给的钱包里拿出三枚金币。"每匹一枚金龙。"

男人眨眨眼,伸手去够金币,手到半空又犹豫起来,缩了回去。"我不知道……想走的时候,不能骑金币,饿的时候也不能吃。"

"我们的船也是你的，"她说，"走上游还是往下游，随你挑。"

"让我尝尝金子。"男人从她掌心攫过一块金币，咬了咬。"嗯，不错不错，十足真金。那么，三枚金龙加上小船？"

"他敲你竹杠呢，妞儿。"詹姆亲切地说。

"我还要足够的食物，"布蕾妮不理詹姆，继续和主人攀谈，"有什么要什么。"

"我有燕麦饼。"男人把剩下的两枚金币一把捞过，捏在手中揉搓，陶醉在它们发出的声响里，"呃，还有熏腌鱼——这个得用银币付账，床位也一样。你们该要住一宿吧？"

"不用。"布蕾妮毫不含糊。

男人皱起眉头，"女人，你该不会想骑着一匹陌生的马，深夜在荒山野地游荡吧？那才傻咧，刚买的马要么陷进泥潭，要么就是摔断腿。"

"今晚月光足够，"布蕾妮说，"我们找得到路。"

主人仔细衡量她的话，"没银币的话，多给几个铜板也可以提供床铺，外加一两条毛毯暖身子。呃，如果您明白我的意思，我不想赶客人走。"

"这还差不多。"克里奥爵士道。

"真的，毛毯刚洗过，我老婆离开前专门弄的。绝对一只跳蚤都没有，我向您保证。"他又笑着揉揉钱币。

克里奥爵士动了心。"在床上睡一觉对我们有好处，小姐，"他劝告布蕾妮，"精力充沛，方能好好赶路。"他望向表哥，恳求帮助。

"不，老表，妞儿说得对。我们有诺言必须遵守，而路还长着呢，不应多做逗留。"

"可是，"克里奥张口结舌地道，"你自己刚才不是说——"

"刚才是刚才,现在是现在。"刚才我以为这是间废弃的客栈。"填饱肚皮之后,正需要骑行散步帮助消化。"他冲妞儿一笑。"看来,小姐你打算把我当袋面粉扔给犁马驮喽?脚踝连在一起,我还真不知该怎么骑。"

布蕾妮皱紧眉头,打量着铁链。不是店家的男人则摸摸下巴,"马厩后头有个铁匠铺。"

"带我去。"布蕾妮道。

"快去吧,"詹姆说,"越快越好。这里马屎太多,不是人待的地儿。"他锐利地看了妞儿一眼,不知她明白不明白他的暗示。

他希望双手也能获得自由,但布蕾妮终究放心不下。她拿来铁匠的锤子和凿子,朝脚镣中央用力几敲,将其弄断。当他建议把手铐也照此办理时,她没理他。

"往下游六里,您会看见一个被烧毁的村庄。"主人一边帮他们整理鞍具、装载包裹,一边说话。这回他直接向布蕾妮提建议。"道路在那儿分岔。往南走会经过沃伦爵士的石塔楼,但爵士他出去打仗死掉了,所以我不知现今谁占住那儿,你们最好避开它。依我之见,应该跟着小道进森林,往东南方向走。"

"好的,"她回答,"我们感激你的帮助。"

感激个鬼,詹姆心想,我们被他大敲了一笔。但他没把话说出口,因为他厌倦了被这头丑陋的肥母牛不搭不理。

她自骑犁马,把好马让给克里奥爵士,而正如她之前威胁的,詹姆只得牵走一只眼的畜牲,盘算了半天的狠命一踢、绝尘而去的念头统统落了空。

男人和孩子目送他们离去。男人祝他们好运,也祝好日子早早降临,到时候欢迎他们再来做客。孩子则一言不发,胳膊夹着十字弓。"找根长矛或者棒槌,"詹姆告诉他,"对你来说更好。"男孩露出怀疑的神色。不识好人心,他耸耸肩,调转坐骑,再也没有回头。

克里奥爵士一路抱怨，不停哀叹错过的床铺。他们顺着月光照耀的流水，朝东南行去。红叉河在此已非常宽阔，不过很浅，岸边污泥中长满芦苇。詹姆的马沉重而平缓地前行，这可怜的老东西，行不了直线，走着走着就往好眼睛的那边偏。虽然如此，但重回马背的感觉实在不错，自从在呓语森林，被罗柏·史塔克的弓箭手射掉坐骑后，他就再没骑过。

经过焚毁的村庄，两条陌生的小道路摆在眼前，它们都很窄，不过是和平时期农民运收获到河边的途径，路面上印着深深的车辙。其中一条向东南方延伸，消失在远处的树丛里，另一条状况比较好的路笔直朝南。布蕾妮稍作考虑，便策马向南而去。詹姆有些惊喜，这妞儿还不算太傻。

"店家明明警告过我们别走这条路。"克里奥爵士反对。

"他不是店家，"她骑马的姿势毫不优雅，却很稳健，"他对于我们选择道路的事上过于热心。森林里……到处有强盗出没。我认为，他可能想骗我们踏进陷阱。"

"聪明妞儿。"詹姆冲表弟一笑，"我敢打赌，那条道上有我们主人的朋友，正是他们的马给马厩留下了难以磨灭的芳香。"

"关于河上的状况，他可能也在撒谎，为了让我们买马。"小妞道，"但我不敢冒险，红宝石滩和十字路口一定有士兵把守。"

很好，很好，她丑是丑，但没蠢透顶。詹姆不由自主地朝她笑笑。

石塔楼顶层的窗户发出朦胧的红光，警惕着他们远离此地。布蕾妮领大家穿越田野，直到碉堡在身后消失无踪，方才拐回来，回到道路上。

他们马不停蹄地走了半夜，妞儿终于认定可以稍作歇息，这时三人早在马背上累散了架。他们在浅溪边找到一处橡树和芩树的小丛林，妞儿不许生火，所以夜宵只好吃硬燕麦饼和熏腌鱼。夜晚出奇地宁静，群星环绕着半个月亮，高挂在漆黑的天幕中。远方，隐约传来阵阵狼嗥，引得一匹马紧张踢打。除此之外，一点声音也无。战火没有触及这片土地，詹姆心想，待在这里是一种幸福，活下来是一种幸福，我马上就可以回到瑟曦身边。

"我值头班。"布蕾妮告诉克里奥爵士。不一会儿，佛雷便打起了鼾。

詹姆靠住一棵橡树，想着瑟曦与提利昂。"你有兄弟姐妹吗，小姐？"他问。

布蕾妮疑惑地扫视他，"没有。我是我父亲唯一的……孩子。"

詹姆吃吃笑道，"你想说'儿子'，对吧？告诉我实话，他拿你当儿子看待？哎，女人做到你这份上真是绝了。"

她一言不发地别过头，指节抠紧剑柄。好可怜的家伙，一时间他竟莫名其妙地联想到了提利昂，尽管乍看上去他俩有天差地别，却又有说不出的相似。或许正是对弟弟的思念使他又开了口，"我没有冒犯的意思，布蕾妮，请你原谅。"

"你的罪恶不可原谅，弑君者！"

"又来了。"詹姆懒散地拧着铁镣，"你究竟哪里不对劲？假如我没健忘的话，我可不曾伤害过你呢。"

"你伤害过很多人，很多你誓言守护的人。弱者，无辜之人……"

"……以及国王？"没错，什么都会扯上伊里斯。"别对不了解的事妄下评判，妞儿。"

"我的名字是——"

"——布蕾妮，刚才说过，我不健忘。可你呢，就不肯好好审视？没发现自个儿既丑又烦人吗？"

"你别把我惹火了，弑君者！"

"噢，我当然会，我想做什么就做什么。"

"为何你要起誓？"她突然问，"为何你明明对白袍所代表的意义不屑一顾，却还要穿上它？"

为何？我的遭遇，你这姑娘能懂吗？"当时我还小，才十五岁，年纪轻轻就成为御林铁卫是一份莫大的荣耀。"

"这不是答案。"她轻蔑地说。

真相你是不会喜欢的。没错，他穿上白袍全是为了爱。

父亲带瑟曦进宫那年她才十二岁，他计划让她攀上一门王亲，为此拒绝了所有的求婚，并把她锁在首相塔里。在君临的宫廷，她长大了，变得更有女人味，也更加漂亮。虽然从前和雷加订婚的计划遭到失败，但父亲还有小王子韦赛里斯作目标，而且雷加的妻子——多恩的伊莉亚身体一直不好。

与此同时，詹姆身为侍从在萨姆纳·克雷赫伯爵手下干了四年，最后在剿灭御林兄弟会一役中因作战英勇而受封骑士。回凯岩城途中，他抽空去了君临一趟，主要是想见见姐姐。瑟曦把他拉出去，悄悄告诉他泰温公爵打算让他娶莱莎·徒利，事态已进展到邀请霍斯特公爵过来谈嫁妆的地步……但若詹姆穿上白袍，就可避开婚姻，还能时时见她。老迈的哈兰·格兰德森爵士在熟睡中去世，算是印证了自家的睡狮纹章。伊里斯想选位年轻人接替职位，既然如此，怒吼雄狮为何不能代替睡狮呢？

"父亲是不会同意的。"詹姆提出异议。

"国王不会征求他的意见，而等木已成舟，父亲要反对也来不及了，至少不能公开反对。你瞧，伊林·派恩爵士就因无心说了一句'首相大人才是真正的七国统治者'，就被伊里斯拔掉舌头。他可是首相卫队的队长啊，而父亲大人一句也不敢过问！你这事儿，他就更无法干涉了。"

"可是，"詹姆道，"那么凯岩城……"

"你要岩石？还是要我？"

他时常想起那个夜晚，仿佛发生在昨天一般历历如绘。他们在鳗鱼巷找了家破旅馆，远远避开监视的眼线，瑟曦照着酒馆招待的打扮，让他兴奋无比。詹姆从未见过比那晚更热情的她。每当他想睡，她就会弄醒他，等到黎明，凯岩城已经微不足道。他亲口许下诺言，由她去完成手续。

一月之后，乌鸦飞到凯岩城，通知他他已被正式选为御林铁卫，应立即前往赫伦堡的比武大会，面见王上，立下誓言，穿上白袍。

詹姆的新职位使他摆脱了莱莎·徒利，除此之外，一切都同计划差之千里。父亲雷霆震怒，他不敢公开反对——这点瑟曦说对了——但以一堆微不足道的借口辞去了首相职位，回到凯岩城，并带走女儿。与梦想中的接近恰恰相反，瑟曦与詹姆只不过换了位置。

他孤身一人处在宫廷，守护着那位疯王。父亲走后，连着有四位短命的首相，来来去去，以至于詹姆记住了他们的纹章，却对他们的面孔毫无印象。巨号首相和狮鹫首相遭到流放，锤子与匕首阁下被浸进野火，活活烧死，最后一个是罗萨特伯爵。罗萨特选择了燃烧火炬作为纹章，考虑到他前任的命运，这似乎不太吉利。然而火术士正是因为对火的痴迷而被国王提拔为首相的。*我该淹死罗萨特而非戳死这恶棍。*

布蕾妮还在等待他的回答。詹姆缓缓地说："当年你太小，不明白伊里斯·坦格利安……"

这不是她期待的答案。"伊里斯既疯狂又残暴，天下人人皆知。但他是你的君主，涂抹七圣油的国王，你发誓为他献身。"

"我记得自己发过的誓言。"

"你也记得自己做过什么？"她站起来，足有六尺高，满脸的雀斑、皱紧的眉头和暴露的马牙上都写满不屑。

"没错，我记得清清楚楚，我还记得你做过什么。如果传言非虚，这儿有两位弑君者。"

"蓝礼不是我害的。谁敢造谣，我就杀了谁！"

"请便，请从克里奥开始。接下来你的工作还很艰巨，依他的说法，知道这事的人数不胜数。"

"那是谎言！陛下遇害时凯特琳夫人在场，她亲眼看见一道阴影。蜡烛摇晃，空气变冷，然后是血——"

"噢，太棒了。"詹姆哈哈大笑，"不得不承认，你的反应倒比我快。当他们发现我站在君主的尸体前面时，我可没说：'不，不，这不是我干的，是一道阴影，一个可怕的冰冷的影子杀手。'"他长笑不止。"告诉我实话——弑君者之间不该有秘密——到底是史塔克家还是史坦尼斯收买你去割蓝礼的喉咙？莫非蓝礼拒绝你的求爱？还是你那个来了？千万别在女人腿上流血时把刀子塞给她呀。"

他以为妞儿就会动手了。来啊，上来一步，让我抓住你腰带上的匕首，一刀结果你。他把一条腿收到身下，准备起跳，可妞儿终究没动。"身为骑士是多么珍贵稀罕的荣誉，"她说，"御林铁卫的骑士更是犹有过之。世上只有很少人能被授予这份光荣，这份为你嘲笑和玷污的光荣。"

"一份你想到心坎里，却又永远得不到的光荣，妞儿。"骑士称号我凭本事挣来，并非出自别人打赏授予。我十三岁那年，虽然刚当上侍从，却已成为团体比武的冠军；十五岁那年，随亚瑟•戴恩爵士讨伐御林兄弟会，被他亲手在战场上封为骑士。我老实告诉你，玷污我的正是这身白袍，别无他物。总而言之，省省你的嫉妒吧，是诸神不愿赏你一个鸡巴，不是我。"

布蕾妮的眼神里充满无比的嫌恶。她想把我剁成碎片,却受那宝贝誓言的约束,詹姆心想,妙极,我也受够了她弱智的虔诚和天真的评论。等妞儿大步离开,他蜷进斗篷,渴望梦见瑟曦。

谁知闭上眼睛,见到的却是伊里斯·坦格利安。国王独自在王座厅内踱步,那双长满疙瘩、浸染鲜血的手不住绞动。这蠢货常被铁王座上的倒钩和尖刺弄得鲜血淋漓。詹姆静静地走进来,身穿黄金战甲,利剑在手。黄金战甲,不是白的,但从没有人想到过。我该把那身可恨的袍子也脱掉。

伊里斯看见剑上的血,想知道那是不是泰温公爵的血。"我要他死,这叛徒。我要他的脑袋,你快把他的脑袋献上,否则我将你一起烧死!和所有的叛徒一起烧死!罗萨特说敌人进了城,他会好好招待他们的。说!这是谁的血?谁的!?"

"罗萨特的。"詹姆回答。

那对紫色的眼睛陡然睁大,那张高贵的嘴巴因震惊而张开。他失了禁,转过身去,奔向铁王座。在高墙上无数巨龙空洞的眼窟注视下,詹姆把末代龙王拖下台阶,听他像猪狗一般地尖叫,闻到屎尿齐流的恶臭,然后用黄金宝剑切开国王的喉咙。好简单啊,他时时忆起那一时刻,国王不该就这样死去吧?罗萨特虽是个无能的火术士,至少还想反抗呢。也真奇怪,他们从不问谁杀掉了罗萨特……哎,怎会有人关心呢?他出身低贱,仅当了两个星期的首相,不过是疯王的又一疯行罢了。

伊利·维斯特林爵士、克雷赫伯爵及父亲麾下其他骑士刚好在这时冲进大厅,所以詹姆既没办法消失,也没给牛皮大王们留下盗窃赞美或谴责的机会。只有谴责!看见他们的眼神,他立刻就明白了……还有恐惧。是啊,不管他姓不姓兰尼斯特,终究是伊里斯的七卫之一。

"城堡属于我们了,爵士,市区也一样。"罗兰德·克雷赫告诉他，但这并非完全属实。在螺旋梯上，军械库里，坦格利安的死党负隅顽抗，格雷果·克里冈和亚摩利·洛奇正加紧攀登梅葛楼的墙垒，而奈德·史塔克和他的北方人正从国王门鱼贯而入。这些克雷赫都不清楚，他甚至对伊里斯的死也无动于衷：詹姆十多年来都是泰温公爵的儿子，身为御林铁卫才不过一载，有什么好奇怪的呢？

"告诉大家疯王已死，"他命令，"放下武器的，就饶过性命。"

"是否宣布新王诞生？"克雷赫问。詹姆懂他的暗示：是你父亲，是劳勃·拜拉席恩，还是另立新的龙王？他想到逃去龙石岛的小王子韦赛里斯，想到雷加的幼儿伊耿——这时还在梅葛楼他母亲怀中呢。一位新的坦格利安君主，重新当上首相的父亲。如此一来，狼仔们该如何嗥叫，而那风暴之王又该如何来咽下怒火啊。刹那间，他被迷住了，直到再度看见脚下的尸首，那泓血池正越变越大。"他"的血也流在他俩身上，詹姆心想。"你他妈爱怎么宣布就怎么宣布。"他告诉克雷赫，接着爬进铁王座，剑陈于膝，安坐高堂，要看看谁前来领走王国。最后，来的是艾德·史塔克。

你也没资格评判我，史塔克。

在他梦中，死人在燃烧，缠绕着熊熊绿火。詹姆手握金剑在人群中穿梭，刚砍倒一个，立刻便有两人浮现，怎么也杀不完……

直到肋骨挨了布蕾妮一踢，他才从梦中醒来。四周一片漆黑，空中充满雨的气息。早餐仍是燕麦饼和腌鱼，好歹克里奥爵士找到一点黑莓。太阳升起之前，他们重新上路。

提利昂

太监穿着宽松的粉红丝袍,哼着不成调的小曲走过房门,浑身散发出柠檬的味道。他看见提利昂坐在火炉边,吃了一惊,顿时停下。"提利昂大人。"他尖声说,一边神经质地咯咯笑。

"这么说你还记得我?真让人意想不到。"

"看到您如此强壮健康,实在是太好了。"瓦里斯的微笑极尽阿谀奉承之能事。"但我得承认,没想到会在自个儿陋室里碰见您。"

"的确是陋室,陋得有些夸张。"提利昂专等父亲传唤瓦里斯之后,才悄悄溜进来。太监的住处位于北城墙下,小而局促,仅包括三间紧凑的无窗房间。"我本希望找到几大桶有趣的秘密,却连一张纸都没发现。"八爪蜘蛛来来往往一定有秘密通道,可惜在这方面,他仍旧一无所获。"而且啊,诸神在上,你酒壶里装的居然是水,"提利昂续道,"卧房不比棺材大,而床……它确实是石头做的呢,还是感觉上如此?"

瓦里斯关门上闩。"大人啊,背痛把我折磨得不行,非得睡硬东西。"

"我以为你是睡羽毛床的人。"

"这太令人惊讶了,怎能这样误会我呢?难道您在生我的气?"

"哪里,我说了,我当你是我的血亲骨肉一般地信赖。"

"唉,尊敬的好大人,黑水河之战后我躲在一边是有难处的。您瞧,我的处境十分微妙,而您的疤痕又如此可怕……"他夸张地耸耸肩,"您那可怜的鼻子……"

提利昂恼火地揉揉伤疤。"也许我该换个新鼻子,纯金打造。你有什么建议,瓦里斯?我能不能装个像你那样可以嗅出秘密的鼻子?我能不能告诉金匠,照我父亲的鼻子打造?"他笑笑。"我那高贵的父亲大人近来忠勤国事,鞠躬尽瘁,终日不见人影。告诉我,他真的恢复了派席尔大学士的重臣席位?"

"没错,大人。"

"对此,我应该感谢我那亲爱的老姐吗?"派席尔是姐姐的爪牙,提利昂剥夺了他的职位、尊严乃至胡须,并将他扔进黑牢。

"并非如此,大人,这是由于旧镇的博士们的压力。他们坚持派席尔必须复职,因为任免大学士应由枢机会决定。"

该死的蠢货们,提利昂心想,"记得残酷的梅葛用刽子手罢免了三个。"

"非常正确,"瓦里斯说,"伊耿二世还把格拉底斯国师拿去喂龙。"

"可惜啊,我没有龙,不过可以把派席尔浸到野火里面点燃,效果相差无几。对此,学城会怎么看呢?"

"哎哟,别那么狠心,人家博士们也只是秉承传统嘛。"太监窃笑。"其实,枢机会挺机灵的,早就接受了派席尔下台的既成事实,并着手选择继任者。起初,他们详细考量过皮匠之子特奎因学士和流浪骑士的私生子艾瑞克学士,以表明能力优先于出身标准,最后呢,定下的人选却是葛蒙学士,高庭提利尔家族的成员。我把消息报告您父亲大人,他立即采取了行动。"

"枢机会于旧镇的学城里召开,提利昂心想,会谈的内容都是秘密。毫无疑问,瓦里斯在那儿也有小小鸟。"我明白了,父亲决定在玫瑰绽放前将其摘下。"他忍不住低声轻笑。"派席尔是个讨厌的蛤蟆,但兰尼斯特的蛤蟆总好过提利尔的蛤蟆,对吧?"

"派席尔大学士一直是你们家族的朋友。"瓦里斯甜腻腻地说,"假如您得知柏洛斯·布劳恩爵士也官复原职,或许会更为欣慰。"

柏洛斯·布劳恩的白袍被瑟曦亲自剥夺,因为当拜瓦特在罗斯比路上掳走托曼时,他没有誓死捍卫她的儿子。他不是提利昂的朋友,但经过此事,大概也同样痛恨瑟曦。这点很重要。"布劳恩是个虚张声势的懦夫。"他轻描淡写地说。

"是吗?噢,真可悲啊。不过哪,按照传统,御林铁卫是终身职,或许柏洛斯将来会有用处。经过这次磨难,他无疑会变得非常忠诚。"

"对我父亲忠诚。"提利昂尖刻地说。

"谈到御林铁卫⋯⋯我在想,您这次令人惊喜的造访是否跟柏洛斯爵士去世的弟兄、咱们英勇的曼登·穆尔爵士有关呢?"太监摸摸扑粉的脸颊。"你的波隆似乎突然对他产生了兴趣。"

波隆已尽其所能地调查过曼登爵士,但毫无疑问,瓦里斯知道得更多⋯⋯假如他愿意分享的话。"那人似乎少有亲朋。"提利昂谨慎地说。

"可惜啊,"瓦里斯说,"噢,真可惜,若您肯将调查范围扩大到艾林谷,或许就能发现他的亲戚了。但在君临嘛⋯⋯艾林公爵将他带来,劳勃赐予他白袍,仅此而已,俩人都没给他多余的关怀。而他尽管实力超群,却不是那种老百姓愿意在比武会上为之欢呼喝彩的人,更奇怪的是,他和自个儿的铁卫弟兄们也没往来。有人曾听巴利斯坦爵士言道,曼登爵士没有朋友,唯有宝剑,没有生活,唯有职责⋯⋯您看,我觉得赛尔弥这话不完全是称赞。只需仔细想一想,就会觉得其中有古怪,不是吗?他完全是理想中的御林铁卫,没有任何家室牵累,活着的唯一目的就是守护国王。而今他死得也符合御林铁卫的标准,手中擎剑,为了守护王族而英勇献身。"太监腻腻一笑,目光锐利地盯着他。

你的意思是,企图谋害王族而死于非命?提利昂怀疑瓦里斯知道的比说出来的多。刚才所言与波隆的报告大致相同,对他来说都不是新闻。他需要的是一个连接瑟曦的环节,以证明曼登爵士是她的爪牙。没有人能够随心所欲,他苦涩地反思,得到自己想要的东西……

"我不是为曼登爵士而来。"

"我看出来了,"太监穿过屋子,来到盛水的酒壶边。"需要我为您效劳吗,大人?"他边说边斟满一杯。

"好的。但我要的不是水,"他双手交叠,"我要你把雪伊带来。"

瓦里斯呷了一口。"这明智吗,大人?她是个既亲切又可爱的孩子,假如被您父亲大人吊死,那就太令人伤心了。"

太监知道这点他不奇怪。"对,这不是明智之举,简直称得上疯狂。但我想见她最后一面,之后再把人送走,因为我实在受不了离得这么近,却不能和她亲热。"

"我理解。"

你怎么可能理解?提利昂昨天刚见过雪伊,当时她正提着水桶攀爬螺旋梯。一个年轻骑士前来帮忙,她触碰他的手臂,还朝他微笑,提利昂见了肠子打结。他和她擦肩而过,仅隔几寸之遥,他往下走,她向上攀,他鼻孔里是她头发的清香。"大人。"她一边说,一边屈膝行礼,他好想伸手抓住她,当场亲吻,但现实中的他却只能僵硬地点头,蹒跚着走开。"我见过她几次,"他告诉瓦里斯,"但不敢说话。我怀疑自己所有的行动均受到监视。"

"好大人,您这么怀疑就对了。"

"谁?"他抬起头。

"凯特布莱克兄弟经常向您可爱的姐姐汇报您的情况。"

"该死,我付给这三个卑鄙小人多少金子……你认为,我有没有可能用更多钱把他们收买回来?"

"机会总是存在,但如果我是你,不会把宝押这上面。他们仨都当骑士了,而且令姐许诺他们继续晋升。"太监唇边泛起一抹坏笑。"最年长的那个,御林铁卫的奥斯蒙爵士,还梦想其他形式的……宠爱……咯咯。太后陛下每提供一个铜板,您也可以相应加价,这点我不怀疑,但她有一个资源,您无论如何都做不到。"

七层地狱啊,提利昂心想,"瑟曦找奥斯蒙·凯特布莱克出轨?"

"噢,天哪,我可没这么说。这是多可怕的事,您不觉得吗?不过呢,太后陛下只需略微暗示……或许明天,或许等婚礼结束……一次微笑,一声低语,一句猥亵的俏皮话……不经意间用胸部蹭蹭他的袖子……就够了嘛。唉,说到底,这些事情,做太监的怎会懂呢?"他的舌尖像一只害羞的粉红动物,滑过下嘴唇。

假如我能设法让他们逾越调情的界限,并安排父亲捉奸在床……提利昂摸摸鼻子上的伤疤。他想不出该怎么做,也许将来会有计划。"监视我的只有凯特布莱克兄弟?"

"真那样就好啦,大人,恐怕有许多双眼睛在注视您哟。您……怎么说好呢?十分引人注目,而且我必须很难过地承认,您不大受人爱戴。杰诺斯·史林特的儿子们很乐意为父报仇,还有咱们亲爱的培提尔,君临城内一半妓院都有他的朋友。假如您笨到造访其中任何一家,他便会知道,然后您父亲大人也会知道。"

比我担心的更糟。"我父亲呢?他派谁来监视我?"

这回太监大笑出声。"哈哈,那个嘛,就是我啊,大人。"

提利昂也跟着笑。他并非傻瓜,他决不信任瓦里斯——但太监光现下了解的情报就足以弄死雪伊,而他却没有说,显然还有余地。"我要你通过秘密通道把雪伊带来,做到神不知鬼不觉,和以前一样。"

瓦里斯绞住双手。"噢,大人,能为您效劳,我乐意之极,可是……您听我解释,梅葛王不希望自个儿楼中隔墙有耳,当然啰,为预防被困,确实留下一条秘密通道,但这条通道不与任何别的通道相连。也就是说,我能把您的雪伊从洛丽丝小姐身边偷出来一会儿,但无论如何也没办法既把她带到您的卧室,中途又不让人发现。"

"那就带到别处。"

"带到哪里呢?到处都不安全。"

"安全之地是有的,"提利昂咧嘴而笑,"就这儿。我想,该让你那硬石头床派用场了。"

太监张大嘴巴,紧接着咯咯笑出声来。"洛丽丝怀了孩子,近来容易疲劳,我猜月亮升起之时她多半就睡着了。"

提利昂跳下椅子。"那么,就定在月亮升起之时。你给我准备一些葡萄酒,以及两个干净杯子。"

瓦里斯鞠了一躬,"如您所愿。"

这天余下的时光好比虫子在蜜糖里爬行一样缓慢。提利昂登上城堡图书馆,试图拿贝德加所著《洛伊拿战争史》来分心,却发现自己根本看不进大象的战迹,心中所想全是雪伊的笑容。到得下午,他放下书本,命人准备洗澡水。他拼命擦洗,直到水温变凉,才让波德替他刮胡子。胡须是一团乱麻,黄色、白色和黑色的毛发乱七八糟地纠缠,非常难看,好处在于能隐藏面容。

当提利昂洗得白白净净,并尽可能地理好胡子后,又翻遍衣柜,选出一条绯红绸缎紧身马裤,正是兰尼斯特家族的颜色,以及他最好的上衣,厚实的黑天鹅绒镶狮头纽扣。若非父亲趁他躺在床上濒临死亡时偷走了金手项链,他还会戴上它。待穿戴完毕,他才意识到自己的愚蠢:七层地狱啊,白痴侏儒,头脑和鼻子一样都丢了吗?你这身打扮,任何人看了都会奇怪,有这么穿着礼服见太监的道理?于是提利昂只好一边诅咒,一边脱衣换装,这次选的比较朴素:黑羊毛马裤、白色旧外衣,外加一件褪色的棕皮革背心。这没关系,他一边等待月亮升起,一边告诉自己,这没关系。不管穿什么,你终究是个侏儒,永远也不能成为高大骑士,永远都不可能有长腿、腹肌和宽阔雄伟的肩膀。

月亮终于出现在城头上方,他忙告诉波德瑞克·派恩,自己要去拜访瓦里斯。"会待很久吗,大人?"男孩问。

"噢,希望如此。"

红堡里如此拥挤,提利昂的出行不可能掩人耳目。巴隆·史文爵士在大门站岗,守吊桥的则是洛拉斯·提利尔爵士。他停下来跟他俩分别寒暄了几句。百花骑士从前总穿得五彩缤纷,现今看他一身白衣倒有些奇怪。"你多大了,洛拉斯爵士?"提利昂问他。

"十七岁,大人。"

才十七岁啊,长得又如此俊俏,他已经成为传奇人物,七大王国里一半的女孩想上他的床,所有的男孩都想成为他。"请原谅我的冒昧,爵士先生——你为什么十七岁就选择加入御林铁卫呢?"

"龙骑士伊蒙王子就是十七岁那年立誓加入的,"洛拉斯爵士说,"而您哥哥詹姆参加时就更年轻了。"

"我知道他们的理由。你呢?你是为什么?为了跟咱们的模范骑士马林·特兰和柏洛斯·布劳恩并肩作战吗?"他冲男孩嘲弄地一笑。"为守护国王,你放弃了自己的生活,放弃了土地和头衔,放弃了结婚生子的希望……"

"提利尔家族会通过我的哥哥们延续,"洛拉斯爵士说,"第三子没必要繁衍后嗣。"

"的确没必要,但多数人会乐意享受其中的愉悦。比方说,爱情,爵士先生?"

"太阳落山以后,蜡烛无法代替。"

"这是歌词吗?"提利昂抬头微笑,"是的,你才十七岁,我现在明白了。"

洛拉斯爵士一紧,"您嘲笑我?"

他是个自尊心极强的男孩。"不,若有冒犯,请多原谅。喏,我是说,我也是爱过的人,也有过一首歌。"我爱上一位美如夏日的姑娘,阳光照在她的秀发。他向洛拉斯爵士道晚安,继续赶路。

一群士兵在兽舍附近斗狗,提利昂停下来观察了一会儿。小狗扯掉了大狗半边脸,他评论说失败者就像桑铎•克里冈,为此赢得了几声粗犷的欢笑喝彩。接着,他继续向北墙走,期望自己业已解除了士兵们可能的怀疑。他走下通往太监简陋居所的短楼梯,正要敲门时,门自动开了。

"瓦里斯?"提利昂溜进去,"是你?"一支蜡烛发出昏暗的光,空气中有茉莉花的香味。

"大人。"一个女人溜进亮光下,她肥胖丰满,圆圆的脸如粉红的月亮,有一头浓密的黑卷发。提利昂见状退了一步。

"有麻烦,大人?"她问。

原来是瓦里斯,他恼怒地意识到。"你把我吓坏了,我还以为你雪伊没偷成,反把洛丽丝给带来了。她人呢?在哪儿?"

"在这儿,大人。"她从后面伸手遮住他的眼睛。"您来猜,我穿了什么?"

"什么也没穿?"

"哎哟,好机灵的大人哟,"她撅起嘴,抽开双手。"您怎么知道的?"

"这有什么难?你什么也不穿的时候最美丽呀。"

"是吗?"她说,"真的?"

"嗯,当然是。"

"那您跟我上床好不好，别说话啦。"

"很好，但我们得先摆脱瓦里斯'夫人'，我这个侏儒做爱时可不喜欢旁人围观。"

"他已经走了呀。"雪伊道。

提利昂扭头看去，果然，穿裙子的太监已经消失无踪。哪儿有暗门，就在附近。他刚想到这，便被雪伊扭过头来亲吻。那双唇潮湿而饥渴，她毫不在意他的疤痕和结痂的烂鼻子。他伸手出去，女人的肌肤如温暖的丝绸，当他拇指拂过她的乳头，它立即硬起来。"快，"她边吻边催促，他的手指伸向衣带，"噢，快，快，我想感觉你在我里面，在我里面，在我里面。"他甚至来不及脱下衣服，雪伊便把那话儿从他裤裆里拉出来，然后将他摁倒在地，爬到上面。他插进去，她尖声叫喊，疯狂地骑。"我的巨人，我的巨人，我的巨人，"每次坐下，她都如此呻吟，"我的巨人，我的巨人，我的巨人。"提利昂好饥渴，才第五下就迸射出来，但雪伊并不埋怨。她感觉到他的喷射，便淘气地笑笑，俯身吻去他额上的汗。"我的兰尼斯特巨人，"她低语，"请不要拔出来，我喜欢它在我体内的感觉。"

因此提利昂没有动，只用手抱住女人。互相依偎，紧紧拥抱，好美的感觉，他心想，好美的人，怎能让她受罪，让她被吊死呢？"雪伊，"他说，"亲爱的，很抱歉，这将是我们最后一次欢悦。真的很危险，如果你被我父亲大人发现……"

"我爱您的伤疤，"她的手指顺着他的鼻子抚摸，"它让您看起来异常威武。"

他笑出声来，"你的意思是异常丑陋吧。"

"哪儿的话！在我眼中，大人您永远最英俊！"她边说边吻提利昂烂鼻子上的痂。

"行了，你该关心的不是我的脸，而是我父亲——"

"我不怕他。大人会把我的珠宝和丝绸还我吗？您受伤以后，我去问瓦里斯，可不可以把它们拿回来，但他就是不肯给。如果您真死了，它们会怎么样呢？"

"我没死，人好端端地在这儿。"

"噢，我知道，"雪伊压在他身上边笑边扭，"大人您就属于这儿。"她又撅起嘴，"可仗已经打完，我还得在洛丽丝那边待多久啊？"

"你刚才没听我说吗？"提利昂道，"当然，如果你喜欢，可以留在洛丽丝身边，但我建议你最好离开君临。"

"不要，我不要走，您答应过，仗打完后会送我一栋新宅子。"她用下体轻轻挤他那话儿，它再度硬起来。"兰尼斯特有债必还，您明明说好的。"

"噢，天哪，雪伊，停下来，真该死。听我说。你必须离开，城内到处都是提利尔家的人，况且我日夜受到紧密监视。你不明白其中的危险。"

"我能参加国王的婚宴吗？洛丽丝不敢去，我再三向她解释，不会有人在王座厅里强暴她，可她蠢得不肯相信。"雪伊翻身躺下，那话儿从她体内滑出来，发出轻微而潮湿的声音。"西蒙说有一场歌手比试，有人耍杂技，甚至还有小丑比武。"

提利昂几乎忘了雪伊身边那个该死的歌手。"西蒙？"

"我把他介绍给坦妲伯爵夫人，夫人则雇他为洛丽丝表演，这头肥母牛，每当肚里的孩子开始蹬踢时，音乐能让她恢复平静。西蒙对我说，宴会中人们会边看熊跳舞，边喝青亭岛的红酒。我从没见过跳舞的熊。"

"有什么好看？它们跳得还没我好。"他担心的是歌手，不是熊。万一此人走漏风声，便会连累雪伊送命。

"西蒙说有七十七道大餐，还有一个大烤馅饼，里面装了一百只鸽子，"雪伊滔滔不绝，"割开脆皮，它们便一下子全飞出来。"

"是啊，然后停在房梁上，像下雨一样朝客人们拉屎。"提利昂吃过婚宴馅饼的苦头，他一直怀疑鸽子特别喜欢拿他当目标。

"我能不能穿着丝衣和天鹅绒去参加宴会，扮作贵族小姐，而不是使女呢？大人，没有人会知道的嘛。"

每个人都会知道，提利昂心想。"洛丽丝的女仆凭空多出这许多珠宝，坦妲伯爵夫人一定会起疑心。"

"西蒙说有上千宾客，我不让她看见就是了。我会在下席找个阴暗角落，无论何时，您只消上厕所，我就溜出来。"她捧着那话儿，轻轻抚摸。"裙服下我不穿内衣，好省了大人为我宽衣解带的工夫。"她用手指上下逗弄。"如果您喜欢，我还可以这样。"她将阳具含进嘴里。

提利昂已经蓄势待发，但这次坚持得比较久。完事之后，雪伊又爬回来，浑身赤裸地蜷在他胳膊底。"您会准我参加的，对吧？"

"雪伊，"他长叹一声，"这不安全。"

之后很长时间，她什么也没说。提利昂试图谈论别的话题，却发现自己碰上了一堵恭敬却阴沉的墙，和北方的绝境长城一样冰冷生硬。蜡烛越烧越短，闪烁不定。诸神在上，他心想，经历了泰莎事件，我无论如何也不能让它重演，无论如何也不能给父亲把柄。他幻想给予她满意的承诺，幻想让她挽起他的手结伴走回卧室，幻想让她穿上丝绸和天鹅绒，得遂心愿。如果他有权选择，一定会在乔佛里的婚宴上同她坐在一起，陪她随心所欲地与熊共舞。但首先，他不能让她死。

蜡烛熄灭后，提利昂放开雪伊，点起另外一支，沿墙走了一遭，依次敲打，搜寻暗门。雪伊收起大腿，胳膊抱膝，注视着他，

最后开口道:"秘密楼梯在床底下。"

他难以置信地望着她,"那石床?它是实心的,至少有半吨重。"

"我不知道,反正瓦里斯在什么地方扳一阵,它就会升起来。我问他怎么弄,他说那是魔法。"

"啊哈,"提利昂忍不住咧嘴笑道,"看来是杠杆魔法。"

雪伊起身。"我该走了。洛丽丝的胎儿有时候不安宁,她会醒来叫我。"

"也罢,瓦里斯该回来了,或许他正在下面听我们说话呢,"提利昂放下蜡烛,马裤前面有个湿点,但黑夜里应该没人注意。他要雪伊穿上衣服等太监。

"遵命,"她答应,"您是我的狮子,对吗?我的兰尼斯特巨人?"

"是的,"他说。"而你是——"

"——您的妓女。"她将一根手指按到他唇上,"我明白,我明白自己的身份。我梦想成为您的情人,但那是不可能的事,否则您会带我去参加宴会。这些都没关系,做您的妓女我已经很满意,提利昂大人,我的狮子,请留下我,保护我吧。"全世界的甜蜜天真都写在她年轻的脸庞。

"我会的。"他允诺。笨蛋,笨蛋,内心有个声音在尖声呼叫,为何这么说?你是来送她走的!他反而又在临别时吻了她一次。

回去的路孤寂而漫长。波德瑞克·派恩在床脚的小矮床上已睡着了,他把男孩叫醒。"波隆。"他说。

"波隆爵士?"波德揉揉睡眼,"呃,您要我去找他?大人?"

"啊,不,我想和你谈谈他的着装打扮。"提利昂说,看见波德张大嘴巴的疑惑表情,挖苦算是白费了。他只好详细说明,"是的,把他找来。带他过来。快去吧。"

男孩匆忙穿上衣服,跑着出去。我有那么可怕吗?提利昂一边想,一边换上睡袍,并给自己倒上红酒。

夜晚过去一半,他喝第三杯时,波德才回来,佣兵骑士跟在后面。"这小子把我从莎塔雅的地方拽出来,想必有要事喽?"波隆边说边坐下。

"莎塔雅的地方?"提利昂烦躁地道。

"当骑士真不赖,不用满大街找便宜妓院。"波隆咧嘴一笑,"嘿嘿,我要的熟人,骑士波隆在中间,雅雅、玛丽靠两边啰。"

提利昂强吞怒气,波隆和其他恩客一样有权上爱拉雅雅的床。可是……不管心里怎么饥渴,我确实没碰她,当然,这些事波隆不会知道。不知他有没有善待雅雅。他再不敢造访莎塔雅的妓院,以免瑟曦向父亲告发,导致爱拉雅雅遭殃。为补偿前次的鞭打,他曾送给那女孩一条翡翠银项链和一副相配的手镯,但除此之外……

多想无益。"有个自称银舌西蒙的歌手,"提利昂推开罪恶感,疲倦地说,"经常为坦妲夫人伯爵的女儿表演。"

"你想怎样?"

杀了他,他心里想。但那人除了唱几支歌谣,并往雪伊可爱的脑瓜里灌输鸽子与跳舞熊的梦幻之外没做什么。"找到他,"他说,"在其他人之前找到他。"

艾莉亚

听见歌声时,她正在死人的花园里挖菜。

艾莉亚立时停止,不动如石,突然忘了手中那三根小萝卜。血戏班还是卢斯·波顿的人?她恐惧得发抖。这不公平,就在我们终于找到三叉戟河,就在我们认为自己差不多安全了的时候,这不公平。

只是……血戏子为什么要唱歌?

歌声从东边一个矮坡后传来,在河面飘荡。"去海鸥镇看美少女哟,嗨哟,嗨哟……"

艾莉亚站起身,胡萝卜在手中摇晃。唱歌的人似乎正沿河边小路走来。从表情看得出,拔白菜的热派也听见了。当然,詹德利在烧毁的农舍阴影里睡觉,毫无反应。

"用利剑偷取甜甜一吻哟,嗨哟,嗨哟……"河流轻柔的水声中,夹着木竖琴的弹奏。

"你听见没?"热派抱着一堆白菜,嘶哑地低声询问,"有人过来了。"

"把詹德利叫醒,"艾莉亚吩咐他,"摇摇肩膀就好,不要大张旗鼓,弄出声响。"詹德利容易唤醒,不像热派,非得又踢又吼。

"我拿她做情人,一起睡在树荫底哟,嗨哟,嗨哟……"歌声越来越嘹亮。

热派不由得手一松,白菜"噌"一声轻响,落在地上。"我们得躲起来。"

躲到哪里去呢？烧毁殆尽的农舍和野草疯长的花园醒目地矗立在三叉戟河边，河畔还有几棵柳树，以及芦苇丛生的烂泥浅滩，除此之外，全是讨厌的开阔地。我就知道我们不该离开树林，她心想。但他们好饿，从赫伦堡偷出来的面包与奶酪六天前就在森林里吃光了，因此花园的诱惑实在太大。"把詹德利和马带到农舍背后。"她下定决心。那堵墙还没完全垮塌，说不定能藏住两个男孩和三匹马——假如马儿不叫，歌手也不往这边走的话。

"你呢？"

"我躲树下面好了。他可能就一个人，敢来惹我的话，我杀了他。快走！"

热派听话离开，艾莉亚扔下胡萝卜，从背后拔出偷来的剑。她把剑鞘绑在背上，因为它是给成年男子打的，与她尺寸不合，佩在腰间的话，会撞到地面。它实在太重了，每次拿起这笨家伙，她便会想念"缝衣针"。好歹它可以杀人，这就够了。

她蹑手蹑脚地走到那棵长在小路拐弯处的老柳树边，单膝跪在青草和泥土中，以摇曳的柳枝作为掩护。远古诸神啊，她祈祷，歌手则继续逼近，树的神，请保护我，隐藏我，让他过去，让他过去……一匹马嘶叫起来，歌声戛然而止。他听见了，她对此不抱幻想，但或许就一个人，就算不是，说不定他们怕我们就跟我们怕他们一样呢。

"听见了吗？"一个男人说，"我敢打赌，那堵墙后面有东西。"

"没错，"另一个更深沉的声音回答，"射手，你认为那里有什么？"

原来是两个人，艾莉亚咬紧嘴唇。由于柳树的关系，她看不见对方，只能听见声音。

"一头熊吧。"第三个声音参加进来，或者这就是第一个人？

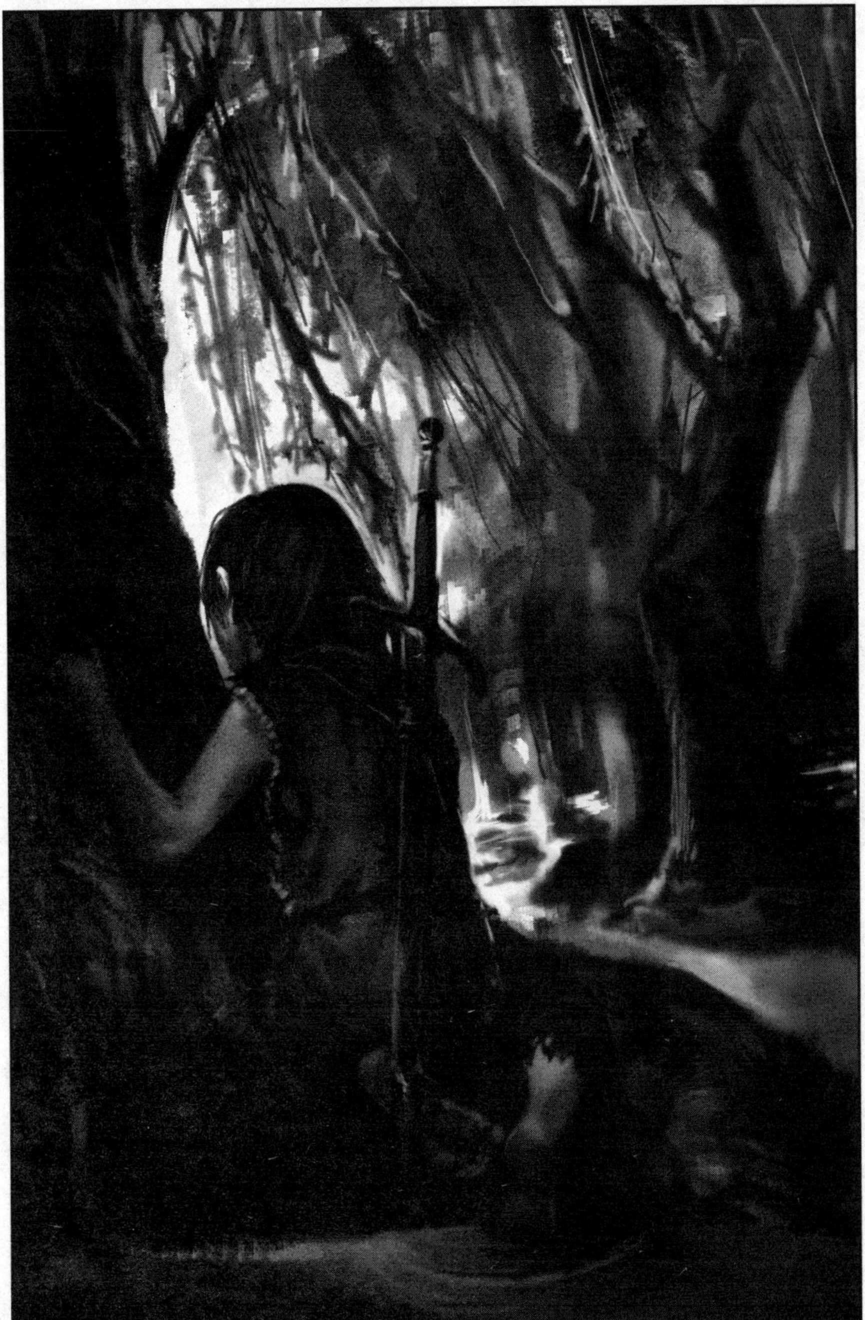

"熊身上肉多,"那个深沉的声音说,"特别在秋天,会有许多脂肪,烤的话很好吃。"

"也可能是狼或狮子呢。"

"你指四条腿的?两条腿的?"

"四条腿跟两条腿的都是一丘之貉,不是吗?"

"那可不一样,四条腿的才能吃。射手,该你上场喽。"

"没问题,射几箭到墙后面,管他啥东西都会跑出来,等着瞧吧。"

"如果后面是个正派人呢?如果后面是个怀抱婴儿的可怜女子呢?"

"正派人应该出来跟我们见面,只有歹徒才会偷偷摸摸地藏起来。"

"对,正是如此。那就去吧,射手,放箭。"

听罢此言,艾莉亚跳将起来。"站住!"她亮出长剑。原来是三个人,她看清楚了,只有三个人。西利欧一人对付三个绰绰有余,而她还有热派和詹德利做伴呢。可惜他们是男孩,对方却是成年人。

三人皆为徒步,身上泥斑点点,风尘仆仆。她认出那个唱歌的,因为他抱着一把木竖琴,好像母亲抱着孩子。他个子小,年纪约莫五十岁,嘴巴大,鼻子尖,棕色的头发十分稀疏,褪色的绿衣服上到处用旧皮革打着补丁。他腰间别了一圈飞刀,背后悬着一把伐木工的斧头。

站他旁边的人比他高出一尺,外貌像个兵。镶钉皮革剑带上挂一把长剑和一把匕首,衬衫缝了排排交叠的铁环,头戴一顶锥形黑铁半盔。他牙齿很黄,还有一把浓密的黄褐胡须,最引人注目的是那身带兜帽的亮黄斗篷。它又厚又沉,沾了青草和鲜血,下沿已被磨损,右肩用鹿皮打个补丁。这顶大斗篷穿在大个子身上,使他看上去像只黄色巨鸟。

三人中最后一位是个青年，和他手上的长弓一样纤瘦，但个头没长弓那么高。红头发，雀斑脸，穿镶钉战甲、高筒皮靴和无指皮手套，背一个箭囊。他用的箭装着灰色鹅毛，其中六支如一道小栅栏插在他面前的地上。

三个男人瞪着她手执长剑，站在小道中央。歌手懒洋洋地拨一下琴弦。"小子，"他说，"快把剑放下，这不是孩子家的玩具。再说，你冲过来之前，安盖能射穿你三次。"

"才怪！"艾莉亚道，"而且我是女生。"

"是吗？"歌手鞠了一躬，"请原谅。"

"你们沿着小路继续走，往前面走，你继续唱歌，好让我知道你已经走了。走开，别来惹我们，我就不杀你。"

雀斑脸的弓箭手哈哈大笑，"柠檬，她说不杀我们，听到了吗？"

"听到了。"柠檬道，他就是那声音低沉的大个子士兵。

"孩子，"歌手说，"把剑放下，我们带你去安全的地方，还给你吃东西。这一带不仅有狼，有狮子，还有更可怕的东西哟，小女孩可不应该独自游荡。"

"她并非独自一人。"詹德利骑马冲出农舍墙壁，热派跟在后面，牵了她的马。詹德利身着链甲衫，长剑在手，雄赳赳气昂昂，看上去几乎就是个成年壮汉。热派看上去还是热派。"照她说的做，别来惹我们。"詹德利警告。

"两个，三个，"歌手数道，"所有人都在这儿？你们还有马，好可爱的马，从哪儿偷的呀？"

"这是我们的马。"艾莉亚审视着他们。歌手用谈话来分她的心，但最危险的是弓箭手。若他敢从地上拔箭……

"你俩是不是正派人，愿不愿把名字告诉我们呢？"歌手问两个男孩。

"我叫热派。"热派立即回答。

"取得好哇,"对方微笑,"我不是每天都能碰上这么好名字的孩子。你那两位朋友叫什么,羊排和乳鸽?"

詹德利坐在马上,皱起眉头。"我凭什么把名字告诉你?你自己也没报上姓名。"

"是么?那好,我乃七泉地方的汤姆,人称七弦汤姆和七神汤姆。这大个子痴汉,黄板牙的,叫柠檬,柠檬斗篷的简称。你知道,柠檬是黄的,味道也很酸,和他的脾气差不多。那边的年轻小伙儿是安盖,我们叫他射手。"

"你到底是谁?"柠檬用艾莉亚刚才听过的低沉嗓音问。

她可不会轻易透露真名。"愿意的话,叫乳鸽也行,"她说,"我无所谓。"

大个子咧嘴一笑。"拿剑的乳鸽,"他道,"稀奇,真稀奇。"

"我叫大牛。"詹德利边说边挡到艾莉亚前面。大牛至少比羊排好听。

七弦汤姆拨出一个愉快的音符,"热派、乳鸽和大牛,你们是从波顿大人的厨房里逃跑的吗?"

"你怎么知道?"艾莉亚有些不知所措。

"小家伙,你分明戴着他的纹章。"

她居然忘了,她在羊毛斗篷下仍旧穿着侍酒的制服,胸口缝有恐怖堡的剥皮人。"我不是小家伙!"

"不对吗?"柠檬说,"你就是个臭屁小孩。"

"我比以前长大了。而且我不是孩子。孩子不会杀人,可我会。"

"我懂了,乳鸽,你不是寻常小孩,而是波顿家的崽。"

"根本不对。"热派根本不知道闭嘴,"事实上,他到赫伦堡之前我们就在那儿了。"

"这么说,你们是小狮子,对吧?"汤姆道。

"也不对,我们就是我们自己,不是谁的人。你们呢?"

射手安盖说:"我们是国王的人。"

艾莉亚皱起眉头,"哪个国王?"

"劳勃国王。"黄斗篷的柠檬道。

"那老酒鬼?"詹德利轻蔑地说,"他被野猪杀了,大家都知道。"

"是啊,孩子,"七弦汤姆道,"真令人遗憾。"他弹出一个哀伤的音符。

艾莉亚不相信对方是国王的人。瞧他们穿得破破烂烂,活像一群土匪,甚至连马都没有。国王的人应该有马才对。

热派听了却很激动。"我们要去奔流城咧,"他说,"骑马得走多少天,你们知道吗?"

艾莉亚差点想杀了他,"安静!否则我拿石头塞你的笨嘴巴。"

"奔流城在上游,很远,"汤姆道,"远得会饿穿你们的肚皮。出发以前,想不想吃顿热腾腾的饭菜呢?前面不远处有家客栈,是我朋友开的。我说,咱们还是化干戈为玉帛,敬几杯酒,吃几块面包吧。"

"一家客栈?"想到热腾腾的饭菜,艾莉亚的肚子打起咕噜来,但她不信任汤姆。并非说话和气的就是朋友。"前面不远处?"

"往上游走两里地,"汤姆说,"顶多一里格。"

詹德利看上去跟她一样怀疑。"你说的'朋友'是什么意思?"他谨慎地问。

"朋友就是朋友。没听过这个词吗？"柠檬道。

"店家叫沙玛，"汤姆插嘴，"舌尖眼厉，但我向你保证，她心肠好，而且最喜欢小女孩。"

"我不是小女孩，"她气愤地说，"那儿还有谁？不止一个人吧？"

"还有沙玛的丈夫，以及一个被收养的孤儿。他们不会伤害你。到时候有麦酒——如果你能喝——有面包，也许还有一点肉。"汤姆瞥瞥农舍，"外加你从老佩特的花园里偷的菜。"

"我才不偷东西。"艾莉亚说。

"那你是老佩特的女儿喽？他妹妹？他老婆？得了，乳鸽，老佩特是我亲手埋的，就埋在你躲的那棵柳树下，你跟他长得可不像。"他又拨出一个忧伤的音符。"过去这一年来，我们埋了许多好人，但并不想埋你，我以这把竖琴的名义发誓。射手，露一手。"

射手的动作比艾莉亚想象的快得多。飞箭从她脑袋边呼啸而过，离耳朵只有一寸，插进柳树树干。她还没回过神来，对方已搭上第二支，引弓待发。她本以为自己能做到西利欧口中的"迅如蛇"和"柔如丝"，现在才明白实在差得远。箭只在身后如蜜蜂一样"嗡嗡"作响，抖动不休。"你没射中。"她说。

"你这样想就更蠢了，"安盖道，"我指哪儿射哪儿。"

"说得好。"柠檬斗篷赞同。

射手离她足有十几步远。我们没机会，艾莉亚心想，要是我有他那张弓，并像他一样会用箭就好了。她快快地放低沉重的长剑，剑尖触到地面。"去瞧瞧这家客栈也罢，"她勉强让步，企图用言语隐藏心中的疑虑，"但你们得走前面，我们骑马跟在后边，好看着你们。"

七弦汤姆深深一鞠躬，"前面，后边，都没关系。来吧，孩子们，让我们带路。安盖，把箭拔起来，在这儿派不上用场了。"

艾莉亚收剑入鞘，走到小路对面去见朋友们。他们继续跟三个陌生人保持距离。"热派，把白菜拿上，"她边说边翻身上马，"还有我的胡萝卜。"

这回他没争辩。出发之后，两个男孩照她吩咐的那样缓缓骑马，离三个步行者十余步，沿着印满车辙的路往前走。但过不多久，他们又不知不觉地赶了上去。七弦汤姆走得很慢，边行边弹木竖琴。"你们会唱什么歌？"他问，"和我一起来，好么？柠檬根本不入调，而这长弓小子只会他们边疆地的民谣，一首得有一百句那么长。"

"咱边疆地的歌才是真正的歌咧。"安盖温和地表示。

"笨蛋才唱歌，"艾莉亚道，"唱歌是制造噪声。瞧，我们很远就听到了，可以来杀你们。"

汤姆的微笑表明他不以为然，"好汉子宁愿哼着歌奔赴黄泉。"

"狼或狮子都逃不过我们的眼光，"柠檬大咧咧地说，"因为这是我们的森林。"

"但你们就没发现我们。"詹德利道。

"噢，孩子，别那么肯定，"汤姆说，"有的人说得少，做得多。"

热派在马鞍上挪了一下。"我知道那首关于熊的歌，"他说，"会一点点。"

汤姆的手指滑过琴弦，"那我们一起来吧，热派小子。"他昂头唱道，"这只狗熊，狗熊，狗熊！全身黑棕，罩着毛绒……"

热派神气活现地加入，甚至在马鞍上依着节奏轻轻摇晃。艾莉亚吃惊地瞪着他：他竟有副好嗓子，唱得也好。除了烤面包，她本以为他做不好任何事。

走不多远,有条小溪注入三叉戟河,当他们涉水穿越时,歌声惊起芦苇丛中一只鸭子。安盖原地站定,弯弓搭箭,将它射了下来。鸟儿落在岸边的浅滩。柠檬脱下黄斗篷,蹚入及膝深的水中去取,边走边抱怨。"沙玛的地窖里会不会有真柠檬?"安盖问汤姆,他们看柠檬溅起层层水花,粗口诅咒。"多恩的女孩曾用柠檬给我煮鸭子咧。"射手渴望地说。

过了小溪,汤姆和热派继续唱歌,鸭子则被柠檬挂在皮带上。唱着唱着,似乎路途也变得不那么遥远,客栈很快出现在眼前。它耸立在三叉戟河的拐弯处,河流由此转向南方。艾莉亚怀疑地斜睨它。这不像歹徒的巢穴,她不得不承认,上层刷成白色,石板房顶,烟囱里轻烟袅袅升起。一切都很正常,甚至有几分亲切。马厩和其他建筑环绕在周围,后面有座凉亭,还有些苹果树和一个小花园。这家客栈甚至带着伸向河中的码头,以及……

"詹德利,"她急切地低唤,"他们有船耶。剩下的路我们坐船,肯定比骑马快。"

他似乎很怀疑,"你驾过船吗?"

"升起帆,"她说,"风就会带你走了。"

"假如风向不对呢?"

"还有桨呀。"

"逆着水划?"詹德利皱起眉头,"那岂不很慢?如果船翻了,掉进水里怎么办?再说了,那不是我们的船,是这家客栈的船。"

我们可以取走它,艾莉亚心想,但她咬紧嘴唇,什么也没说。他们在马厩前下马,虽然看不见别的牲畜,可是畜栏里有新鲜粪便。"得留一个人看马。"她警惕地说。

这话被汤姆听到了,"没必要吧,乳鸽,快进来吃东西,它们没事的。"

"我留下，"詹德利道，毫不理会歌手。"你们吃完再来替我。"

艾莉亚点点头，转身去追热派和柠檬。长剑仍插在背上的剑鞘里，而她一只手始终没有离开从卢斯·波顿那儿偷来的匕首，以防万一。

门边铁柱上挂着一张招牌，画了某位下跪的老国王。进去是大堂，一个又高又丑、下巴多瘤的女人叉腰站着，朝她怒目而视，"别站在那儿，小子，"她扯起嗓门喊，"你好像是女的？管你是什么，反正别堵我的门。要么进来，要么出去。柠檬，地板的事老娘跟你说过几百遍了？你浑身是泥！"

"我们打下一只鸭子。"柠檬像举白旗般把它举起来。

女人一把抓过，"安盖射下一只鸭子。快把靴子脱掉，你聋了还是傻了？"她转身叫道，"老公！上来，臭小子们回来了。老公！"

从地窖里咕哝着走上来一个男人，身穿沾有污渍的围裙。他比那女人矮一头，脸胖胖的，松垮的黄皮肤上看得到疱疹的痕迹。"来了来了，老婆，别叫唤。到底什么事啊？"

"把它挂起来。"她边说边把鸭子塞给他。

安盖蹭蹭脚。"我们以为能吃它咧，沙玛，如果你有柠檬的话，可以煮着吃。"

"柠檬？我上哪儿去弄柠檬？你把这里当多恩吗，长雀斑的傻瓜？你为什么不跳上柠檬树为我们摘一箩筐，外加可口的橄榄和石榴呢？"她朝他晃晃手指，"老娘没有柠檬，你实在想吃的话，可以把鸭子跟柠檬的斗篷一起煮，但得先挂上几天。这顿要么吃兔子，要么就别吃。饿的话，叉上就烤；不急呢，就用麦酒和洋葱炖。"

听她这么说，艾莉亚流下口水。"我们没钱，但带了些萝卜和白菜，可以跟你换。"

"是吗？它们在哪儿？"

"热派，把白菜给她，"艾莉亚道。他照办了，尽管行动小心翼翼，仿佛当她是罗尔杰、尖牙或者瓦格·赫特。

那女人仔细看了看蔬菜，又仔细打量男孩。"热派在哪儿？"

"在这儿。我，我就叫热派。她是……呃……乳鸽。"

"老娘屋檐下你们得换个名儿，菜和人可不能混在一起。老公！"

丈夫刚想溜出去，被她一叫，赶紧回来。"鸭子挂好了，还有什么事，老婆？"

"洗菜！"她命令，"我去弄饭，你们都给我坐着别动，让我家小子来张罗喝的。"她顺着长鼻子看看艾莉亚和热派。"我不给孩子提供麦酒，但果酒喝光了，又没奶牛可以挤奶，河水尝起来都是战争的味道。顺流漂下那么多死人，我给你一杯满是死苍蝇的汤，你会喝吗？"

"阿利会，"热派道，"我是说，乳鸽会。"

"柠檬也会。"安盖不怀好意地笑笑。

"你少管柠檬，"沙玛道，"大家都喝麦酒。"她急惊风一样地扫向厨房。

安盖和七弦汤姆挑了靠近壁炉的桌子坐下，柠檬找地方挂他的黄色大斗篷。热派"扑通"一声坐到门边板凳，艾莉亚挤到他旁边。

汤姆卸下竖琴。"有家孤独客栈在林间小路上哟，"他唱道，曲调奏得缓慢，以配合歌词。"店家的老婆像蛤蟆一样难看……"

"换首歌，否则就吃不到兔子了，"柠檬警告他，"你知道她什么德性。"

艾莉亚倾身靠近热派。"你会驾船吗？"她问。他还不及回答，只见一个约莫十五六岁的矮胖男孩端着几杯麦酒出现。热派虔诚地双手接住，啜了一口，露出艾莉亚从未见过的灿烂笑容。"麦酒耶，"他轻声叹道，"还有兔子。"

"嗷，为陛下干杯！"射手安盖举起杯子，兴高采烈地喊，"七神保佑国王！"

"保佑所有的国王。"柠檬斗篷咕哝着。他喝了一口，用手背抹去嘴边的泡沫。

老板娘的丈夫急匆匆地从前门赶来，围裙里兜了一大堆洗好的蔬菜。"马厩里有马！"他宣布，当他们还不知道一样。

"是啊，"汤姆边说边放下木竖琴，"比你送出去的三匹要好。"

那丈夫恼怒地将蔬菜扔到桌子上。"不是送，是卖的！卖了个好价钱，还搞到一艘小船。不管怎么说，把马弄回来是你们这帮家伙的责任。"

我就知道他们是土匪，艾莉亚边听边想。她伸手到桌子底下，摸摸匕首柄，确认它还在。敢来打劫的话，我会让他们后悔的。

"根本没人往这边过。"柠檬说。

"呃，我明明叫他们朝这边走。你们一定喝醉了，要么就是睡过头。"

"我们？喝醉了？"汤姆深吸一大口麦酒，"从来不会。"

"你们可以自己干。"柠檬告诉老板娘的丈夫。

"凭什么，凭这孩子？我再说一遍，我家老婆子当时去羊肠镇帮芬穆生崽了，多半就是你们这帮家伙让那可怜的女孩怀上的。"他酸溜溜地看了汤姆一眼。"看什么？就是你！我敢打赌，是你用那把竖琴，弹些个悲伤曲子，好让可怜的芬穆脱衣服。"

"如果唱歌弹琴能使姑娘脱下衣服，感受温暖明媚的阳光，这难道是歌手的错吗？"汤姆反问。"此外，她看上的是安盖。'我能摸摸你的弓吗？'我听她问，'噢噢噢，它又滑又硬，拉一拉成不成？'"

那丈夫哼了一声，"是你还是安盖，都没差，反正跟我一样该为丢马负责。我说，他们有三个，我一个怎么对付得了三个？"

"三个？"柠檬嗤之以鼻，"一个是女人，一个戴铁链，你自己说的。"

那丈夫扮个鬼脸，"大个子女人，穿得像男子。而那戴铁链的……我讨厌他的眼睛。"

喝酒的安盖笑道："我不喜欢谁的眼睛，就射穿它。"

艾莉亚忆起擦过耳边的那支箭，忽然很想拜他为师。

那丈夫却不为所动，"长辈说话时安静点！喝酒就是，管住舌头，否则我让我家老婆子给你一勺子。"

"哈，老大爷，怕大嫂的该是你吧。好啦，至少喝酒不要你教。"他边说边咽下一大口，以兹证明。

艾莉亚也喝了一大口。这些天来，他们一直喝溪水和坑洞里的水，还有混浊的三叉戟河水，而今麦酒就像以前父亲在特殊场合才准她啜饮一杯的葡萄酒般可口。厨房飘出的香气让她垂涎欲滴，她强迫自己思考那艘小船。驾船比偷船难。只等他们睡着……

小男孩拿着几大轮面包出现。艾莉亚忙不迭地扯下一大块，咬将下去。又粗又硬，不好吃，底部还烤焦了。

热派尝了一口，做个鬼脸。"这面包太糟糕，"他说，"不仅烤煳了，里面还是硬的。"

"蘸点肉汤会好一点。"柠檬道。

"见鬼，才不会咧，"安盖说，"蘸点水只能保你的牙不被崩掉。"

"妈的，小子，你要么吃了它，要么继续饿肚子，"那丈夫道，"我他妈看起来像面包师吗？你来就能做好啦？"

"我当然行，"热派说，"这很容易。你捏面团捏得过头了，所以嚼起来才这么硬。"他又喝下一口麦酒，开始大谈特谈面包、馅饼和烘饼——这些他最钟爱的东西。艾莉亚翻翻白眼。

汤姆坐到她对面。"乳鸽，"他说，"阿利，不管你真名叫什么，这个给你。"他将一片肮脏的羊皮纸放在他们之间的木桌面上。

她怀疑地看看它。"这是什么？"

"三枚金龙币。用来买马。"

艾莉亚警觉起来，"那是我们的马。"

"你们偷的马，对吧？没什么好羞耻的，孩子，可恨的战争让正派人变成了盗贼。"汤姆敲敲折叠好的羊皮纸。"我们出的是高价，说实话，那三匹马不值这么多。"

热派抓起羊皮纸，打开来看。"没有金币，"他大声抱怨，"只有几个字。"

"是的，"汤姆说，"对此我很抱歉。但战争结束之后，我们便会兑现，我是国王的人，以国王的名义向你担保。"

艾莉亚推开桌子，站起身来，"你们不是国王的人，你们是强盗！"

"等哪天你碰到真正的强盗，就会发现之间的区别。他们决不会付钱补偿，即便欠条也不给。孩子，我们要马不是为自己，而是为国家，为了来去方便，好及时赶去打仗。为国王打仗。你要拒绝国王吗？"

他们一齐看着她：射手安盖，大个子柠檬，还有那面如菜色、眼神游移的丈夫。甚至站在厨房门口的沙玛也斜睨着。不管我说什么，他们都会抢走我们的马，她意识到，只好走着去奔流城，除非……"我们不要纸，"艾莉亚拍掉热派手中那张羊皮纸，"我们要外面那条船，还要你们教怎么用。"

七弦汤姆瞪了她一会儿，然后他那张大嘴仿佛突然憋不住，大笑失声。安盖也笑，大家都在笑，柠檬斗篷，沙玛，那个丈夫，甚至伺候的男孩……他从木桶后走出来，胳膊夹着一把十字弓。艾莉亚想朝他们尖叫，她强迫自己微笑……

　　"有骑兵！"詹德利的尖叫中充满警惕，他踢门闯进来。"有骑兵！"他喘着气道，"沿着河边小路过来，有十几个。"

　　热派一跃而起，打翻酒杯，但汤姆等人泰然自若。"把顶好的麦酒洒在老娘地板上可不对，"沙玛说，"乖乖坐下，小子，兔子肉来了。还有你，女孩儿，不管有过什么遭遇，都已经结束，已经过去了。你现在跟国王的人在一起，我们会保护你的安全。"

　　艾莉亚唯一的反应就是伸手过肩去拔剑，刚拔出一半，手腕就被柠檬扣住。"够了！你想干吗！"他扭她的胳膊，直到她松手。他的指头坚硬而布满老茧，十分有力。来了！艾莉亚心想，又来了！我又要回到湖边的仓库，又要见到奇斯威克、甜嘴拉夫和魔山。他们要偷走我的剑，让我变回老鼠！她左手握住酒杯，朝柠檬的脸砸去。麦酒涌出来，溅入他的眼睛，接着是鼻子断裂声和喷射的鲜血。他吼叫着双手去捂，她则获得了自由。"大家快跑！"她一边尖叫，一边飞箭般跑开。

　　柠檬立即赶上，他的长腿一步当她三步。虽然她又扭又踢，却依旧被他轻松提离地面，在空中挣扎摇晃。血从他脸上流下来。

　　"停下，你这小笨蛋，"他边喊边晃她，"快停下！"詹德利要过来帮她，但七弦汤姆掏出匕首挡在前面。

　　要逃来不及了。外面传来马嘶和人声，片刻之后，一个泰洛西人昂首阔步地走进门来。他比柠檬更高大，浓密的大胡子末端是亮绿色，新长出来的却是灰色。后面跟着两名十字弓兵，扶一个伤员，然后是其他人……

　　艾莉亚没见过如此衣衫褴褛的队伍，但他们手中的长剑、战斧和弓箭很精良。有两人进门时好奇地瞥了她几眼,但没有说话。一个戴生锈半盔的独眼人嗅嗅空气,咧嘴微笑,一个满头僵硬黄发的弓箭手大叫着要麦酒。队伍末尾是一个戴狮冠盔的长矛兵,一个跛腿老人,一个布拉佛斯雇佣兵和……

"哈尔温?"艾莉亚轻声道。是他!真的是他!透过胡子和纠结的头发,她看见胡伦儿子的脸,他从前常牵她的小马在院里走动,常跟琼恩和罗柏一起练习长枪冲刺,在宴会上他酒量惊人。而今他虽瘦了,却变得强壮,还留起了以前从未留过的胡子。真的是他——她父亲的人!"哈尔温!"她挣扎着向前去,试图挣脱柠檬铁一般的抓握。"是我啊,"她喊,"哈尔温,是我,你不认识我了吗,不认识了吗?"泪水涌出来,她发现自己像婴儿一样哭泣,又变回从前那个笨女孩。"哈尔温,是我啊!"

哈尔温看看她的脸,又看看她衣服上的剥皮人。"你认识我?"他怀疑地皱起眉头,"剥皮人纹章……伺候水蛭大人的小厮怎会认识我?"

一时她不知如何回答。她有过那么多名字,她真的还是艾莉亚·史塔克吗?"我是女生,"她抽泣着,"我是波顿大人的侍酒,但他要把我交给山羊,所以我跟詹德利和热派一起逃了。你一定认识我的!我小时候,你牵过我的小马。"

他瞪大眼睛。"诸神在上,"他的声音噎住了,"捣蛋鬼艾莉亚?柠檬,快把她放开。"

"这家伙打断了我的鼻子。"柠檬随手把她扔在地上。"七层地狱,她究竟是什么人?"

"她是首相之女。"哈尔温单膝跪下。"临冬城的艾莉亚·史塔克。"

凯特琳

是罗柏,兽舍沸腾的那一刻,她就知道了。

她的长子已带着灰风回到奔流城,只有那硕大的灰色冰原狼的气味会惹得猎狗们如此疯狂吠叫。他会来见我,她心想,艾德慕见了她一次以后,便再没来过,成天跟马柯·派柏和派崔克·梅利斯特在一起,听打油诗人雷蒙德歌颂石磨坊之役。罗柏不是艾德慕,罗柏会来见我。

雨连着下了好几天,冰冷灰暗,正与凯特琳的心境相符。日子一天天过去,父亲变得越发虚弱,越发神志不清,每次醒来,只会喃喃低语:"艾菊。"然后恳求原谅。艾德慕躲着她,戴斯蒙·格瑞尔爵士虽不情愿,仍禁止她在城堡内自由行动,唯有罗宾·莱格爵士的空手而归给了她不少安慰。兵士们回城时步伐疲倦,浑身湿透,看来是走回来的。韦曼学士说,他们的船被弑君者设计弄沉了。凯特琳请求和罗宾爵士谈话,以详细了解情况,却遭到拒绝。

有什么事不对劲。弟弟回来当天,他们争执之后不久,下面院子里传来愤怒的叫嚣。她爬上堡顶察看,只见一群人聚集在城堡正门处,牵着上好鞍配的战马,高声喝骂。凯特琳离得太远,听不清在说什么。一面白色冰原狼旗帜被搁在地上,一名骑士飞驰而前,践踏旗帜,冲出城门,另有几人也依样而行。这些人在渡口之役里跟艾德慕并肩作战,她知道,而今为何如此愤怒?难道弟弟怠慢了他们,侮辱了他们?在人群中,她认出派温·佛雷爵士——他曾保护她往返苦桥和风息堡——以及他同父异母的兄弟马丁·河文。离得这么远,其他人都看不清楚,反正将近四十人离开奔流城,去往哪里不得而知。

　　他们没有回来。韦曼爵士不肯透露他们是谁，去了哪儿，以及他们愤怒的原因。"我是来照顾您父亲的，仅此而已，夫人。"他道，"您弟弟很快就会成为奔流城公爵，一切消息，可以由他亲口告诉您。"

　　现在罗柏已从西境凯旋而归。他会原谅我，凯特琳告诉自己，他必须原谅我，我是他的母亲，而艾莉亚和珊莎不仅是我的女儿，也是他的妹妹。他会放我出去，然后我就知道外面发生的事了。

　　戴斯蒙爵士来找她时，她已洗浴完毕，穿戴整齐，枣红的头发也梳理安好。"国王陛下西征归来，夫人，"骑士说，"命您去大厅见他。"

　　这是她梦寐以求的时刻，也是她所惧怕的时刻。我失去了两个儿子，还是三个？答案很快就要揭晓。

　　他们进去时，厅内已站满了人，每双眼睛都看着高台，但凯特琳认得出那些背影：穿着打补丁锁甲的莫尔蒙伯爵夫人，比在场所有人都高的大琼恩父子，一头白发、腋下夹着飞鹰盔的杰森·梅利斯特，穿着华丽的鸦羽披风的泰陀斯·布莱伍德……他们中有的人想吊死我，有的人假装不认识我。除此之外，她还有一种不安的感觉，这里似乎缺了什么。

　　罗柏站在高台上。他不再是孩子了，她心痛地意识到，他已经十六岁，迈入成人阶段，而战争将他脸上柔和的线条通通融掉，将他变得精瘦而坚强。他把胡子剃光，但枣红的头发没有剪，一直披到肩头。近来的雨水锈掉他的锁甲，在白披风和外套上留下棕色的污点。或许那是血吧。罗柏戴着青铜和黑铁的剑冠，戴得自在多了，戴得像个国王。

　　艾德慕站在拥挤的高台下，谦恭地低下头，罗柏正在表彰他的胜利。"……永不会忘记在石磨坊英勇献身的战士。正因为他们所

显示出的北境和奔流城的力量，才使泰温公爵备感挫折，不得不回头对付史坦尼斯。"这番话引起一阵笑闹和赞同，罗柏举手示意安静。"但我们不能放松警惕，兰尼斯特必将再度进犯，为了王国安泰，我们还得继续战斗。"

大琼恩吼道："北境之王万岁！"同时他将一只钢甲拳头冲天举起。三河流域的领主们也大喊："三河之王万岁！"大厅里击拳跺脚的声音如雷鸣般响亮。

一片喧嚣中，起初少有人关注凯特琳和戴斯蒙爵士，但人们用胳膊互相拥挤，并渐渐安静下来。她高昂着头，不去在意别人的目光。随他们怎么看，我只在乎罗柏。

高台上布林登·徒利粗犷的脸，使她感到安心。一个她不认识的男孩正担任罗柏的侍从，孩子后面站着一个年轻骑士，身穿画了六只海贝的沙色外套，另一个年长骑士的徽章则是三个黑色胡椒罐，底色为绿银相间的斑纹。他们间有一位端庄的老妇人和一位美貌少女，看来是她女儿。此外，还有一个跟珊莎年纪相仿的女孩。海贝是西境某家小诸侯的纹章，凯特琳知道，但那个老骑士的纹章她不认识。他们是囚犯吗？罗柏为何让俘虏站到高台上？

戴斯蒙爵士护送她上前，乌瑟莱斯·韦恩将权杖往地上重重一击，宣示肃静。若罗柏像艾德慕那样待我，怎么办？但从儿子眼中，她看到的不是愤怒，而是别的什么……忧惧？不，这不可能，他有什么好怕的？他是少狼主，三叉戟河与北境之王啊。

叔叔首先向她致意，这条黑鱼从不管别人的看法。他径直跳下高台，将凯特琳揽进怀中，"回家见到你真好，凯特。"她不得不竭力保持镇静。"你也一样。"她低声说。

"母亲。"

凯特琳抬头望向她那威严高大的儿子。"陛下，我曾为您的安全回归而祈祷，听说您受了伤。"

"攻打峭岩城时，一支箭射穿了我的手臂，"他道，"但伤口愈合得很好，因为我受到世上最好的照料。"

"诸神保佑。"凯特琳长出一口气。说吧，无法逃避的。"他们一定把我的作为禀报了您，他们是否也解释过我的理由呢？"

"为了两个女孩。"

"我有过五个孩子，现在只剩下三个。"

"是的，夫人。"瑞卡德·卡史塔克伯爵推开大琼恩走上前，黑锁甲和又长又粗的灰胡子使他看起来活像个阴沉的幽灵，那张长脸冰冷而痛苦。"我也有过三个儿子，现在只剩下一个……你剥夺了我复仇的权利！"

凯特琳平静地面对他。"瑞卡德大人，弑君者的死不能换得你儿子复生，让他活着回去却能保我女儿归来。"

伯爵毫不信服，"詹姆·兰尼斯特拿你当枪使，把你当傻瓜！你得到的不过一堆空话，仅此而已！我的托伦和艾德决不应就此埋没。"

"算了吧，卡史塔克。"大琼恩将两条粗胳膊交叠在胸，咕哝道，"这是母亲的疯狂，女人天生就这个样。"

"母亲的疯狂？"卡史塔克伯爵转身面对安柏伯爵，"我说这是背叛！"

"够了。"片刻之间，罗柏听上去更像布兰登，而不是他父亲。"不准在我面前说临冬城的夫人是叛徒，瑞卡德大人。"他转向凯特琳，声音柔和下来。"我要将弑君者抓回来。你私自放走了他，既没通知我，更没征得我的同意……但我明白，你所做的一切都是为了爱，为了艾莉亚和珊莎，为了失去布兰和瑞肯的悲伤。从自己的角度出发，我已经明白，爱并不总是明智的，它往往会将我们引向愚行，但我们生而为人，遵循情感行动……而不管其后果如何。对吗，母亲？"

是么?"假如我的情感导致我的愚行,我真诚地向您和卡史塔克大人道歉。"

瑞卡德伯爵怒气不息,"弑君者杀害我的托伦和艾德,您道个歉就算完了?"他从大琼恩和梅姬·莫尔蒙中间挤过,离开大厅。

罗柏没有阻止他,"原谅他吧,母亲。"

"如果您愿意原谅我的话。"

"我已经原谅你了。爱到深切,让你无法考虑其余。"

凯特琳低下头,"谢谢。"至少我还没有失去这个孩子。

"我们得谈谈,"罗柏续道,"你和舅公、舅舅留下来,谈谈这事……以及其他一些事情。总管,宣布会议结束。"

乌瑟莱斯·韦恩用权杖敲击地面,高喊散会,三河诸侯和北地人便一起离开。凯特琳猛然意识到缺的是什么——狼。狼不在。灰风怎么了?那头冰原狼明明跟罗柏一起回来,她听见狗群吠叫。但他却不在厅内,不在她儿子身边,他上哪儿去了?

她还来不及问罗柏,就被一群前来表达善意的人所包围。莫尔蒙夫人拉住她的手,"夫人,若我有两个女儿被瑟曦·兰尼斯特抓住,我也会这么做。"不拘礼节的大琼恩用毛茸茸的大胳膊使劲捏她双臂,将她提起来,"您的小狼崽打败过弑君者,日后疆场相逢,再干一次就是了。"盖伯特·葛洛佛和杰森·梅利斯特伯爵比较平静,杰诺斯·布雷肯则近乎冷漠,但他们的话都说得相当有礼。弟弟最后一个走来,"我也为你的女儿们祈祷,凯特,希望你不要怀疑。"

"当然不会,"她吻他,"我爱你。"

祝福完毕后,奔流城的大厅里空空荡荡,只剩罗柏、三个徒利家的人和六个凯特琳不认识的陌生人。她好奇地打量着他们,"先生们女士们,您们是新近参加我儿子的事业的吗?"

"是。"海贝徽章的年轻骑士说,"我们虽然是新近加入,但勇气非凡，忠贞不移，您会看到的，夫人。"

罗柏看上去不大自在。"母亲，"他说，"请允许我向你介绍希蓓儿夫人，峭岩城伯爵加文·维斯特林的妻子。"老妇人仪态端庄地走向前，"她的丈夫被我们在呓语森林俘虏。"

维斯特林？是了，凯特琳心想，他们家的旗帜正是沙黄底色上的六枚白海贝。这个小家族效忠于兰尼斯特。

罗柏依次招呼其他陌生人上前。"罗佛·斯派瑟爵士，希蓓儿夫人的哥哥，我军攻打峭岩城时，他担任代理城主。"胡椒罐纹章的骑士点点头。他身材壮硕，有只断鼻子和短短的灰胡须，看上去相当勇猛。"这几位是加文大人和希蓓儿夫人的孩子。雷纳德·维斯特林爵士。"海贝徽章的骑士在浓密的小胡子底微微一笑。他年轻、精瘦、粗犷，牙齿健康，栗色头发十分密实。"艾琳妮亚。"小女孩飞快地行了个屈膝礼。"洛拉姆·维斯特林，我的侍从。"男孩想跪下，见在场诸人都没跪，便慌忙改成鞠躬。

"非常荣幸。"凯特琳说。罗柏收服了峭岩城的维斯特林家族？难怪他们会随他回来。可是凯岩城遭到如此背叛，一定咽不下这口气。是的，自打泰温·兰尼斯特能骑马上战场起就不会……

那美貌少女最后一个走上前，表现得很羞涩。罗柏执起她的手。"母亲，"他说，"我怀着最大的荣幸向你介绍简妮·维斯特林小姐，加文大人的长女，我的……呃……我的夫人。"

闪过凯特琳脑海的第一个想法是：不，这不可能，你只是个孩子。

第二个是：况且你已经许了一个。

第三个是：圣母慈悲，罗柏，你都干了些什么？

这时她明白了。为爱而犯下的愚行？他干净利落地把我像兔子一样套进陷阱，让我不得不原谅他、接受他。凯特琳虽然恼火，却又感到一丝沮丧的钦佩，这出戏演得真巧妙……国王的游戏就该这样。凯特琳别无选择，只好握住简妮·维斯特林的手。"我又添了一个女儿，"她嘴上说得动听，却觉得声音比较生硬，于是赶紧亲吻对方的双颊，"欢迎来到我们的大厅，与我们共享壁炉。"

"谢谢您，夫人，我会成为罗柏忠诚的好妻子，我发誓，我会尽力做个贤明的王后。"

王后。对，这个漂亮小姑娘是王后了，我必须记住。她的美貌无可挑剔，栗色卷发和心形的脸，还有那羞涩的笑容。她虽苗条，但臀部很大，凯特琳心想，生孩子应该没问题。

希蓓儿夫人举起一只手，"夫人，我们很荣幸加入史塔克家族的事业，但此刻从西境急匆匆赶来，业已人困马乏。陛下，可否准我们先回房，让您母子好好聊聊呢？"

"如此最好，"罗柏亲吻简妮，"总管会为你们安排住处。"

"我带你们去找他，"艾德慕·徒利爵士自告奋勇。

"您真好心，"希蓓儿夫人道。

"我也得去吗？"男孩洛拉姆问，"我是您的侍从呀。"

罗柏笑道："但我暂时不需要侍奉。"

"噢。"男孩一本正经地说。

"陛下没有你已经过了十六年，洛拉姆。"海贝徽章的雷纳德爵士道，"依我看，再多过个几小时也无碍。"他牢牢拉住弟弟的手，将对方带离大厅。

"你的夫人很可爱，"当维斯特林家的人全部走出听力范围，凯特琳道，"他们家族看来也很值得敬重……嗯，加文大人是泰温·兰尼斯特的封臣，对吧？"

"是的。他被杰森·梅利斯特在呓语森林俘虏，现关押于海疆城待赎。不管他愿不愿加入我方，我都将立刻释放他，恐怕我们未征得他的同意就结了婚，已将他置于极其危险的境地。哨岩城势孤力薄，为了对我的爱，简妮可能失去一切。"

"而你，"她柔声道，"失去了佛雷家族。"

他怔了一下。她明白了，明白了那些愤怒的叫嚣，明白了派温·佛雷和马丁·河文的离开，明白了他们践踏冰原狼旗的举动。

"请问，你的新娘为你带来多少军队，罗柏？"

"五十个人，其中有十来位骑士。"他声音阴郁，正如她所预料。当初李河城方面为缔结婚约，可是慷慨地派出一千名骑士和近三千步兵。"母亲，简妮不仅聪明美丽，而且十分善良，她有一颗温柔的心。"

你需要的是军队，不是温柔的心。你怎能这么做，罗柏？你怎能如此不计后果，如此鲁莽？你怎能如此……如此……幼稚。然而现在说什么都无济于事了，她只问："告诉我，这一切是怎么发生的。"

"我攻占了她的城堡，她则攻占了我的心。"罗柏微笑。"峭岩城守备很弱，因此我们猛攻一晚就告成功。当时黑瓦德和小琼恩带队攀登城墙，我则督促攻城锤突击主城门。就在罗佛爵士献城投降前夕，我手上中了一箭。起初觉得没什么，但很快感染了。简妮让人把我抬到她床上，照料我直到退烧。期间大琼恩带来消息，关于……关于临冬城……关于布兰和瑞肯。她和我在一起。"说出弟弟们的名字，对他而言似乎很困难。"那一夜……那一夜，她……她安慰我，母亲。"

凯特琳不用说也明白简妮·维斯特林给她儿子的是什么样的安慰。"你第二天就娶了她。"

他望进她的眼睛，目光既骄傲又酸楚，"唯有这么做，才能保持荣誉。她既温柔又甜蜜，母亲，真的，她会成为我的好妻子。"

"也许会吧，但这件事是不会让佛雷侯爵满意的。"

"我明白，"儿子备感挫折地说，"除了打仗，我把一切都搞砸了，不是吗？我真的以为打仗最困难，可……如果我听你的话，把席恩留做人质,就能保住北境,布兰和瑞肯就会活下来,安全地待在临冬城里。"

"也许会,也许不会。不管有没有席恩,巴隆大王都可能发动战争。别忘了,上次他为王冠付出了两个儿子,这次只需一个,或许会觉得是笔不错的买卖。"她碰碰他的手臂。"你结婚之后,佛雷家的人有何反应?"

罗柏摇摇头。"如果史提夫伦爵士还在,好歹可以提出补偿,但莱曼爵士跟石头一样呆板,而黑瓦德……那家伙叫这个名字决不是因为胡子的颜色,我向你保证。他太过分!居然宣称他的姑婆们不介意跟鳏夫成婚。若非简妮求我慈悲,我早宰了他!"

"你狠狠地侮辱了佛雷家族,罗柏。"

"这不是我的本意。史提夫伦爵士为我战死,而奥利法做侍从忠勇可嘉,他甚至请求继续留在我身边,最后是被莱曼爵士强行带走的。他还带走了他们家所有的部队。大琼恩催促我加以攻击……"

"强敌当前,还要窝里斗?"她说,"简直胡说八道!"

"我也不赞成……也许我们可以为瓦德侯爵的女儿安排其他人选。文德尔·曼德勒提议代我成婚,大琼恩则说他的叔父们希望续弦。如果瓦德侯爵通情达理——"

"他根本就不会'通情达理',"凯特琳道,"他这人既骄傲又暴躁,受不得半点轻慢。你明知他想当上国王的岳父,现在却硬塞给他两个年迈的老家伙和七国最大的胖子的次子,如何能让他满足?你可要想清楚,违背誓约是一层,娶一家小诸侯的姑娘为妻这件事本身就是对孪河城极大的轻侮。"

这番话让罗柏激动起来。"维斯特林家族的血脉远比佛雷家族古老,他们渊源悠久,乃是先民的后裔。征服战争之前,历代凯岩王常与维斯特林家族通婚,而在近三百年前,另一位简妮·维斯特林当过梅葛王的王后。"

"所有这一切都在往瓦德侯爵的伤口上撒盐啊。他最恨这些世家名门，恨他们把佛雷家当暴发户。我到李河城谈判那回，他已经表现得很明显了，他恨琼恩•艾林不愿收养他的孙子，更恨我父亲拒绝让艾德慕迎娶他的女儿。"弟弟办事回来，她朝他点点头。

"陛下，"黑鱼布林登说，"这事我们还是找个私密地点从长计议吧。"

"是的，"罗柏听上去很疲惫，"天啊，我只想喝一杯红酒。我们去会客室。"

步上阶梯时，凯特琳问到从入厅起就困扰着她的问题。"罗柏，灰风在哪儿？"

"在院子里啃羊腿。我特地吩咐兽舍掌管准备的。"

"你不总让他跟在身边吗？"

"让冰原狼待在大厅里于礼不合。你也知道，他会变得坐立不安，又吼又咬。唉，早知我就不带他上战场了，他杀了太多人，现在一点也不怕生。有他在旁边，简妮总是很不安，而她母亲则是怕他。"

这就对了，凯特琳心想。"他是你的一部分，罗柏，怕他就是怕你。"

"我才不是狼，不管别人怎么说！"罗柏有些生气。"灰风在攻打峭岩城和烙印城时分别杀了一个人，在牛津一役中则咬死六七个，如果你看到——"

"我在临冬城亲眼见过布兰的狼撕开活人的喉咙。"她尖锐地说，"我喜欢他那样。"

"这不是一回事。死在峭岩城的那个骑士简妮从小就认识，她会害怕，难道是她的错吗？而今灰风又讨厌她舅舅，每当见到罗佛爵士，他就会龇牙咧齿，就会……"

一阵寒意掠过。"听我说,立刻遣走罗佛爵士。"

"遣走?笑话!遣去哪里?遣回峭岩城,好让兰尼斯特把他脑袋插枪上吗?母亲,简妮爱他,他不仅是她舅舅,还是个好骑士。我需要一千个罗佛·斯派瑟,而不是把忠勇的人拿掉,仅仅因为我的狼不喜欢他的味道。"

"罗柏。"她停步抓住他的胳膊,"我曾劝告过你,把席恩·葛雷乔伊留在身边,你没有听;现在,我要再次对你提出劝告。让这个人走吧。我并非叫你拿掉,你可以给他找一项任务,一项需要勇气、能获得光荣的任务,具体是什么并不重要……重要的是不能把他留在身边。"

他皱紧眉头。"如此说来,我该让灰风把我所有的骑士都嗅上一遍?若还有其他人的气味他不喜欢怎么办?"

"灰风不喜欢的人,统统赶走。罗柏啊,你必须明白,这几头冰原狼不只是狼,更是诸神送给我们家的礼物,是你父亲的神、北方的旧神所赐予的。五只幼崽,罗柏,五只幼崽正好对应史塔克家的五个孩子。"

"共有六只,"罗柏说,"还有一只给琼恩。是我发现他们的,记得吗?我很清楚他们打哪儿来,有多少。从前,我和你想法一致,以为他们就是我们的保镖,是诸神送给我们家的礼物……的使者,直到……"

"直到?"她提示。

罗柏抿紧嘴唇。"……直到他们告诉我席恩谋杀了布兰和瑞肯,很明显,两匹狼救不了弟弟们。母亲,我不再是孩子了,我是国王,可以自己保护自己。"他叹口气,"我会为罗佛爵士找个任务,让他离开。不是因为他的气味,而是为了你。你已经受够了折磨。"

趁其他人还没有转过楼梯拐弯,凯特琳欣慰地在罗柏脸颊上轻轻一吻。片刻间，他又成为了她的孩子，而不是她的国王。

霍斯特公爵的私人会客室在大厅顶上，屋子较小，适合私密交流。罗柏就座高位，脱下王冠，置于身边地上，凯特琳摇铃传唤上酒，艾德慕则向叔叔大讲特讲石磨坊之役的经过。等仆人们离开后，黑鱼清清嗓子，"我们已经听够了你的卖弄，侄儿。"

艾德慕糊涂了。"卖弄？您什么意思？"

"我的意思是，"黑鱼说，"你该感谢陛下的宽容。他在大厅里演戏，以免你在自家封臣面前出丑。如果换作我，将毫不留情地严斥你的愚笨，决不会赞扬那些许微功！"

"渡口一战中，无数勇士献出生命，叔叔，您应该尊重他们。"艾德慕很生气，"怎么啦，除了少狼主，就没人该获得胜利？我抢走了属于您的荣耀，罗柏？"

"陛下。"罗柏冷淡地纠正，"你是否承认我是你的国王，舅舅，是否连这点也记不住？"

黑鱼道："给你的命令是留守奔流城，艾德慕，仅此而已。"

"我守住了奔流城，还挫败泰温公爵……"

"确实如此，"罗柏说，"但挫败不等于胜利，对不对？你有没有扪心自问，牛津战役后我们为何还在西境久留？你知道我没有足够力量威胁兰尼斯港或凯岩城。"

"为何……为了占领其他城堡……金钱，牲畜……"

"见鬼，你以为我们留下来当强盗？"罗柏难以置信地说，"舅舅，我正是要引泰温公爵西进。"

"我军是马队，"布林登爵士解释，"兰尼斯特军泰半是步兵。我们计划让泰温公爵高高兴兴地追上一段，直到海边，然后从旁溜过去，横穿黄金大道，占据稳固的防守位置。我的斥候找到了地方，地形极为有利，如果他在那儿发动攻击，将付出惨重代价；如果他不进攻，则会被困在西境，不仅距离需要他的地方千里之遥，而且是我们消耗着他的资源，而不是他掠夺着三河诸侯。"

"与此同时，史坦尼斯公爵将打下君临城，"罗柏说，"帮我们一笔勾销乔佛里、太后和小恶魔，然后我就与他讲和。"

艾德慕看看叔叔，又看看外甥，"你们从未把计划告诉我。"

"我告诉你守住奔流城，"罗柏说，"这道命令，什么地方你无法理解？"

"你在红叉河阻挡住泰温公爵，"黑鱼说，"呵，挡得可真久，刚好让苦桥来的信使赶上他的军队。泰温公爵立即让部队掉头，在黑水河源头附近跟马图斯·罗宛与蓝道·塔利会合，急行军到翻斗瀑——梅斯·提利尔和他两个儿子正带着大军和驳船队等在那里。他们合兵一股，顺流而下，在距离君临城半日骑程的地方登陆，从后方袭击史坦尼斯。"

凯特琳在苦桥见过蓝礼国王的队伍。千百朵金玫瑰在风中飞舞，玛格丽王后笑容羞涩、语调温柔，她哥哥百花骑士虽然额上缠着亚麻绷带，却英俊不减。若你非得投入女人的怀抱，我的儿啊，为何不是玛格丽·提利尔？高庭的财富和军队足以扭转形势，或许灰风还会喜欢她的味道。

艾德慕蔫了气，"我一点也不想……不想……罗柏，你得让我补偿，就准我在下场战役里担任前锋吧！"

这是补偿，弟弟？还是为了荣誉？凯特琳很怀疑。

"下场战役，"罗柏沉吟道，"嗯，下场战役很快就会到来。乔佛里成亲之后，兰尼斯特就会再次开战，对此我毫不怀疑。而这一回，他们有了提利尔家的支持……也许我还要对付佛雷家，若黑瓦德……"

"席恩·葛雷乔伊坐着你父亲的宝座，手上沾染了你弟弟们的鲜血，除了他，其他敌人都必须先放在一边。"凯特琳告诉儿子，"领主的首要职责是保护子民，罗柏，你身为国王，要么赢回临冬城,把席恩吊在鸦笼里,让他慢慢烂掉;要么就永远放弃王冠——因为人们将不会把你当成真正的国王。"

从罗柏瞧她的神情来看,她断定,已经很久没有人敢如此坦率直言了。"他们告诉我临冬城陷落时,我首先想到的就是返回北方,"他带着一丝辩解的意味道,"我想去营救布兰和瑞肯,但我以为……我做梦也想不到席恩会伤害他们,真的,如果我……"

"说'如果'已太晚,要营救也太迟,"凯特琳说,"剩下的只有复仇。"

"根据从北境得到的最新消息,罗德利克爵士在托伦方城附近击败了铁群岛的部队,然后于赛文城重新整军,准备夺回临冬城。"罗柏道,"他或许已经成功了,因为我们很久没有收到进一步的消息。退一步讲,假如我回师北上,三河地区怎么办?我不可能要求三河诸侯遗弃人民随我出征啊。"

"不,"凯特琳说,"把他们留下,让他们自己管自己,我们靠北方人赢回北境。"

"您的北方人如何去得了北境?"弟弟艾德慕反问,"铁群岛方面不仅控制了落日之海,而且占领了卡林湾。一万年来,没有一支军队能从南面攻下卡林湾。即便朝那里进军也是疯狂之举,我们很可能被困在堤道上,铁民在前,愤怒的佛雷家族在后。"

"所以必须赢回佛雷家族,"罗柏说,"有了他们,才有成功的机会——不管机会多么渺茫;没有他们的支持,我看不到希望。我愿向瓦德侯爵提出一切……道歉,荣誉,土地,金钱……一定有东西可以抚平他受创的自尊心……"

"东西办不到,"凯特琳道,"但人可以。"

琼恩

"他们够大吧？"雪花星星点点地落到托蒙德的宽脸上，在头发和胡子间融化。

巨人们坐在长毛象背上缓缓摇晃，两骑一排地经过。琼恩的矮马见此奇景惊恐后退，不知是长毛象还是骑手吓着了它。就连白灵也退后一步，龇牙露齿，无声咆哮。冰原狼固然身躯硕大，但和长毛象相比，却是小巫见大巫，更何况后者数量众多。

琼恩手握缰绳，将马稳住，试图数清在这雪花飘飞、雾气弥漫的乳河沿岸究竟有多少巨人。数到五十好几时，他被托蒙德的话语打断，但肯定有数百个。他们的队伍无穷无尽，源源不断。

在老奶妈的故事中，巨人是体型超大的人类，住在巨型城堡里，用巨剑战斗，光穿的鞋就足以让人类男孩躲在里面。然而眼前这些生物却和她的描述不大相符，应该说他们更像熊，和胯下的长毛象一样多毛。由于巨人们都坐着，所以很难判断确切高度。或许十尺，或许十二尺，琼恩心想，也可能十四尺，但不会再高。他们隆起的胸膛和人类差不多，胳膊很长，悬吊而下，下半身又比上半身宽一半。而他们的腿比手短，很粗，且根本不穿鞋，脚掌宽阔，又黑又硬，长满老茧。由于没脖子，他们沉重的大脑袋从肩胛骨间向前伸出，脸则扁平而凶残，老鼠般的小眼睛不过珠子大小，陷在角质皮肤中几乎看不见，可他们鼻子很灵，边走边嗅。

他们并非披着兽皮，琼恩意识到，只是毛发很长。乱蓬蓬的毛发覆盖着身体，腰部以下较密，以上则较稀疏，散发出的臭气令人窒息——当然，气味也可能源于长毛象。在歌谣里，乔曼吹响冬之号角，从地底将巨人们唤醒。眼前的巨人没有装备十尺长的巨剑，他只看到棍棒，其中多数是枯树枝干做成，拖着残破的分枝，有几根末端还绑了石球，当槌子用。歌谣里可没说号角能否让他们重回睡眠。

朝他们走来的巨人中，有一个看上去比其余的年长。他的毛发乃是灰色，间有白色条纹，胯下的长毛象也比同类要大，一样灰白相间。他经过时，托蒙德用某种刺耳铿锵的语言喊了些什么，琼恩无法领会。巨人张开嘴巴，露出满口结实的大牙齿，发出半像打嗝、半像轰鸣的声音。过了好一会儿，琼恩才意识到他在笑。那头长毛象转过巨大的脑袋，短暂地瞥了他俩一眼，笨拙地走来，在河边的烂泥浆和新雪地上留下硕大的足印，一根巨齿从琼恩头上掠过。这时，巨人用托蒙德刚才所说的粗犷语言冲下面叫喊。

"那是他们的王吗？"琼恩问。

"巨人没有国王，就跟长毛象、雪熊和灰海里的巨鲸一样。此乃玛格·玛兹·屯多·铎尔·威格，意为'强壮的玛格'。哈哈，如果你喜欢，可以向他下跪，他不会介意。我知道你那对爱弯曲的膝盖又痒痒了，总想朝什么王爷跪拜。但小心哟，别让他踩着你，巨人眼睛不好，或许看不到脚边的小乌鸦。"

"你跟他说了些什么？这是古语吗？"

"不错。我说他真是父亲的好儿子，他两个看上去实在太像，不过他父亲的气味要好一些。"

"他跟你说什么呢？"

雷拳托蒙德咧开缺齿的嘴笑道："他问我边上骑马的这位白洁粉嫩的家伙是不是我女儿！"野人抖落手臂上的雪，调转马头。"大概他这辈子从没见过不长胡子的男人咧。来，我们回去，待会找不到我，曼斯铁定大发脾气。"

琼恩掉头随托蒙德朝队列前端走去，新斗篷沉重地披在肩头。

它由未经清洗的羊皮缝制而成，遵照野人的建议，毛绒的一面穿在内。它足以遮挡风雪，夜里也能保他睡个暖和的好觉，但他并没丢弃黑斗篷，而是将其折好放在马鞍下。"你真的杀过巨人？"边向前骑，他边问托蒙德。白灵安静地在旁慢跑，新雪地上印下爪印。

"噢，这还有假？你小子干吗怀疑我这么强壮的汉子呢？那是冬天的事，当年我人还小，小男孩都傻乎乎的。我跑得太远，结果马死掉了，偏又遭遇风暴袭击。一场真正的风暴哟，不是现在这种撒面粉似的天气。哈！我知道不等风暴平息我就会冻死，于是找到一个熟睡的巨人，割开她的肚子，爬了进去。她体内确实暖和，只是臭气差点把我熏死。最糟的是，春天的时候她醒过来，把我当成她的孩子，在我想办法逃离前，足足喂了我三个月的奶。哈！有时候我还挺想念巨人奶的味道。"

"她喂你奶，你怎能杀她呢？"

"我当然没杀她——你千万别把这话传出去。巨人克星托蒙德比巨人婴儿托蒙德好听多了，对吧？"

"你的其他外号又怎么来的呢？"琼恩问，"曼斯叫你吹号者，是么？还有红厅的蜜酒之王，雪熊之夫，生灵之父？"他其实想打听的是"吹号者"这个外号，但不敢问得太直接。传说乔曼吹响冬之号角，从地底将巨人们唤醒。巨人和长毛象真的就是这样来的？莫非曼斯·雷德找到乔曼的号角，并把它交给雷拳托蒙德来吹？

"乌鸦都这么好奇吗？"托蒙德反问。"好吧，故事是这样的。那是另一个冬季，比我在巨人肚里度过的那个还冷，没日没夜地下雪，雪花有你脑袋那么大，可不是现在这种小场面。大雪纷飞，整个村子被埋住一半，我住在红厅里面，陪伴我的只有一桶蜜酒。无事可做，只有喝酒，而我喝得越多，就越想住在附近的那个女人，她强壮又漂亮，一对奶子更大得惊人，虽然她脾气很坏，没错——但是，哦，她也很热和，在隆冬季节，男人就需要热和劲。"

"我喝得越多就越想她,越想她,那话儿就越硬,直到再也受不了。我傻得热血上冲,当即把自己从头到脚裹进毛皮,脸上蒙一块羊毛风巾,冲出去找她。雪下得太大,辨不清路途,风穿透身子,冻僵了骨头,但最后我还是找着了她,她跟我一样全身裹着毛皮。

"女人的脾气确实恶劣,我抱住她,她激烈反抗,我费劲全力才把她带回家,脱掉她一身毛皮。当我这么做的时候,哦,她的热情简直让人无法回忆。后来呢,后来我们好好享受了一段,然后就睡了。第二天早晨醒来,雪已停止,阳光照耀,但我的状态却不好,全身都是伤口,那话儿被咬掉一半,地板上则有一张母熊皮。不久后,自由民们传说森林里有头光秃秃的熊,身后跟着两只非常怪异的熊崽。哈!"他拍了一下粗壮的大腿,"但愿我还能找到她,再睡一觉,这头母熊!没一个女人能这样反抗我,也没一个女人能给我生这么强壮的儿子。"

"你找到她又能怎样呢?"琼恩笑问,"她不是把你那话儿咬掉了么?"

"只咬掉一半!我那话儿有旁人四倍长咧。"托蒙德喷喷鼻息,"话说回来,关于你……在长城当兵时那话儿被割过吗?"

"没有。"琼恩道,感觉受了羞辱。

"我还以为一定是这样,否则你干吗拒绝耶哥蕊特?在我看来,她根本不会抗拒你,她想要你,这是很明显的事,瞎子都能看出来。"

确实很明显,琼恩心想,似乎队伍里一半的人都看出来了。他注视着飘落的雪花,以便在托蒙德面前掩饰羞红的脸。我是守夜人的汉子,他提醒自己,不是害羞的少女。

他白天大部分时间都跟耶哥蕊特在一起,晚上也一样。由于叮当衫不信任"反复无常的乌鸦",因此曼斯·雷德给了琼恩新羊皮斗篷之后,便提议让他跟随巨人克星托蒙德,琼恩愉快地接受了。第二天,耶哥蕊特和长矛里克也离开叮当衫的队伍,加入托蒙德的部众。"自由民想跟谁就跟谁,"女孩告诉他,"我们受够了那堆骨头。"

每晚扎营时,耶哥蕊特总是将毛皮铺在他身旁睡觉,也不管他离营火近还是远。有一回他半夜醒来,竟发觉她偎着自己,胳膊抱紧他的胸。他躺着倾听她的呼吸,许久许久,试图抑制股间的冲动。他安慰自己游骑兵经常大被同眠,却又怀疑取暖远非耶哥蕊特想要的全部。后来,他用白灵将两人隔开。在老奶奶的故事里,骑士当万不得已和女士同床时,为了荣誉,会在中间放一把剑,他想,用冰原狼来代替宝剑大概是世上头一遭吧。

即便如此,耶哥蕊特仍坚持不懈。就前天,琼恩犯下一个错误,他透露自己想洗热水澡。"冷点也行,"她立即道,"反正之后有人帮你取暖呢。快去吧,河水只有一半结冰。"

琼恩笑道:"你想冻死我呀?"

"乌鸦都这么怕冷吗?结点冰咋了?死不了人,要不,我跟你一起跳下去。"

"湿衣服会冻住皮肤!"他反对。

"琼恩·雪诺,你什么都不懂。跳下去当然是不穿衣服的。"

"我才不下去。"他坚决地说,然后便谎称雷拳托蒙德在找,趁机溜走了。

因红发的关系,野人们都认为耶哥蕊特极其美丽;自由民中少有红发,它代表火吻而生,乃是幸运的象征。幸不幸运且不论,耶哥蕊特的头发的确很红,只是乱蓬蓬的,琼恩有时忍不住想问她,是否只在季节更迭时才梳头。

他明白,若生在南方贵族世家,这女孩只会被认定为相貌平平。她有一张农民般的圆脸，狮子鼻，牙齿有些歪斜，双眼分得很开，这些琼恩头一次遇见她、把刀抵住女孩喉咙时就注意到了。但近来，他还注意到其他一些东西：咧嘴微笑时，她歪斜的牙齿其实不碍事；也许她两眼分得很开，但那双漂亮的蓝灰眸子是他所见过最生动的东西；她用沙哑的声音低吟浅唱，会令他十分感动；还有时候，她抱膝坐在营火边，火焰与红发交相辉映，她望着他，微笑……啊，那也带给他某些触动。

不，我是守夜人的汉子，我发过誓。我将不娶妻，不封地，不生子。我在鱼梁木、在父亲的神灵面前发下誓言，决不能反悔……而我也不能向这位"生灵之父"雷拳托蒙德承认我的软弱。

"你不喜欢那女孩？"他们又经过二十头长毛象，托蒙德问他。这批长毛象驮的不是巨人，而是高高的木塔，其中有野人。

"不是的，可我……"我说什么他会信？"我太年轻，不能结婚。"

"结婚？"托蒙德哈哈大笑，"谁说结婚？难道在南方，男人必须跟每个上过的女孩结婚吗？"

琼恩感到自己又脸红了。"叮当衫要杀我时，她替我说话，我不能损害她的名誉。"

"你已经是自由民了，耶哥蕊特也是。你们想睡就睡，哪有不名誉呢？"

"我会让她怀孩子的。"

"对啊，但愿如此。生一个强壮的儿子，或者活泼欢笑的女孩，火吻而生，再好不过了么？"

他不知该怎么说。"那孩子……那孩子会是个私生子。"

"莫非私生子比其他孩子更虚弱？更容易得病？更容易夭折？"

"不，可——"

"你自己就是个私生子！若耶哥蕊特不想要，自会去找森林女巫，讨一杯月茶。种子播下以后，别的你就不用管了。"

"我绝不会在外面生什么私生子。"

托蒙德摇摇满头乱发，"你们爱下跪的南方佬真蠢，你既不想要她，干吗又要偷她？"

"偷？我没有……"

"没有？"托蒙德道，"你杀了她身边的两个人，并把她带走，这不叫偷叫什么？"

"她是我的俘虏。"

"想清楚，是你要她向你投降。"

"没错，可……托蒙德，我发誓，我没碰她。"

"他们真的没把你那话儿割掉？"托蒙德耸耸肩，仿佛在说自己永远也不能理解这种愚行。"好吧，你是自由民，如果不想要女人，最好替自己找头母熊。男子汉是不能老放着那话儿不用的，那样的话它会越变越小，直到有一天，你想尿尿，却找不到它了。"

琼恩无言以对。难怪七大王国的人认为自由民简直不是人。他们没有法律，没有荣誉，甚至连基本的道德准则也没有。他们相互间无休止地偷窃，像野兽一样繁殖，崇拜强暴无视婚姻，到处产下私生子。可不管怎么说，他发现自己渐渐喜欢上了巨人克星托蒙德——尽管他是个名副其实的吹牛大王——还有长矛里克，耶哥蕊特……不，不要去想耶哥蕊特。

跟托蒙德和长矛他们一起骑行的还有其他各种各样的野人，其中有的像叮当衫或哭泣者一样讨厌，不止朝他吐唾沫，还很乐意捅他一刀。例如狗头哈玛，她是个木桶般粗壮的女人，脸颊像两块厚厚的白肉。她最恨狗，每隔两周便杀一条，并把新鲜狗头插在矛上当旗帜；无耳的斯迪是瑟恩的马格拿，他的族人把他当神看待，而不仅仅是首领；"六形人"瓦拉米尔，老鼠一样的小个头，他的坐骑是凶猛的白色雪熊，后腿直立起来足有十三尺高，他身边还跟了三匹狼和一只影子山猫。琼恩只见过他一次，一次就足以让他毛骨悚然，连白灵看到那头熊和黑白相间的大山猫时，也竖起了颈毛。

还有比瓦拉米尔更凶猛的野人，他们来自鬼影森林极北处，或霜雪之牙中的隐秘山谷，甚至更奇怪的地方。冰封海岸的原住民驾着海象骨战车，由彪悍的大白狗牵引；恐怖的冰川部落据说以人肉为生；穴居人把脸染成蓝、紫和绿色；矮小的硬足民赤脚列队在冰雪上疾走，脚板像沸水煮过的皮革。当然，队伍中没有什么古灵精怪，但他很确定如果必要，托蒙德也会弄一些来当夜宵。

据琼恩判断，至少有一半的野人一辈子没见过长城，而且他们绝大多数不会讲通用语。但这没关系。曼斯·雷德会说古语，甚至能用它唱歌，每到夜晚，他便弹起竖琴，演奏奇异而野性的音乐。

为整合这支庞大冗杂的队伍，曼斯花了多年心血。他跟各地部落酋长谈判，跟各位马格拿谈判，用甜言蜜语赢得第一个村落，用歌谣吟唱赢得另一个，又用刀锋宝剑赢得第三个；他让狗头哈玛与骸骨之王讲和，让硬足民与夜行部交流，让冰封海岸的海象民与大冰川的食人部落和解；他将一百把不同的匕首打造成一支巨矛，瞄准七大王国的心脏。他没有王冠，没有权杖，也没有丝衣华服，但琼恩看得很清楚，曼斯·雷德决不是名义上的国王。

琼恩遵照断掌科林的托付加入野人。"与他们一起行军，与他们一起用餐，与他们一起作战，"游骑兵在死前的那一夜对他如是说，"你的任务是，观察。"但一直以来，他观察的成果殊为有限。断掌怀疑野人们进入偏僻寒冷的霜雪之牙搜寻某件武器，某种力量，某种没落的法术，用于突破长城……不管他们找到没有，反正既无人谈论，更无人卖弄。曼斯·雷德也没向他解释任何计划或策略，自打头天晚上的会面后，他从未接近过野人国王。

若情非得已，我会杀了他。想到这里，琼恩心情阴郁。谋杀不仅毫无荣誉,也会赔上自己性命。但他不能让野人们突破长城,侵略临冬城和北境,先民荒冢和溪流地,白港和磐石海岸,甚至南下颈泽。八千年来,为保护子民不受掠袭者的威胁,史塔克家族奋勇抗争,代代相传……而不管是不是私生子,他血管里终究流着相同的血液。况且,布兰和瑞肯仍在临冬城,还有鲁温学士、罗德利克爵士、老奶妈、兽舍掌管法兰、铁匠密肯、大厨盖吉……每一个他认识与深爱的人都在。若我必须杀死一位值得仰慕的人,以保护大家不受叮当衫、狗头哈玛和无耳的瑟恩马格拿的残害,这也无可奈何、无可厚非。

但他依然向父亲的旧神祈祷,以求免除这一令人沮丧的任务。队伍为牲畜群、孩童和各种辎重所累,前行得非常缓慢,大雪更进一步拖慢了进程。不过多数人马已下了山,如融化的蜂蜜一样于乳河西岸慢慢流淌,沿河朝鬼影森林深处而去。

琼恩明白,前方不远处,先民拳峰耸立在森林上方,那儿驻有三百名守夜人军团的黑衣弟兄,全副武装,配有坐骑,扼守住要道。除断掌之外,熊老还派出其他斥候,现在贾曼·布克威尔和索伦·斯莫伍德应已返回,并带去野人来袭的消息。

莫尔蒙是不会逃跑的,琼恩心想,他人老顽固,也走得太远。他会不顾人数众寡悬殊,决心发动攻击。不久后,当能听到号角长鸣,目睹骑手冲杀而至,黑色斗篷飘扬,手擎冰冷武器。当然,三百人不可能杀光三万人,但琼恩很清楚守夜人的策略。目标只有一个,一个关键点,曼斯。

塞外之王已竭尽全力,可野人缺乏纪律的状况仍让人绝望,这使得他们十分脆弱。队伍蜿蜒数里格,其中不乏勇猛战士,但能作战的人中三分之一行在队伍两头,或效力于狗头哈玛的前锋,或与巨人、野牛和掷火者一道组成凶悍的后卫部队;另有三分之一随曼斯本人行在中军,守卫推车、雪橇和狗拉小车,这是队伍的补给物资，是夏季剩下的全部收获；其余的分成小队，由叮当衫、贾尔、巨人克星托蒙德及哭泣者等人率领，担任斥候、征粮队或监军，沿着队伍无休止地跑前跑后，以约束大家或多或少有序前进。

尤为致命的是，一百个野人中才一人有马。熊老的队伍将如利斧切过麦片粥一样畅通无阻。这样一来，曼斯只好亲率骑兵追赶，以求挫败守夜人。如果他在接下来的战斗中死去，长城又会安宁一百年，如果相反……

他用剑的手开开合合，灼烧的指头蠢蠢欲动。长爪挂在马鞍上，他很轻易就能够到这把长柄剑咆哮狼头的石圆球和柔软的皮革把手。

几小时之后，他们才赶上托蒙德的小队，雪下得正大。白灵半路离去，前往森林追踪猎物，他会在夜里扎营时分回来，最晚不过黎明。冰原狼一直都在……和耶哥蕊特一样。

"那么，"女孩看到他便喊，"你现在信了吗，琼恩·雪诺？你看到骑长毛象的巨人了吗？"

"哈！不止如此，"琼恩不及回答，托蒙德便嚷嚷，"这只乌鸦还看上人家了！多半要娶一个咧！"

"娶女巨人？"长矛里克笑道。

"不，娶长毛象！"托蒙德吼回去，"哈！"

琼恩放慢马速，耶哥蕊特跟在他身旁。她自称比他大三岁，尽管身高要矮上半尺。不过不管她几岁，她的强韧毋庸置疑。在风声峡，石蛇说她是个"矛妇"。她其实没结婚，擅用的武器也是一把兽角和鱼梁木做的短弯弓，可琼恩觉得"矛妇"的说法很适合她。她让他想起小妹艾莉亚，尽管艾莉亚更小更瘦，耶哥蕊特则常披上许多兽毛皮革，难以判断体形。

"你会唱《最后的巨人》吗？"耶哥蕊特不待回答，便道，"我的嗓音不够深沉，唱不好呢，"她唱起来，"啊啊啊啊啊啊啊，我是最后的巨人，我没有同伴。"

巨人克星托蒙德听到歌声，也跟着唱。"最后的巨人，从大山中走来，我们曾经统治世界。"他透过大雪吼回来。

长矛里克加入进来，"啊，小人族偷走森林，偷走山脉，偷走江河。"

"他们在谷地筑起巨墙，捕尽溪流所有鱼获。"耶哥蕊特和托蒙德用洪亮的声音交替合唱。

托蒙德的儿子托雷格和多蒙德也用低沉的嗓音应和，然后是他女儿蒙妲和所有人。大家搭配节奏，用长矛敲击皮革盾牌，边行边唱：

他们在石厅内燃起大火，
　　铸造锋利的长矛。
而我在群山中孤独，
　　没有同伴唯有眼泪。
白天被狗群追赶，
　　夜晚还有火炬。
只因阳光下若巨人存在，
　　小人族便寝食难安。
啊啊啊啊啊啊，我是最后的巨人，
　　请记住我的歌。
总有一天，我将离去，歌声消逝，
　　沉寂持续，长长久久。

唱完后，耶哥蕊特脸上挂着泪珠。

"你为什么哭呀？"琼恩不解地问，"只是一首歌而已。巨人还有几百个呢，我刚看见的。"

"噢，几百个！"她激动地说，"你什么都不懂，琼恩·雪诺。你——琼恩！"琼恩随着突如其来的拍翅声转头。灰蓝的巨翅遮蔽视线，尖利的爪子陷进他的脸。刺痛来得猛烈而突然，鹰翼围绕他脑袋拍打。他看到鸟喙，但没时间抬手阻挡或取武器。于是他向后翻转，脚从马镫上脱出，马儿惊恐地跑开，人则向下坠落。那只鹰抓住他的脸不放，用爪子撕扯，尖叫着又拍又啄。世界在混乱中上下颠倒，羽毛、马肉和血液搅成一团，随着重重的撞击，地面迎将上来。

他意识到的下一件事，是自己面孔朝下，嘴里满是泥土和鲜血的味道，耶哥蕊特保护性地跪在上方，手握兽骨匕首。他仍能听到翅膀的声音，那只鹰却看不见了。世界的一半都是黑暗。"我的眼睛。"他突然恐慌地喊，一边抬手摸向脸部。

"只有血而已，琼恩·雪诺，他戳破了上方的皮，没击中眼睛。"

脸颊阵阵悸动，他边擦左眼的血，边用右眼观察。托蒙德在上方大吼，然后传来马蹄声、喊叫声和枯骨的碰撞声。

"骨头袋子，"托蒙德咆哮，"把你该死的乌鸦叫回去！"

"该死的乌鸦在你这儿！"叮当衫指着琼恩说，"他就像一条背信弃义的狗，躺在泥浆里流血！"那只鹰拍拍翅膀飞下来，降落在被他当做头盔的碎裂巨人头骨上。"我要他！"

"你来要啊，"托蒙德道，"最好拿起剑过来，因为我会拿起我的剑。我要煮了你的骨头，当尿壶用。哈！"

"少废话！等我戳穿你这吹牛大王的身躯，你会缩得比那女孩还小！站一边去，如果不想惹恼曼斯的话。"

耶哥蕊特起身，"你说什么？是曼斯要找他？"

"没错，耳朵生茧了吗？让这黑心肝的家伙自己起来。"

托蒙德低头朝琼恩皱眉，"如果是曼斯的意思，最好快去。"

耶哥蕊特扶他站住，"他在流血耶！活像一头被宰杀的猪，看看欧瑞尔对这张漂亮脸蛋干了些什么！"

鸟也会记仇吗？琼恩杀死了野人欧瑞尔，但对方的一部分留在这只鹰体内，而今用金黄的眼瞳冷酷恶毒地看着他。"我就去。"他应道。血不停地流进右眼，脸颊火辣辣地痛。他触摸脸颊，黑手套成了红色，"容我先去牵马。"其实他想要的是白灵，不是马，但冰原狼不在身边，也许正在数里之外享用麋鹿呢。这个时候，他还是离开比较好。

他靠近时，坐骑惊恐地闪开，无疑被他满脸鲜血吓到了，琼恩的软语使它恢复平静，任他抓住缰绳，翻身上鞍。随着动作，他的脑袋阵阵晕眩。我需要包扎伤口，但现在不必，得先让塞外之王看看他的鹰对我做了什么。他先让右手开合片刻，然后握起长爪，甩到肩头，调转马匹，朝骸骨之王和他的队伍走去。

耶哥蕊特也上了马，表情严峻，"我也去。"

"滚，"叮当衫胸部的骨甲叮当作响，"我们只要这臭乌鸦，不要别人。"

"自由民想去哪儿就去哪儿。"耶哥蕊特说。

寒风将雪花吹进琼恩的眼睛，血在脸上冻结，"我们是说废话还是走？"

"走。"骸骨之王道。

一路快跑，气氛阴郁。他们沿着队伍，在翻滚的雪花中骑行两里地，然后穿越一堆乱七八糟的辎重车，溅起水花跨过乳河。在这里，乳河向东绕个大弯，形成浅滩，上面覆着薄冰，任由马蹄清脆踩踏，走出十码开外，方才变深。东岸的雪下得更急，积雪更深，风也更冷。夜晚快要降临了。

但透过风雪，他能看见耸立在森林上方的巨大白色山丘。先民拳峰。头顶传来老鹰的尖叫，经过士卒松时，一只乌鸦从上俯瞰，发出刺耳的声音。莫非熊老开始行动了？可听不到金铁相交和弓箭弹射，唯有马蹄踩破碎冰的轻微吱嘎。

他们沉默地绕到南坡，那是上山的便利途径。琼恩在山丘底部看到死马，半埋在积雪里，肠子从腹部流出，活像冻僵的蛇，一条腿也不见了。是狼干的，琼恩先这么想，随即发现不对，狼会把猎物吃掉。

更多马尸散布在山坡，腿脚奇异地扭曲，无神的眼睛空洞地睁开。野人们像苍蝇一样附在它们身上，剥下鞍子、缰绳、包裹和甲胄等，用石斧将它们切开。

"上去，"叮当衫告诉琼恩，"曼斯在山顶。"

他们在环墙外下马，挤过石头间歪扭的通道。一匹毛发蓬松的棕色战马戳在一根削尖木桩上，熊老在每个入口内都放置了这样的木桩。这马是想冲出去，不是闯进来。没有骑手的踪迹。

里边有更多马尸和更糟糕的情形在等着他——琼恩从没见过粉红色的雪。朔风在周围涌动，拉扯厚重的羊皮白斗篷，乌鸦拍着翅膀在死马间飞来飞去。这是野生乌鸦还是我们的信鸦？琼恩无法判断。他不知可怜的山姆现在在哪儿，成了什么东西。

冻结的血在靴下"嘎吱"一声碎裂。野人们扒下马尸上每片钢铁和皮革，甚至蹄铁也不放过。有些人在翻查包裹，寻找武器与食物。琼恩经过齐特的一条狗，或者说这条狗剩下的部分，它躺在一摊泥泞、半冻结的血里。

有些帐篷仍矗立在营地远端，他们便在那儿找到了曼斯·雷德。在那红丝线缝补的羊毛黑斗篷下，他穿了黑色环甲和粗糙的毛皮马裤，头戴一顶铜铁巨盔，两侧各有鸦翼作装饰。贾尔和狗头哈玛跟他在一起，斯迪也在，还有六形人瓦拉米尔跟他的狼与影子山猫。

曼斯阴沉冰冷地看着琼恩，"你的脸怎么了？"

耶哥蕊特道："欧瑞尔想挖他的眼睛。"

"我在问他。难道他舌头丢了？也许真该丢了，免得再向我们撒谎。"

斯迪马格拿抽出长匕首，"这小子用不着两只眼睛，留一只也许更识时务。"

"你想保住眼睛吗，琼恩？"塞外之王问，"想的话，赶紧招供，他们有多少人。这次试着说实话，临冬城的杂种。"

琼恩喉咙干涩，"大人……怎么……"

"我不是什么大人，"曼斯说，"而这个'怎么'再明白不过。你的弟兄们死了，我问你，他们究竟有多少人？"

琼恩的脸阵阵悸动，雪一直下，很难静心思考。不管要你做什么，都不准违抗，统统照办，这是科林的吩咐。话语卡在喉咙，他逼自己说出来，"我们共有三百人。"

"我们？"曼斯尖刻地反问。

"他们……他们有三百人。"不管要你做什么，都……这明明是断掌的命令，可我为什么觉得自己如此怯懦？"两百来自黑城堡，一百来自影子塔。"

"你在我帐篷里讲的故事可不一样。"曼斯望向狗头哈犸，"找到多少马？"

"一百多，"大个子女人回答，"将近两百。东边还有死马，在积雪下面，我没算在内。"她身后站着她的掌旗官，举一根狗头杆子，那狗头新鲜得渗出血来。

"你不该向我撒谎，琼恩·雪诺。"曼斯道。

"我……我明白。"还能怎么说呢？

塞外之王仔细端详他的脸，"谁是这里的头？说实话，莱克？斯莫伍德？威勒斯？不，他太软弱……这是谁的帐篷？"

我已经说得太多。"您没发现他的尸体？"

哈犸轻蔑地哼了一声,鼻孔里喷出霜气,"蠢蛋乌鸦!"

"你再用提问作回答,我就把你交给骸骨之王,"曼斯•雷德边向琼恩保证,边走过来,"谁是这里的头?"

再近一步,琼恩心想,再近一步。他摸向长爪的剑柄。只要我不说……

"敢拔剑,我会在它出鞘之前让你这杂种人头落地,"曼斯道,"我快对你失去耐心了,乌鸦。"

"说吧,"耶哥蕊特催促,"反正不管是谁,都已经死了。"

他皱紧眉头,脸颊上伤口开裂。这太难了,琼恩绝望地想,可若要扮演变色龙又怎能不成为变色龙呢?科林没告诉他怎么做,好歹第二步比第一步容易。"熊老。"

"老头子亲自出马?"哈犸并不相信,"真的?那黑城堡由谁指挥?"

"波文•马尔锡。"这次琼恩立即回答。不管要你做什么,都不准违抗,统统照办。

曼斯哈哈大笑,"如果真是这样,那我们已经不战而胜。波文这家伙数剑比用剑在行。"

"熊老亲自坐镇于此,"琼恩说,"原本地势就险峻坚固,而他继续加强防备,设陷坑,插木桩,储存食水,以对付……"

"……我?"曼斯替他说完。"哼,他想得倒美。假如我笨到猛攻的话,至少五比一的伤亡,那还算走运。"他抿紧嘴唇。"但当死人出没,环墙、木桩和宝剑都变得毫无意义。人是无法跟死者作战的,琼恩•雪诺,没有谁比我更清楚。"他抬头凝望渐暗的天空,"这群乌鸦似乎在不经意间帮了我们的大忙,我一直纳闷为何队伍没遭攻击呢。好,还有一百里格的路,天气越来越冷。瓦拉米尔,派你的狼去嗅嗅,追踪尸鬼的行藏,以防他们偷袭。骸骨之王,将巡逻人数加倍,并确保人人都带有火炬和打火石。斯迪,贾尔,你们天亮就出发。"

"曼斯,"叮当衫道,"我想要这乌鸦的骨头。"

耶哥蕊特踏步上前,挡住琼恩,"他只是保护过去的兄弟,你不能为这个就杀他。"

"我瞧他还把他们当兄弟。"斯迪宣称。

"不是的,"耶哥蕊特坚持,"他没照他们的命令杀我,反而毙了断掌,大家都知道。"

琼恩的吐息在空气中结霜。我瞒不过他。他望进曼斯·雷德的眼睛,灼伤的五指开开合合。"我穿着您给的斗篷,陛下。"

"一件羊皮斗篷!"耶哥蕊特道,"每天夜里,我们都在它底下跳舞!"

贾尔咧嘴大笑,狗头哈犸也讪笑起来。"是这样吗,琼恩·雪诺?"曼斯·雷德温和地问,"你和她?"

长城之外难辨是非。琼恩不知自己还能不能区分荣誉与耻辱、正确和错误。愿天父原谅我。"是的。"他说。

曼斯点点头,"很好,那你俩明天随贾尔和斯迪一起出发,参加行动。我绝不会把两颗跳动如一的心分开。"

"我们去哪里?"琼恩问。

"去长城。是你证明忠诚的时候了,行胜于言,琼恩·雪诺。"

马格拿不大高兴。"我要个乌鸦做什么?"

"他不仅了解守夜人、了解长城,"曼斯说,"而且对黑城堡的熟悉程度超过你手下任何一个掠袭者。你会发现他的用处,否则你就是个笨蛋。"

斯迪皱起眉头,"我认为他是个黑心肝的家伙。"

"是吗?到时候挖出来不就得了。"曼斯转向叮当衫,"骸骨之王,不惜一切代价保持队伍的行进速度,只要赶在莫尔蒙之前抵达长城，我们便胜券在握。"

"是。"叮当衫含糊而恼怒地回答。

曼斯点头离开，哈玛和六形人瓦拉米尔紧跟上去，瓦拉米尔的狼跟影子山猫也走在后面。琼恩、耶哥蕊特、贾尔、叮当衫和马格拿留在原地。两个年长的野人用难以掩饰的恨意瞪着琼恩，而贾尔开口道："你听到曼斯的吩咐了，我们天亮出发，多带食物，路上没时间打猎。还有啊，乌鸦，把脸清理清理，血淋淋的简直一团糟。"

"我会的。"琼恩答应。

"你千万别撒谎，小妹妹。"叮当衫恶狠狠地对耶哥蕊特说，眼睛在巨人头骨后闪闪发光。

琼恩拔出长爪，"离我们远点，否则科林的下场就是榜样！"

"现在可没狼护着你，小子。"叮当衫摸向自己的剑。

"哦，你很肯定哟？"耶哥蕊特笑道。

白灵正蹲伏在环墙顶端，雪白的毛发直立。他没发出半点声音，只是睁大血红的眼睛。骸骨之王缓缓放开剑柄，退后一步，诅咒着走了。

随后，琼恩和耶哥蕊特骑下先民拳峰，白灵在旁跟随。"我不要你为我撒谎。"走到乳河中央，琼恩觉得安全了，方才开口道。

"我没撒谎，"她说，"只是没说完整。"

"你说——"

"——每天夜里，我们都在你的斗篷底下跳舞。是的，但我没说从什么时候开始。"她有些羞赧地朝他笑笑。"今晚给白灵找个别的地方睡吧，琼恩·雪诺，诚如曼斯所说，行胜于言。"

珊莎

"一件新裙服？"她吃惊又谨慎地问。

"是的，小姐，比您穿过的每一件都可爱，"老妇人边用打结的绳子测量珊莎的臀围，边向她保证，"丝绸和密尔蕾丝缝制，缎子镶边，配上它，您会美得没话说。啧啧，这可是王后陛下的恩典呢。"

"王后？哪个王后？"玛格丽还没当上小乔的王后，但她作过蓝礼的王后。或者她是指刺棘女王？还是……

"当然是摄政王太后陛下。"

"瑟曦太后？"

"是呀，我有幸在她身边服务许多年了。"老妇人把绳子伸到珊莎大腿内侧，"陛下说啊，您已经是成年女人，不该穿得像个小姑娘家。来，把手举起来。"

珊莎举起手臂。她的确需要一件新裙服，过去一年中，她长高了三寸，而大部分旧衣服又被烟尘熏坏了——第一次来月经的那天，她想烧掉床垫，结果……

"您的胸部跟太后的一样迷人，"老妇人边说边将绳子绕过珊莎胸口，"您不该藏着它。"

她脸红了。上回去骑马，她没法将紧身上衣完全系上，于是马房小弟扶她上马时便一直傻呆呆地瞪着她的胸。有时候她发现成年男人也在看，她衣服太紧，穿起来几乎无法呼吸。

"裙服是什么颜色呢？"她问女裁缝。

"选择颜色这些事就交给我吧，小姐，您会喜欢的，我向您保证。除了裙服，您还需要内衣和长筒袜，外裙、衬裙和斗篷，一切的一切，以适合……以适合一位美貌高贵的年轻女士。"

"来得及在国王婚礼前做好？"

"噢，当然，我们会在大婚之前做好，很快做好，这是太后陛下的特别关照。我手下有六个女裁缝师和十二个女学徒，为这事得把所有工作搁到一边。别家仕女会埋怨我们，但有什么办法呢？毕竟有太后陛下的命令嘛。"

"感谢太后陛下如此煞费苦心，"珊莎礼貌地说，"她对我实在是太好。"

"陛下是最慷慨的人。"女裁缝师赞同。测量完毕后，她收拾东西离开了。

为什么？这到底是为什么？珊莎独处时感到十分疑惑，十分不安。嗯，我敢打赌，多半是玛格丽或她祖母的意思。

玛格丽是真心对她好，玛格丽的存在改变了一切。她的女伴们纷纷乐于和珊莎结交。太久没有其他女伴，她几乎忘记了其中的快乐。莱昂妮夫人教她古竖琴，洁娜夫人同她分享所有的八卦闲话。梅内狄斯·克连恩总有好玩的故事，而幼小的布尔威令她想起艾莉亚，尽管她不及妹妹那么暴躁。

跟珊莎年龄相仿的是玛格丽的三位表妹，埃萝、雅兰和梅歌，来自于提利尔家族的偏房分支。"我们是低枝上的玫瑰。"埃萝语带双关地说，她为人机智，体形又苗条。梅歌则又胖又吵。雅兰漂亮而羞涩。由于埃萝已是成年女子，所以在三人中占据统治地位——她有了月事，梅歌与雅兰不过是小女孩。

几个小姑娘欢天喜地拉珊莎入伙，好像大家从小便是伙伴。她们常常整下午做针线，讨论柠檬蛋糕和蜂蜜酒，晚上玩四方瓦片棋，一起在城堡圣堂里唱歌……四人还轮流和玛格丽同床做伴，悄悄话直说到半夜。雅兰嗓子好，只需稍加怂恿，便会弹奏木竖琴，歌颂骑士精神和失落的爱情。梅歌不会唱，但她喜欢亲吻，喜欢得发疯。她承认自己会和雅兰玩接吻游戏，但那和亲吻男人是不同的，更比不上亲吻国王。不知梅歌对我差点与猎狗亲吻怎么看，珊莎心想。他在激战正酣的那个晚上来找她，浑身散发着血和酒的臭味。他要吻我，他想杀我，还要我为他唱歌。

"乔佛里国王的嘴唇好漂亮哦，"梅歌自顾自激动地说，"噢，可怜的珊莎，失去他的时候，你一定心都碎了。噢，你一定大哭一场！"

没错，乔佛里常让我哭泣，但恰好不是这次，她心里这么想，但制造噪声的黄油饼不在近前，因此抿紧嘴唇，不敢说出来。

至于埃萝，她被许配给一位年轻侍从，安布罗斯伯爵的儿子之一——等他当上骑士，他们就结婚。黑水河之役中，他带着未婚妻的信物，杀死了一个密尔十字弓手和一个穆伦道尔家的士兵。"埃林说她的信物令他勇敢无畏，"梅歌道，"还说他在战斗中呼喊着她的名字，这不是很了不起吗？总有一天，我也要让某位勇士带着我的信物，杀死一百个敌人。"埃萝要她小声点，但神情实在很高兴。

她们都是小孩子，珊莎心想，都是傻乎乎的小女孩，埃萝也不例外。她们没有见识过战争，没有目睹过死人，什么都不懂。她们脑海里，唯有歌谣和故事，就跟她在乔佛里砍掉父亲脑袋之前一样。对她们，珊莎既可怜，又羡慕。

玛格丽不一样。国王的未婚妻纵然甜美温柔，身上却带着一丝她祖母的影子。前天，她领珊莎外出鹰狩，这是战斗之后她第一次出城。尸体已经被掩埋或焚毁，但烂泥门破破烂烂、伤痕累累，乃是史坦尼斯公爵的攻城锤的杰作。黑水河两岸，布满毁坏断裂的船骸，烤焦的桅杆如憔悴的黑手指，从浅滩上伸出。要想过河，只能坐平底小船。御林也是一片荒凉焦土，好在海湾沿岸的沼地里水禽颇丰，珊莎的灰背隼抓到三只野鸭，玛格丽的隼则在空中打下一只苍鹭。

"维拉斯养了七大王国里最听话、最俊美的鸟，"独处时，玛格丽对她说，"他还常放飞猎鹰呢。你将来就知道了，珊莎。"她拉住她的手，捏了一下。"我的好姐妹。"

姐妹。珊莎梦想过有个玛格丽这样的好姐妹，甜美优雅又善良，和艾莉亚完全不一样。我怎能让我的好姐妹跟乔佛里结婚呢？她想着想着，眼中突然噙满泪水。"玛格丽，求求你，"她道，"一定不要……"这话很难说出口。"……一定不要跟他结婚，他这人表里不一，会……会伤害你的。"

"别为我担心，好妹妹。"玛格丽自信地微笑。"你真勇敢，肯来警告我，但请你放心吧，我知道小乔是个被宠坏的孩子，自负又愚蠢，而且跟你说的一样残酷，这些父亲也早料到了，所以才会在婚约条款中坚持让洛拉斯成为御林铁卫。你瞧，我有七大王国中最优秀的骑士日夜守护，好比伊蒙王子守护奈丽诗王后，所以咱们的小狮子最好举止恰当，不是吗？"她轻声浅笑，"来吧，亲爱的妹妹，让我们好好跑一段，比赛谁先到河边。噢，这会让侍卫们发狂的。"她不待回答，一夹马肚，飞驰而去。

她好勇敢啊，珊莎跟在她后面，边骑边想……然而疑虑却没有打消。洛拉斯是个伟大的骑士，大家都知道，可乔佛里有其他的御林铁卫啊，还有金袍卫士和红袍卫士，长大之后会有自己的军队。庸王伊耿不曾伤害奈丽诗王后，或许是因为害怕弟弟龙骑士伊蒙……但当另一位御林铁卫跟他的一个情妇相爱时，国王却要了两人的脑袋。

好在洛拉斯爵士是提利尔家的人，珊莎提醒自己，从前那位骑士不过属于托因家族——他的亲戚们没有军队，除非搞暗杀，否则无法为他复仇。话虽这么说，可她越深入地想下去，就越觉困惑。

一年半载，乔佛里或能克制，但时间一长，迟早会露出狐狸尾巴，到时候……说不定会出现第二个弑君者，说不定会有第二场王位战争，狮子和玫瑰将疆场交兵。

珊莎很吃惊玛格丽竟没预见到这一点。她比我年长，比我睿智，而她父亲提利尔大人的考虑肯定比我更周到。我不过在穷操心，犯傻罢了。

她把去高庭和维拉斯•提利尔结婚的消息告诉唐托斯爵士，以为对方会感到欣慰，为她高兴，不料弄臣骑士却一把抓住她的手臂，"不行！"他的声音里带着醉意，也充满惊恐。"我告诉您，可怜的琼琪，提利尔家的人和兰尼斯特完全是一丘之貉，毫无二致。求求您咧，千万别理会这种傻事，给您的佛罗理安一个幸运之吻吧，并保证自己会按计划去做。就在乔佛里的新婚之夜，没有几天了，到时候记得戴上银色发网，然后我们回家。"他凑过来吻她的脸。

珊莎挣脱抓握，退到远处。"不，我不走，会惹麻烦的。想逃的时候你不带我走，现在我不需要了。"

唐托斯呆呆地瞪着她。"一切都安排好了，亲爱的琼琪。载您回家的大船，带您上船的小舟，您的佛罗理安为您把一切都安排好了。"

"我很抱歉给你带来这么多麻烦，"她说，"但我现在不需要大船和小舟。"

"一切都是为了保证您的安全啊。"

"我在高庭有维拉斯的保护，会很安全。"

"噢，别傻了，他不认识您，"唐托斯坚持，"也不爱您。噢，琼琪啊，我亲爱的琼琪，请睁开您可爱的眼睛吧，提利尔家的人根本就不关心您，他们盘算的是您的继承权。"

"我的继承权？"她有些困惑。

"亲爱的，"他告诉她，"您是临冬城的继承人。"他再次抓住她，恳求她不要这么做。珊莎则再次挣脱，并留他独自一人在心树下徘徊。

从此以后，她再没去过神木林。

但她没有忘记他的话。临冬城的继承人，她夜里躺在床上反复思量，他们盘算的是你的继承权。珊莎有三个兄弟，从未想过自己会有继承权，可现在布兰和瑞肯已死……没关系，还有罗柏，他是成年人了，很快就会结婚生子，而且不管怎么说，维拉斯·提利尔已经有了高庭，还要临冬城做什么呢？

有时候，她会对着枕头，轻声念他的名字，仅仅是为了听到它。"维拉斯，维拉斯，维拉斯。"她已经觉得维拉斯这个名字和洛拉斯一样好，它们甚至听起来很相似。残废的腿有什么关系？维拉斯将来会是高庭公爵，而我是他的夫人。

她想象着他俩坐在花园里，膝头抱着小狗，或乘花船沿曼德河游玩，听歌手弹奏竖琴。等我给他生个儿子，他就会爱上我的。我要把他们取名为艾德、布兰登和瑞肯，将他们抚养得同洛拉斯爵士一样英武，而且仇恨兰尼斯特。在珊莎梦中，她的孩子看上去跟她失去的兄弟们一样，其中甚至有一个长得像艾莉亚的女孩。

唯一的困扰是，她无法将维拉斯的形象长时间保持在头脑中，总将他的面容转化为洛拉斯爵士的脸，年轻、优雅而漂亮。你不该这样想象，她告诫自己，否则等见面时，他也许会发现你眼中的失望呢。如果他知道你爱的是他弟弟，又怎会跟你结婚呢？维拉斯·提利尔的年纪有我两倍大，她不断提醒自己，而且瘸了腿，或许跟他父亲一样肥胖，一样长着红脸孔。但不管生得是否好看，他都是我最好的依靠。

有一回，她梦见嫁给小乔的仍是自己，并非玛格丽，而在婚礼当晚，国王变成了刽子手伊林·派恩。她颤抖着醒来。她不想玛格丽像自己一样受折磨，但也害怕提利尔家拒绝联姻。反正我警告过她，没错，我把真相对她说了。或许玛格丽是自己不相信。小乔跟她在一起时总扮演英雄的角色，他从前对我也这么做。她很快将认识到他的本性——不是在婚礼之前，而是在婚礼之后。珊莎决定下次造访圣堂时在圣母面前点一支蜡烛，祈求她保护玛格丽，免于乔佛里的伤害。或许再在战士面前为洛拉斯点一支。

女裁缝最后一次替她丈量尺寸时，她决定穿着新裙服去参加贝勒大圣堂的婚礼庆典。瑟曦一定是为这个才命人替我做衣服的，总不能让我破破烂烂地参加婚礼吧！之后的婚宴她则打算换件衣服，她的旧衣服应该就好。她可不想冒险，让食物或酒水沾到新裙服上。我要把它带到高庭去，在维拉斯·提利尔面前穿起来。就算唐托斯说得对，他要的是临冬城而不是我本人，我仍然可以让他爱上我。珊莎紧紧抱住自己，揣测着新裙服做好的时间。

她迫不及待想要穿上它。

艾莉亚

雨水来了又去，天空阴霾不开，溪流统统高涨。第三天早上，艾莉亚注意到树下长苔藓的地方不对。"走错方向了，"骑过一棵苔藓茂密的榆树时，她对詹德利说，"我们在往南走。看到树下的苔藓了吗？"

他将眼前浓密的黑发拨开，"我们顺着路走，仅此而已，这条路在此是往南。"

我们今天一直在往南走，她想告诉他，昨天也是，沿着河床骑行开始就在往南。但昨天她没注意苔藓，因此不大确定。"我想我们迷路了，"她低声说，"不该离开那条河的，沿着它走就好。"

"那条河弯来拐去。"詹德利说，"我敢打赌，我们走的这条路是捷径，只有土匪才知道。你瞧，柠檬、汤姆他们在这儿住了许多年。"

这倒没错。艾莉亚咬紧嘴唇，"但苔藓……"

"雨下得这样大，用不了多久，连耳朵里都会长出苔藓。"詹德利抱怨。

"那也只会长在朝南的耳朵里！"艾莉亚固执地申明。想说服大牛可不容易，但眼下热派离开了他们，他是她唯一真正的伙伴。

"沙玛要我为她烤面包。"离别那天，他告诉她，"不管怎么说，我厌倦了下雨和屁股酸痛地骑马，也厌倦了老是担惊受怕。这里不仅有麦酒，有兔子肉，我还会把面包做得很好，你们等着瞧吧，下次回来就知道了。你们会回来，对吗？等战争结束之后？"他忽然记起她是谁，涨红了脸补充道，"小姐。"

艾莉亚不知战争是否有结束的那一天,但她点点头。"很抱歉那次打了你。"她道。热派虽然蠢笨又胆小,但从君临城一路跟着她,几乎从未分离。"我打断了你的鼻子。"

"你也打断了柠檬的。"热派咧嘴笑道,"真带劲。"

"柠檬可不这么想。"艾莉亚阴郁地说。临出发时,热派请求亲吻"小姐"的手,她拍拍他肩膀。"别这么叫我。你是热派,我是阿利。"

"在这儿,我不叫热派了。莎玛叫我'小子',跟叫那个她收养的男孩一样,我总弄不清她到底指谁。"

之后,艾莉亚发觉自己莫名地想念他,好在身边还有哈尔温。她把胡伦的事对哈尔温说了,逃离红堡那天,她在马厩门边发现奄奄一息的马房总管。"唉,他常说自己会在马厩里过世。"哈尔温道,"我们都担心他到头来会断送在坏脾气的马脚下,想不到下手的却是狮子。"艾莉亚还把尤伦的事,逃出君临的事,以及其他许多经过都向对方倾诉,但没有讲她用缝衣针杀死马房小弟和割赫伦堡守卫喉咙的部分——跟哈尔温讲故事就跟和父亲讲故事差不多,有些事是不能坦白的。

她也没有提及贾昆·赫加尔,以及兑现的三个死亡承诺。他给的硬币艾莉亚一直藏在腰带下,有时候,她会在晚上拿出来,回想他如何将手抹过脸庞,面容融合变化。"*valar morghulis*,"她轻声开始,"格雷果爵士、邓森、波利佛、'甜嘴'拉夫。记事本和猎狗。伊林爵士、马林爵士、瑟曦太后、乔佛里国王。"

哈尔温告诉她,当初由父亲派出,随贝里·唐德利恩伯爵制裁格雷果爵士的二十名临冬城侍卫后来只活了六个,而且还都走散了。"那是个陷阱,小姐。泰温公爵派魔山越过红叉河来杀人放火,希望能引出您父亲大人。他料定艾德公爵会亲自西进对付格雷果·克里冈。好在弑君者不知泰温公爵的计划,听说弟弟被抓的消息后,即刻就在君临城中当街攻击您父亲。"

"我记得那件事,"艾莉亚说,"他把乔里杀了。"除了少数被她惹火的时候,乔里对她总是笑口常开。

"他杀了乔里,"哈尔温确认,"还用马撞倒您父亲,撞断了他的腿,因此艾德大人无法亲自出动,只好派贝里大人去,并为他增派了二十名临冬城的侍卫,我便是其中之一。去的人还包括索罗斯、雷蒙·戴瑞爵士、葛拉登·威尔德爵士以及一个叫罗沙·马勒里的男爵。格雷果在戏子滩等着我们,人马埋伏在两岸,只待我们过河,便从前后两方发动攻击。"

"我亲眼目睹魔山一击就杀死雷蒙·戴瑞,那一击实在太可怕,不仅把戴瑞的手臂连肘砍断,还毙了他胯下的马。葛拉登·威尔德也战死在那儿,马勒里男爵则撞倒在河中淹死。狮子从四面八方围过来,我以为自己铁定没命,危急时刻,埃林大声发号施令,恢复了秩序。我们群聚在索罗斯周围,冲出一条血路。出发时的一百二十人中,到天黑只剩不到四十个,贝里伯爵也身负重伤。那天晚上,索罗斯从他胸口拔出一尺长的枪头,将煮沸的葡萄酒灌进空洞里。"

"我们每个人都确信伯爵大人到天亮就会死,但索罗斯在火堆边陪他祈祷了一整夜,黎明时,他竟活了过来,而且比前晚更强壮。虽然再过两个星期才能骑马,但他的勇气鼓舞了我们。他说,戏子滩不是结束,而是开始,每一位牺牲者,都将获得十倍的复仇。"

"当时我们无法再战。魔山只是泰温公爵的前锋,随后兰尼斯特军便大举越过红叉河,席卷三河流域,途中烧杀掳掠。我们人少,只能骚扰对方,但彼此承诺,等劳勃国王西征,镇压泰温公爵的叛乱,便起兵与之会合。后来传来的消息却是劳勃死了,艾德公爵也死了,瑟曦·兰尼斯特的小崽子登上铁王座。"

"整个世界颠倒失序。你瞧,我们是御前首相派去对付叛徒的队伍,到头来自己竟成了叛徒,而泰温公爵当上御前首相。有些人想请求招安,但贝里伯爵不同意。'我们是国王的人,'他如此声明,'而狮子们残害着国王的子民。若不能为劳勃而战,我们就为他们而战,至死方休。'我们就是这么做的,日子一天天过去,奇怪的事逐渐发生。我们每损失一个,就会出现更多人顶替他的位置。有些是骑士或侍从,出身名门世家,但多数是平民,包括农民、提琴手、客栈老板、仆人、鞋匠,甚至还有两个修士。形形色色的男人、女人、孩子,狗……"

"狗?"艾莉亚诧异地问。

"对。"哈尔温咧嘴笑道,"有个家伙养着全世界最凶狠的狗,你简直无法想象。"

"我要是有条凶狠的狗就好了,"艾莉亚向往地说,"一条能杀狮子的狗。"她有过一头冰原狼,名叫娜梅莉亚,但为了保护她不被王后杀掉,她扔石头,把她赶跑了。冰原狼可以杀死狮子吗?她心里纳闷。

当天下午又开始下雨,一直下到晚上。幸亏土匪们到处都有朋友,无需在野外扎营或在漏水的凉亭下寻求遮蔽——从前她跟热派和詹德利经常这样。

他们在一个被焚毁的废弃村落中住宿。它看起来是被"废弃"了,但等"幸运杰克"拿出猎号吹奏,声音两短两长,各种各样的人就从废墟和地窖中爬了出来。他们带来麦酒、干苹果和一些不新鲜的大麦面包,土匪们则提供了一只安盖半路射到的鹅,因此晚餐几乎是一场盛宴。

艾莉亚正咂着一根翅膀上最后一点肉,只见一位村民转身对柠檬斗篷说,"不到两天前,有些人打这儿经过,去寻找弑君者。"

柠檬哼了一声。"他们该去奔流城,去那里最深的地牢,潮湿阴冷，很是舒服。"他的鼻子看上去像压碎的苹果，伤口没好，又红又肿，他的情绪也很糟糕。

"不对，"另一位村民说，"他逃跑了。"

弑君者跑了？艾莉亚汗毛直竖。于是她屏息聆听。

"真的？"七弦汤姆问。

"俺才不信咧，"戴生锈半盔的独眼人说，人称他为"幸运杰克"，尽管在艾莉亚看来，失去一只眼睛似乎不算幸运。"俺在那地牢里待过，不可能跑的。"

村民们耸耸肩。"绿胡子"抚摸着灰绿相间的浓密分叉胡，"反正，假如弑君者真跑了，狼仔们铁定大开杀戒。这情况得通报索罗斯，希望'光之王'会让他在圣火之中预见兰尼斯特的动向。"

"这儿就有火。"安盖笑道。

绿胡子哈哈大笑，一把拎住弓箭手的耳朵根。"妈的，你觉得我看起来像和尚吗，射手？你要泰洛西的佩罗盯着火瞅，除非是想烤焦他的胡子！"

柠檬将指节捏得"嗒嗒"作响，"贝里大人不是很想抓詹姆·兰尼斯特吗？这可是个好机……"

"他会不会吊死他，柠檬？"一个村妇问，"吊死这么一个俊俏家伙，多少有点可惜啊。"

"先审判！"安盖说，"贝里大人总是先审判，规矩你们都知道。"他再度微笑道，"再上吊。"

大家哄堂大笑。汤姆弹起木竖琴，低声歌唱：

流浪的御林兄弟会啊，
　　他们说我们是贼。
拿森林当城堡，

走大地四海为家。
没有金子逃得过我们的刀枪,
　　没有少女逃得出我们的手掌。
噢,流浪的御林兄弟会啊,
　　谁人见了都怕……"

艾莉亚在詹德利和哈尔温之间干燥温暖的角落里听了一会儿歌,便合上眼渐渐睡着了。她梦见了家乡,不是奔流城,而是临冬城,但这并非一个好梦。她梦见自己独个儿站在城堡外,泥浆直没到膝盖,灰色的城墙就在前方,但当她向城门走去,每一步却都比前一步更艰难。城堡在眼前变淡,好似那并非花岗岩做的,而是烟雾。周围还有狼,细瘦的灰色身形在林木间穿梭,眼睛闪闪发光。无论何时,只要望向它们,她都忆起鲜血的滋味。

第二天早晨,队伍离开道路,穿越原野。风,不停地刮,棕色的枯叶在周围旋转,但这次没有下雨,太阳从云朵后面钻出来,明亮耀眼,以至于艾莉亚不得不拉起兜帽,遮住眼睛。

她突然勒马,"走错方向了!"

詹德利哼了一声,"怎么,又是苔藓?"

"看那太阳,"她道,"我们在往南走!"艾莉亚从鞍囊里取出地图,好让他们看。"我们不该离开三叉戟河的,你们看。"她把地图在腿上展开,所有人都盯着她,"看这里,这就是奔流城,它在两条河之间。"

"说得没错,"幸运杰克道,"我们知道奔流城在哪儿,每个人都知道。"

"我们不去奔流城。"柠檬坦白。

我差一点就到了,艾莉亚心想,早知道就把马给他们,自己走着去。她想起昨晚的梦,不由得咬紧嘴唇。

"哎，别伤心啊，孩子，"七弦汤姆说，"你不会受伤害的，我向你保证。"

"你是个骗子！"

"没人骗你，"柠檬道，"我们本就没承诺什么，如何处置你，我们是做不了主的。"

没错，柠檬跟汤姆一样，并非首领，这伙人的头目是泰洛西人佩罗。艾莉亚转过来面对他。"带我去奔流城，重重有赏。"她孤注一掷地说。

"小家伙，"绿胡子答道，"寻常松鼠若教农夫抓住，逃不过剥皮下锅的命运；但若他逮住的是金松鼠，就得乖乖献给领主，否则将来会倒大霉的。"

"我不是松鼠。"艾莉亚坚持。

"谁说不是？"绿胡子哈哈大笑，"不管是否情愿，你都是一只快被献到闪电大王驾前的金色小松鼠。别担心，他知道如何处置你，我打赌他会如你的愿把你送回母亲大人身边。"

七弦汤姆点点头。"对，贝里伯爵是个好人。他会妥善处理你的，走着瞧吧。"

贝里·唐德利恩伯爵。艾莉亚忆起从前在赫伦堡时从兰尼斯特的士兵和血戏子们那儿听到的故事。他们说他是森林中的幽灵，说他曾被瓦格·赫特杀死，被亚摩利·洛奇爵士杀死，魔山更是杀死过他两次。管他的，他不把我送回家，我也会杀死他。"凭什么要我去见贝里伯爵？"她平静地问。

"我们把所有贵族俘虏都带给他处理。"安盖道。

俘虏。艾莉亚深吸一口气，以稳定心绪。止如水。她瞥瞥骑马的土匪们，默然调转坐骑。迅如蛇。她一边想，一边用脚后跟猛踢马腹，从绿胡子和幸运杰克中间飞奔而去。詹德利的母马自面前一闪而过，她看到男孩脸上震惊的表情，随后便置身于旷野之中狂奔。

现在东西南北并不重要。等甩掉他们,自然可以慢慢去找到奔流城的路。艾莉亚倾身向前,敦促马儿快跑。土匪们在身后咒骂,叫嚣着要她回去,但她充耳不闻。良久,她回头一望,只见四个人追了上来,安盖、哈尔温和绿胡子并肩奔驰,柠檬则落后一点,巨大的黄斗篷在身后飞舞。"疾如鹿,"她告诉她的坐骑,"快,快,快跑。"

艾莉亚在杂草丛生的褐色原野中驰骋,穿过齐腰高的草丛和堆堆枯叶,飞扬的马蹄激起枯叶翻飞。右手是树林,我可以在那儿甩掉他们。原野边沿有条干涸沟渠,她半步未停,飞跃而过,一头扎进榆树、杉木和桦树丛中。她偷偷往后瞧,发现安盖和哈尔温仍奋力紧跟,绿胡子已经落后,柠檬则根本看不到了。"快,再快点,"她告诉她的马,"你能行,你能行的!"

她从两棵榆树间穿过,丝毫不在意苔藓长在哪边。随后又跃过一段朽木,远远绕开一棵倾倒的巨大枯树,断裂的枝杈从枯树中间伸出来。上了一个缓坡,又从另一侧下去,减速,加速,马蹄与硬石相击,溅出点点火花。登上小山,她再度向后瞥去。此时哈尔温已领先安盖,两人都在努力。绿胡子则越跑越慢,似乎快放弃了。

一条小河挡在面前,她纵马踏进,蹚过充塞棕色湿叶的流水,上岸时,不少叶子粘在马腿上。此处灌木较浓密,地上满是树根和石块,不得不减慢速度,但她仍不停地催促马儿。面前出现另一座小山,这座更陡峭。她爬上去,从另一面下来。树林究竟有多大?她疑惑地想。她知道自己的坐骑比较快,因为它是赫伦堡卢斯·波顿的马厩里最好的马之一,但速度在这儿派不上用场。我得返回平原,找到道路。她找了半天,却只发现一条猎人小径,狭窄又崎岖,但好歹比没有强。她沿着小径开跑,任凭树枝抽打脸颊,一根枝条钩住兜帽,将其掠到后面,片刻之间,她好害怕自己会被打下马来。有只狐狸被狂野的奔驰所惊扰,从灌木丛中窜出。小径将她带到另一条小河边。还是同一条河？莫非我在原地打转？没时间多想，马蹄声从身后传来。再往后，她的脸被荆棘划破，她知道自己一定像以前在君临追赶的那些猫一样难看。麻雀从桤木枝头飞散。树木变得稀疏，突然之间，她便走出了森林，宽阔平坦的原野在眼前展开，布满遭到践踏的湿草和野麦。艾莉亚踢马飞驰。跑啊！她心想，跑到奔流城，跑回家去！甩掉他们了吗？她飞快地向后一看，天！哈尔温只差了六码，而且还在接近中。不，她绝望地想，不，他不能，不该是他，这不公平。

等他赶上时，两匹马都浑身是汗，近乎虚脱。他伸手抓住她的缰绳。艾莉亚自己也气喘吁吁，她知道没希望了。"您骑起马来像一个堂堂正正的北方人，小姐，"哈尔温边说边将两马都勒住，"和您姑姑莱安娜小姐一样。但您别忘记，我父亲是马房总管。"

她用受伤的眼神看着他，"我以为你是我父亲的人。"

"艾德大人死了，小姐。我现在属于闪电大王，属于我的弟兄们。"

"你的弟兄们？"艾莉亚不记得老胡伦还有其他儿子。

"安盖、柠檬、七弦汤姆、杰克、绿胡子……他们所有人。我们对您哥哥罗柏没有敌意，小姐……但我们并非为他而战。他有自己的军队，还有各路诸侯的支持，而老百姓们只有我们。"他打量着她，"您明白吗？"

"我明白。"没错，我明白了，他不是罗柏的人，而我是他的俘虏。早知道当初就跟热派一起留下，没准可以偷那条小船，向上游航行到奔流城；早知道当乳鸽就好，乳鸽、娜娜、黄鼠狼或无父无母的小男孩阿利都不会有人来追。我曾经是头狼，她想，现在又变回那个愚蠢的小姐。

"您要不要乖乖回去，"哈尔温问她，"还是要我把您绑起来，横放在马背上？"

"我会回去，"她怏怏地说。只好暂时如此。

山姆威尔

抽噎着,山姆又迈出一步。这是最后一步,最后最后的一步,我不能再走了,不能再走了。但他的脚却再次移动。一只,另一只;一步,又一步。他心想:这不是我的脚,它们是别人的,别人在走路,不可能是我。

他低头就能看到那双笨拙而不成形的东西跌跌撞撞地跨过积雪,依稀记得鞋是黑色,但冰雪在周围冻结,使它们成了奇形怪状的雪球。他的腿好似两根冰棍。

大雪一直没有停歇。积雪漫过膝盖,厚厚的冰壳如白色的护胫甲覆盖在小腿上,使他的脚步拖沓踉跄。背上沉重的包裹让他看起来活像个驼背怪兽。我累了,太累了。我不能再走了,圣母慈悲,不能再走了。

每走四五步,他都得伸手提剑带。其实早在先民拳峰,剑就丢了,可带子上还挂着两把匕首:琼恩给的龙晶匕首和他用来切肉的钢铁匕首。它们好沉啊,而他的肚子又大又圆,不管腰带系得多紧,如果忘记往上提,它就会滑落,缠到膝盖上。他试过将剑带系在肚子之上,可那样几乎就要达到腋窝,葛兰看了直想笑,而忧郁的艾迪评论说:"从前我认识一个人,他像这样把剑系在脖子上。有一天他滑倒在地,结果被剑柄刺穿了鼻子。"

山姆一天到晚都在滑倒摔跤,他听了就感到害怕。积雪下不仅有岩石树根,有时候冻土还掩盖了深深的窟窿。黑伯纳踏入过一个窟窿,扭断了脚踝,那是三天前,还是四天前,还是……他其实不知道过了多久,反正在那之后,总司令就让伯纳骑马。

抽噎着，山姆又迈出一步。感觉好像在坠落，而不是走路，永无止境地坠落，却又碰不到地面，只是一直往下，往下。我必须停止，好痛苦啊。我又冷又累，想睡……哪怕在火堆边睡一小会儿，吃点没有结冻的食物。

但他清楚，如果停下来，就死定了。为数不多的幸存者们对此都清楚。逃离先民拳峰时，他们总计五十人，也许更多，但接下来有人在大雪中走失，还有伤员流血至死……有时山姆听到殿后的人发出喊声，甚至是凄厉的惨叫。他一听之下便开始狂奔，奔出二三十码，尽其所能地跑，冻成冰棍的双脚死命踢起积雪。若腿再强壮一点，他还会继续。它们就在我们后面，它们还在我们后面，它们要把我们一个个放倒。

抽噎着，山姆又迈出一步。长久的天寒地冻，让他忘了温暖的感觉。他共穿了三双长袜，两件内衣，外套双层羔羊毛上装，在此之外是一件厚实的棉褂，然后才是冰冷的铁锁甲，锁甲外他穿一件宽松的外套和加厚两倍的斗篷，斗篷用骨扣在下巴下扣紧，兜帽前翻，盖住额头。他戴了轻便的羊毛皮革手套，外罩厚厚的毛皮拳套，一条头巾紧紧包裹着脸庞，兜帽里面还有一顶绷紧的绒线帽，盖住耳朵。虽然如此，他仍觉得冷。尤其是脚，甚至感觉不到它们的存在——而就在昨天，它们却又痛得厉害，教人站着都无法忍受，遑论走路？每走一步都让他想要尖叫。那是昨天吗？他不清楚。自离开先民拳峰以来，他就没睡过觉，应该说从号角吹响之后就没有躺下。除非是在走路时……人可以边走边睡吗？山姆不清楚，或者是又忘记了。

抽噎着，山姆又迈出一步。雪盘旋着在周围降下。有时候，它从白色的天空落下，有时候则从黑色的天空坠落，这是白天与黑夜唯一的区别。他肩上披满雪花，就像另一件斗篷，雪在包裹上高高地堆积，使得包裹更加沉重，更加难以承受。他的背心疼痛难忍，仿佛被插进了一把匕首，每走一步都来回绞动。他的肩膀因锁甲的重量而麻木。他一心想把它脱掉，却又不敢脱。因为要脱它，就得先脱大衣和外套，那样会被冻坏的。

如果我再强壮一些就好了……可我并不强壮，想也没有用。山姆虚弱又肥胖，胖得承受不住自己的重量，锁甲对他而言委实太沉，尽管钢铁与肌肤之间有层层麻布与棉花，感觉上却好像把肩膀都磨破了。他唯一能做的只有抽噎，哭的时候，眼泪冻结在脸颊上。

抽噎着，山姆又迈出一步。若不是冰壳在脚下碎裂，他根本不觉得自己在走。左右两边，寂静的树木之间，隐约可以见到火炬，在坠落的雪花当中，发出橙色的光晕。它们静静地在树丛中移动，忽上忽下、忽前忽后地晃。那是熊老的火炬圈，他提醒自己，并为离开了它的人感到悲哀。他觉得自己是在追赶前方那些火炬，可惜它们也长了脚，而且比他的长，比他的壮，所以一直追不上。

昨天，他恳求他们让他当个火炬手，即便那意味着身在外围，在重重黑暗紧逼下行走。他要火，他梦想着火。如果有火，就不会冷了。有人提醒他，开始他是有火炬的，后来却将它失落在雪地上，令火熄灭。山姆不记得自己掉过火炬，只好假设那是真的。他太虚弱，无法长时间举手。说这事的是艾迪？是葛兰？他也不清楚。我又肥胖又虚弱又没用，现在连脑子也冻住了。抽噎着，他又迈出一步。

他用头巾裹住鼻子和嘴巴，巾上全是鼻涕，僵硬的鼻涕，他担心它和脸冻在了一起。呼吸也困难，空气如此冰冷，吸气进去都感到疼痛。"圣母慈悲，"他用沙哑的声音在冰冻的面罩下轻轻咕哝，"圣母慈悲，圣母慈悲，圣母慈悲，"每祈祷一句，就拖着腿在雪地里又跨一步，"圣母慈悲，圣母慈悲，圣母慈悲。"

他的亲生母亲远在万里之外的南方，跟他的姐妹们和小弟弟狄肯一起安全地待在角陵城。和天上的圣母一样，她也听不到我的声音。修士们都说，圣母慈悲，但七神在长城外没有力量。这里是旧神的土地，那些属于树、属于狼、属于冰雪的无名神祇。"发发慈悲吧，"他轻声道，不管谁听到，旧神也好，新神也罢，甚至魔鬼……"噢，发发慈悲，可怜可怜我吧。"

马斯林尖叫着求它可怜他。为何突然联想起这个？我不该记住这个。马斯林跌跌撞撞地往后退去，扔掉长剑，跪倒，恳求，甚至脱下厚厚的黑手套举在面前，当那是骑士表示降伏的护手甲。但尸鬼捏住他的喉咙，把他举到半空，几乎将他脑袋拧下来。他还在尖声呼喊，祈求怜悯。死人没有怜悯，而异鬼……不，我不该想这些，不能想这些，不要去回忆，只管走路，走路，走路。

抽噎着，山姆又迈出一步。

冰壳下的树根猛然绊住脚趾，山姆一个踉跄，沉重地单膝跪倒，咬到了自己的舌头。他尝到血的滋味，那比自先民拳峰以来尝过的任何东西都温暖。这就是我的终点，他心想，既然跌倒，就再没力气爬起来。他摸到一根树枝，牢牢握住，试图把自己重新拉起来，但那双僵硬的腿实在无力支撑。锁甲太沉，而他太肥胖，太虚弱，太疲倦。

"起来，猪头爵士。"有人路过时喊，山姆没理会。就让我躺在雪地里闭上双眼。死在这不算太糟。他冷到极点，再过一小会儿，就不会感觉到腰背和肩膀上可怕的疼痛了，正如他感觉不到自己的脚。至少他们不能责备我头一个死去。在先民拳峰，成百人死在他周围，之后他又亲眼目睹许多人毙命。山姆颤抖着松开握住树枝的手，让自己躺在雪地里。雪又冷又湿，但有重重衣服在，他几乎觉察不到。上方是苍白的天空，雪花飘落在肚子、胸口和眼睑上。它会铺成一条厚厚的白毯，盖住我，让我很暖和。将来他们会说，死去的山姆是个堂堂正正的守夜人。是的。是的。我尽到了职责，没有背弃自己的誓言。我又肥胖，又虚弱，又胆小，但我尽到了职责。

乌鸦是他的职责，是他们带上他的唯一原因。他告诉过他们，他不想去，他是个胆小鬼，可伊蒙学士又老又瞎，他们需要他来照顾乌鸦。当初在先民拳峰安营扎寨，总司令特地找到他："听着，你不是战士，我们彼此都很清楚，孩子。万一遭到攻击，你无需参战，否则只会碍手碍脚。你唯一要做的就是把消息送出去，不要跑来问信上该写什么，你自己决定，反正派一只鸟去黑城堡，再派一只去影子塔。"熊老用戴手套的指头指着山姆的脸。"我不管你是否会吓得尿裤子，也不管是否会有成千上万的野人嚎叫着要你的命，你得保证把鸟送出去，否则我发誓追你到七重地狱，要你永世遗憾。"莫尔蒙的乌鸦上上下下地点头叫道，"遗憾，遗憾，遗憾。"

山姆很遗憾，他遗憾自己既不勇敢，也不强壮；他遗憾自己不会用武器；他遗憾自己不是父亲的好儿子，不是狄肯和姑娘们的好兄弟；他也遗憾自己即将死去。那么多优秀的人在拳峰上死去，他们坚强可靠，不像我，是个只会尖叫的胖小子。至少熊老不会到七重地狱来追我。我把鸟送了出去，尽到了职责。其实信息是他提前写就的，极简短，只有一句话：我们在先民拳峰上遭到攻击。他一直将其安稳地塞在装羊皮纸的袋子里，期望永远无需送出。

号角吹响时，山姆在睡觉。起初他以为自己梦到了号角声，但睁开眼睛，雪正飘落在营地里，黑衣兄弟们都抓起弓箭和长矛，奔向环墙。附近只有齐特，他是伊蒙学士从前的事务官，脸颊长满疖子，脖子上还有一个大粉瘤。当第三声号角自树丛中呻吟着传来，山姆从没见过一个人能如此恐惧。"帮我把鸟放出去。"他请求，但对方转身就跑，手里还拿着匕首。他得去照顾猎狗，山姆想起来，或许总司令也给他下了命令。

手套里的指头异常僵硬笨拙，并因恐惧和寒冷而瑟瑟发抖，但他好歹找到装羊皮纸的口袋，拔出事先写就的短信。乌鸦们狂乱地鼓噪，当他打开来自黑城堡的笼子，其中一只鸟顿时直冲向他的脸，在他抓到另一只之前又有两只逃走，而被他抓住的乌鸦隔着手套将他的手啄出了血。他死命不放，才得以将那一小卷羊皮纸捆上。此时号声已歇，先民拳峰上充斥着发号施令和钢铁碰撞声。"飞吧！"山姆大喊，将乌鸦抛向空中。

来自影子塔的笼子里的鸟尖叫扑腾得如此疯狂，以至于他害怕得不敢开门，只好强迫自己。这次他逮住了第一只试图逃走的乌鸦，片刻之后，它载着消息在飞雪中上升离开。

职责履行完毕，接下来他用吓傻了的手指戴上帽子，穿上外套和兜帽斗篷，紧紧扣上剑带，使它不至于滑落，然后找到包裹，将所有东西塞进去：备用内衣，干袜子，琼恩给的龙晶箭头和矛尖，那支旧战号，羊皮纸，墨水，鹅毛笔，先前画的地图，外加从长城带来、一直保存着的一段石头般硬的蒜肠。他系好包裹，把它扛到背上。总司令说我不用上环墙，他心想，也叫我不要跑去问他。山姆深深吸口气，意识到自己不知道下一步该怎么办。

他迷乱地转着圈，恐惧一如既往在体内增长。狗吠，马嘶，经由大雪的抑制，听起来似乎都很遥远。三码以外，什么都看不清，甚至环绕山顶的矮石墙上燃烧的火炬也不例外。难道火炬熄灭了？这个想法太可怕。三声长长的号角，三声代表异鬼来袭。它们是林间的白鬼，冰冷的阴影，骑着巨大的冰蜘蛛，追逐热血……小时候，这些故事令他尖叫颤抖。

他笨手笨脚地拔剑出鞘，在雪地沉重跋涉。一条狗从面前吠叫着跑过。他看到一些影子塔来的人，留了大胡子，拿着长柄斧和八尺长矛。有他们为伴，感觉比较安全，因此他跟随他们走到墙边。环形石墙上的火炬还在烧，一阵欣慰的战栗袭过全身。

黑衣兄弟们手持武器，并肩而立，一边凝视大雪飘落，一边等待。马拉多·洛克爵士策马经过，头盔上沾满点点雪花。山姆站在其他人背后，搜寻着葛兰和忧郁的艾迪的身影。如果注定一死，我宁愿死在朋友们身边，他记得自己曾这么想。可惜周围都是陌生人，影子塔的人，由一位名叫班恩的游骑兵指挥。

"他们来了。"一位兄弟说。

"搭箭。"班恩道，二十支黑色的羽箭沉默地从二十个箭袋中抽出，搭上二十根弓弦。

"诸神保佑，有好几百。"另一位兄弟轻声说。

"拉弓，"班恩道，接着又补了一句，"别慌。"山姆看不到什么，也不想看见。守夜人站在火炬后面等待，弓箭拉到耳际，有些东西正穿过大雪，自那黑暗湿滑的山坡爬上来。"别慌，"班恩再度强调，"别慌，别慌……"然后——"放。"羽箭嗖地飞出。

沿着环墙排列的人们发出一阵参差不齐的欢呼，顷刻间又消退下去。"它们没有停，大人。"一个人对班恩说，另一个则喊，"有更多的过来！看那儿，林子里。"还有一个说，"诸神慈悲，他们还在往上爬。差不多快上来了，马上！"山姆往后退去，颤抖得像秋天的树上最后一片叶子，既寒冷，也恐惧。那晚好冷啊，甚至比现在更冷。现在有好温暖的雪。我感觉好多了。只需再休息一会儿，一小会儿，就能恢复体力，继续前进。再休息一小会儿。

一匹马从头顶越过，一匹毛发蓬乱的灰马，鬃毛上有积雪，马蹄结了一层冰。山姆看着它出现和消失。又一匹马从降雪中走来，由一个穿黑衣的人牵引。他看见山姆挡路，便一边咒骂他，一边领马绕开。真希望我也有匹马，他心想，如果有匹马，就能继续前进，还可以坐在鞍上，甚至睡一会儿。可惜多数坐骑都在先民拳峰丢失，剩下的驮着食物、火炬和伤员，而山姆没受伤，他只是又肥胖，又虚弱，又胆小。

他真是个胆小鬼。蓝道大人，他的父亲，常这么评价，而今证明这没有错。山姆是塔利家的继承人，但他如此无能，因此被父亲送来长城。弟弟狄肯将会继承领地与城堡，还有那把角陵的领主们骄傲地佩带了数百年的瓦雷利亚巨剑碎心。不知狄肯会不会为这个远在世界边缘、于大雪中死去的哥哥掉一滴眼泪。他为什么要落泪？不值得为胆小鬼哭泣。他听过父亲千百次告诉母亲。这点连熊老也明白。

"用火箭，"那晚在先民拳峰，总司令突然骑马咆哮着出现，"给它们火尝尝！"此时他注意到浑身发抖的山姆。"塔利！快离开！去照顾乌鸦！"

"我……我……我把消息送走了。"

"很好。"莫尔蒙的乌鸦在他肩上重复，"很好，很好。"

穿着毛皮和盔甲的总司令显得很魁梧，黑铁面罩后的眼睛精光逼人。"你别在这儿碍手碍脚，回鸦笼那儿去。我不想在需要传信时还得先找你。把那些鸟准备好！"他不等回答，掉转马头沿环墙一路小跑，一边喊，"火！给它们火尝尝！"

山姆无需别人说第二遍，就以自己那双胖腿可以达到的最快速度逃回鸦笼边。我可以先把消息写好，他心想，需要时就能尽快送出去。于是他点起一小堆火，花了不少时间烤融结冰的墨水，然后坐在火堆旁一块石头上，拿起鹅毛笔和羊皮纸，开始写信。

在寒气和冰雪之中，我们遭到攻击，但火箭将敌人击退，他写道。索伦·斯莫伍德大声下令，"搭箭，拉弓……放。"飞箭的声响犹如圣母的祈祷那么动听。"烧吧，你们这些死混蛋，烧吧。"戴文边喊边纵声大笑。弟兄们又是欢呼，又是咒骂。大家都很安全，他写道，我们还在先民拳峰。山姆希望他们的弓术比自己强。

他将写好的信放到一边，又取出一张空白羊皮纸。我们在先民拳峰上战斗，大雪纷飞。只听一个人喊，"它们没有停。"反击的效果尚不明朗。"拿起长矛！"有人叫道。说话的也许是马拉多爵士，但山姆无法确定。尸鬼穿过大雪，继续杀来，他写道，我们用火加以驱赶。他转头看去，透过飘摇的雪花，只能看见营地中央的大火堆，骑马的人们在它周围不安地来回移动。那是预备队，用于反击任何突破环墙的东西。他们没有执剑，而是在篝火中点燃火炬，用它来武装自己。

到处都是尸鬼，他一边写，一边听到北方传来喊叫。它们从南北两面同时发动进攻。长矛和利剑都不起作用，唯有火焰能抵挡它们。"放，放，放！"一个声音在黑夜中嘶喊，另一个则惊叫道，"妈的！好大！"第三个声音说，"巨人！"第四个声音坚持，"熊，一头熊！"马儿嘶鸣，猎狗吠叫，如此多的声音，山姆再也分辨不清。他落笔更快，一封接着一封。敌人包括大批死野人、一个巨人甚至一头熊，它们漫山遍野地扑上来。他听到钢铁和木头的撞击声，这只意味着一件事：尸鬼越过了环墙，战斗正在营地里展开。十几个骑马的弟兄凶猛地从他身边驰过，往东墙而去，每人手上都举着燃烧的火炬，焰苗跳动。莫尔蒙总司令用火来迎战。我们已经取得了胜利。我们正在取得胜利。我们在坚持。我们要杀开一条血路，退回长城去。我们被困在先民拳峰，四面悲歌。

一个影子塔的人跌跌撞撞地从黑暗中走来，倒在山姆脚边。临死前，他爬到离火堆仅一尺之遥的地方。输了，山姆写道，战斗输了，我们输了。

为什么我要记住先民拳峰上的战斗？他不该记住这些，不想记住这些。他试图回忆母亲，回忆妹妹塔拉，回忆卡斯特堡垒里那个叫吉莉的女孩。有人在摇他肩膀。"起来，"一个声音说，"山姆，你不能在这儿睡。起来，继续前进！"

我没睡，只是在休息。"走开，"他道，言语冻在冷气里，"我很好，只想休息休息。"

"起来。"是葛兰的声音，沙哑刺耳。他出现在山姆上方，黑衣结了一层冰，"熊老说，不能休息。你会死的。"

"葛兰，"他微笑，"不，真的，我在这儿很好。你快走吧，我再休息一小会儿，就会赶上去。"

"才怪！"葛兰浓密的棕胡子在嘴巴四周冻住了，让他看起来显得苍老，"你会冻僵的，或者被异鬼逮着。山姆，你给我起来！"

记得离开长城的前夜，派普以一贯的方式嘲弄葛兰，他边微笑边说葛兰最适合参加巡逻，因为太笨，所以不会害怕。葛兰激烈地否认，直到意识到自己说了什么。哎，他健壮、结实、有力气——艾里沙·索恩爵士管他叫"笨牛"，就像叫山姆"猪头爵士"叫琼恩"雪诺大人"——一直对山姆相当友好。那只是琼恩的缘故啦，如果没有琼恩，他们都不会喜欢我的。现下琼恩走了，跟断掌科林一起在风声峡失踪，多半已经死去。山姆想为他哭泣，可惜泪水也会结冰，而他的眼睛早已睁不大开了。

一位拿火炬的高个子弟兄停在他们身边，在那奇妙的瞬间，山姆感到阵阵温暖。"随他去，"那人对葛兰说，"不能走的就算完了。替自己省点力气吧，葛兰。"

"他会起来，"葛兰顽固地回答，"只需要别人帮一把。"

那人继续前行，并将神佑的温暖一起带走。葛兰试图拉山姆起来。"好疼，"他抱怨，"停下，葛兰，你弄疼我胳膊了。停下。"

"你死沉死沉的。"葛兰将双手塞进山姆的腋窝下，闷哼一声，将他抱了起来。然而刚一放手，胖子又坐回雪地上。葛兰狠狠地给了他一脚，靴子上的冰踢碎了，飞散开来。"起来！"他又踢他，"快起来继续走！你不能放弃！"

山姆侧身躺下，紧紧蜷缩成球，以保护自己不被踢伤。有层层羊毛、皮革和盔甲保护，几乎感觉不到痛，即使如此，他心里却很受伤。我以为葛兰是我朋友。朋友就不该踢我。他们为何不让我休息？我只想睡一会儿，仅此而已，休息休息，睡一睡。或许死一次。

"你帮俺拿火炬，俺扛这胖小子。"

他突然离开了柔软而甜美的雪毯，被提到冰冷的空气当中，向前漂流。膝盖下有条胳膊，另一条胳膊在背脊下面。山姆抬起头，眨眨眼睛。面前有一张脸，一张宽阔粗犷的脸，扁扁的狮子鼻，黑色的小眼睛，蓬乱的棕色络腮胡。他见过这张脸，但过了一会儿才记起来。是保罗。小保罗。火炬的热量融化冰水，流进他眼睛里。

"你抬得了他吗？"他听见葛兰问。

"俺抬过一头比他还沉的小牛。俺把它抬回它妈妈身边，好让它有奶喝。"

小保罗每跨一步，山姆的脑袋都随之上下晃动。"停下，"他咕咕哝哝地道，"把我放下，我不是婴儿。我是守夜人的汉子。"他抽噎着。"让我死吧。"

"安静，山姆，"葛兰说，"省点力气。想想你的兄弟姐妹，想想伊蒙学士，想想你最喜欢的食物。假如可以的话，唱支歌吧。"

"大声地唱？"

"在脑子里唱。"

山姆知道上百首歌，如今却一首也想不起，好像歌词全部从脑海里消失。他又开始抽噎，"我什么歌都不会，葛兰，本来是会一点的，现在却不记得了。"

"没关系，"葛兰道，"嘿，《狗熊与美少女》怎么样？每个人都会唱呢！'这只狗熊，狗熊，狗熊！全身黑棕，罩着毛绒！'"

"别，别唱这首，"山姆恳求。他记起先民拳峰上那头熊，腐烂的皮肉上没有一丝毛发。我不要想起任何关于熊的事。"别唱了，求求你，葛兰。"

"那就想想你的乌鸦。"

"它们不是我的。"他们是总司令的乌鸦，守夜人军团的乌鸦。"它们属于黑城堡和影子塔。"

小保罗皱起眉头。"齐特说俺可以留着熊老的乌鸦，就那只会说话的鸟儿。俺还省下玉米给它咧。"他摇摇头。"哦，俺又忘了，俺把玉米留在了藏起来的地方。"他继续沉重地向前走着，每走一步嘴里都冒出苍白的吐息。良久，他突然道，"俺可以要你一只乌鸦吗？只要一只，俺保证，决不让拉克吃掉它。"

"它们都飞走了，"山姆说，"对不起。"实在对不起大家。"它们大概都飞回长城去了。"当号角声再度响起，喝令弟兄们上马时，他便把鸟儿全放了。两短一长，紧急上马的指示。没理由上马，除非是为放弃先民拳峰，除非是战斗彻底失败。恐惧狠狠地咬啮着山姆，他唯一能做的就是打开笼子，直到目睹最后一只乌鸦拍翅飞入暴风雪中，方才意识到刚写的消息一条也没送走。

"不，"他尖叫，"噢，不，噢，不。"大雪飘飞，号声吹鸣，啊呜呜呜呜，啊呜呜呜呜，啊呜呜呜呜呜呜呜呜呜呜呜呜呜呜呜呜呜呜，它呼喊着：上马啊，上马啊，上马啊！山姆看见两只乌鸦停在一块岩石上，连忙赶过去，但那两只鸟儿懒洋洋地拍拍翅膀，向着相反的方向，飞进漩涡的大雪中。他追向其中一只，呼吸如浓厚的白云般从鼻孔里喷出，接着一个踉跄，他发现自己离环墙仅十尺之遥。

之后……他记得脸庞和喉咙上都钉着箭的死人爬过岩石，有的浑身披挂锁甲，有的几乎全裸……其中多数是野人，也有一些身穿褪色的黑衣。他记得看到一位影子塔的人将长矛刺进一个尸鬼苍白柔软的肚皮，直穿后背，可那东西跌跌撞撞地径直沿着枪杆走上前，伸出黑色的双手，扭转那弟兄的头颅，直到鲜血从他嘴里喷出。山姆差不多可以肯定，那是当天他第一次尿裤子。

他不记得自己逃跑，但一定是跑了，因为接下来已身在半个营地之外的篝火边，跟老奥廷·威勒斯爵士和弓箭手们在一起。奥廷爵士跪在雪地里，惊恐地扫视着周围的混乱场面，直到一匹无人骑乘的马跑过，踢中了他的脸。弓箭手们对此毫不理会，自顾自地朝黑暗中的影子施放火箭。山姆看到一个尸鬼中箭后被火焰吞没，但还有十几个跟在后面，其中有一苍白的巨影，铁定是头熊，而弓箭手们很快就没弹药了。

接下来山姆已骑在马上。那不是他的马，他也不记得自己上马，或许这正是踢碎奥廷爵士脸庞的那匹马。号角继续吹奏，他朝声音传来的方向奔去。

一片屠杀、混乱和飞雪中，他看到忧郁的艾迪骑在矮小犁马上，用长矛举着守夜人军团的朴素黑旗。"山姆，"艾迪看到他便说，"请你帮个忙，把我叫醒好吗？我在做可怕的噩梦。"

每时每刻都有更多人骑上马，战号将大家召集起来。啊呜呜呜呜，啊呜呜呜呜，啊呜呜呜呜呜呜呜呜呜呜呜呜呜呜呜。"它们越过了西墙，大人，" 索伦·斯莫伍德一边对熊老嘶喊，一边奋力控制自己的坐骑，"让我带预备队出击……"

"不！"莫尔蒙竭力吼叫，才让声音压过号角，"把他们叫回来，我们突围！"他站在马镫上，黑斗篷在风中呲呲作响，铠甲映射着火光。"全体整队！"他高喊，"楔形队形，我们骑马冲出去！先朝南，再往东！"

"大人，南面山坡上爬满了那些东西！"

"其他地方太陡！"莫尔蒙说，"我们得——"

那头熊蹒跚着从大雪中走出，山姆的马嘶叫直立，差点将他甩下。他又尿了裤子。还以为都尿光了呢。这是头死熊，颜色苍白，皮肉腐烂，毛皮脱落，右前肢的上半部分烧得只剩骨头，但它仍在前进。那双眼睛是活的。明亮的蓝色，正如琼恩所说，像冰冻的星星一样闪烁。索伦·斯莫伍德冲上去，长剑在火光下闪着橙红的光。他的挥劈差点将熊的头砍掉，而熊拍掉了他的头。

"快跑！"总司令大喊一声，掉转马头。

到达环墙时，人马已进入疾驰状态。山姆以前总是害怕，不敢让马跃起，但当低矮的石墙终于出现在面前时，他知道这次别无选择。于是他边踢马，边闭上眼睛，发出一声呜咽。马载他跳了过去，不知怎的，不知怎的，马载他跳了过去！他右边的骑手撞到墙上，钢铁、皮革和嘶叫的马搅作一团，然后尸鬼们一拥而上……楔形队形飞奔下山，从抓来的黑手间穿过，从明亮的蓝眼睛间穿过，从凛冽的风雪间穿过。时而有马跌倒翻滚，时而有人坠落在地，时而火炬在空中打转，时而斧剑砍向已死的血肉。山姆威尔·塔利抽噎着，自己也不知打哪儿来那么大力气，只管把马死死抓紧。

他位于飞驰的前锋中，前后左右都有弟兄。有条猎狗跟他们跑了一段，顺着积雪的山坡在马匹中间来回穿梭，最后却越奔越慢。守在原地的尸鬼们被马撞翻，被马蹄踩踏，然而即使倒下，它们仍然抓向长剑、马镫和马腿。山姆看到一个尸鬼用左手拉住一匹马的鞍子，右手则撕裂马腹。

树木突然出现在周围，山姆蹚过一条冰冻的溪流，溅起水花。厮杀声在身后渐渐变小。他松了口气，回头呼呼直喘……不料一个黑衣人猛地从灌木丛中跳将出来，把他扯下鞍去。山姆根本没看清，来人便一跃上马，飞驰而逃。他想追，跑不到两步却绊到树根，脸朝下重重摔倒，像婴儿一样抽噎，直至忧郁的艾迪循声找来。

那是他关于先民拳峰最后一点连贯记忆。之后，若干小时之后,他颤抖着站立在幸存者中间,这群人一半骑马,一半步行。那儿离先民拳峰已有好几里,但山姆不记得是怎么过来的。逃命的时候,戴文带着五匹驮马,满载食物、油和火炬,其中三匹得以脱身。于是熊老重新分配货物,这样即便失去任何一匹驮马,也不会造成灾难性的损失;他还让健康的人交出马匹,给伤员骑;他组织好步行的人,在前后左右安排火炬圈,以为防卫。我只需一直走,山姆告诉自己,就可以回家了。但走不到一个小时,他便开始踉跄,开始落后……

他知道,他们三人现在正越落越后。记得派普曾说,小保罗是守夜人军团中最壮的人。一定是的,所以才能抱着我走。即便如此,前方的积雪却越来越深,地面越来越险,保罗的步伐越来越小。更多骑马的人超过去,伤员们用呆滞冷漠的眼神看看山姆。一些火炬手也超过去。"你们要掉队了。"其中一个说。另一个赞同,"没人会等你,保罗,把这头猪留给那些死人吧。"

"他答应送俺一只鸟,"小保罗说,虽然山姆并没有答应,没有真正答应。它们不是我的,不能送人。"俺想搞一只会说话、能从俺手上吃玉米的鸟。"

"真是个大呆瓜。"火炬手道,然后走了。

过了一会儿,葛兰突然停下。"我们掉队了,"他嘶声道,"看不到其他火炬。刚才过去的就是殿后的人吗?"

小保罗无言以对。大个子咕哝一声,跪了下去,当他轻轻地将山姆放到雪地上时,手臂都在打颤。"俺抱不动你了。俺是想抱,但抱不动了。"他浑身剧烈颤抖。

寒风在树木间叹息,将细小的雪粒吹到他们脸上。冷,不堪忍受的冷,山姆感觉自己什么也没穿。他搜寻着火炬,但它们业已消失,个个不见踪影——除了葛兰手里那支,火焰如淡橙色丝绸,向上升起。透过它,他可以看到远处的黑暗。它很快就会燃尽,他想,只剩下我们三人,没有食物,没有朋友,没有火。

并非如此。他错了。

巨大的绿色哨兵树低处的枝杈动了一动,振落上面沉沉的积雪,发出含混的"扑哧"响。葛兰转身,伸出火炬,"谁在那儿?!"一个马头从黑暗中出现。山姆感到片刻的欣慰,直至看见整匹马。它全身包裹着一层白霜,活像结冻的汗水,黑色僵死的肠子从裂开的腹部拖坠而下,在它背部,坐了一位玄冰般苍白的骑手。山姆喉咙深处发出一声呜咽,他吓坏了,只想尿裤子,可体内有股寒意,剧烈的寒意,把膀胱冻得严严实实。异鬼优雅地下马,挺立在雪地里。它像长剑一般纤细,如牛奶一样白皙,它的盔甲随着移动而改变颜色,而它的脚丝毫没有踩碎新雪的结冰。

小保罗取下绑在后背的长柄斧,"你为什么伤害这匹马?这是毛尼的马。"

山姆摸向自己的剑,鞘是空的。他这才想起把剑丢在了先民拳峰。

"滚开!"葛兰跨了一步,火炬伸在前面。"滚开,否则烧死你!"他用火焰指着它。

异鬼的剑闪着淡淡而诡异的蓝光。它移向葛兰,闪电般攻打过来。冰蓝的剑刃扫过火焰,发出尖锐的响声,如针一样刺痛山姆的耳朵。火炬头被切下,翻落在深深的积雪中,火焰立即熄灭,葛兰手里只剩一小段木棍。他诅咒着将它朝异鬼扔去,小保罗则提起斧子冲锋。

此刻充斥他心中的恐惧,比以往任何情形尤有甚之,而山姆威尔•塔利了解每一种恐惧。"圣母慈悲,"他抽噎着,惊恐中,将北方的旧神统统抛诸脑后,"天父保佑,噢,噢……"他伸手胡乱摸索,够到一把匕首。

尸鬼的行动笨拙缓慢,但异鬼如风中的雪花一样轻盈。它闪过保罗的长柄斧，盔甲上的图案如波光涟漪，而水晶的剑回扣、翻转，滑进保罗锁甲的铁环间，穿过皮革、羊毛、骨头与血肉，从他后背"嘶嘶嘶嘶嘶嘶嘶嘶嘶嘶嘶嘶"地穿出。只听保罗叫了声"噢"，斧子便从手里松脱。他被钉在水晶剑上，热血在周围蒸气蒙蒙。大个子抓向对手，可在几乎快要碰到时，倒了下去，他的体重将那柄诡异的白剑从异鬼手中拉扯下来。

停，停下别哭，停下来战斗，你这没用的小子。战斗啊，胆小鬼！这是父亲的声音？艾里沙·索恩的声音？弟弟狄肯的声音？还是那个叫雷斯特的男孩？胆小鬼，胆小鬼，胆小鬼！他歇斯底里地笑起来，不知它们会不会把他也变成尸鬼，一个又白又胖又大的尸鬼，一个老是被已死的双脚绊倒的尸鬼。停，停下别哭，停下来战斗。这是琼恩的声音？不可能，琼恩已经死了。你能行，你能行，快啊。于是他跌跌撞撞地往前撞去，与其说在跑，不如说是跌倒前的踉跄。他闭起眼睛，双手握住那把匕首，盲目地乱戳。只听喀嚓一声，好像冰在脚下碎裂的响动，随后是一声尖啸，如此犀利，以至于他扔了匕首，双手捂住裹得严严实实的耳朵，向后退去，一屁股沉重地坐到地上。

当他睁开眼睛，异鬼的盔甲正像露水一样融化，黑色的龙晶匕首插在它的咽喉，淡蓝的血从伤口喷出，在匕首周围嘶嘶冒气。它伸出两只骸骨般苍白的手去拔匕首，但指头一触到黑曜石便开始冒烟消解。

山姆侧身坐起，瞪大了眼睛。异鬼的身躯正逐渐缩小，混沌模糊，化为一摊液体，最后彻底消失。几十个心跳间，形体已然不存，只余细细一缕盘旋散发的烟雾。下面是乳白玻璃般的骨头，闪着苍白的光，接着也融化了。最后，只有龙晶匕首存留，水汽缭绕中，它仿佛有了生命，好像在出汗。葛兰弯腰去捡，却又立即将它甩开，"圣母啊，它好冷！"

"这是黑曜石，"山姆挣扎着跪起来，"他们管它叫龙晶。龙晶。龙晶。"他咯咯发笑，然后大哭一场，将所有的勇气倾倒在雪地上。

葛兰扶山姆起身，检查了小保罗的脉搏后，替他合上眼睛，然后再次抓起匕首。这回拿得住了。

"你留着它，"山姆道，"你不像我，你不是胆小鬼。"

"好个胆小鬼，连异鬼都杀得了。"葛兰用匕首向前指指，"看那，看到了吗？光明正穿过树木照进来。天亮了，山姆，天亮了，那就是东方。我们只需往前走，就一定能找到莫尔蒙。"

"随你怎么说。"山姆用左脚踢踢一棵树，以震落靴子上面的雪，接着右脚也踢。"我试试看，"他苦着脸跨了一步，"努力试试看。"接着又跨一步。

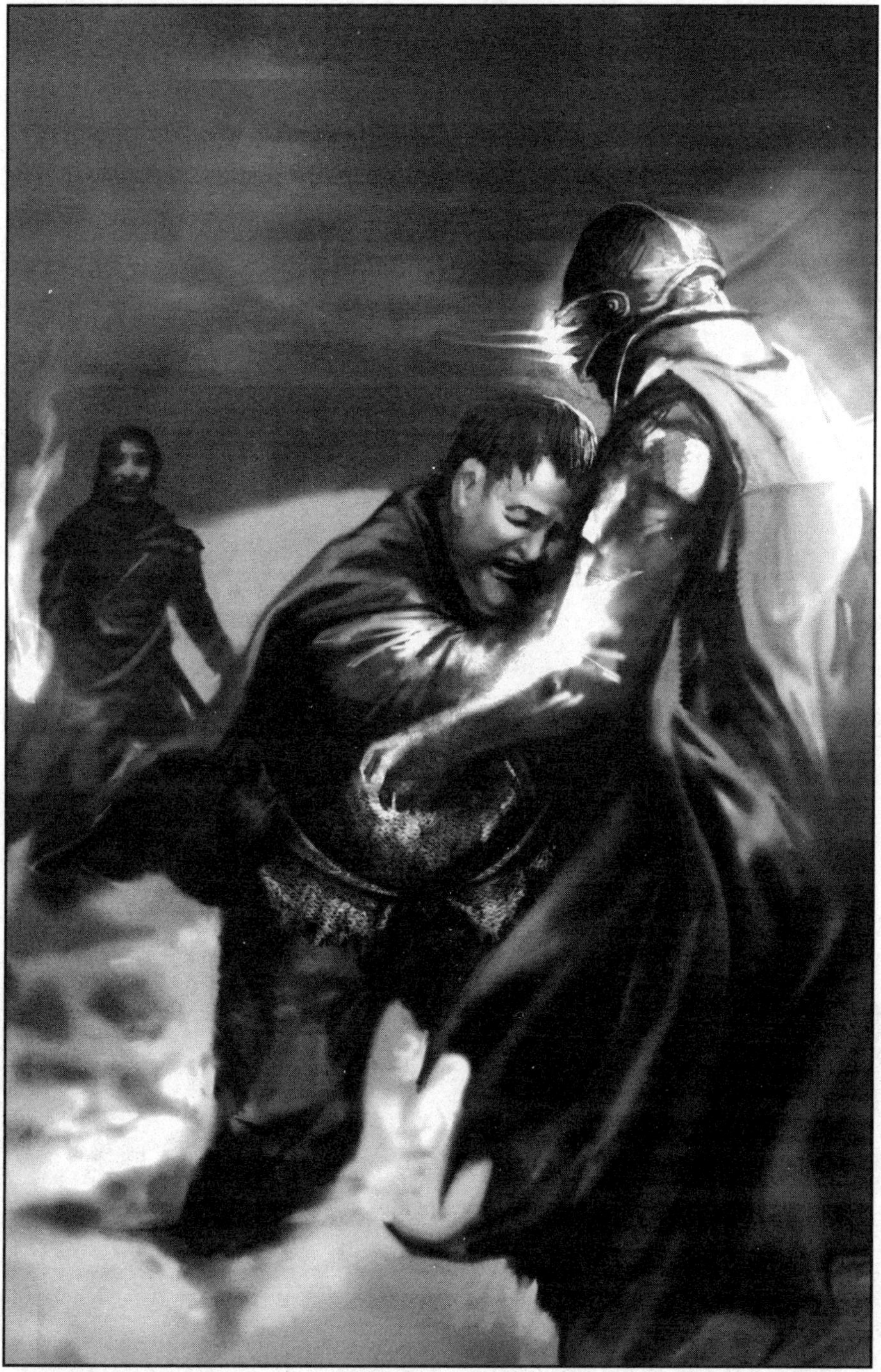

提利昂

泰温·兰尼斯特公爵戴着金光灿灿的首相项链，身穿深紫色天鹅绒外衣，踏入议事厅内。提利尔公爵、雷德温伯爵和罗宛伯爵起立致敬，他一一回礼，朝瓦里斯说了句悄悄话，亲吻总主教的戒指与瑟曦的脸颊，拍拍派席尔国师的手掌，最后坐到长桌首位国王的位子上，左右分别是女儿和弟弟。

提利昂抢占了派席尔在长桌尾端的老位置，长椅加了垫子，以弥补身高的劣势。被驱逐的派席尔坐在瑟曦旁边，那是除国王的位子以外，离侏儒最远的地方。大学士成了副蹒跚的骨架，走路时沉重地倚着一根扭曲的藤杖，颤抖不休。他长长的鸡脖子上曾经丰饶的白须已不复见，几点发丝萌生而出。提利昂有些同情地看着他。

其他人自行落座：梅斯·提利尔公爵结实红润，有着棕色卷发和铁铲形状、间杂白丝的胡须；青亭岛的雷德温伯爵肩膀下垂，身材细瘦，秃顶上只有几丛橙黄头发；金树城伯爵马图斯·罗宛修面齐整，孔武健壮；总主教十分瘦小，下巴上长出稀疏的白须。御前会议有了许多新面孔，提利昂心想，许多新玩家。当我烂在床上时，游戏已经改变，却没有人告诉我规则。

噢，大人们都彬彬有礼，但他们的眼神让他说不出的烦躁。"你那铁索的主意，玩得挺高的。"梅斯·提利尔快活地道，罗宛伯爵在一旁点头，接过话茬，"是啊，是啊，高庭老爷替咱们说出了心声。"他讲得也轻巧。

去你妈的，去对城里的老百姓讲啊，提利昂苦涩地想，去对该死的歌手讲啊，他们只会颂扬蓝礼的鬼魂。

凯冯还算亲切，吻了他的脸颊，"提利昂，蓝赛尔将你的英勇事迹都告诉了我，他非常钦佩你。"

他最好多说几句好话，否则我非揭穿他不可。他逼自己微笑，"我的好堂弟实在太客气了，他的伤大概好了吧，叔叔？"

凯冯爵士皱紧眉头。"反复不定，前天还好点，而今天……真令人担心。你姐姐常到病床前看望，为他提振精神，虔诚祈祷。"

没错，但她祈祷他的生，还是他的死呢？瑟曦无耻地利用他们的堂弟，床上用，床下也用——而今这点小秘密她当然希望蓝赛尔带进坟墓去，有父亲坐镇，他已失去了利用价值。如此说来，她会谋害他吗？单凭外貌打扮，你绝无法相信高贵的太后竟这般残忍。今天她表现得格外迷人，巧笑着与提利尔公爵谈论乔佛里的婚宴，恭维雷德温伯爵孪生儿子的英勇，针对古板的罗宛伯爵则轻声软语，还朝总主教背诵虔诚的词句。"我们开始安排婚礼吧？"一待泰温公爵坐定，她忙问。

"不急，"他们的父亲道，"先处理战争的事。瓦里斯。"

太监谄媚地微笑，"大人，我为你们带来了好消息。昨天早上，咱们果敢的蓝道大人在暮谷城外奇袭罗贝特·葛洛佛，将敌军赶到城堡和大海之间，加以攻击。在随后的战斗中，双方都伤亡惨重，但国王的忠仆最终大获全胜。据报，敌军阵亡超过千人，其中包括赫曼·陶哈爵士。罗贝特·葛洛佛收拾败军，朝赫伦堡逃去，做梦也想不到英勇的格雷果爵士正埋伏在路上。"

"赞美诸神！"派克斯特·雷德温伯爵叫道，"乔佛里国王的伟大胜利！"

乔佛里做了什么呢？提利昂酸溜溜地想。

"是，而且对北方人而言，这是一次严重的失败，"小指头评论，"但领军的并非罗柏·史塔克，这位'少狼主'仍旧享有战无不胜的威名。"

"关于史塔克军的动向,可有情报?"马图斯·罗宛一如既往的直率和生硬。

"他带着掠获物返回奔流城,遗弃了在西境攻占的所有城堡,"泰温公爵宣布,"我的侄子达冯爵士正在兰尼斯港重组他先父的残部,不久将进兵金牙城,与佛勒·普莱斯特爵士会合。一待史塔克北进,两位爵士便直捣奔流城。"

"您肯定史塔克大人会回师北上?"罗宛伯爵质疑,"卡林湾可在铁民手里。"

梅斯·提利尔接口:"没王国的国王算什么呢?那叫乞丐!这小子必定会抛弃河间地,带本部军队与卢斯·波顿会合,全力攻打卡林湾。如果是我,就这么干。"

听了最后一句,提利昂差点咬到舌头。罗柏·史塔克在短短一年之内赢得的战斗比高庭公爵在漫长的二十年戎马生涯里赢得的还要多。提利尔唯一的胜绩是十多年前在杨树滩挫败劳勃·拜拉席恩,那主要还得归功于统率前锋部队的塔利伯爵,公爵率主力赶到时,战斗已基本结束。由梅斯·提利尔亲自指挥的风息堡之围,则拖拖拉拉打了一年,毫无成效,等三叉戟河决战分出胜负,高庭公爵只能向奈德·史塔克降旗归顺。

"我要写信给罗柏·史塔克抗议,"小指头说,"他家波顿大人用我的厅堂饲养山羊,真让人为难。"

凯冯·兰尼斯特爵士清清喉咙,"抛开史塔克不论……最近,自称岛屿和北境之王的巴隆·葛雷乔伊写信来请求结盟。"

"他应该表示臣服才对,"瑟曦不屑地说,"凭什么自称国王?"

"凭征服者的权利,"泰温公爵道,"巴隆国王据守颈泽,就是扼住了罗柏·史塔克的咽喉。铁民们杀了史塔克的继承人,攻陷临冬城,占领卡林湾、深林堡和磐石海岸大部,极大减缓了我方的压力。反之,由于巴隆国王的舰队掌控着落日之海,如果我们不予绥靖,兰尼斯港、仙女岛甚至高庭都将受到威胁。"

"如此说来,只能和他结盟?"马图斯•罗宛伯爵说,"他开出什么条件?"

"要我们承认他的国王地位,并将颈泽以北划归他统治。"

雷德温伯爵嘻嘻笑道:"疯子才在乎颈泽以北的土地!倘若葛雷乔伊愿用士兵和舰队来交换岩石和积雪,我说是笔好买卖,非常划算!"

"不错,"梅斯•提利尔同意,"雷德温大人说出了我的心声。就让巴隆去拖住北方人,我军专心解决史坦尼斯。"

泰温公爵不动声色,"我们还要处理莱莎•艾林的问题。她是琼恩•艾林的遗孀,霍斯特•徒利的女儿,凯特琳•史塔克的姐姐……已有确切证据,证明她丈夫死前与史坦尼斯•拜拉席恩合谋不轨。"

"噢,"梅斯•提利尔的语调依然轻快,"女人是不能打仗的。依我看,就随她去吧,无关痛痒。"

"我同意,"雷德温说,"莱莎夫人一直没出兵,也没犯下叛国罪行。"

提利昂坐不住了。"她把我关进天牢,严厉审判,差点要了我的命!"他怨毒地指出,"此外,她也不曾遵令前来君临向小乔输诚效忠。大人们,请把军队拨给我,我替你们把这位莱莎•艾林赶出山来!"除了扼死瑟曦,他不知还有什么事能比这更令他开心。至今,他仍时常梦见鹰巢城的天牢,冷汗淋漓地醒来。

梅斯•提利尔笑容可掬,但提利昂瞧得出其中的轻蔑。"您或许该把打仗的事留给战士们操心,"高庭公爵说,"无数本领高强的将军尚且在明月山脉或血门前大败亏输,何况您呢?啊,我们很清楚您的价值,大人,请少安毋躁。"

提利昂推开垫子,想站起来,但父亲在他发作前表了态:"提利昂我另有安排，鹰巢城方面，相信培提尔大人有办法。"

"噢，是的，"小指头道，"办法就在我两腿之间。"他那双灰绿眼睛里闪动着淘气的神色，"大人们，只要你们同意，我打算去谷地一游，以赢得莱莎•徒利夫人的青睐。等我讨她做了老婆，我们就将不流一滴血，而把整个艾林谷收入囊中。"

罗宛伯爵有些怀疑，"莱莎夫人会接受您吗？"

"噢，她接受我很多次了，马图斯大人，这点您不用担心。"

"上床，"瑟曦道，"不等于结婚。即便莱莎•艾林这头母牛也清楚其中的区别。"

"是的，要奔流城之女嫁给地位低下的小贵族不可能，"小指头将手一摊，"但现在嘛……要鹰巢城夫人嫁给赫伦堡公爵就不是那么不可思议了，您说对吧？"

提利昂没有放过派克斯特•雷德温与梅斯•提利尔之间交换的眼神。"可以一试，"罗宛伯爵道，"但您必须确保此女归顺国王陛下的统治。"

"大人们，"总主教断言，"深秋将至，世间的善男信女厌倦了战争。若贝里席大人能不费一兵一卒，便将谷地重归国王治下，那自是诸神喜悦，上上之策啊。"

"能有这么顺利？"雷德温伯爵反问，"当今鹰巢城公爵可是琼恩•艾林的儿子，劳勃•艾林。"

"他只是个兔崽子，"小指头道，"我会好好调教，把他养成乔佛里国王陛下最大的崇拜者和我们最忠实的朋友。"

提利昂看着这名留着尖胡须、灰绿眼睛里满溢笑意的瘦小男子。赫伦堡公爵不过是空头衔？算了吧，父亲，他人还没进城，已经在用头衔招摇撞骗啦。狡猾的家伙！

"我们的敌人已经不少，"凯冯•兰尼斯特爵士道，"若能将鹰巢城收归旗下，自是万幸。依我之见，不妨有劳培提尔大人辛苦一趟。"

凯冯爵士一直替哥哥打头阵，提利昂对此心知肚明，他所说的，通常都是泰温公爵的主意。父亲决心已下，提利昂心想，御前会议不过是橡皮图章。

与会的绵羊们咩咩叫着同意，丝毫没有觉察出背后的无形之手，反对者的角色只好由他提利昂来担当。"咱们的培提尔好大人若是要走，王家财政该怎么办呢？众所周知，他是凭空生财的主儿，不可或缺呀。"

小指头哈哈大笑，"我的矮朋友实在太客气。诚如劳勃先王所言，我的工作不过是数铜板，任挑一位聪明商贾都能胜任……何况是沾了凯岩城金光的兰尼斯特？无疑远胜于我。"

"兰尼斯特？"提利昂觉得不对劲。

泰温公爵的金瞳对上儿子大小不一的眼睛，"我相信，你能担当这个遗缺。"

"没问题！"凯冯爵士热忱地说，"你定能将财政打理得井井有条，提利昂。"

泰温公爵回望向小指头，"只要莱莎夫人肯与你成亲，回归王国治下，我便把东境守护一职还给劳勃大人。你打算何时动身？"

"倘若风向顺遂，我明天就走。港内正有艘布拉佛斯船'人鱼王号'，目前正以小舟装运货物，准备出发，我待会儿就去找船长谈谈。"

"如此，您就得错过国王陛下的婚礼啦！"梅斯·提利尔道。

培提尔·贝里席一耸肩，"潮汛和姑娘都不等人，大人，若是秋季风暴来临，旅途将危机四伏。被淹死的我可就当不了好新郎啰。"

"愿诸神赐福于您的坐舰，"总主教说，"全君临的人都会为您的成功而祈祷。"

雷德温伯爵摸摸鼻子,"我们深入谈谈与葛雷乔伊结盟一事如何?依我之见,此举有利可图。一旦葛雷乔伊的长船加入咱青亭岛的舰队,那要跨海攻打龙石岛,结果史坦尼斯·拜拉席恩这个叛逆,便是易如反掌。"

"巴隆国王的长船目前脱不开身,"泰温公爵说,"我们也有其他要紧事急需处理。哼,他开口就要半个王国,凭什么?凭他替我们和史塔克家作对?那是他自己挑起的战争,我们为什么要为免费的午餐掏钱呢?所以说,针对这位派克岛大王最好的政策就是什么也不做,什么也不说,保持缄默,等时局澄清再做选择——大人们,我敢保证,到时候无需奉上半个王国。"

提利昂仔细审视着父亲。他有事瞒住这几位大人,记得上次为凯岩城的继承权争吵时,父亲正有几封重要信件要写。当时他说什么来着?有的胜利靠宝剑和长矛赢取,有的胜利则要靠纸笔和乌鸦。提利昂忍不住揣摩那个所谓的"选择"是什么?父亲为此又开出了什么价码?

"我们开始讨论婚礼吧。"凯冯爵士道。

于是总主教说起贝勒大圣堂所作的筹备工作,瑟曦则逐条强调婚宴的安排。大家决定在王座厅内摆千人大宴,庭院里则设下更多席位,以款待那些进不了厅的人。中庭和外庭都将搭起丝帐篷,摆好盛满食物和酒桶的桌子。

"太后陛下,"派席尔国师道,"为了给婚礼增添喜庆……我们已向阳戟城送出邀请。此刻,三百多恩贵客正向着都城日夜兼程地赶来,希望能不误期。"

"什么?"梅斯·提利尔厉声喝道,"未经我允许,多恩人就想穿越河湾地?"公爵的粗脖子涨成暗红。这难怪,多恩与高庭是世仇,多少世纪以来,两者就在边界上争斗,群山和边疆地之间,袭击你来我往,从无宁日。虽然自多恩归并于七大王国之后,旧有的恨意得以稍减……然而近年来，多恩亲王"红毒蛇"在比武会中弄残了高庭年轻的继承人，怨气又复萌生。这可是两难状况，侏儒心想，不知父亲怎么应付。

"道朗亲王是应我儿的邀请而来，"泰温公爵平静地说，"不只参加典礼，而且将在御前会议中接任重臣席位，并讨回在劳勃先王那里所没有获得的正义，为其妹伊莉亚和她的孩子们复仇。"

提利昂望着提利尔公爵、雷德温伯爵和罗宛伯爵，心里好奇这三人中有没有谁敢大胆到直言询问："可是，泰温大人，将孩子们的尸体包上兰尼斯特的红斗篷，献给劳勃的，不正是您吗？"没人说出口，但脸色一望即知。他看到雷德温大人张大了嘴巴，罗宛大人则似乎哽住了。

"只等国王陛下迎娶您的玛格丽，再将弥赛菈公主嫁给崔斯丹王子，我们三家就是一个大家庭了，"凯冯爵士提醒梅斯•提利尔，"依我看，以往的纠纷就随它去吧，我们要面向未来，您说呢，大人？"

"可，可这是我女儿——"

"——和我孙子的婚礼，"泰温公爵镇定地说，"不容许继续那些陈年纠纷，行吗？"

"我和道朗•马泰尔之间没有纠纷，"提利尔公爵勉强宣布，"只是……他若想假道河湾地，至少该给我打声招呼吧？"

他们才不会穿越高庭的土地，提利昂明白，道朗亲王将攀登骨道，在盛夏厅附近转向东行，然后沿国王大道北上。

"三百多恩人是小事，"瑟曦说，"士兵就在院子里招待，王座厅内加几条凳子给领主和骑士，至于道朗亲王，当然得坐高台。"

别坐我旁边，梅斯•提利尔的眼睛如是说，但他没有答话，只简单地一点头。

"接下来我们谈谈愉快的话题，"泰温公爵道，"胜利的果实等着瓜分呢。"

"噢，还有什么比这更美的呢？"小指头笑问。他已经吃下了自己那份厚礼，赫伦堡。

每位大人都提出要求：城堡、村庄、土地、河流、森林以及小贵族子嗣的抚养权。很幸运，这次战争留下的果实很丰盛，人人都分到了城堡和孤儿。根据瓦里斯的统计，为史坦尼斯的光之王和烈焰红心旗而战的队伍中，共有四十七名领主和六百一十九名骑士送命，此外，还有数以千计的普通士兵丧生。由于被宣布为叛徒，他们子嗣的继承权均遭剥夺，土地和城堡等着分配给国王的忠仆。

最富饶的部分给了高庭，提利昂瞧着梅斯·提利尔的大肚子，心想：他真是贪得无厌啊。提利尔索要自己旗下封臣艾利斯特·佛罗伦的所有土地和城堡——此人打错了算盘，很不幸地先追随蓝礼，然后又投效史坦尼斯。对此要求，泰温公爵欣然应允。于是，亮水城的土地、税赋转封给提利尔公爵的次子勇武的加兰，使他眨眼间成为全国排得上号的大贵族。而他兄长，自然还是高庭的继承人。

其他土地被依次给予罗宛伯爵，以及塔利伯爵、奥克赫特伯爵夫人、海塔尔伯爵等未到场的功臣。雷德温伯爵只要求小指头手下葡萄酒代理人免征青亭岛佳酿三十年关税，获得批准后，他兴高采烈地宣布要即刻进献青亭岛的特产金色葡萄酒，向好国王乔佛里和慈爱睿智的首相大人致敬。听他喋喋不休，瑟曦失去了耐性。"小乔要的是军队，并非什么致敬，"她叫道，"王国里到处都是叛徒和伪君子！"

"他们是不会长久的，太后陛下。"瓦里斯甜腻腻地接口。

"还有最后几件事，大人们，"凯冯爵士理理文件，"亚当爵士找到了总主教水晶冠的碎片，事情很清楚，有贼人偷走不少水晶，并熔化了黄金。"

"天父无所不知，他们的罪恶逃不过审判。"总主教虔诚地说。

"这点毫无疑问，"泰温公爵道，"但首先，国王的婚礼大典上您必须戴冠冕。瑟曦，召集御用金匠，替我们的总主教大人赶制一顶。"不等回答，他转向瓦里斯。"你有什么新报告？"

太监从衣袖里抽出一张羊皮纸。"五指半岛附近有人目击海怪，"他咯咯笑道，"提醒大家，不是说葛雷乔伊哟，而是真家伙，它击沉了一艘伊班捕鲸船。石阶列岛战火不断，主要是泰洛西人和里斯人的火并，双方都在争取密尔人的支持。玉海归来的商人宣称科霍尔城内有只三头龙诞生，整个城市为之——"

"我不关心龙或海怪，它有多少个头都无所谓，"泰温公爵说，"你的眼线就没有一点关于我侄子的线索？"

"唉，咱们挚爱的提瑞克消失得无影无踪，好个勇敢又可怜的孩子啊。"瓦里斯的眼泪快要掉下来了。

"泰温，"凯冯爵士抢在哥哥表现出不悦之前开口，"许多在战斗中逃亡的金袍子如今又回到兵营，打算重新参军。亚当爵士请示如何处理他们。"

"他们懦弱无能，差点危及小乔的生命，"瑟曦立刻接口，"应该全部斩首。"

瓦里斯叹道："临阵脱逃，理当一死，太后陛下，这无可厚非。可是呢，眼下人手短缺，或许可以发配他们去戍守长城。我们刚接到报告，野人……"

"野人，海怪，巨龙。"梅斯·提利尔"扑哧"一笑，"真是古灵精怪大会合呀！"

泰温公爵不理他的嘲弄："逃兵的用处是给后人警告。用锤子敲掉他们的膝盖，使其不能再逃跑，也无法上街乞讨。"他扫视桌边众人，没人反对。

提利昂还记得当初对长城的访问,记得和老莫尔蒙及众官员分享的螃蟹大餐,记得熊老的忧虑。"依我看,敲掉几个带头人的膝盖就好,尤其是那几个杀杰斯林爵士的人。其他人打包送给马尔锡吧。守夜人兵力不足,假如长城有个闪失……"

"……野人就会直捣北境,"父亲指出,"为史塔克和葛雷乔伊制造新的麻烦。他们既不向铁王座表示忠顺,我们又为何要提供援助?罗柏和巴隆都自称为北境之王,就该好好保家卫土去,如果办不到的话,那么曼斯·雷德或许才是我们该找的盟友。"泰温公爵望着弟弟,"还有议题么?"

凯冯爵士摇摇头,"没有了。大人们,乔佛里国王陛下感谢诸位睿智的建议和忠诚的服务。"

"我有话单独和孩子们谈谈,"众人起立后,泰温公爵说,"你也留下,凯冯。"重臣们顺从地告辞。瓦里斯率先出门,走在最后的是提利尔和雷德温。当议事厅内只剩四个兰尼斯特时,凯冯爵士关上大门。

"财政大臣?"提利昂矫揉造作地说,"乖乖,谁灵光一现的主意啊?"

"培提尔大人自己的想法,"父亲说,"我正好顺势推舟,国库早该掌握在我们兰尼斯特手里。怎么,你不是要我给你安排要职吗,究竟能不能胜任?"

"当然能。"提利昂道,"怕只怕其中有诈。小指头既狡猾又怀有野心,我不信任他,你也别信任他。"

"他为我们赢得高庭的支持……"瑟曦开口。

"……还把奈德·史塔克卖给了你。没错,我很清楚他的行径,只要有利可图,他会同样迅速地出卖我们。钱财和刀剑都不能交到这种人手中。"

凯冯叔叔不以为然,"我们兰尼斯特不是史塔克。你就放心接任大臣一职吧，凯岩城的金子……"

"……纵然多，但都是从地里辛辛苦苦挖出来的。而小指头的钱似乎能凭空诞生，只需指头轻轻一撮。"

"是啊，亲爱的弟弟，他的本领比你高超许多哟。"瑟曦用怨毒的甜美口吻说。

"小指头是个骗子——"

"——和你一样。乌鸦还嫌八哥黑。"

泰温公爵猛地一掌拍在桌子上。"够了！无休无止地争吵，你们两个就不觉得丢脸吗？都是兰尼斯特家的人，给我注意点风度！"

凯冯爵士清清喉咙。"让培提尔•贝里席统治鹰巢城，总比莱莎夫人其他追求者要好。约恩•罗伊斯、林恩•科布瑞、霍顿•雷德佛……哪个不是野心勃勃，骄傲难驯？小指头固然狡猾，但出身寒微，武艺不精。想想看，谷地诸侯绝不会接受他作为主君，明争暗斗不就在眼前？"他望向哥哥，待泰温公爵点头后，便又续道，"而且——培提尔大人的忠诚必须得到奖励。昨天，他刚把提利尔家打算诱骗珊莎•史塔克前往高庭'拜访'，然后就地由梅斯大人的长子维拉斯迎娶的计划通报我们。"

"小指头通风报信？"提利昂朝前倾身，"我们的情报总管反而不知？有趣，真有趣。"

瑟曦则轻松地说："珊莎是我的人质，未经我允许，她哪儿也去不了。"

"只要提利尔大人开口，你根本无法阻止，"父亲指出，"拒绝就是不信任，不信任构成冒犯。"

"冒犯就冒犯，有何打紧？"

真是个猪脑袋，提利昂心想。"亲爱的姐姐，"他耐心解释，"冒犯提利尔就等于冒犯雷德温、冒犯塔利、冒犯罗宛和冒犯海塔尔。他们或许将开始盘算，罗柏·史塔克会不会更合自己胃口呢？"

"玫瑰想和冰原狼同床，门都没有，"泰温公爵宣布，"我们得先发制人。"

"怎么做？"瑟曦问。

"通过联姻。从你开始。"

这话来得如此突然，瑟曦愣了半晌，随后脸像挨了巴掌似的红起来。"不，我不要再婚，不……不。"

"太后陛下，"凯冯爵士彬彬有礼地说，"您还年轻，美貌依然，丰饶多产，总不能下半辈子独守空闺吧？况且您一旦再婚，就能终结那些有关乱伦的无耻谰言。"

"你多当一天的寡妇，就是多给史坦尼斯一天诽谤的机会，"泰温公爵告诉女儿，"你得有个新丈夫，生下新孩子。"

"三个孩子已经足够。我是七大王国的太后，不是专司生产的母马！摄政王应该自己做主！"

"你是我女儿，必须照我的意思做。"

她站起来，"我不会坐在这里听——"

"你当然要听，如果还想在丈夫的选择上有发言权的话。"泰温公爵平静地说。

她犹豫片刻，又坐下来，"我决不再婚！"

尽管姐姐高声叫嚣，但提利昂明白她已经输了。

"你必须再婚，也必须生子，每生一个孩子，就是扇史坦尼斯一记耳光。"父亲的眼神似乎将女儿钉在椅子上。"梅斯·提利尔、派克斯特·雷德温和道朗·马泰尔都娶了年轻姑娘，一时半会插不进去，只有巴隆·葛雷乔伊的老婆年老体衰。透过联姻，能赢得铁群岛的支持，但我还在犹豫这样的结合是否明智。"

"不，"瑟曦苍白的嘴唇结结巴巴地支吾着，"不，不，不……"

想到姐姐要被送去鸟不生蛋的派克岛，提利昂简直掩饰不住内心的狂喜。赞美诸神，它们毕竟听见了我的祈祷。

泰温公爵浑不理会地继续，"奥柏伦·马泰尔本可考虑，可如此一来又会冒犯提利尔。所以，算来算去，目光得盯住小字辈，你不会在意嫁给年轻男人吧？"

"我不会嫁给任何男——"

"我考虑过雷德温的孪生子、席恩·葛雷乔伊、昆廷·马泰尔，以及其他十来个候选人。但从根本上说，助我们打败史坦尼斯、保住王位的，乃是与提利尔的联盟，应该对它加以巩固。现而今，洛拉斯爵士披了白袍，加兰爵士和佛索威家成亲，只剩一个选择，那就是他们计划用来迎娶珊莎·史塔克的长子。"

维拉斯·提利尔。从瑟曦无助的怒火中，提利昂感到邪性的欢乐。"这家伙是个残废。"他指出。

父亲冷冷一眼让他闭了嘴。"维拉斯是高庭的继承人，根据各种情报来看，还是个温和有礼的青年，喜好读书和观星。此外，他有繁殖动物的兴趣，养了七国上下最为优良的猎狗、猎鹰和骏马。"

真是绝配，提利昂欢快地想，瑟曦在"繁殖"那方面也有兴趣。可怜的维拉斯·提利尔，等见到我姐姐，真不知他该哭还是该笑。

"综合各种因素，巴隆大王和提利尔的继承人是两大目标，"泰温公爵总结，"如果是我，会选择后者。"

"您真是太好心了，父亲，"瑟曦带着冰冷的礼数说，"好一个艰难的选择。要跟我上床的，不是老乌贼，便是残废的狗崽子？好，好，请给我几天时间考虑。我可以走了吗？"

你是太后，笨蛋，提利昂想对她说，他才该来请示你。

"走吧，"父亲说，"等你冷静下来，我们再谈。记住自己的责任。"

瑟曦迅速离开房间，怒气显而易见。她奈何不了父亲。从前在与劳勃的婚事上，已经证明了这一点。但詹姆是个危险因素。瑟曦初次结婚时，哥哥还年轻，如今却绝不会轻易接受姐姐再婚的事实。不幸的维拉斯·提利尔很可能将面临死亡威胁，接下来就是高庭和凯岩城联盟瓦解，刀兵相见。呃，我该说点什么吗？对不起，父亲，我老姐想嫁的其实是我老哥？

"提利昂。"

他听天由命地一笑，"司仪宣我出场了？"

"爱搞妓女，是你最大的弱点，"泰温公爵不加掩饰地说，"这点我也有责任。由于你身材跟小孩似的，就不把你当成年男子看待，不考虑你的性需求，这是我的过失。总的来说，你长大了，该结婚了。"

我结过婚，你忘了吗？提利昂扭扭嘴唇，烂鼻子呈现出半是嬉笑、半是咆哮的怪相。

"提起结婚，令你如此兴奋？"

"噢，我只是在想，一个多么英俊潇洒的新郎将要诞生了啊。"事实上，他的确需要一个老婆，凭着对方的土地和城堡，他能远离乔佛里的宫廷……远离瑟曦和父亲。

但另一方面，这就很对不起雪伊了。不管她如何赌咒发誓只想当我的"妓女"，我知道她心里很不痛快。

当然啦，这名营妓对父亲而言比鸿毛还轻，于是提利昂向上蠕蠕身子，道："你要我娶珊莎·史塔克，以化解提利尔家的威胁，是也不是？"

"在完成乔佛里的婚礼之前，提利尔大人不会提出史塔克女孩的问题，这里面有个时间差。如果珊莎在之前就结了婚，便不构成冒犯，因为我们根本不清楚他的'意图'。"

"正是，"凯冯爵士接口，"然后我们顺势提议瑟曦与维拉斯联姻，作为安抚。"

提利昂揉揉发痒的烂鼻子。"自珊莎的父亲身亡以后，咱们高贵的脓包陛下就对她很不好，今天她刚摆脱小乔，你又要她嫁给我。这好残忍啊，即便是你，也不会感到不安吗，父亲？"

"怎么，你打算虐待她？"父亲语气中更多的是好奇，"老实讲，她的幸福根本不在我的考虑范围之内，你也不用多想。眼下，我们与南境的联盟如同凯岩城一样坚硬牢实，但北方叛乱未息，解决的关键就在于珊莎·史塔克。"

"她不过是个孩子。"

"你姐姐向我保证她已经来潮。正确地讲，她是个女人，可以上床。你，必须立刻取得她的贞操，以防夜长梦多。在此之后，要冷落她一年、两年，甚至十年，都是你作为丈夫的权利。"

我想要的只有雪伊，他心想，而且珊莎是个天真的小姑娘，老混蛋。"你既不想让提利尔家得到她，干吗不把她送回去？如此一来，或能与罗柏·史塔克和解也说不定。"

泰温公爵一脸轻蔑，"把她送回奔流城，她母亲就会将她嫁给布莱伍德、梅利斯特或其他人，以确保她儿子在三河流域站稳脚跟；把她送回北境，则会让曼德勒家或安柏家得利；与之相比，她和提利尔家结合的威胁倒还小些。所以，时不我待，我们兰尼斯特必须立刻动手。"

"谁娶珊莎·史塔克，谁就能获得临冬城的继承权，"凯冯叔叔解释，"你就不动心么？"

"如果你实在不愿意，我们只好把她给你的表亲们，"父亲道，"凯冯，依你看，蓝赛尔身体撑得住吗？"

凯冯爵士犹豫半晌，"要他和这女孩上床，只能做些前戏……交合嘛，还不行……本来我那对双胞胎挺合适，但俩人目前都被史塔克关押，吉娜的儿子提恩也是这个问题。"

提利昂任父亲和叔叔一唱一和，他心知肚明，说了半天都是为了打动他。珊莎·史塔克，他思索，那个说话温柔、笑容甜蜜的珊莎，那个喜欢漂亮衣服、动人歌谣、英雄事迹和俊俏骑士的珊莎。想到要和她成亲，他好似又回到船桥上，甲板在脚底咯吱摇晃。

"你要我奖励你在战争中的表现，"泰温公爵刻意提醒他，"这就是奖品，提利昂，是你一辈子最好的机会。"父亲的指头不耐烦地敲打桌面，"从前，我计划让你哥娶莱莎·徒利为妻，可惜伊里斯先我一步把詹姆收为铁卫。我向霍斯特公爵提议用你作代替，他的回答是他们徒利家的女儿要个完人，不要半人。"

所以他把她嫁给琼恩·艾林——老得足以当她祖父！想到莱莎·艾林如今的样子，提利昂不由得忘了恼怒，只想谢天谢地。

"我还拿你向多恩提亲，却被对方当成侮辱，"泰温公爵续道，"以后数年间，约恩·罗伊斯和雷顿·海塔尔也都拒绝了我的提议。见你实在娶不了人，我只好降低标准，向佛罗伦家讨要那个劳勃在他弟弟婚床上玷污过的女人，但他父亲宁可将她送给麾下诺科斯家的骑士，也不愿要你。"

"今次，你若当真拒绝这个史塔克女孩，我也会为你找个老婆。七大王国地域广大，乐意与凯岩城结交的小贵族比比皆是。例如，坦妲伯爵夫人正式提出以洛丽丝……"

提利昂慌忙否定："她？她若过来，我宁愿把那话儿割了喂山羊吃。"

"既然你不傻，就给我面对现实！这史塔克女孩年轻、漂亮、温顺，不仅出身高贵，还是个真真正正的处女。条件这么好，你还犹豫什么？"

我在犹豫什么？"请原谅，就个人而言，我更想要个乐意跟我上床的老婆。"

"你以为那些跟你上床的婊子都心甘情愿吗？不可救药的大傻瓜！"泰温公爵说，"你太让我失望了，提利昂。我本认为这个提议会让你满意。"

"是啊，咱俩都清楚您有多在乎我的感受。算了，说说实质问题，你说解决北方的关键在于珊莎•史塔克？但眼下北方的主人是葛雷乔伊，他家也有个女儿，为何要我娶珊莎•史塔克，而不是她？"他望进父亲的眼睛，那对闪烁着明亮金光的冰冷绿眸。

泰温公爵十指交叉，顶着下巴。"巴隆•葛雷乔伊满脑子想的都是劫掠，根本不懂统治之道。就让他享受一秋的王冠，然后经历北境的寒冬吧，你瞧好，北方人很快会起来造反，等春天一到，海怪们就得被扔出去。到那时候，你护送艾德•史塔克的孙子荣归故里，接受贵族与平民的朝拜，你的孩子将坐上古老的王座——我希望，你有生孩子的能力吧？"

"我相信我能，"他生硬地说，"虽然得承认，我还没证明过。你瞧，我可是试了又试，把我小小的种子播在……"

"阴沟和粪坑里，"泰温公爵替他说完，"在那种地方，也只可能留下麻烦的杂种。你该负起责任来，清理后花园了。"他站起身，"我说过，绝不会把凯岩城传给你，但是，我可以给你珊莎•史塔克，给你临冬城。"

临冬城摄政提利昂•兰尼斯特。想到这儿，他不禁奇怪地浑身颤抖。"很公平，父亲，"他缓缓地说，"但在你整个计划里面，有个极大的障碍：罗柏•史塔克的生产能力想必不在我之下，而他又和素有丰饶之名的佛雷家族定了亲，如此一来，只要少狼主生出个小崽子，那珊莎的孩子就什么也继承不了了。"

泰温公爵不为所动，"我跟你保证，罗柏•史塔克和丰饶的佛雷家族之间没有关系。有个小新闻我没在御前会议上讲，但这些大人们很快就会知道：少狼主已和加文•维斯特林的长女成了亲。"

片刻之间,提利昂简直不敢相信自己的耳朵。"背弃自己的誓言?"他怀疑地反问,"背弃佛雷家族?就为……"真不知该怎么形容。

"就为一个名叫简妮的十六岁少女,"凯冯爵士道,"从前,加文大人拿她向我的威廉和马丁提过亲,我拒绝了,理由很简单,加文本身是个好人,可他娶希蓓儿·斯派瑟为妻,她算什么东西?维斯特林家就有这个传统:对荣誉太刻板,搞得脑子不清醒。实际上,希蓓儿夫人的祖父是个卖藏红花和胡椒粉的贩子,出身比史坦尼斯手下那走私贩还低,而她祖母更是东方来的神秘人物——身躯老朽不堪,却有一股子怕人的气势,人唤作'巫魔女',其真名无法发音。当年,兰尼斯港里一多半人跑到她那儿去购买还魂药、春情丹之类的东西。"叔叔耸耸肩,"好在她早死了,简妮我倒见过一次,是个甜美的好孩子,虽然血统嘛……"

提利昂和妓女结过婚,因此叔叔认为十恶不赦的血统,他并不太在意。如此说来……甜美的好孩子,毒药往往以糖为衣,这其中有蹊跷……维斯特林家族系古老,更以此为傲。要高贵的加文·维斯特林大人与希蓓儿夫人成亲,想必有钱财的关系。他去过峭岩城,那里的矿藏早已采尽,土地纷纷出卖抵押,城堡本身也年久失修,不过是一座孤立在海边峭壁上的浪漫废墟罢了。"很意外,"提利昂承认,"我以为罗柏·史塔克挺会谋划。"

"他是个十六岁的小子,"泰温公爵说,"谋划不属于这个年纪,它让位于时髦的荣誉、爱情和淫欲。"

"他背弃自己的誓言,羞辱治下的封臣,置神圣的婚约于不顾,还谈得上什么荣誉?"

凯冯爵士给予解答:"他把那女孩的荣誉放在自己的荣誉之上。他开了她的苞,便看得比天还高。"

"他若真为她好,不如让她留着一个私生子和对他的思念而去。"提利昂坦率地说。与他成亲,维斯特林家族就彻底完了,土地、城堡和成员将被统统消灭。兰尼斯特有债必还。

"你要记住,简妮·维斯特林是她母亲的女儿,"泰温公爵宣布,"而罗柏·史塔克是他父亲的儿子。"

提利昂很好奇,为何维斯特林的背叛竟没激怒父亲。父亲最受不了手下封臣三心二意,早在少年时代,便亲自将卡斯特梅城高傲的雷耶斯家和塔贝克厅古老的塔贝克家斩草除根,为此,歌手们谱了一首阴沉的曲谣。多年以后,当仙女城的法曼大人不服管制时,泰温公爵没有多说,只送去一名竖琴手。城堡大厅里响起《卡斯特梅的雨季》,法曼从此俯首归顺。对那些敢于蔑视凯岩城威严的人而言,雷耶斯家和塔贝克家无言的废墟是永久的警示。"峭岩城离卡斯特梅和塔贝克厅不远,"提利昂指出,"所以你认为维斯特林家迟早会想起教训。"

"他们会的,"泰温公爵道,"我向你保证,他们记得卡斯特梅城的下场。"

"那要是维斯特林和斯派瑟们蠢到认定狼能战胜狮子呢?"

在很长一段时间里,泰温·兰尼斯特公爵看起来都想笑,虽然到最后他并没有笑,但显然没将提利昂的疑问放在心上。"最蠢的人通常也比嘲笑他们的家伙聪明。"他总结,"你必须与珊莎·史塔克结婚,提利昂,而且要快。"

凯特琳

他们把尸体扛在肩上，抬到高台下面。烛光摇曳的大厅里，一片沉寂，唯有半个城堡之外的灰风在厉声长嗥。透过石墙和木门，穿越暗夜与冰雨，凯特琳心想，他闻出了血腥，体会到死亡和破灭。

她站在罗柏所坐高位的左手，从上往下，竟以为自己看见了布兰和瑞肯的尸体。这两位其实比她的孩子要大一些，但赤裸的尸身已开始萎缩，湿淋淋的冰冷躯体看不到一丝生气。

那金发小孩的下巴上，才刚长出几点浅黄色的胡须，胡须下面就是匕首割开的红色伤痕。他长长的金发依旧湿漉漉的，就像刚洗过澡，死得如此沉静，如此平和，想必还在睡梦之中。他的棕发表弟却为生命搏斗过，手臂全是格挡留下的剑伤，而红色的液体依旧从胸膛、小腹和背部的伤口中缓缓流出，好像全身上下许多无牙的嘴巴在淌唾沫，幸好夜雨将其他部分冲刷干净。

罗柏是戴着王冠来的，青铜在火炬下散发出昏暗的光，洒下阴影，遮蔽了他死盯住尸体的眼睛。他也看到了布兰和瑞肯的影子吗？她想哭，却没有眼泪。两个孩子死前遭到长期囚禁，皮肤显得苍白，但掩盖不了本身的俊俏，令人震颤的血红配上白皙柔软的皮肤，让人不忍目睹。倘若珊莎被害，他们也会把她放在铁王座下么？她的白肤也会染满鲜血吗？门外，雨，哗哗地下，狼，无情地嗥。

弟弟艾德慕站在罗柏右边，一只手放在他父亲宝座的椅背上，神情还有些迷迷糊糊。国王派人将他们姐弟从熟睡中唤醒，粗暴地打断了弟弟的美梦。弟弟，你真的在做美梦吗？你真的梦见了阳光、欢笑和少女之吻吗？希望如此。她自己的梦总是黑暗而恐怖。

高台下站满罗柏麾下的诸侯和将领，有的已披挂好盔甲和兵器，有的只来得及穿便服乃至睡衣。雷纳德·维斯特林爵士和他叔叔罗佛·斯派瑟爵士也在其中，但罗柏并未打搅他的王后。峭岩城离凯岩城不远，凯特琳忆起，简妮小时候说不定常和今天横死的这两位孩子玩耍呢。

于是，她将注意力放回侍从威廉·兰尼斯特和提恩·佛雷的尸体上，等待儿子讲话。

良久，国王才把目光自血淋淋的尸体上抬起。"小琼恩，"他说，"叫你父亲把他们带进来。"听罢此话，小琼恩·安柏无言地转身，脚步回荡在雄伟的石厅内。

接着大琼恩押解犯人进厅，凯特琳发现人们纷纷避之唯恐不及，好似罪恶能通过触碰、眼神乃至咳嗽传染似的。押送者和俘虏长得同样高大，粗粗的胡子，发长过肩。大琼恩的部下有两人带伤，俘虏中也有三人中剑。他们都穿着铁环串联成的链甲或环甲衫，长筒靴，厚斗篷，其中有羊毛织的，也有天然动物毛皮。只能看手中是否握有兵器来将他们区分开来。北境是个酷寒艰苦的地方，毫无怜悯可言，一千年以前，当她首度来到临冬城时，奈德便提醒过她。

"五个，"当俘虏们静悄悄、湿淋淋地站到高台下，罗柏开口道，"只有五个？"

"一共八个，"大琼恩声若洪钟，"我们抓人时杀掉两个，还有一个伤得快不行了。"

国王看着俘虏们的脸，"你们八个身强力壮的汉子去杀两个手无寸铁的侍从？"

艾德慕·徒利插话："他们为进塔，还谋害了我手下两名守卫。德普与埃伍德。"

"这不是谋害,爵士,"瑞卡德·卡史塔克伯爵面不改色地宣称,他被绳子紧紧捆住,脸上鲜血淋漓,"谁也无权阻止父亲为儿子复仇。"

他的话在凯特琳耳边回荡,如战鼓一般刺耳和残酷。她只觉喉咙干燥。都是我的错。为了自己的女儿,我害了这两个孩子。

"在呓语森林,我亲眼看见你的儿子们战死沙场,"罗柏告诉卡史塔克伯爵,"可托伦并非提恩·佛雷所杀,艾德也不是死在威廉·兰尼斯特手里,这怎能称为复仇呢?这是愚行,血淋淋的谋杀!你的两个儿子光荣战死,你不能用这个来辱没他们。"

"他们都死了,"瑞卡德·卡史塔克毫不动容,"弑君者下的毒手。此二人与他同族,死不足惜,血债只能血偿。"

"用孩子的血来偿还?"罗柏愤怒地指着尸体,"他们有多大?不过十二三岁!仅仅是侍从而已!"

"每场战斗,都有侍从丧生。"

"没错,打起仗来谁也说不准。可早在呓语森林,提恩·佛雷和威廉·兰尼斯特就放下了武器,从此以后,他们只是俘虏,被解除武装,锁在牢房……该死的,他们只是孩子!你看着他们!"

卡史塔克伯爵没有低头,反而昂首望向凯特琳。"叫你母亲去看,"他傲然道,"她和我有同样的责任。"

她不得不伸手扶住罗柏的座位,整个大厅在眼前旋转,阵阵恶心接踵袭来。

"我母亲与此事毫无瓜葛,"罗柏发了火,"这是你干的,你的谋杀,你的背叛!"

"背叛?真是奇了,杀兰尼斯特家的人成了叛徒,放兰尼斯特家的人反是忠臣。"卡史塔克大人讥刺地说,"陛下,您莫非忘了我们还在跟凯岩城打仗?打仗就是要死人的。你老爸教过你这点吗,小子?"

"你说什么？"大琼恩抡起套着钢甲的拳头砸去，将伯爵打倒在地。

"别动他！"罗柏严厉地下令，安柏大人顺从地退开。

卡史塔克伯爵吐出一颗牙齿，"很好，安柏大人，让国王来处置我。陛下打算轻描淡写地斥责我几句，然后加以原谅，他不就是这样处理叛徒的吗，我们的北境之王？"血肉模糊的嘴巴笑了笑，"哦，我是不是该改口称您为'失去北境之王'？"

大琼恩从卫士手中夺过长矛，抵住卡史塔克的背脊。"让我宰了他，陛下，让我戳开他的肚子，看看里面到底是什么心肠！"

厅门轰然撞开，黑鱼踏步而入，雨水如注般顺他的斗篷和头盔滴下，他身后跟着无数徒利家族的士兵。门外，闪电撕裂夜空，漆黑的雨，沉重地击打着奔流城的砂岩墙垒。布兰登爵士走到高位前，除下头盔，单膝跪地。"陛下。"他没有多说，但严峻的语气说明了一切。

"散会后，我将在会客室私下接见布兰登爵士，"罗柏站起身来，"大琼恩，请你继续看守卡史塔克伯爵，其他七人统统吊死。"

大琼恩放低长矛，"连死人也吊？"

"对，我不要这些脏东西污染我舅舅的河流，让他们去喂乌鸦。"

一名俘虏猛地跪下。"发发慈悲吧，陛下，我一个人也没杀，只是替他们看门，瞧瞧有没有人经过而已。"

国王考虑片刻，"你明白卡史塔克大人的意图吗？你看见同伴们的武器了吗？你听见尖叫、呐喊和哭诉了吗？"

"是，是，我都知道，可我没有参加。我只帮他们看门，我发誓……"

"安柏大人，"罗柏朗声道，"这个人只负责看门，最后一个吊死他,好让他看着其他人死去。母亲,舅舅,方便的话,请随我来。"他转身离去,大琼恩的人用长矛将俘虏们驱出大厅。门外的闪电越来越响,轰隆不休,仿佛整个城堡都在震撼。这就是王国覆灭的丧钟吗?凯特琳不禁想。

会客室内一片黑暗,好似隔了层层厚墙,遮蔽住雷霆之声。一名仆人举着油灯进来生火,却被罗柏遣开,只要对方将灯留下。厅内桌椅都不缺,但只有艾德慕一屁股坐了下来,当他发现其他人都僵硬地站着,便又不好意思地起身。国王取下王冠,放在面前的桌子上。

黑鱼关上门,"卡史塔克的人全跑了。"

"全跑了?"罗柏的声音浑浊不清,其中透着绝望还是愤怒?连凯特琳也不清楚。

"能操家伙的人全跑了,"布兰登爵士解释,"只有小贩、营妓、仆人和伤员留在营地。我们拷问过不少人,事实非常明显,他们昨天黄昏时开始逃营,开始三三两两地跑,后来则是成群结队。卡史塔克大人要伤员和仆人们继续将营火全部燃起,以防被人发觉,不过雨下得这么大,都没有分别了。"

"他们在奔流城外重新集结?"罗柏询问。

"不,他们四散开来,到处搜索。卡史塔克大人指天发誓,无论出身高低,谁能将弑君者人头献上,他就把自己的闺女给谁。"

诸神慈悲,凯特琳又是一阵眩晕。

"将近三百名骑兵,六百匹骏马,就这么在夜色中遁逃无踪,"罗柏揉着太阳穴,王冠在他耳边柔软的皮肤上压出了痕迹,"我们失去了卡霍城的骑兵部队。"

都是我的错,我的错啊,诸神饶恕我。凯特琳虽不谙军事,却也明白罗柏此刻所处的困境。儿子暂时还拥有河间地,但他的王国北西南三面都有强敌环伺,而东边的莱莎又躲在高山上,浑若事不关己。目前河渡口领主态度暧昧，导致三河地区也不巩固，这下又失去了卡史塔克家……"

"必须封锁消息，"弟弟艾德慕发言，"倘若今天的事传到泰温公爵耳中……天下皆知，兰尼斯特有债必还。假如给他得晓，我们就只有祈祷圣母慈悲了。"

珊莎。凯特琳的指甲深深地陷进柔软的掌心，痛得她不禁握手成拳。

罗柏冰冷地看了艾德慕一眼。"你要我既当骗子，又当杀人犯，是吗，舅舅？"

"我们无需说谎，只是什么也别说。把那两个孩子埋掉，在战争结束前，一句也不提。您想想，威廉是凯冯·兰尼斯特爵士的儿子，泰温·公爵的侄儿，提恩的母亲是吉娜夫人，父亲来自佛雷家族。如此看来，就连李河城方面也半点不可泄露，直到……"

"直到让死人复生？"黑鱼布兰登尖刻地说，"艾德慕，真相早就被卡史塔克家的人带出去啦，要玩游戏，我们已经晚了一步。"

"我必须公布真相，并还予他们正义，"国王道，"这不仅是我欠他们的，也是欠他们父亲的。"他盯着自己的王冠，沉暗的青铜与黑铁长剑。"卡史塔克大人挑衅我，背叛我，我别无选择，只能判他死刑。天杀的！真不知卢斯·波顿麾下的卡史塔克步兵知道主子被斩首后会作何反应，得立刻送出警告才行。"

"卡史塔克大人的继承人正在赫伦堡，"布兰登爵士提醒罗柏，"那是他的长子，从前被兰尼斯特家在绿叉河畔俘虏过。"

"哈利昂，他叫哈利昂，"罗柏苦涩地笑笑，"国王应该了解自己的敌人，不是吗？"

黑鱼精明地望着主子，"您觉得他是您的敌人？年轻的卡史塔克会因此而与您为敌？"

"你什么意思？我杀了他父亲，难道他会感激我？"

"说不准。世上多的是恨父亲的儿子,而您一刀下去,他就成了卡霍城伯爵。"

罗柏摇摇头,"就算他心里这样想,也不会表现出来,否则无法约束手下。舅公,你不了解,他们都是北方人,北境永不遗忘。"

"那就饶恕他吧。"艾德慕·徒利劝道。

国王轻蔑地直视舅舅。

艾德慕在国王的瞪视下面红耳赤。"我是说,饶过他的性命。陛下,我和您一样恨他,他杀了我的人,可怜的德普刚从詹姆爵士给他的剑伤中恢复,便又遭此厄运。我们必须惩罚卡史塔克大人,这没错……或许,把他锁起来……"

"作为人质?"凯特琳说。或许是个办法……

"对,对,作为人质!"弟弟将她的思考当成了救命稻草,"告诉他儿子,只要保证效忠,就放过他父亲的性命。您瞧……佛雷那方面,除非我甘愿他随便塞给我一个女儿,并且答应替这老小子抬担架,否则他根本不会松口。若再失去卡史塔克家,我们的事业还有什么希望呢?"

"希望……"罗柏重重地喘了口气,将黑发从眼睛上拨开,"没有罗德利克爵士的消息,没有瓦德·佛雷的答复,鹰巢城方面更是从无回应,"他向母亲倾诉,"你妹妹到底会不会答复?我到底要给她写多少封信?我简直不能相信派去的信鸦连一只也没有抵达。"

儿子需要慰藉,需要确认一切都好,对此凯特琳非常明白,但他不仅是她的儿子,更是她的国王,国王需要真相。"信鸦肯定到过她那里——不管她承不承认,在不在意。罗柏,实话实说,你无法期待莱莎伸出援手。莱莎从来都不勇敢。小时候,无论做错了什么,她首先想到的就是逃跑藏起来。也许她以为只要父亲大人找不到她,就不会动怒。那是我跟她一起生活时的事,现在的她也没有差别。她因为恐惧而逃出君临,逃到她自认为最安全的地方,在山上坐等大家把她遗忘。"

"如果峡谷骑士加入我方,战争形势将立刻大变。"罗柏道,"就算她不愿参战,能否打开血门,让我们前往海鸥镇乘船北上呢?山路固然艰险,总比在颈泽血战好得多。只要我于白港登陆,就可侧击卡林湾,不出半年,便能将铁民从北境干净利落地赶出去。"

"这是不可能的,陛下。"黑鱼道,"凯特说得没错,莱莎夫人非常恐惧,她不可能允许军队穿越谷地,任何军队都不行。血门将始终禁闭。"

"异鬼抓走她吧!"国王绝望而愤怒地诅咒道,"还有该死的瑞卡德·卡史塔克、席恩·葛雷乔伊、瓦德·佛雷、泰温·兰尼斯特,所有人!诸神慈悲,怎会有人敲破脑袋想当国王?当初,大家嚷着'北境之王'、'北境之王'的时候,我告诉自己……我对自己发誓……一定要当个好国王,不仅像父亲一样重荣誉,还要强壮,公正,忠诚地对待朋友,勇敢地抗击敌人……到现在,连我自己也弄不清,为何一切会如此混乱?你们告诉我是怎么回事,瑞卡德大人和我并肩作战,出生入死,他的两个儿子更为保护我在呓语森林英勇牺牲,而提恩·佛雷和威廉·兰尼斯特都是我的敌人,我却要为着他们,杀害亡友的父亲,"他环视众人,"兰尼斯特家会为了瑞卡德大人的头颅而感谢我吗?佛雷家族会感谢我吗?"

"不会。"黑鱼布兰登一如既往的直率。

"这不正好说明应该留瑞卡德大人一命么?将他扣为人质吧。"艾德慕继续劝告。

罗柏双手举起钢铁与青铜铸成的沉重王冠,戴到头上,突然间又回复为堂堂的北境之王,"他必须死。"

"为什么?"艾德慕道,"您刚才也说过——"

"我知道我说过什么,舅舅,但我有自己的责任。"王冠上的

黑铁长剑巍然挺立,"打起仗来,我会亲手击杀提恩和威廉,但此地并不是战场。他们睡在床上,赤身裸体,毫无武装,处于我的保护之下。瑞卡德•卡史塔克谋害的不止是佛雷家族和兰尼斯特家族的成员,他还谋害了我的荣誉。我将在明天早晨将他正法。"

第二天清晨,天空灰暗,寒气逼人,风暴已然过去,弱化为绵长而持续的雨。神木林中挤满了人,河间地和北地的诸侯,贵族与下人,骑士、佣兵和马房小弟,统统站到林间,来观望这场黑暗的死亡之舞。艾德慕传令,将刑台搬到心树之下,随后大琼恩的部下将五花大绑的瑞卡德•卡史塔克伯爵押来,冰雨和落叶在周围纷飞。卡史塔克的部下早先已被吊上奔流城的高墙,长长的绳索牵动尸体随风摆动,雨水流淌在乌黑的面孔上。

长人卢拿着长柄斧等在刑台前,罗柏夺过兵器,要他退开。"让我来,"他宣布,"是我判处了他的死刑,我必须亲自动手。"

卡史塔克大人僵硬地抬起头,"为这个,我感谢你,其他的,我则恨你。"他今天穿了漆黑的羊毛外套,上面绣有家族的日芒纹章。"小子,请你记住,先民的血液不止流在你体内,也流在我体内。我瑞卡德起这个名字,是为了纪念你的祖父,我为你父亲和伊里斯王打仗,为你与乔佛里王作对。在牛津,在呓语森林,在奔流城外的营地,我和你并肩奋斗;在三叉戟河畔,我助你父亲血战到底。史塔克和卡史塔克,我们是血肉难分的亲人。"

"你是我的亲人,却依旧背叛我,"罗柏道,"血脉不能拯救你,跪下,大人。"

瑞卡德大人说得没错,凯特琳心想,卡史塔克家族是卡隆•史塔克的后代。一千年前,这名临冬城的幼子带军讨平叛乱,因作战英勇被赐予封地。他将自己的城堡命名为卡隆之城,久而久之,成了卡霍城。世纪沧桑,卡霍城史塔克家也被称为卡史塔克家。

"新旧诸神,"瑞卡德大人告诉她儿子,"都会永远诅咒弑亲者。"

"跪下，叛徒，"罗柏重复，"你要我叫人将你按在刑台上吗？"

卡史塔克大人遵令跪下，"你审判我，而诸神将审判你。"他将头放上去。

"瑞卡德·卡史塔克，卡霍城伯爵，"罗柏双手举起沉重的斧头，"在诸神与世人的见证下，我，北境之王罗柏，以谋杀与叛乱的罪名宣判你死刑，并亲自执行。你可有话说？"

"快快杀了我，接受诅咒吧。你再也不是我的国王。"

利斧挥下，沉重而精确，一击致命。但国王连斩了三次才将头颅与躯体分开，此时，死人和活人都浑身浴血。罗柏厌恶地甩开斧头，无言地走到心树前，浑身发抖。他的双拳紧紧握拢，脸庞则有雨水如注流下。诸神饶恕他，凯特琳默默地祈祷，他还是个孩子，他别无选择。

那是她当天最后一次见到儿子。雨，整个上午都在下，河流高涨，神木林的草地成为水乡泽国。黑鱼率百名精锐，飞骑追赶卡史塔克的部众，但无人期待会有成果。"只希望不要逼我吊死他们。"布林登离开时说。他走后，凯特琳回到父亲的房间，再次坐在霍斯特公爵的床前。

"撑不久了，"维曼学士下午来照料公爵时告诫她，"他的力量已完全消失，只是心里还不肯放弃。"

"他一直都是战士，"他的女儿回答，"一个既可爱又顽固的人。"

"没错，"师傅同意，"但这场战斗他是无法取胜的。如今，到了放下武器，向命运屈服的时候了。"

放下武器，她蓦然心惊，向命运屈服。他是在说我父亲，还是指的我儿子？

黄昏时分，简妮·维斯特林过来见她。年轻的王后羞赧地走进病房。"凯特琳夫人，我不该打扰您……"

"非常欢迎您，陛下。"凯特琳正在缝纫，连忙放下工具。

"谢谢您，请叫我简妮吧，我不习惯那些称呼。"

"不管怎么说，您的确是王后呀。来，请坐，陛下。"

"叫我简妮就好。"王后坐到壁炉边，紧张地整整裙子。

"如您所愿。您找我做什么，简妮？"

"是罗柏，"女孩开口道，"他好可怜，他……又孤独又愤怒。我不知怎么做才好。"

"杀人总是很难。"

"我明白，我劝他用刽子手。您知道，每当泰温公爵要取人性命，只需下令就行。这样容易多了，不是吗？"

"的确，"凯特琳道，"但我夫君教导我儿子不可以杀戮为乐，亦不能逃避责任。"

"噢，"简妮王后舔舔嘴唇，"罗柏他……整天都没吃东西。我叫洛拉姆送去一顿丰盛的晚餐，有烤野猪肋条、炖洋葱和淡啤酒，但他一点没动。整个上午，他都在写信，还叫我别打扰，可等终于写完，又一把火将信烧掉。而今，他就坐在地图前，默默地查看，我问他找什么，他也不说，我觉得他根本就没听见我的话。他没更衣，还穿着早晨那身湿漉漉、血淋淋的服装。我想做他的好妻子，可不知该怎么做，不知如何来鼓励他、振奋他，不明白他需要什么。求求您，夫人，您是他的母亲，请您教教我吧。"

谁来教教我啊？凯特琳也想提同样的问题。如果父亲在就好了。可惜霍斯特公爵已奄奄一息，命不久矣。奈德也死了。布兰和瑞肯，母亲，还有很久以前的布兰登，统统都已故去。如今我只剩下罗柏，还有女儿们渺茫的归还希望。

"有时候，"凯特琳缓缓地说，"最好的办法就是什么也不做。当年我初次来到临冬城,很不习惯我的丈夫奈德常到神木林里、坐在心树之下。我明白,他灵魂的一部分在那棵树里面,而那一部分我永不可能分享;我也明白,除开那一部分,他就不再是奈德了。简妮,我的孩子,你嫁给了北方,和我一样……而在北方,你得忍受凛冬的考验,"她试着微笑,"你要忍耐,要学会理解。他爱你,需要你,很快就会回到你身边。或许就在今晚。请你耐心等待,这就是我能告诉你的一切。"

年轻的王后全神贯注地倾听。"我会的,"凯特琳说完后她表示,"我会一直等他。"她站起来,"我得回去了。陛下可能正在思念我。我要照顾他。就算他继续看地图,我也会耐心等待。"

"去吧,孩子。"凯特琳说,当女孩走到门边时,她忽然想起另一件事。"简妮,"她喊道,"罗柏有一件事非常需要你的帮助,虽然他自己可能还不明白。国王必须要有继承人。"

女孩害羞地微笑,"我母亲也这么说,为了让我怀孕,她用草药、牛奶和麦酒调饮料,叫我每天早上都喝。我告诉罗柏,一定会为他产下一对双胞胎。一个叫艾德,一个叫布兰登。他听了很喜欢。我们……我们每天都试,夫人。有时候一天试两三次呢。"女孩羞红的脸分外漂亮,"我很快就会有孩子的,我向您保证。每天晚上,我都向圣母祈祷。"

"很好,很好。从今往后,我也会加入你的祈祷,向新神旧神同时求告。"

女孩走后,凯特琳回到父亲身边,替他理了理稀疏的白发。"一个叫艾德,一个叫布兰登,"她轻叹道,"第三个就叫霍斯特,您喜欢吗?"父亲没有回答,她知道他无法回答,四下唯有细雨声,伴随着同样细弱的呼吸。她又想起了简妮。看来罗柏眼光不错,这女孩的确有一副好心肠。更重要的是,她的生产能力也很强……

詹姆

他们在国王大道两边各走了两天,穿越成片焦土,举目所及,尽是毁坏的农田和庄园,死去的果树兀立旷野,好似射手的靶子。桥梁被烧,秋雨泛滥,不得不沿河寻找渡口。野狼嚎叫,夜晚鲜活,赤地千里杳无人烟。

在女泉镇,慕顿大人的红鲑鱼旗依旧在山丘上的城堡顶飞扬,但市镇本身墙垒已毁,大门砸开,泰半房屋和商店遭到焚烧洗劫。没有活物,唯有几只游荡的野狗,听到人声便逃窜无踪。该镇因泉池而得名,传说中傻子佛罗理安正于此地偷看琼琪和她的姐妹们洗澡,如今池里塞满腐烂的尸体,泉水成了又黑又灰又绿的混沌泥汤。

詹姆只看了一眼,便唱起歌来:"春泉池边啊,六位少女呀……"

"你干什么?"布蕾妮质问。

"唱歌。'六女同池'总听过吧?她们和你一样,都是羞涩的小姑娘呢。不过比你标致,这点我敢打赌。"

"安静。"妞儿道,从眼神看来,好像想将他推进池里与尸体做伴。

"求求你小声点,詹姆,"克里奥表弟恳求,"慕顿大人是奔流城的封臣,惊动他可不妙。况且,谁知道在这碎石堆中还有没别的敌人……"

"她的敌人还是我的敌人?老表,惊动了又怎样?我倒想瞧瞧这妞儿到底能不能用身上带的家伙。"

"不肯安静的话,此去君临我只能塞住你的嘴巴,弑君者!"

"啊哈,帮我解开镣铐,此去君临我就当哑巴,行了吧?这还不简单,妞儿。"

"布蕾妮!我叫布蕾妮!"三只乌鸦被她惊吓,飞入空中。

"沐浴更衣吗,布蕾妮?"他哈哈大笑。"你是少女,泉水在前,让我为你擦背服务吧。"从前在凯岩城的童年时代,他常为瑟曦擦背。

妞儿转开马脑袋,上路出发。詹姆和克里奥爵士随其离开女泉镇的废墟。行不半里,终于看到几棵绿树,詹姆很欣慰。焦土只能让他想起伊里斯。

"她想走暮谷大道,"克里奥爵士呢喃,"是啊……沿着海岸……比较安全……"

"安全,可是也慢。老表,此去暮谷城,说实话,真不想与你同行。"你是半个兰尼斯特,却丝毫没有老姐的影子。

他再不能忍受和孪生姐姐分离。孩童时代,他们便爬进彼此的床铺,互相搂抱,睡在一起,打出娘胎起就如此亲密。早在老姐春思来潮或他自己性欲萌生之前,他俩就在旷野看公马和母马交配,在兽舍看公狗和母狗做爱,然后做同样的游戏。曾有一次,母亲的侍女发现了他们的行为……他已记不清当时的场景,总之乔安娜夫人吓得不轻。她遣走侍女,将詹姆的卧室搬到城堡另一边,并在瑟曦的房间门口加派一名守卫。她警告他们:倘若再犯,便别无选择,只能通报他们的父亲大人。好在这种忧心忡忡的生活没持续太长,不久后,母亲生提利昂时死于难产,如今詹姆连她的面容也不大记得了。

或许,史坦尼斯·拜拉席恩和史塔克们做了一件大好事,他们将乱伦的故事到处传扬,所以现在也没什么好隐藏。我干吗不公开和瑟曦成亲,夜夜与她同床呢?龙王们不都兄妹通婚么?数百年来，不论修士、贵族还是百姓，对他们都睁一只眼闭一只眼，为何我们兰尼斯特就不行？当然，如此一来，乔佛里于法就不能继承王位，但说穿了，替劳勃赢得江山的是刀剑而已，只要武力够强，小乔自能保住王位，这和他是谁的种有何相干？嗯，等我们把那珊莎·史塔克送回到母亲身边，就让乔佛里迎娶弥赛拉，让世人都知道，咱们兰尼斯特卓然不群，像坦格利安，像神。

詹姆打定主意，定要归还珊莎，如果可能，连她妹妹一起还。这当然不是为赢得什么狗屁荣誉，但众人皆以为他反复无常，他却偏要恪守信誓，感觉多么美妙！

骑行在一片遭践踏的麦田里，穿过一道低矮的石墙，詹姆听见背后"嗖"的一声轻响，仿佛十几只鸟儿展翅腾空。"快伏下！"他大吼，边把头紧贴马脖子。说时迟那时快，飞箭没入马臀，坐骑尖叫人立。另几支箭飞向前方，克里奥爵士一头从鞍上栽下，脚还在镫里，马则拼命狂奔，牵动佛雷的头颅和地面碰撞，惨叫声不绝于耳。

詹姆的老白马盲目地转圈，因疼痛而喘气。他四下搜寻布蕾妮，发现她还在马上，虽然背上和腿上各中了一箭，但似乎并不在意。她拔出武器，挽个剑花，搜寻弓箭手。"墙后面！"詹姆叫道，努力改变瞎马的方向。该死的镣铐，缠住了缰绳，空中又有飞箭之声。"朝他们冲啊！"他猛力踢马，朝它咆哮，费尽九牛二虎之力，才让这匹老笨马跑起来。这马也不知打哪儿来的力气，一瞬间就冲过麦田，卷起一片谷糠飞扬。詹姆心中暗自惴惴：妞儿得跟紧我，否则教土匪们知道一个毫无武装，全身镣铐的人自动上门那可不妙！接着他就听见她拍马赶来，"暮临厅万岁！"犁马轰隆隆跑过，她高声呐喊，挥舞着长剑，"塔斯万岁！塔斯万岁！"

土匪们匆忙射出最后几支箭，四散逃窜。妈的，没种的家伙，只会放冷箭，骑士一冲锋就开溜。布蕾妮在墙边勒马，等詹姆赶上，敌人已在二十码外的森林中消失无踪。"哟哟，你挺爱好和平嘛。"

"他们跑了。"

"没错，这是宰杀他们的最好时机。"

她还剑入鞘。"你干吗往前冲？"

"弓箭手呗，只要远远躲在墙后面射，胆子敢情大，等你迎头追上去，就非得抱头鼠窜——因为他们知道被追上的下场。喏，你背上有支箭，脚上也有一支，我来处理吧。"

"你？"

"不然还有谁？克里奥表弟的马想必拿他脑袋当犁使呢。唉，不管怎么说，我们得找找他，他总归有兰尼斯特的血统。"

等找到佛雷，对方脚还在马镫里，一支箭穿了右臂，另一支射进胸膛，不过致命的是头颅与地面的碰撞。詹姆伸手试探，头顶全是血，黏黏的好像糨糊，其中含有片片碎骨。

布蕾妮跪下来，握住他的手。"还很温暖。"

"很快就凉啦。我要他的马和衣服，这身跳蚤破布早该换了。"

"他可是你表弟啊。"妞儿震惊地道。

"曾经是，"詹姆同意，"你就别替我惋惜了，咱家的表弟多的是。对了，他的剑我也要，晚上还能帮你守夜呢。"

"不要武器也能守。"她站起来。

"对，绑在树上守，是吧？嗯，方便我跟土匪作交易，好让他们砍了你的肥脖子，妞儿。"

"我不会给你武器。还有，我的名字是——"

"——布蕾妮，我不健忘。好啦，我发誓不伤害你还不行？干吗像个小姑娘家似的战战兢兢呢？"

"你发的誓一钱不值。你也对伊里斯发过誓。"

"这个类比不合适,就我所知,你没有烹烤活人的兴趣。再说,咱俩走这一遭的目的不就是把我平安无恙地送回君临么?"他蹲在克里奥的尸体旁,开始解剑带。

"停下,立刻停下,不准再动!"

詹姆厌烦了,厌烦了她的怀疑,厌烦了她的侮辱,厌烦了她弯曲的牙齿,厌烦了她满是雀斑的宽脸,厌烦了她稀疏软塌的头发。他不管她的命令,径自用双手抓住表弟的长剑剑柄,用腿抵住尸体,一下子抽出来。武器出鞘,他不假思索,立刻上举,挽出一朵迅捷的死亡之花。刀剑相交,"铛"的一声,发出令骨头震颤的巨响。这布蕾妮反应还真快!詹姆笑了,"不错,妞儿,有两下子嘛。"

"把剑给我,弑君者。"

"噢,给。"他一跃而起,冲了过去,长剑在手中仿如活物。布蕾妮向后跳开,左右躲避,他则亦步亦趋,不断攻击,打得她喘不过气。两柄钢剑,亲吻、分开、亲吻、分开,詹姆的血液在歌唱,这才是他的生命,唯有战斗、唯有死亡的舞蹈,方能令他生机勃勃。我缚着双手,算是让了先,这样妞儿总能招架几回合,让我满足满足吧?由于镣铐的关系,他被迫双手执剑,而此剑的威力和长度又比不上真正的双手剑。算啦,表弟的剑只配来对付什么塔斯的布蕾妮。

高高,低低,过头一击,他发出暴风骤雨般的攻打;左左,右右,回身一斩,飞溅的火花星星点点……上击,侧击,下斩,不断前进,不断压迫,一步一刺,一撩一步,一步一削,斩,劈,速度,速度,速度……

……直到最后,难以呼吸。他被迫退后,将剑插进土里,稍事休息。"就一个妞儿而言,"他评价,"你还不错。"

她缓缓地深吸一口气,眼睛始终警觉地盯着他。"我不会伤害你，弑君者。"

"呵呵！你以为自己能行？"他将长剑高举过顶，再度发动攻击，铁镣叮当作响。

詹姆不知道这回持续了多久，好似有几十分钟，甚至几个小时，时间在刀剑交击中流逝。他将她赶离表弟的尸体，赶过大路，赶进森林。她在不经意间绊到树根，他以为机会来了，谁料她单膝跪下，顽强抵抗，竟然守得密不透风，卸下一记势在将人劈成两半的猛斩之后，又以雷霆之势开始反击，渐渐地，站了起来。

舞蹈继续。他将她逼到一棵橡树上，却又被她溜走，他破口大骂，随她跨过一道塞满落叶的浅溪。钢铁在歌唱，钢铁在歌唱，当啷，火花，当啷，妞儿逐渐像个母猪似的喘起气来，可他就是打不中，好像她浑身有金钟罩铁布衫，刀枪不入。

"不错不错。"他再度停下来喘气，接着旋向她的右面。

"就一个妞儿而言？"

"嗯，差不多等于刚上道的侍从了。"他上气不接下气地笑道，"来啊，来啊，亲爱的，音乐在演奏，能和您跳一曲吗，好小姐？"

她咕哝着冲上前，长剑狂舞，顷刻间攻守易势。她的一击扫过他额头，鲜血流进右眼。愿异鬼抓走她！也掀了奔流城！该死的地牢，竟让我技艺生锈！还有这该死的铁镣！他的右眼被鲜血模糊，肩膀开始麻木，手腕因铁环、手铐和长剑的重量而酸痛。每一记都越来越沉，詹姆心知不能像之前那么挥洒自如，剑也举不到那么高了。

她比我强壮。

这个认知令他震颤。从前，劳勃比他强壮，壮年时代的"白牛"杰洛·海塔尔和亚瑟·戴恩爵士亦然，可在活人当中，只有大琼恩安柏胜过他，克雷赫家的"壮猪"或许有一拼……哦，别忘了克里冈兄弟,尤其是当哥哥的魔山,一身蛮力近乎非人。但总之,我的速度和技巧远胜他们,当代无人能敌。可她是个女人啊!啊,尽管身体壮得像头肥猪,可……可,可她的体力没道理比我强啊!

她把他再度逼进小溪,叫道:"放下武器!投降!"

詹姆踩上一块流石,当他意识到自己正在滑倒时,便顺势朝前刺去。剑尖穿破裤子,稍稍撩进上腿,一朵红花骤然绽放,詹姆只来得及欣赏一刹那,膝盖便撞上岩石,痛得头昏眼花。布蕾妮跳上前来,踢开他的剑。"投降!"

詹姆用尽全力,用肩膀顶她的腿,使她倒在他身上。他们滚在一起,拳脚相加,直到最后她骑到上面。他把她的匕首拔出,可还来不及使用,就被扣住手腕,往岩石上一砸。脱臼般的疼痛。她用另一只手压住他的脸。"投降!"她把他的头浸进水中,片刻之后又拉出来,"投降!"詹姆朝她脸上吐口水。她一用力,水声哗哗作响,他又被压进水中,无力地踢打,无法呼吸。接着又出来。"投降,否则我淹死你!"

"想违背誓言?"他反击,"想学我?"

她突然放手,詹姆"扑通"一声栽进水中。

林中传来刺耳的笑声。

布蕾妮挣扎着起来,全身自腰部以下都是血和泥,衣衫不整,面孔通红。他们来得可真是时候,真像是捉奸在床的场景。詹姆爬过岩石,直到浅水处,一边用戴镣铐的手拭去眼旁的血水。溪流两岸站满全副武装的人。不奇怪,我俩发出的声音想必能吵醒巨龙。"早上好,朋友们!"他轻松地喊道,"很抱歉打扰大家,我正教训老婆呢。"

"嘿嘿,是这娘儿们教训你吧。"说话的男人强壮有力,所戴的铁半盔有宽宽的护鼻,但不能掩盖缺鼻子的事实。

这些人不是刚才狙杀克里奥爵士的土匪,詹姆醒悟过来,而是整片大陆上最凶暴的恶棍。浅黑的多恩人和金发的里斯人，辫扎铃铛的多斯拉克人，多毛的伊班人与浑身炭黑、穿着鸟羽袍子的盛夏群岛人。勇士团。

布蕾妮终于缓过气来："我有一百银鹿——"

一个穿着破皮革斗篷、病态般苍白的男人接口："收到，小姐，这是个好的开始。"

"接下来操你的小穴，"没鼻子的男人说，"希望它别像你的其他部分那么丑。"

"转过来干后面吧，罗尔杰，"盔上扎红丝头巾的多恩矛兵劝促，"那样就无所谓。"

"嘿，怎能剥夺她看着我操的乐趣呢？"没鼻子喝道，其他人都笑了。

这妞儿，虽然又丑又顽固，可也不能落在这伙垃圾手里。"这里由谁负责？"詹姆大吼。

"很荣幸由我负责，詹姆爵士。"那双病态的眼睛闪着红光，他的头发又稀又干，脸上和手上苍白的皮肤下，暗蓝的血管清晰可见。"我叫乌斯威克，您可以称我为'虔诚的'乌斯威克。"

"你认得我？"

佣兵点点头，"想骗过勇士团，靠剃胡子、剪头发可不成。"

该死的血戏班。对詹姆而言，他们和格雷冈·克里冈或亚摩利·洛奇毫无分别，父亲唤他们作"疯狗"，也像驱使狗一样地驱使他们，用来追逐猎物，散播恐怖。"你既认得我，乌斯威克，就该知道自己有财可发了。兰尼斯特有债必还。至于这妞儿嘛，她其实是个贵族，赎金也不少。"

对方抬起头，"是吗？真走运。"

乌斯威克的笑容里有种狡黠，让他很不喜欢。"事情就这样了。山羊在哪儿？"

"不远,我肯定他会很高兴见到你。不过别当面叫他山羊,瓦格大人对尊严可是很在乎的。"

流口水的蛮子的尊严。"好啦,我记住了,见他时自会小心。可他算哪门子大人呢?"

"赫伦堡伯爵,封地已许给了他。"

赫伦堡?父亲昏庸了么?怎能……詹姆举起手,"把铐子给我弄开。"

乌斯威克发出薄纸般的干笑。

事情很不对劲。詹姆压住不安,抬头微笑,"怎么回事?乐什么哪?"

没鼻子咧咧嘴,"打尖牙吞下那修女的乳头以来,你真是我见过最有趣的人了。"

"你和你父亲吃了败仗,"多恩人声明,"我们不得已,只好狮皮换狼皮啰。"

乌斯威克将手一摊:"提蒙的意思是,咱勇士团已不为兰尼斯特家当差了,我们如今替波顿大人和北境之王效劳。"

詹姆朝他轻蔑地一声冷笑,"别人还说我拿荣誉当狗屎呢。"

乌斯威克不喜欢他的评论,比个手势,两名血戏班的成员当即抓住詹姆的手臂,跟着罗尔杰用钢拳朝他肚子打来。眼冒金星之际,只听妞儿不断抗议:"停下,不可伤害他!派我们来的是凯特琳夫人,这是交换俘虏,他受我的保护……"罗尔杰又打,令他肺中空气都吐了出来,布蕾妮朝落在溪中的长剑奔去,但戏子们快她一步,她好强壮,四个人才能制服。

到头来,妞儿也被打得满面肿胀淤血,还掉了两颗牙齿。反正她也够丑了。两个俘虏鲜血淋漓、脚步不稳地被拖过森林,走到马边,布蕾妮因他先前那一刺而跛了腿。詹姆觉得有些抱歉,他知道,她今晚就得失去贞操。那没鼻子的混球一定会动手,接着是其他人。

多恩人把他俩捆好后扔到布蕾妮的犁马上，其他人则将克里奥爵士剥个精光，分掉了所有东西。罗尔杰得到染血的外套，上面绣有兰尼斯特家族和佛雷家族骄傲的四等分纹章。弓箭在狮子头和塔楼上各戳了一个洞。

"满意啦，妞儿？"他轻声对布蕾妮说，接着咳了一嗽，吐出满嘴鲜血，"早给我武器，怎会给他们抓到？"她没回答。真是个猪脑袋，顽固的母狗，他心想，不过挺勇敢，这点我佩服。"等晚上扎营，他们会来操你，操很多次，"他警告她，"不要反抗，这帮狗杂种，你越抗拒，牙齿掉得越多。"

布蕾妮的背紧了紧。"你是女人的话，就这么束手就擒？"

我是女人的话，会学瑟曦的样。"我会让他们杀了我。可惜我不是女人。"詹姆将马一踢。"乌斯威克！我们谈谈！"

这位穿皮革斗篷、僵尸般的佣兵将马勒住，骑过来。"需要我效劳吗，爵士先生？但请注意口气，否则我还要教训你。"

"金子，"詹姆说，"金子？"

乌斯威克用闪着红光的眼睛打量他，"是的，金子。"

詹姆给了对方一个会意的微笑，"天下之金，皆产自凯岩城，干吗与山羊分享？干吗不带我们去君临，自己发大财呢？还有，你瞧瞧，她来自塔斯，有位处女告诉我，那是传说中的蓝宝石之岛啊。"妞儿不安地蠕了蠕，但没有搭话。

"你把我当变色龙？"

"当然，我看错了吗？"

乌斯威克考虑半晌。"君临太远，况且你父亲在那里。泰温大人不会原谅我们的行为。"

这家伙贼聪明。詹姆本来打算让这家伙装着满口袋黄金被吊死。"让我跟父亲谈判，我会为你求得王家赦免，并让你当上骑士。"

"乌斯威克爵士，"对方拖长声音说，"啧啧，我那亲亲老婆该多骄傲啊，只可惜我杀了她，"他叹口气，"那么，咱英勇的瓦格大人找我算账咋办呢？"

"你听过《卡斯特梅的雨季》吧？等被我父亲逮着，瞧这山羊如何神气。"

"能逮着吗？难不成你父亲能将手伸过赫伦堡的高墙？"

"这还用怀疑？"赫伦王的巨城以前陷落过，这次当然也抵挡不住兰尼斯特的威力，"你不是傻子，不会以为山羊能跟狮子作对吧？"

乌斯威克倾身过来，懒懒地给了他一巴掌，那全然的傲慢比这一记本身更令他心惊。他不怕我，詹姆意识到，浑身冰凉。"够了，弑君者，我要相信你这背誓之人的诺言，那才真成了傻子。"他驱马扬长而去。

伊里斯，詹姆愤恨地想，我一辈子都活在他的阴影里。他随着马儿摇摆，心里渴望一把长剑。两把，一把给妞儿，一把给自己，我们就算下地狱，也带七八个家伙做伴。"你干吗告诉他塔斯是蓝宝石之岛？"乌斯威克走远后，布蕾妮低语，"搞不好他以为我父亲有很多宝石……"

"你就祈祷他这么想吧。"

"你只会撒谎么，弑君者？塔斯得名'蓝宝石之岛'仅仅因为蔚蓝的海水。"

"大声点，妞儿，让乌斯威克听见才好咧。等他们知道你有多不值钱，你的身体就保不住了。每个人都会来骑你，你呢？只好闭上眼睛，张开大腿，假装个个都是蓝礼大人。"

妙。这话让她闭了嘴。

遇到瓦格·霍特的时候，天色已晚，山羊手下十来个"勇士"

正在洗劫一座小圣堂。镶铅玻璃被砸碎，木雕神像拖了出来，一个詹姆毕生所见最为肥胖的多斯拉克人坐在圣母的胸膛上，用匕首挖神像的玉髓眼睛。在他旁边，有个骨瘦如柴的秃头修士被头下脚上地吊在栗树枝头，三名勇士团的成员正拿尸体当箭靶。箭法不错，死人双眼皆穿。

佣兵们发现乌斯威克的队伍，发出零落的欢呼。山羊本人坐在篝火边，就着叉子吃烤得半生不熟的鸟儿，油脂和鲜血流过指头，淌进粗糙的长须里。他用衣服擦擦手，站起身来。"弑君者，"他唾沫横飞地说，"你是我的俘虏了。"

"大人，我是塔斯的布蕾妮，"妞儿接口，"凯特琳•史塔克夫人命我将詹姆爵士送到君临城他弟弟处。"

山羊不屑地扫她一眼，"教她闭嘴。"

"听我说，"罗尔杰把她和詹姆联系起来的绳子割开，她则不断恳求，"以您所效命的北境之王之名，求求您，听我——"

罗尔杰将她拖下马猛踢。"别伤筋动骨，"乌斯威克提醒，"这马脸婊子能换蓝宝石。"

多恩人提蒙和一个浑身臭气的伊班人将詹姆从马上拖下来，推到篝火边。两个狗奴才，他可以夺下他俩的剑，但对方人数实在太多，他则戴着镣铐，最多砍倒一两个，然后白白送命。詹姆还不想死，至少不想为塔斯的布蕾妮而死。

"今天是个好日子。"瓦格•霍特说。在他脖子上，有一根钱币串成的项链，它们的大小、形状、材料和做工各不相同，描绘着国王、巫师、神灵、魔鬼及各种珍禽异兽。

这是他游历世界各地，靠刀剑买生活的证明，詹姆很明白。此人的弱点是贪婪。他既倒戈过一次，也会倒戈第二次。"瓦格大人，您遗弃我父亲真是太遗憾了，不过咱们和解还不晚。您知道，他很看重我。"

"噢，不错，"瓦格·霍特道。"我可以得到，全凯岩城的金子。但首先，我要送他一个礼物。"他用山羊般的语调口齿不清地说。

乌斯威克将詹姆一推，另一个穿绿粉小丑装的人朝他的腿踢去，使他趴倒在地，一名弓箭手抓起铁镣，将他手臂拉到前面。肥胖的多斯拉克人放下匕首，抽出一把巨大的亚拉克弯刀，那是马族惯用的镰刀状利器。

他们想吓唬我。小丑跳到他背上，嘻嘻傻笑，多斯拉克人则大摇大摆地走过来。山羊要我尿了裤子求饶，我可不会上当。我是凯岩城的兰尼斯特，我是御林铁卫的队长，佣兵甭想让我尖叫。

阳光闪烁在飞舞而下的亚拉克弯刀刀刃上，快得无从分辨。

詹姆厉声尖叫。

艾莉亚

这座小方堡几乎已经被荒废,居住其中的大个子灰骑士也一样。他老得听不懂他们的问题,不论问什么,只会微笑着呢喃:"我守住桥,没让梅纳德爵士过去。他红头发,脾气倔,却无法动摇我。我杀他之前负了六处伤。六处哦!"

幸亏照顾他的学士是个年轻人。老骑士在椅子上渐渐入睡之后,他将大家拉到一边,"只怕你们是在寻找鬼魂。很久以前,至少有半年,信鸦到这儿来过。上面说贝里伯爵给兰尼斯特的走狗在神眼湖附近抓住,上了吊。"

"是啊,是给上了吊,但索罗斯在他断气之前砍断绳索,把人又放了下来。"柠檬的鼻子不再红肿,但愈合时长歪了,使脸看起来不大对称。"闪电大王他死不了,真的。"

"啊,他似乎也很会隐藏,"学士说,"关于他的行踪,你们问过树叶夫人了吗?"

"我们会去问。"绿胡子道。

第二天早上,他们穿过城堡后的小石桥继续上路,詹德利很好奇这是否就是老人口中的桥。没人知道。"多半是,"幸运杰克说,"没见别的桥。"

"要是有首歌就好了,"七弦汤姆道,"一首动听的歌谣,会让我们知道梅纳德爵士乃何许人,为什么想过桥。若可怜的老莱彻斯特头脑清醒,留个歌手在身边,他也许会跟龙骑士一样出名咧。"

"莱彻斯特大人的儿子们都死在劳勃的起义中,"柠檬咕哝着,"有的参加这一边,有的加入另一边,但通通送了命。从此以后,他的脑袋就一直不正常,没有哪首该死的歌可以改善这种状况。"

"那学士说'树叶夫人'是什么意思?"上马后,艾莉亚问安盖。

射手笑笑,"等着瞧吧。"

三天之后,他们骑过一片黄树林,幸运杰克取下猎号,吹出一种独特的节奏。余音尚未消尽,树上便放下绳梯。"系好马儿呵,我们上去。"汤姆半唱半白地说。枝桠高处有座隐藏的村落,一座由绳索走道和青苔小屋构成的迷宫,房屋隐藏在红色和金色的树叶之墙后。他们被带到树叶夫人面前,她是个白发老妪,瘦得像竹竿,穿着粗布衣。"秋天了,不能再在这儿待下去,"她告诉他们,"九天前,十来个狼仔沿着哈佛大道过来搜刮。如果他们抬头,也许就会发现我们。"

"你没见过贝里伯爵?"七弦汤姆问。

"他死了,"女人有些作呕地说,"给魔山逮住,眼睛被一把匕首刺穿。这是乞丐帮的兄弟说的,而他有目击证人。"

"老故事了,而且不真实,"柠檬道,"闪电大王可没那么容易死。格雷果爵士也许能挖出他的眼睛,但人不会因此而死。你瞧,杰克不就是例子?"

"嗯,没错,"独眼的幸运杰克说,"我父亲好端端的就被派柏大人的监察官吊死,我哥渥特则被抓去长城,兰尼斯特家杀死了我的弟弟们。一只眼睛,真算不了什么。"

"你保证他没死?"女人抓住柠檬的胳膊,"谢谢你,柠檬,这是半年以来我们所得到最好的消息。愿战士守护他和他身边的红袍僧。"

第二天晚上,他们在一个被焚毁的村落找到一座焦黑的圣堂作容身之所，此村名叫激舞村。圣堂的镶铅玻璃只余碎片，迎接他们的老修士说，劫掠者们甚至夺走了圣母昂贵的长袍、老妪的镀金灯笼和天父的银冠。"他们还砍下少女的乳房，尽管那只是木头做的，"他继续倾诉，"黑玉、玉髓和珍珠母制的眼睛也被匕首挖了出来。愿圣母宽恕他们。"

"谁干的？"柠檬斗篷问，"血戏子？"

"不，"老人道，"北方人，崇拜树木的蛮子。他们说要找弑君者。"

艾莉亚听到他的话，咬紧了嘴唇。她可以感觉到詹德利的目光，这让她又羞又愤。

圣堂下有个地窖，十几个人住在蜘蛛网、树根和破酒桶之间，他们也都没贝里·唐德利安的消息，甚至连他们的头领也不知道——他可是穿着熏黑的甲胄，斗篷上粗粗画着一道闪电呢。绿胡子见艾莉亚瞪着他瞧，哈哈大笑，"小松鼠啊，闪电大王他无处不在，又无处可寻哟。"

"我才不是松鼠，"她说，"我快十一岁，要当真正的女人了。"

"呵，小心别让我娶你！"他想挠她的下巴，但艾莉亚把他的笨手给拍开了。

当晚，柠檬和詹德利跟东道主玩牌，而七弦汤姆唱了一支很笨的歌，关于大肚子本恩和总主教的鹅。安盖让艾莉亚试他的长弓，但无论她如何咬紧牙关使劲，始终拉不开。"你需要一把轻点的弓，小姐，"雀斑脸的弓箭手说，"若奔流城有风干木材，也许我可以为你做一把。"

听见此话，汤姆停止了歌唱。"你真是个小傻瓜，射手，去奔流城只能是讨赎金，不会有工夫坐下来制弓的。假如收钱就跑，没被抓住剥皮，就该谢天谢地。霍斯特公爵在你长胡子之前就当家啦,土匪毛贼落到他手里只有被吊死一途。而他儿子……讨厌音乐的人不能信任,这是我的口头禅。"

"他讨厌的不是音乐,"柠檬说,"而是你,笨蛋。"

"嗐,这就是他荒唐的地方了。那姑娘只想和男人上床,他自己喝醉了办不了事,也是我的错吗?"

柠檬的破鼻子哼了一声,"把这事编成歌的是你,还是另外哪个爱死自己嗓音的蠢货?"

"我只唱过一次嘛,"汤姆抗议,"而且谁说那首歌写的是他?明明就是一条鱼!"

"一条软塌塌的鱼。"安盖嘻嘻笑道。

艾莉亚才不在乎汤姆的笨歌曲。她转向哈尔温,"他说赎金是什么意思?"

"我们急需马,小姐,还有盔甲、宝剑、盾牌、长矛……所有这些都得用钱去买。对了,还要买种子,凛冬将至啊,记得吗?"他摸摸她的下巴,"你不是我们头一个用来讨赎金的贵族俘虏,希望也不是最后一个。"

这倒是,艾莉亚明白,古往今来,骑士被俘后就是用来交换赎金的,有些女士也可以。如果罗柏不愿付钱呢?她不能打仗,而国王理应将国家置于亲属之上。还有母亲大人,她会怎么说?我闯了这么多祸,母亲还要我吗?艾莉亚咬紧嘴唇寻思。

第二天,他们骑到一个叫"高尚之心"的地方,那是一座高山,其顶峰好似能看到半个世界。环绕顶峰的是一圈巨大苍白的树墩,原本都为高耸雄壮的鱼梁木。艾莉亚和詹德利围着山头边走边数,一共三十一个,有些大得她可以当床睡。

七弦汤姆告诉她,高尚之心曾是森林之子的圣地,他们的魔法仍在此存留。"睡这儿的人不会受伤害。"歌手道。艾莉亚认为这是真的:这座山好高哦,周围土地又平坦,敌人绝不可能悄悄接近。

汤姆续道,附近百姓都回避此处,因为传说有森林之子的鬼魂出没。当年安达尔人的国王"弑亲者"艾瑞格砍倒树林,杀死了他们,他们一直没得到安息。艾莉亚却不怕,她从小就听说森林之子和安达尔人的故事,自己还当过赫伦堡的鬼魂呢。就小时候吧,她也曾躲进临冬城的墓窖,在王座上的国王石像间玩城堡游戏,玩美女与怪兽。

即便如此,入夜之后,她仍旧觉得毛骨悚然。好容易睡着,一阵突来的风雨又将她惊醒,被单被一下子掀掉,旋转着飞入灌木丛中。她追赶过去时,听到了说话声。

篝火余烬边,汤姆、柠檬和绿胡子在跟一个矮小的女人交谈。她比艾莉亚还矮一尺,比老奶妈更老,全身佝偻蜷缩,满是皱褶,倚在一根疙疙瘩瘩的黑拐杖上。她的白发如此之长,几乎拖到地面,寒风吹起,头发在脑际飞舞,活似一片白云。她皮肤的颜色更白,好像牛奶,眼睛却是红的,但从灌木丛中看去很难明辨。"旧神蠢蠢欲动,不让我安睡,"她听见那女人说,"我梦见一个胸口戴着燃烧之心的影子杀了一头金色的雄鹿,是的;我梦见一个没有脸孔的男人,等在一座摇摇晃晃的索桥上,他的肩头栖息着一只淹死的乌鸦,乌鸦翅膀上还挂着海藻;我梦见一条咆哮的河流和一尾雌鱼,她漂浮在水面,脸上有红色的泪痕,但眼睛却猛然睁开,啊,使我在恐惧中惊醒。我梦到了这些……还有更多。好啦,为报答我的梦,你的礼物呢?"

"梦,"柠檬斗篷咕哝着,"梦顶什么用?雌鱼和淹死的乌鸦?昨晚我也做了梦,在梦中吻了从前认识的一位酒馆女郎。你会为此付酬吗,老太婆?"

"那婆娘早死了,"老妇人嘶叫道,"只有蛆虫可以吻她。"她转向七弦汤姆,"我要听歌,否则就把你们赶走。"

于是歌手开始表演，唱得如此轻柔悲伤，以至于艾莉亚完全忘记了自我。曲调有几分熟悉。我敢打赌，若珊莎在，就会知道这是什么歌。姐姐不仅知道所有的歌谣，还会甜美悦耳地唱出来。我只会大声嚷嚷。

第二天早上，矮小的白发女人不见了。准备出发时，艾莉亚问七弦汤姆，森林之子是否仍住在高尚之心。歌手咯咯直笑，"你看到她了，对吧？"

"她是鬼魂吗？"

"鬼魂会抱怨关节痛？不，当然不是，她只是个上年纪的矮女人，性格古怪，眼睛邪门，知道一些本不可能知道的事。如果她喜欢你，就会把信息透漏出来。"

"她喜欢你？"艾莉亚怀疑地问。

歌手大笑，"至少喜欢我的声音。她总让我唱同一首歌，该死，那首歌好是好，但我也会弹别的咧。"他摇摇头。"好啦，重要的是，我们终于有了线索，我敢打赌，这下你很快就会见到索罗斯和闪电大王了。"

"你是他们的部下，他们干吗还躲着你呀？"

对此，七弦汤姆翻翻白眼，回答的是哈尔温，"这不叫'躲'，小姐……贝里伯爵东奔西走，很少透露计划，这样无人能出卖他。迄今为止，已有数百人，甚至数千人向他宣誓效忠，但我们全跟着他并没好处，只会耗光这片土地的资源，或被敌军一网打尽。相反，分散开来，就能同时攻击十几个地方，并在敌人作出反应之前撤离。就算我们中的一员被抓住，接受询问，无论对方怎样动手，也无法了解到贝里伯爵的动向。"他犹豫片刻。"你知道这是什么意思吧，'接受询问'？"

艾莉亚点点头。"是的，我认得记事本，还有波利佛、拉夫他们。"她把神眼湖畔那间仓库的事说了出来——她和詹德利就是在那儿被抓的——还讲述了记事本提的问题。"村里藏有金子吗?"他总如此开头,"银子和珠宝呢?存粮呢?贝里·唐德利恩伯爵在哪儿?有哪位村民帮助过他?他离开后去了哪儿?他身边有多少人?其中有多少骑士,多少弓手,多少步兵?他们装备如何?有多少人骑马?有多少人受伤?可曾见过其他敌人?他们又有多少?什么时候见着的?他们举着什么样的旗帜?他们去了哪儿?村里藏有金子吗?银子和珠宝呢?贝里·唐德利恩伯爵在哪儿?他身边有多少人?他们去了哪儿,你说不说?"想到这里,她仿佛再次听到那些惨叫,再次闻到鲜血、粪便和焦肉的臭味。"他总是问同样的问题,"她认真地告诉土匪们,"但每天问的方式都不一样。"

"小孩子不该有如此遭遇,"哈尔温耐心等她说完,然后评论道,"我们听说魔山在石磨坊损失了一半部下,没准这个'记事本'此刻正沿着红叉河漂浮,被鱼儿咬掉脸庞咧;如果不是,那他们又多一项罪状需要偿还。大人说了,事情的起因是首相派他去惩罚格雷果·克里冈,他也一定会完成这项任务。"他拍拍艾莉亚的肩膀,以示宽心。"快上马吧,小姐,去橡果厅要骑一整天,好在到达之后我们就能住进房间,吃上热腾腾的晚饭。"

他们果然骑了整整一天,夜幕降临时,才渡过一条小溪,抵达橡果厅。这座巨大的橡木堡垒有石围墙环绕,城主随封君凡斯伯爵外出打仗,因此大门紧闭,并上了闩。城主夫人是七弦汤姆的旧识,安盖说他们曾是恋人。这名弓箭手通常和她骑在一起,队里除詹德利之外,就数他的年龄和她最接近,他也常给她讲多恩领的风情,却从不乱开玩笑。他不是我朋友,只是来监视我的,确保我不会再逃走。艾莉亚懂得如何洞察真相,多亏西利欧·佛瑞尔的教诲。

斯莫伍德夫人待土匪们相当友善,但她谴责他们将小女孩拖进战争的行为。柠檬无意中透露艾莉亚是贵族之后,她显得更为愤怒。"谁给这可怜的孩子穿上波顿家的破衣服?"她质问,"这纹章……看到胸口的剥皮人，许多人会立刻吊死她。"于是艾莉亚被不由分说推上楼梯，按进浴盆里，用滚烫的热水清洗。斯莫伍德夫人的女仆们搓得用劲，仿佛真要剥她皮似的，水里面有东西很香，闻起来是花的味道。

洗完后，她们坚持要她换上女装：棕色羊毛长袜和轻薄的亚麻布衬衣，外罩淡绿裙服，裙服上身用棕色丝线绣满了橡果，褶边里也有。"我姨祖母是旧镇圣堂的修女，"斯莫伍德夫人监督女仆们替艾莉亚系上裙服背后的缚带，"战争开始时，我把女儿送去那边，等她回来肯定穿不下这些衣服了。你喜欢跳舞吗，孩子？我的凯瑞琳跳得很可爱，她的歌声也很美。你呢，你喜欢做什么？"

她在草席上蹭蹭脚指头，"……针线活。"

"哦，看不出来，你是个好静的孩子呀？"

"呃，"艾莉亚道，"我做的方式和别人不一样。"

"不一样？我总觉得针线活儿特别需要宁静细心。你瞧，诸神赐给我们每人不同的天赋和才能，我们就该把它用好。我姨母常说，无论做什么，只要做到认真二字，发挥出自己的潜力，就等于是一次祈祷。这是个有趣的想法，对吧？希望你下次做针线活时记得这一点。你每天都做吗？"

"每天都做，直到弄丢了缝衣针。新的不如原来的好。"

"唉，非常时局，大家都得将就将就。"斯莫伍德夫人仔细审视裙服，"你看上去是个像模像样的小淑女啦。"

才不是淑女，艾莉亚想告诉她，我是冰原狼。

"我不知你是谁，孩子，"夫人续道，"也许这样更好。恐怕你是个重要人物。"她替艾莉亚抚平领口。"非常时局，最好就是普普通通，谁也不招惹。我很想把你留在身边，但这样其实并不安全。我有城墙，却没守卫。"她长叹一声。

等艾莉亚梳洗着装完毕，晚餐已在大厅里摆开了。詹德利只看了一眼，就乐得酒都从鼻子里流了出来，哈尔温"啪"地给了他一耳刮。这顿饭菜色虽然单调但分量很足：包括蘑菇炖羊肉、黑面包、豌豆布丁和黄奶酪烤苹果。吃完东西，仆人们收拾干净之后，绿胡子低声询问夫人关于闪电大王的消息。

"消息？"她微笑道，"他们十几天前还在这里。一共十来个，赶着羊呢——我简直不相信自己的眼睛！索罗斯给了我三头羊作为答谢，你们今晚吃的就是其中的一头。"

"赶羊的索罗斯？"安盖大笑出声。

"是啊，我向你保证，那场景真古怪。但索罗斯声称，作为僧侣，他懂得照顾羊群。"

"没错，他还懂得如何剪毛咧。"柠檬斗篷咯咯笑道。

"嗯，这事可以写一曲很不错的歌。"汤姆拨弄了一下他那木竖琴。

斯莫伍德夫人瞪了他一眼，"还是让别人来写吧，人们受够了那个用'加油干'和'唐德利恩'押韵的家伙，肉麻死了。哼，此人见到乡间放牛小妹，表演的则是什么《噢，拉我的美女躺倒在草地》，听说把两位姑娘的肚子都弄大了。"

"错了，是《让我啜吸你的美丽》，"汤姆分辩，"放牛小妹最喜欢这个，记得某位夫人也爱听。哈哈，身为歌手，总是要散播快乐的嘛。"

她哂之以鼻，"三河的姑娘让你播了个遍，个个得喝艾菊茶。我以为你这种年纪的男人，应该知道把种子撒在肚子上。嗐，看来用不了多久，你就得改名七子汤姆！"

"多年以前就超过七个啦，"汤姆说，"都是些好孩子，嗓子跟夜莺一样甜美。"他显然不在乎。

"伯爵大人透漏去向了吗，夫人？"哈尔温问。

"贝里大人从不公开计划，但石堂镇和三钱林附近正闹饥荒，要我的话就去那儿找。"她啜了一口酒。"告诉你们吧,我这边还来过讨厌的访客。前不久,一群狼仔跑到城门前嚎叫,说我把詹姆·兰尼斯特藏了起来。"

汤姆停止拨琴,"如此说来,弑君者真的跑了?"

斯莫伍德夫人挖苦地看了他一眼,"如果他还被锁在奔流城下,会有人满世界追吗?"

"夫人,您怎么对他们说的?"幸运杰克问。

"啊,我说我没藏啊,詹姆爵士不就光着身子躺我床上吗?只是被我弄得精疲力竭,所以才没法子出来迎接。有个厚脸皮的家伙居然还敢多嘴,我当即叫人放箭。后来他们奔黑底湾去了。"

艾莉亚不安地在座位里扭动,"来找弑君者的是什么样的北方人?"

对她公然接口的举动,斯莫伍德夫人似乎很惊讶。"他们没报上姓名,孩子,但都穿着黑衣服,胸口有日芒纹章。"

那是卡史塔克伯爵的黑底日芒徽记,艾莉亚心想,他们是罗柏的人。不知他们还在不在附近。如果能偷偷逃出土匪们的掌握,然后找到他们,或许就可以去奔流城找母亲了……

"兰尼斯特是怎么逃的,他们说过吗?"柠檬问。

"说了,"斯莫伍德夫人道,"但我一个字也不信。他们声称是凯特琳夫人将他放走的。"

汤姆大吃一惊,弄断了一根弦。"啊?"他惊呼,"这太疯狂了。"

这不是真的。不可能是真的。艾莉亚心想。

"我也这么认为。"斯莫伍德夫人说。

哈尔温想起了艾莉亚。"这个话题你不适合听,小姐。"

"不,我要听。"

土匪们态度坚决。"去吧,小松鼠,"绿胡子道,"做个乖乖的小淑女就好，大人们说话时，你去院子里玩，快去吧。"

艾莉亚忿忿地离开，若不是门太重，她准会狠狠甩上。门外，一片黑暗，沿着城墙燃起几支火炬，仅此而已。小城堡已关门上闩——她答应过哈尔温，不会再逃跑，但那是在他们污蔑母亲之前的事。

"艾莉亚？"詹德利跟在她后面出来，"斯莫伍德夫人说这里有个小铁匠铺，想不想去瞧瞧？"

"你想的话，就一起去吧。"反正没别的事可干。

"这索罗斯，"走过兽舍时詹德利说，"就是曾住在君临城堡里的那个索罗斯？红袍僧，胖胖的，剃个光头？"

"我想是的。"艾莉亚没跟君临城里的索罗斯说过话，但她认识他。他和贾拉巴·梭尔是劳勃的宫廷里打扮最奇特的人物，而他本人还是国王的好朋友。

"他多半不会记得我，虽然他常来我们的铺子。"斯莫伍德家的铸炉已有一段时间没有使用，但铁匠把工具整齐地挂在墙上。詹德利点燃一支蜡烛，放在砧板上，取下一副火钳。"我师傅对索罗斯的火焰剑把戏很不满，认为不该如此对待钢材。好在这索罗斯不大用好材料，常将不值钱的剑浸进野火里，涂上薄薄一层，然后点燃就算数。我师傅说，这只是炼金术士的小把戏，但足以吓住马匹和没经验的骑士。"

她皱起眉头，试图回想父亲对索罗斯的评价。"他不像个僧侣，对吧？"

"不像，"詹德利承认，"莫特师傅说索罗斯的酒量比劳勃国王还大。他俩是一路货色，贪吃鬼和醉鬼。"

"你不该说国王是醉鬼。"也许劳勃国王喝得不少，但他是父亲的朋友。

"我在说索罗斯。"詹德利伸出钳子，仿佛要夹她的脸，艾莉亚将其拨开。"他喜欢宴会,也喜欢比武会,因此劳勃国王非常宠幸他。不过这索罗斯的确很勇敢,当初他们砸开派克城的城墙,他是第一个冲过去的。挥舞着火焰剑,铁民们纷纷着火逃窜。"

"我也想要一把火焰剑。"我也想要很多人在我面前着火逃窜。

"那不过是小把戏,我告诉你,野火会毁坏钢铁,每次比武会后,我师傅都卖给索罗斯一把新剑,每次都会争论价格。"詹德利将钳子挂回去,然后取下沉重的锤子。"莫特师傅说是我打自己第一把长剑的时候了。他给了我一块上好的钢材,我知道该怎么做。尤伦却在这时候把我带走,带去当守夜人。"

"如果你愿意,仍然可以铸剑呀,"艾莉亚道,"等我们到达奔流城,你就可以为我哥哥罗柏铸剑了。"

"奔流城。"詹德利放下锤子,望着她,"你看起来不一样了,你像个体面的小淑女。"

"我看起来像棵橡树,浑身都是笨乎乎的橡果。"

"但你高雅,很高雅,你是一棵高雅的橡树,"他走上前嗅嗅她,"连气味也变得高雅。"

"你却不是。你臭烘烘的。"艾莉亚将他朝砧板推去,然后拔腿就跑,不料胳膊却被一把拽住。她踢他胯下,并把他绊倒,然而詹德利将她一起拽翻,两人在铁匠铺的地板上打闹翻滚。詹德利强壮,艾莉亚灵活,每次男孩想抓她,都被她扭动挣脱。她使劲打他,他却哈哈大笑,把她气坏了。最终,詹德利用一只手擒住她两个手腕,另一只手挠她痒痒,艾莉亚便顺势拿膝盖顶他胯下,再次挣脱。等她站起来,发现两人浑身灰尘,而那笨乎乎的橡果裙有只袖子撕裂了。

"我打赌,现在我看上去不那么高雅了。"她喊道。

回到大厅时,汤姆正在唱歌:

我的羽床柔软深陷，
　　　　我的爱人躺卧其间。
　　我愿给你穿上丝衣，
　　　　我愿为你戴上宝冠。
　　你将成为我的爱妻，
　　　　我将当上你的夫婿。
　　我会用剑守护着你，
　　　　令你永远温暖平安。

　　哈尔温不经意间回头一看，顿时爆笑出声，安盖的雀斑脸上也露出笨乎乎的笑容，他说："别弄错了，她到底是不是好人家的女儿哟？"柠檬斗篷则给了詹德利一耳刮，"要打跟我打！她是个女孩，年龄只有你一半！别碰她，听明白了吗？"
　　"是我开的头。"艾莉亚道，"詹德利只是说话而已。"
　　"放过那男孩吧，柠檬，"哈尔温说，"是艾莉亚开的头，我毫不怀疑。她在临冬城就这样。"
　　汤姆边唱边朝她眨眼睛：

　　树仙子嫣然飘飘，
　　　　树仙子笑声飞扬。
　　旋开身躯朝他言语，
　　　　我不需要羽毛之床。
　　愿穿一袭金叶长裙，
　　　　愿以青草束起长发。
　　愿你当我的森林爱人，
　　　　我是你的森林姑娘。

　　"我没有金叶长裙，"斯莫伍德夫人和蔼地微笑，"但凯瑞琳

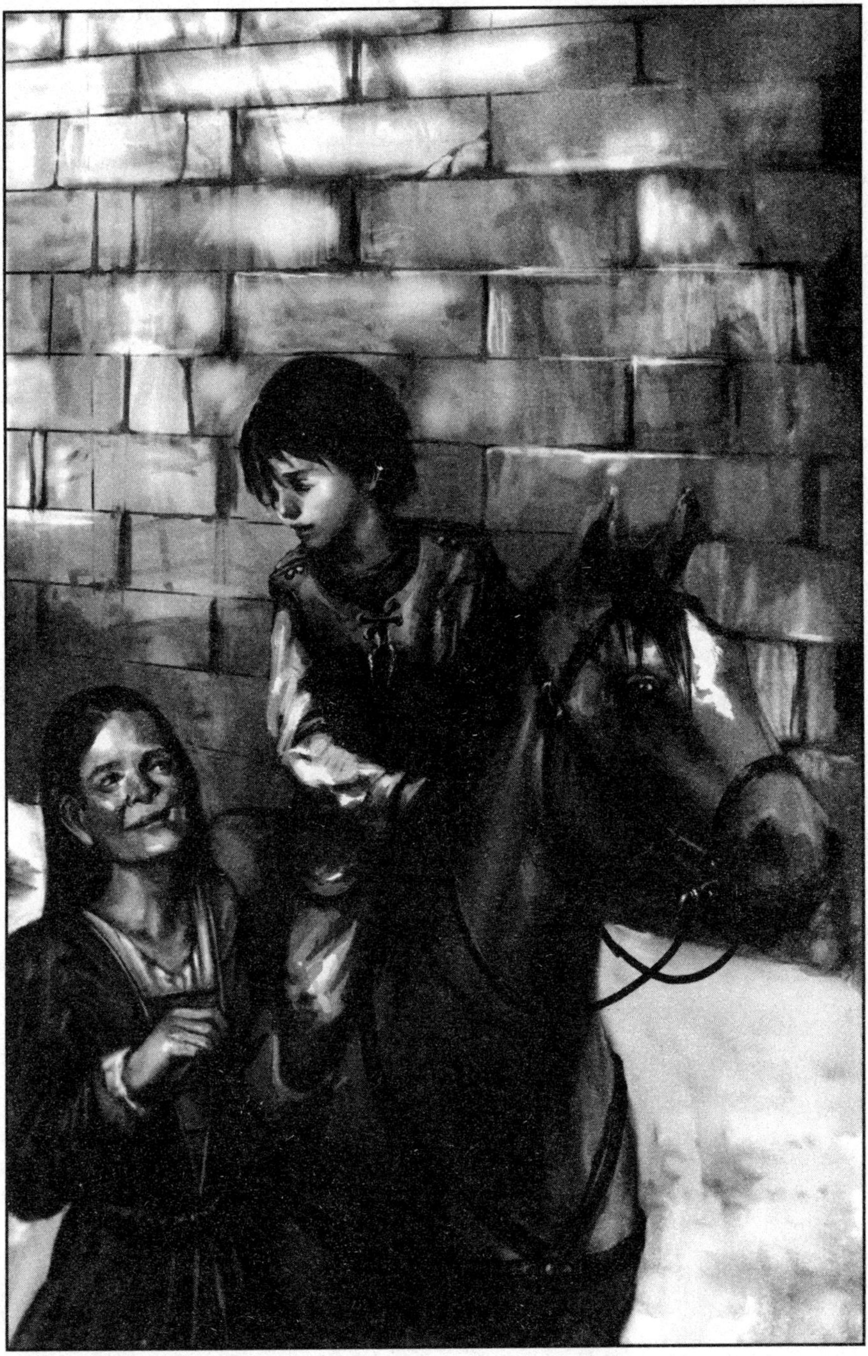

还留下其他衣服。来吧,孩子,我们上楼看能找到什么。"

这回比上回更糟;斯莫伍德坚持让艾莉亚再洗一遍澡,然后修剪梳理头发,换上的裙服是淡紫色,饰有细小珍珠。唯一的好处是,它如此精致,没有人认为她能穿这身衣服骑马。所以第二天早晨用餐时,斯莫伍德夫人给她拿来马裤、皮带和束腰短装,以及一件镶铁钉棕色鹿皮背心。"这是我儿子的,"她说,"他七岁时死了。"

"我很遗憾,夫人。"艾莉亚突然替她难过起来,并且感到十分羞愧。"很抱歉撕坏了那件橡果裙子,它很美。"

"是啊,孩子,你和它一样美。请勇敢起来。"

丹妮莉丝

骄傲广场中央有个红砖砌的喷泉,其中的水闻起来有股硫磺味道,泉水中央是一座青铜打制的巨大鹰身女妖像,足足二十尺高。她有女人的脸——镀金的头发、象牙眼睛和尖锐的象牙牙齿——黄色的水从沉甸甸的乳房中潺潺涌出,但本该长手臂的地方却是类似蝙蝠或龙的翅膀,腿则为老鹰的腿,身后拖着一条卷曲而恶毒的蝎尾。

这是吉斯的鹰身女妖,丹妮心想。如果她记得不差,古老的吉斯帝国已于五千年前衰落,它的军团被蓬勃兴起的瓦雷利亚民族击溃,它的砖墙被推翻,它的街道与建筑被龙焰化为灰烬,它的每一寸土地皆撒满盐碱、硫磺与枯骨。乔拉爵士说,吉斯的神灵和它的子民皆已死去,今天的阿斯塔波人只是混血种而已,甚至不会说吉斯卡利语。奴隶湾的城邦讲的是他们的征服者使用的高等瓦雷利亚语,准确地说是其中能理解的部分。

然而古老帝国的象征依旧留存,眼前这只青铜怪兽就是明证。但它的爪子上悬挂着一条沉重的锁链,两端各有一只未合拢的镣铐。吉斯的鹰身女妖爪间有一道闪电。这不是吉斯的鹰身女妖,而是阿斯塔波的鹰身女妖。

"告诉维斯特洛婊子,让她看下面,"奴隶商人克拉兹尼·莫·纳克罗兹对当翻译的奴隶女孩抱怨,"我卖肉,不卖铁。那铜像可不卖。叫她看着士兵,我敢打赌,就连这紫眼睛的、日落之地来的蛮子也能瞧出我这批货有多么出色。"

克拉兹尼的高等瓦雷利亚语被吉斯特有的浓重喉音所扭曲,中间还夹杂着奴隶贩子的黑话。丹妮基本可以听懂，但她微微一笑，茫然地看看奴隶女孩，等待对方翻译。

"克拉兹尼善主大人问，他们难道不是很杰出吗？"就一个从未到过维斯特洛的人而言，她的通用语讲得不错。这女孩十岁不到，长着扁平的圆脸、黝黑的皮肤和纳斯人特有的金色眼睛。她的民族被称为"和平之民"，因此是最好的奴隶。

"也许吧。"丹妮回答。乔拉爵士建议她在阿斯塔波只讲多斯拉克语和通用语。我的大熊粗中有细。"我需要详细了解他们的训练情况。"

"维斯特洛女人对他们很满意，但没有赞扬，以便压价，"翻译告诉主人，"她想知道他们是如何被训练的。"

克拉兹尼·莫·纳克罗兹点点头。奴隶商人闻起来似乎刚用黑草莓水洗过澡，红黑相间的分叉胡上闪着油光。他的乳房比我还大，丹妮思忖，透过薄薄的海青色丝绸，能看到他的胸部。他身穿带金流苏的托卡长袍，在一侧肩膀扣住，走路时，左手固定住袍子，右手抓一根短皮鞭。"维斯特洛猪都这么无知吗？"他继续抱怨，"全世界都知道，无垢者在长矛、盾牌和短剑上的造诣无与伦比。"他朝丹妮夸张地一笑。"把情况通通告诉她，奴隶，讲快点。天气太热了。"

至少这句不假。他们身后站着一对孪生女奴，为他们分别撑起丝绸斑纹遮阳伞，即使如此，丹妮仍透不过气，克拉兹尼则汗流如注。骄傲广场自黎明开始就在艳阳的烘烤之下，透过厚厚的鞋底，也能感觉到脚下红砖的热量。一波波热浪自红砖地里升腾而起，令广场周围的阿斯塔波阶梯形金字塔看起来好似海市蜃楼一般。

假如无垢者们也觉得热，至少丝毫没有表现出来。从站立的样子来看，他们似乎就是用砖块做成。一千名奴隶走出兵营，供她检阅，他们在喷泉和雄伟的青铜鹰身女妖像前排成十列，每列一百人,站得笔直端正,毫无情绪的眼睛直勾勾地瞪着前方。他们什么也没穿,只有腰缠的白色亚麻布和头戴的锥形青铜盔,上面有根一尺高的尖刺。克拉兹尼已命他们放下长矛和盾牌,解开束剑腰带与夹层外衣,以便维斯特洛女王仔细检视其坚实瘦长的身躯。

"以身材、速度和力量为标准,他们从小被挑选出来,"奴隶女孩告诉她,"并自五岁起接受训练。每天从黎明一直练到天黑,直到熟练掌握短剑、盾牌和三种长矛的技巧。训练极为严酷,陛下,三个男孩里只有一个存活,这是众所周知的事实。关于无垢者有个说法:从赢得尖刺盔的那一天起,最艰难的生活便已过去,从今往后任何使命都不及当初的训练那样严酷。"

克拉兹尼·莫·纳克罗兹不会讲通用语,但他边听边点头,还不时用鞭子顶端捅那奴隶女孩。"告诉她,这些家伙站在那儿已有一天一夜,既没进食,也没喝水;告诉她,只要我不下令解散,他们会一直站立,直到倒下为止;告诉她,即使九百九十九个倒在砖地上死去,最后一个仍会一动不动地站着,直到他自己的死亡降临。这就是他们的勇气。告诉她这些。"

"这是疯狂,不是勇气!"等那严肃的小翻译讲完,白胡子阿斯坦脱口而出。他用硬木拐杖敲打砖地,嗒,嗒,仿佛在诉说他的不满。老人不愿航至阿斯塔波,也不赞成购买这支奴隶军团。女王需要聆听所有人的话,这是丹妮将他带到骄傲广场的原因,并非拿他当护卫,有血盟卫已经够了。乔拉爵士被她留在贝勒里恩号上守护她的子民和她的龙。她将龙锁在甲板下,虽不情愿,但让他们在城市上空自由飞翔过于危险——世界上充斥着各种恶人,只为获得"屠龙者"的名号,就可能下毒手。

"那臭烘烘的老头讲什么?"奴隶商人向翻译提问。等她说完,他微笑道,"告诉那蛮子,我们称此为'顺从'。其他战士也许比无垢者更强壮、更敏捷,或更高大,甚至可能跟他们使用剑、盾与长矛的技能不相上下，但四海之内你找不到比他们更懂得顺从的士兵。"

"绵羊最懂得顺从。"这番话被翻译过来之后，阿斯坦评论。他的瓦雷利亚语虽不如丹妮那么流利，但也不差，只是学她的样，假装一无所知。

等他的话被翻译过去，克拉兹尼·莫·纳克罗兹露出硕大而洁白的牙齿。"我一声令下，这群绵羊就会让他臭烘烘的老肠子流到砖地上，"他吼道，"当然，别这样对他说。告诉他们，这些家伙像狗，不像羊。对了，在七大王国他们吃不吃狗和马？"

"他们更喜欢猪和牛，主人。"

"牛肉，猪肉。蛮子爱吃脏东西。"

丹妮佯作不知，缓缓地沿着奴兵队列走下去。擎遮阳伞的女孩紧跟在后，使她一直处于阴影之下，但她面前的千名战士却无法享受丝毫遮护。他们中的一半多有多斯拉克人或拉札林人的古铜色皮肤与杏仁眼，但她也看到自由贸易城邦人、白皙的魁尔斯人、黑檀色的盛夏群岛人，以及其他一些不知是何种族的人。某些人有跟克拉兹尼·莫·纳克罗兹一样的琥珀色皮肤，以及古老吉斯民族所特有的红黑相间的直立头发——他们自称为"鹰身女妖之子"，这是骄傲的血统标志。连同族都卖啊。她不该吃惊，在多斯拉克海中，当卡拉萨相互遭遇时，多斯拉克人也这么做。

士兵有高有矮，据她判断，年龄在十四岁到二十岁之间。他们全都脸颊光滑，而那一双双眼睛，不论黑色、棕色、蓝色、灰色或者黄色，其中的神采都没丝毫差别。这些男人简直一个模子打出来的，丹妮心想，旋即想起他们根本不是男人，而是太监。"为何要阉割他们？"她通过奴隶女孩问克拉兹尼，"都说男人比太监强壮呢。"

"从小被阉割的太监不会有你们维斯特洛骑士的蛮力，这是事实。"问题被翻译后，克拉兹尼·莫·纳克罗兹回答。"但别忘了，公牛也很强壮，而在斗技场里，每天死的都是它们。不到三天前，一个九岁女孩就在约锡尔斗技场中杀了一头。无垢者有比力量更重要的东西——纪律。是的，我们以古帝国的战斗方式训练他们，他们就是步伐一致的古吉斯军团的重生，绝对服从，绝对忠诚，全无恐惧。"

丹妮耐心听完翻译。

"最勇敢的人也害怕死亡和残疾。"阿斯坦说。

克拉兹尼闻言又微微一笑。"告诉那老头，他闻上去浑身尿臭，需要根烂棍子才站得住。"

"真这样说，主人？"

他用鞭子捅了她一下。"当然不能这样说，你是女人还是母羊，问得出这么愚蠢的问题？告诉他无垢者不是人，告诉他死亡对他们而言不算什么，伤残就更没关系。"他在一个结实强壮、外貌像拉札林人的奴兵面前站定，猛地举起鞭子，照着对方铜色的脸颊狠狠一记，打出一道血痕。太监眨眨眼，站立不动，任凭鲜血流下。"还想再来？"克拉兹尼说。

"只要主人高兴。"

很难假装听不懂。在克拉兹尼再次举鞭前，丹妮伸手按住他胳膊。"告诉善主大人，我明白无垢者的强壮，明白他们承受痛苦的勇气。"

她的话被译成瓦雷利亚语后，克拉兹尼嗤嗤窃笑。"告诉这无知的西方婊子，这与勇气无关。"

"善主大人说那不是勇气，陛下。"

"告诉她睁开狗眼。"

"他请您留心观察，陛下。"

克拉兹尼走到下一个太监面前，这是一位高大的年轻人，有里斯人的蓝眼睛和亚麻色头发。"你的剑。"他说。太监跪下来,拔出武器,剑柄朝前递上。这是一柄短剑,适合戳刺而非劈砍,但剑刃仍十分锐利。"起立。"克拉兹尼命令。

"是,主人。"太监站起身。随后克拉兹尼·莫·纳克罗兹缓缓地把剑由下至上划过他的躯干,从肋骨到腹部留下一道细红线,接着又将剑尖戳进粉红色大乳头的下方,并开始来回切割。

鲜血如注般从奴隶的胸膛流淌而下。"他在做什么?"丹妮问女孩。

"告诉那头母牛,别嘀嘀咕咕,"克拉兹尼不等翻译就说,"这不会造成很大伤害。男人不需要乳头,太监更用不着。"乳头与乳房之间只剩一层薄薄的皮,他猛地下砍,使它滚落到砖地上。无垢者胸前出现了一个红色的圆圈,血如泉涌,但他没有动,直到克拉兹尼剑柄朝前把剑交还。"好了,到此为止。"

"小人很高兴为主人效劳。"

克拉兹尼转身面对丹妮。"你瞧,他们感觉不到痛苦。"

"这怎么可能呢?"她通过翻译提问。

"是勇气之酒的缘故,"他回答,"那并非真正的酒,而是由颠茄、血蝇幼虫、黑莲藕及其他秘方调制而成的饮料。从被阉割那一天起,他们每餐都喝,日复一日,年复一年,直到感觉变得麻木,直到战斗变得无畏,直到不怕任何折磨。告诉那蛮子,任何秘密都可以放心交给无垢者保管,还可安排其守卫会议厅,甚至卧室,丝毫不必担心会遭偷听。"

"在渊凯和弥林,制造太监的方法是除去睾丸,但留下阴茎。这样的人不能生育,却还可以勃起,只会造成麻烦。我们把阴茎也除掉,什么都不留。无垢者是全世界最纯净的动物。"他再次朝丹妮和阿斯坦露出夸张的笑容。"听说在日落国度,有人庄严宣誓保持贞洁,不生不育,仅为职责而活。是这样吗?"

"是的,"问题翻译过来之后,阿斯坦道,"这样的组织有许多:学城的学士、为七神服务的修士与修女,哀悼死者的静默姐妹,御林铁卫,守夜人……"

"他们真可怜,"翻译完后,奴隶商人低沉地说,"人不该这么活。白痴都明白,这样每天都会饱受诱惑的折磨,而且大多数人最终会屈服于卑贱的自我。我们的无垢者可不同,他们与剑结合的方式,是旁人发下千万道誓言也无法相提并论的。女人也好,男人也罢,都永远不能诱惑他们。"

女孩以更礼貌的方式转述了他话中的要点。"除身体之外,还有其他方式可以诱惑人。"等她说完,白胡子阿斯坦反驳。

"可以诱惑人,对,但不能诱惑无垢者。抢劫和强奸都无法引起他们的兴趣。他们除了武器,一无所有,甚至没有自己的名字。"

"没有名字?"丹妮朝着小翻译皱起眉头,"善主大人是这个意思吗?他们没有名字?"

"正是如此,陛下。"

克拉兹尼停在一个吉斯人面前。对方就像是他的兄弟,但更高,也更健康。他将鞭子朝那人脚边剑带上的一块青铜小圆牌挥了挥。"他的名字就在那儿。问那维斯特洛婊子,她认不认得吉斯卡利象形文。"等丹妮承认说不会,奴隶商人转向无垢者。"你叫什么?"他提问。

"小人叫红跳蚤,主人。"

那女孩用通用语重复了一遍。

"昨天叫什么?"

"黑老鼠,主人。"

"前天呢?"

"棕跳蚤,主人。"

"再前一天？"

"小人记不清，主人。也许是蓝蛤蟆，也许是蓝虫子。"

"告诉她，他们的名字都这个样，"克拉兹尼命令奴隶女孩，"这用来提醒他们，他们只是些寄生虫。每天傍晚，所有名牌就被扔进一个空木桶，第二天拂晓时再随机抽捡。"

"更疯狂了，"阿斯坦听完之后道，"怎能让所有人每天都记住一个新名字？"

"记不住名字的会在训练中被筛掉，连同那些不能满荷负重奔跑一整天的，不能在漆黑夜晚爬上山的，不能走过一片燃烧煤炭的，或者不能杀死婴儿的。"

听到这番话，丹妮明白自己的嘴扭曲了。他看到了吗，还是他既残酷又迟钝呀？她迅速扭头，试图掩饰脸上的表情，直等听完翻译，才让自己说出话来，"他们杀谁的婴儿？"

"在赢得尖刺盔之前，无垢者必须拿一枚银币去奴隶市场，找到一个哭叫着的新生儿，并在其母眼前将其杀死。这样我们方能确定他心中未留有丝毫软弱之处。"

她感到一阵晕眩。是炎热的关系，她试图说服自己。"他们从母亲怀中抢走婴儿，在她注视之下将其杀死，然后支付一枚银币以补偿她的痛苦？"

等翻译完毕，克拉兹尼·莫·纳克罗兹纵声长笑。"这唠唠叨叨的婊子真是个软心肠的蠢货。告诉维斯特洛婊子，钱乃是付给孩子的主人，不是给母亲。无垢者不准偷窃。"他用鞭子拍拍自己的腿。"告诉她，通不过这项测试的家伙远少于通不过狗的测试的。在每个男孩被阉割的那天，我们给他一条小狗，他必须养到第一年结束，然后亲手掐死它。做不到的家伙将被立刻处决，其血肉喂给存活下来的狗吃。我们发现这对他们而言是最重要的一课。"

白胡子阿斯坦边听边用拐杖敲击砖地。嗒，嗒，嗒。缓慢而沉稳。丹妮看见老人将视线移开,仿佛克拉兹尼让他再也无法忍受。

"照善主大人所说,这批太监不会为金钱或肉体所感,"丹妮告诉女孩,"但若我的敌人用自由引诱他们背叛……"

"他们会立即杀死他,并把他的脑袋献给你,就这么回事,"奴隶商人答道,"别的奴隶会偷窃、会聚积钱财,以期买到自由,但即便那头小母驴愿意无偿地给予无垢者自由,他们也不会接受。他们在职责之外没有生活,只是士兵,仅此而已。"

"我正需要士兵。"丹妮承认。

"告诉她,她来阿斯塔波算是走对了。问她想要买多大一支军队。"

"你们有多少无垢者待售?"

"目前有八千名经过充分训练的无垢者。她得知道,我们只按单位出售,整千或是整百。从前我们整十地卖给顾客当贴身护卫,结果证明效用不佳。十个太少,他们和其他奴隶,甚至自由人混在一起,忘了自己是谁,忘了自己的身份。"克拉兹尼等这番话被译为通用语,然后续道,"这乞丐女王必须明白,如此神奇的军队自然价格不菲。在渊凯和弥林,购买奴隶剑士甚至可能比买他们的剑便宜,但无垢者是全世界最精良的步兵,个个经过多年训练。告诉她,他们好比瓦雷利亚钢,历经反复折叠锤打,直到比世上任何金属都更牢固,更有韧性。"

"我知道瓦雷利亚钢,"丹妮说,"问问善主大人,无垢者有没有自己的指挥官。"

"必须派遣军官来指挥他们。我们训练他们顺从,不是思考。如果她要智慧,该去买文书。"

"他们的装备怎么算?"

"短剑、盾牌、长矛、凉鞋和夹层外衣都随身附送,"克拉兹尼说,"当然,还有尖刺盔。他们也可按你的意愿穿戴任何样式的盔甲，但盔甲必须由你提供。"

丹妮想不出更多问题，她看看阿斯坦。"你是长者，白胡子。事情就是这样，你怎么说？"

"我说'不'，陛下。"老人不假思索地回答。

"为什么？"她问，"请尽管直言。"丹妮知道他会说什么，但她想让那奴隶女孩听见，因而克拉兹尼随后也能知道。

"女王陛下，"阿斯坦道，"七大王国已数千年没有奴隶了。新旧诸神，都把奴隶制度看做可憎的怪物和邪恶的化身。若您领着一支奴隶军团登陆维斯特洛，单只为这一点，便会有许多善男信女起来反对，大有损于您的事业和家族荣誉。"

"可我必须有支军队，"丹妮说，"那男孩乔佛里绝不会因我礼貌的要求而自动放弃铁王座。"

"等您扬帆登陆的那一天，半个维斯特洛将与您同在，"白胡子保证，"人们仍满怀热爱地缅怀着您哥哥雷加。"

"那我父亲呢？"丹妮道。

老人犹豫了一下，"人们也记得伊里斯国王，至少他为王国带来了多年的和平。陛下，您不需要奴隶，您有龙，您可以在伊利里欧总督的保护下静待他们成长，一边派出密使穿越狭海，试探各大领主。"

"试探那些背弃我父亲，投靠弑君者，并向篡夺者劳勃屈膝臣服的大领主？"

"他们或许正渴望着真龙的回归啊。"

"或许。"丹妮说。一个含糊的字眼，或许，任何语言中都一样。她转向克拉兹尼·莫·纳克罗兹和他的奴隶女孩。"我要慎重考虑。"

奴隶商人耸耸肩。"告诉她快点考虑，我有许多买家。三天之前，我才将同一批无垢者给一个海盗王看过，他希望把他们全买下。"

"那海盗只要一百个,主人。"丹妮听见奴隶女孩说。

他用皮鞭顶端捅了她一下。"海盗都是骗子,他会把他们全买下,就这么告诉她,小贱人。"

丹妮知道自己的需求远远不止一百个。"提醒你的善主大人我的身份,提醒他,我乃'风暴降生'丹妮莉丝,龙之母,不焚者,维斯特洛七大王国的女王,血统袭自征服者伊耿和古老的瓦雷利亚。"

她的话被翻译成别扭的瓦雷利亚语,却未能打动浑身散发着香水味的肥胖奴隶商人。"瓦雷利亚人还在鸡奸绵羊时,吉斯就是一个世界帝国了,"他朝可怜的小翻译吼叫,"我们乃鹰身女妖之子。"他耸耸肩。"跟女人饶舌真麻烦,东方的女人也好,西方的女人也罢,统统优柔寡断,除非吃饱了东西,听够了奉承,塞满了糖果,才会作决定。很好,如果这是我的命,就认了吧。告诉那婊子,倘若想要一个向导带她参观我们可爱的城市,克拉兹尼•莫•纳克罗兹很乐意为她效劳……也很乐意跟她找找乐子,只要她比外表看上去更像女人。"

"在您考虑期间,克拉兹尼善主非常乐意带您参观阿斯塔波,陛下。"翻译说。

"我会请她吃狗脑冻、炖红章鱼浓汤和狗胎。"他擦擦嘴唇。

"他说在这儿可以吃到许多可口的菜肴。"

"告诉她金字塔的夜晚有多漂亮,"奴隶商人低吼,"告诉她我要舔她乳房上的蜜汁,若她喜欢的话,还可以舔我的。"

"黄昏时分的阿斯塔波最是美丽,陛下,"奴隶女孩说,"善主大人们在每级阶梯上都点起丝绸灯笼,令所有金字塔都泛着彩光。游艇在蠕虫河里游弋,您可以听着轻柔的音乐,造访水中小岛,享受美食美酒和其他乐趣。"

"请她前往我们的斗技场，"克拉兹尼补充，"道克斗技场今晚安排了一出好戏。一头大熊对三个小男孩。一个男孩浑身沾满蜂蜜，另一个沾满鲜血，还有一个沾满腐烂的鱼，她可以押注熊先吃哪一个。"

嗒，嗒，嗒。丹妮听见白胡子阿斯坦敲个不停。老人脸色平静，但动作显示出他内心的愤怒。嗒，嗒，嗒。她逼自己微笑。"我在'贝勒里恩号'上有自己的熊，"她告诉翻译，"如果不回去，他很可能吃了我。"

"瞧，"等她的话被翻译过去，克拉兹尼评判，"作决断的不是女人，而是她赶着去见的男人。一如既往！"

"感谢善主大人的耐心和好意，"丹妮道，"告诉他我会仔细考虑在这儿了解的情况。"她向白胡子阿斯坦伸出胳膊，让他挽自己穿过广场，走向坐轿。阿戈和乔戈跟在两侧，弯腿昂首阔步，这是马王被迫下马和普通人一样步行时的惯用姿势。

丹妮皱眉爬进轿子，并招呼阿斯坦进来坐到身边，他这么年迈的人不该在艳阳下步行。行进途中，她没关帘子。这座红砖之城被阳光炽烈地烘烤，每丝微风都值得珍惜，即使其中伴随着缕缕红色粉尘。况且，我需要观察。

她走过尘埃之殿，沐浴过圣母山下的世界子宫湖，然而在她眼里，阿斯塔波仍是座奇异的城市。所有街道都跟骄傲广场一样，全由红砖砌成，红砖砌的还有阶梯形金字塔、深挖入地并带有一圈圈逐渐下降的坐席的斗技场、含硫磺的喷泉池、阴暗的酒肆及环城古墙。如此多的砖块，她心想，如此古老，如此脆弱。空中都是细小的红色粉尘，微风吹过，粉尘便沿着阴沟飞舞。难怪阿斯塔波的妇女都蒙着脸，砖粉比沙子更易刺痛眼睛。

"让路！"乔戈在轿子前面骑行，高声呼喊，"给龙之母让路！"见他展开银柄长鞭，在空中挥得呲呲作响，她忙探身制止。

"别在这里，吾血之血，"她用多斯拉克语说，"这些砖块已听过太多的鞭响。"

早上，当他们从港口出发时，街上杳无人烟，现在已是下午，却似乎仍旧空旷。一头大象缓缓走过，背上驮着个格子座箱。一名被晒得蜕皮的男孩光着身子坐在干涸的红砖排水沟里，一边挖鼻子一边闷闷不乐地注视着街道上的蚂蚁。听见马蹄声，他抬起头来，茫然地看着一队骑兵飞驰而过，刺耳的笑声伴随着蹄下掀起的红色尘土。士兵们的黄丝披风上缝有许多闪亮的铜盘，好似无数个太阳，外衣是带刺绣的亚麻布，腰部以下则穿打褶布裙和凉鞋。他们不戴帽子，每人都将红黑相间的直立头发梳理上油，盘成各种奇怪的形状，有犄角、翅膀、刀锋，甚至抓握的手，因此他们就像一群从七层地狱里出来的恶鬼。丹妮和光着身子的男孩一起看了一阵，直到他们消失，接着男孩又回去看蚂蚁，手指伸向鼻孔。

这是一座古老的城市，她思忖，但已没有当初的繁盛，甚至不及魁尔斯、潘托斯或里斯。

轿子突然在十字路口停下，好让一队拖着步子的奴隶从前方经过，监工的鞭子噼啪作响，催促他们前进。丹妮注意到这些人都不是无垢者，而更普通，淡棕色皮肤，黑头发。他们中有女人，但没有孩子，全部光着身子。两个阿斯塔波人骑白驴跟在后面，男人穿红丝绸托卡长袍，蒙面的女人穿湛蓝的亚麻布衣，上面饰有片片小天青石，她红黑相间的头发上插了一把象牙梳。男人时而朝她轻声低语，时而哈哈大笑，半点也不在意丹妮，对他的奴隶和监工亦不予理会。那监工是个壮实的多斯拉克人，拿着纠结的五条鞭，肌肉虬结的胸口骄傲地纹着一只戴锁链的鹰身女妖。

"砖与血造就阿斯塔波，"白胡子在她身边喃喃道，"砖与血造就她的子民。"

"那是什么？"丹妮好奇地问。

"小时候一位学士教我的古诗。我不知道它是如此真实。阿斯塔波的砖块乃是被造就它们的奴隶之血染红的。"

"是啊。"丹妮道。

"陛下,在您的心也变成砖块之前,赶紧离开此地吧。今晚就趁着夜潮起航出海。"

我能这样就好了,丹妮心想。"乔拉爵士说,我会在阿斯塔波买到一支军队。"

"乔拉爵士本人就是个奴隶贩子,陛下,"老人提醒她,"在潘托斯、密尔和泰洛西很容易雇到佣兵。为金钱而杀戮的人没有荣誉,但至少不是奴隶。到那边去寻求军队吧,我请求您。"

"我哥哥造访过潘托斯、密尔、布拉佛斯……所有的自由贸易城邦。总督和大君们给予他红酒和许诺,却让他的灵魂饥饿致死。一个终生都在乞讨的人不可能保持人格。我在魁尔斯已尝到了这种滋味,绝不会手拿讨饭碗前往潘托斯。"

"做乞丐总好过当奴隶贩子。"阿斯坦道。

"说这话的人两种身份都没尝试过。"丹妮没好气地说,"侍从大爷,你知道被售卖是什么感觉吗?我可是知道的。我哥将我卖给卓戈卡奥,以期换取一顶黄金王冠,结果卓戈给了他金冠,但不是他所期望的方式,而我……我的日和星让我成为王后,若他是另一个人,结局也许大不一样,可惜不是。你以为我忘了恐惧的滋味?"

白胡子低下头。"陛下,我无意冒犯。"

"只有谎言才是冒犯,真诚相谏决计不是。"丹妮拍拍阿斯坦斑驳的手掌,让他安心,"我有龙的脾性,仅此而已,你不必害怕。"

"我会记住的。"白胡子微笑。

他不仅有张慈祥的脸孔,身上还蕴涵着巨大的力量,丹妮心想,真不明白乔拉爵士为何不信任他。难道他妒忌我找到了其他可以倾诉的男人?她的思绪不由自主地回到在贝勒里恩号上被放逐的骑士亲吻她的那个夜晚。他不该这么做。他年纪是我三倍,相对于我又出身太低,况且没有得到我的准许。未经女王准许,真正的骑士绝不会亲吻他的女王。在那之后,她小心翼翼,再没跟乔拉爵士独处过,身边一直有女仆或血盟卫陪伴。但他想再吻我,我从他的眼睛里能看出来。

丹妮自己的欲望无从名状,但乔拉的吻的确唤醒了某种东西,某种自卓戈卡奥死后便一直沉睡着的东西。躺在狭窄的铺位上,她常常幻想挤在身边的不是侍女,而是某位男子。这个念头令她奇妙地兴奋。有时候,闭上眼睛就会梦到"他",但"他"从来不是乔拉·莫尔蒙,"他"更年轻更标致,虽然面容始终是团朦胧的影子。

有一次,丹妮被折磨得无法入睡,手情不自禁地滑向两腿之间,当她摸到那里竟如此湿润时,不禁屏住了呼吸。她的指头在阴唇间来回移动,动作很慢,也几乎不敢喘气,以免惊醒身边的伊丽,直到找到一个舒适的点,便停留在那里,轻轻抚弄,起初尚羞涩犹疑,随后越来越快,然而渴求的安慰依旧遥不可及,直到最后惊动了她的龙。其中一只在船舱彼端嘶叫起来,伊丽发现了她的动作。

丹妮知道自己涨红了脸,但黑暗之中,伊丽肯定看不见。女仆无言地将一只手搭上她的乳房,俯身含住乳头,另一只手则沿着她腹部柔和的曲线滑下去,穿过银金色的细发丛,在大腿之间运动。不过一小会儿,她便双腿扭曲,乳房高耸,整个身子都开始颤抖,接着便尖叫起来。抑或那是卓耿的尖叫?伊丽一言不发,完事之后蜷起身子重新入眠。

第二天,一切就像一场梦。即使发生过什么,那跟乔拉爵士又有何关系?我要的是卓戈,我的日和星,丹妮提醒自己,不是伊

丽，不是乔拉爵士，只有卓戈。然而卓戈已死，她以为所有的感觉都随他在红色荒原中消逝，但区区一个叛逆的吻不知怎的又将它们重新唤醒。他不该吻我。他擅自行事，我却听之任之，这绝不能再发生了。她郁闷地抿起嘴，摇晃着脑袋，辫子里的铃铛轻响。

愈靠近海湾，城市变得愈美丽。巨大的砖块金字塔沿岸排列，最大的有四百尺高。它们宽敞的平台上生长着各种树木、藤蔓与花草，阵阵芬芳的清风在其间旋绕。另一座巨型鹰身女妖像立在港口城门上，由烧硬的红土制成，已明显风化，蝎尾只剩一小截，而泥爪子里陈旧的铁锁链，业已生锈腐烂。水边比较凉快，而丹妮奇怪地发现，波涛击打腐烂桩子的声响竟令人宽心。

阿戈扶她下轿。前方，壮汉贝沃斯坐在一根大桩子上，吃着一大块棕色烤肉。"狗肉，"他看到丹妮便愉快地说，"阿斯塔波的狗肉不错，小女王，要不要吃啊？"他笑着递上狗肉，满嘴油腻。

"谢谢你，贝沃斯，我不要。"丹妮是吃过狗肉的，但此刻心中所想只有无垢者和他们愚蠢的小狗。她迅速掠过大个子太监，沿着跳板走上贝勒里恩号的甲板。

乔拉·莫尔蒙爵士等着她。"陛下，"他颔首道，"奴隶商人们来过。一行三人，带着十来个文书和十来个下苦力的奴隶。他们走遍货舱每个角落，记下一切东西。"他领她走到船尾。"他们有多少人待售？"

"一个也没有！"让她生气的是莫尔蒙还是这座城市？这座唯有淤滞暑气、汗腺臭味和剥落砖块的奴隶之城？"他们卖太监，不卖人。砖头做的太监，跟阿斯塔波其余的东西一样。我该不该买下这八千个死鱼眼睛，为了一顶尖刺盔便杀害婴儿、掐死小狗的砖头太监？他们甚至连名字都没有！他们不是人，爵士！"

他被她的怒气吓了一跳。"卡丽熙，"他说，"无垢者从小就被挑选，接受训练——"

"我听够了他们的训练。"丹妮的眼泪夺眶而出,突如其来,猝不及防。她反手一掌,狠狠地打在乔拉爵士脸上。要么如此,要么就得哭出声来。

莫尔蒙摸摸被打的脸颊。"如果我冒犯了女王陛下——"

"你当然冒犯了我,大大地冒犯了我,爵士先生,如果你是我真正的骑士,就绝不会将我带到这个丑恶肮脏的地方。"如果你是我真正的骑士,就绝不会吻我,或者那样子看我的胸口,或者……

"遵命,陛下,我这就叫格罗莱船长做好准备,趁着夜潮起航,到某个不那么丑恶肮脏的地方去。"

"不。"丹妮说。格罗莱船长在前甲板上注视着他们,船员们也在看。白胡子、血盟卫、姬琪……每个人听到耳光声都停下了工作。"我要立刻起航,不等潮水;我要远走高飞,再不回头。但我不能,不是吗?八千个砖头太监等着出售,我必须想办法把他们买下来。"说完,她离开他,走下舱室。

船长室的木雕门内,她的龙并不安静。卓耿昂头嘶叫,苍白的烟雾从鼻孔中喷出,韦赛利昂拍翅朝她迎来,试图栖息在丹妮肩头上,就像小时候那样。"不,"丹妮边说,边轻轻挣脱,"你现在大了,不能那样子,亲爱的。"但龙不依,反将白金相间的尾巴盘在她手臂上,黑爪子嵌入衣服袖子的布料里,紧紧攫住。她只得无奈地埋进格罗莱的大皮椅,咯咯直笑。

"您离开之后,他们像发了疯似的,卡丽熙,"伊丽告诉她,"韦赛利昂把门扒得满地都是碎片,您看到了吗?奴隶贩子们过来看时,卓耿想逃跑。我抓住他的尾巴,不让他走,他就回头咬我。"她给丹妮看手上的牙印。

"他们中有没有哪个想烧出一条路来?"这是丹妮最害怕的事。

"没有,卡丽熙。卓耿喷过火,却是对着空中喷的,奴隶贩子们吓得不敢走近。"

她吻了伊丽手上的伤痕。"很抱歉他咬了你，龙实在是不该锁在小船舱里的。"

"这一点，龙跟马很像，"伊丽道，"骑马民族也是。卡丽熙，您听，马儿在下面嘶喊，踢打着木头墙，姬琪说你不在时老妇人和小家伙们也尖叫。他们不喜欢这辆水车，不喜欢这黑色咸海。"

"我明白，"丹妮说，"我真的明白。"

"卡丽熙在伤心吗？"

"是的。"丹妮承认。既伤心又迷惘。

"要我取悦您吗？"

丹妮退开一步。"不。伊丽，你不必那么做。那晚上的事，当你醒来时看到……你不是服侍人的床上奴隶了，我给过你自由，记得吗？你……"

"我是龙之母的女仆，"女孩说，"取悦卡丽熙是我最大的荣耀。"

"我不要那个，"她坚持，"不要。"她猛一转身。"退下。我要一个人好好想想。"

丹妮回到甲板上时，黄昏已降临到奴隶湾的海面上。凭栏而立，眺望阿斯塔波，一眼望去，它的确十分美丽。天上繁星点点，而下方正如克拉兹尼的翻译所言，砖头金字塔上挂满了丝绸灯笼，沐浴在光辉之中。但底层的街道、广场和斗技场却是一片漆黑，而在那最最黑暗的兵营里，有些小男孩正拿剩饭喂小狗，这是他们在被阉割那天得到的宠物。

身后传来轻轻的脚步声。"卡丽熙。"是他。"我能否直言相告？"

丹妮没有转身。此时此刻，她没法看着他。如果看了，很可能又扇他耳光。或者哭出来。或者吻他。最糟糕的是,她不知道哪样是对,哪样是错,哪样是疯狂。"说吧,爵士。"

"龙王伊耿在维斯特洛登陆以后,山谷王国、凯岩王国和河湾王国的诸王们并不是自动投降的。若您想坐上他的铁王座,就必须和他一样,靠钢铁和龙焰去赢得——这意味着一切结束之前,您的手上将染满鲜血。"

血火同源,丹妮心想,这是坦格利安家族的箴言,她打小就记得。"让敌人流血我很乐意,让无辜者流血则是另一回事。他们要卖给我的不止是八千名无垢者,还包括八千个死去的婴儿,八千条被掐死的狗。"

"陛下,"乔拉·莫尔蒙说,"我去过遭兰尼斯特军洗劫之后的君临城。婴儿被杀害,老人和嬉戏的少年被杀害,遭强暴的妇女更是无法尽数。每个人心中都有一头狂暴的野兽,只要武器交到他手中,派他去打仗,那头野兽便会蠢蠢欲动,随时可能被唤醒。但是,我从没听说无垢者强暴妇女,屠杀百姓,他们甚至不会抢劫,除非指挥官明确下令。正如您所说,他们是砖头做的太监,但一旦被您买下,从今往后,他们会杀的狗就只有您希望杀的狗。若我记得不差,您的确有狗要杀。"

篡位者的走狗。"是的。"丹妮注视着柔和的彩光,任凉爽腥涩的微风吹拂。"说到洗劫城市,回答我,爵士——多斯拉克人为何从没洗劫过这座城市?"她向前一指。"看看那些墙,它们已经开始崩塌,那儿,还有那儿。你能看到塔楼里的卫兵吗?我没看到。他们躲起来了吗,爵士?我今天目睹所谓的鹰身女妖之子,全是些骄傲自大的贵族,穿着布裙,浑身上下只有发型吓人。即便一个最普通的卡拉萨,也能把阿斯塔波像核桃一样敲碎,挑出里面腐烂的肉。告诉我,为何这只丑陋的鹰身女妖像没有在多斯拉克海中的诸神大道边,跟其他偷来的神像待在一起?"

"问得好,卡丽熙,您有龙的眼睛。"

"我需要答案,不要恭维。"

"原因有二。首先,您说得没错,阿斯塔波勇敢的守卫者们不过是些废物。他们所剩的只有古老的名望和鼓鼓的钱包,却要打扮成昔日的吉斯长鞭手,装作自己仍旧统治着一个大帝国。每人都是军官,每人的头衔都极夸张。节庆日里,他们在斗技场中模拟战争,以显示英勇,但死的却是太监。然而任何想与阿斯塔波作对的人都知道,对手将是无垢者,一旦形势危急,奴隶商人们会让所有部队倾巢出动。别的不说,多斯拉克人自从在科霍尔城门口留下辫子之后,就再没跟无垢者打过。"

"第二个原因呢?"丹妮问。

"谁会攻击阿斯塔波?"乔拉道,"弥林和渊凯是竞争对手,但不是敌人,末日浩劫摧毁了瓦雷利亚,而东方腹地全是同族的吉斯人,山的另一边则是拉札林人。您的多斯拉克人称他们为'羊人',是个特别安分的民族。"

"是的,"她赞同,"但这些奴隶城邦的北面是多斯拉克海,那儿有二三十位强大的卡奥,他们最喜欢的莫过于攻城略地,并将城中人等卖为奴隶。"

"卖给谁?一旦把贩卖奴隶的商人都杀了,奴隶还有什么用呢?瓦雷利亚已然式微,魁尔斯位于红色荒原的另一边,而九大自由贸易城邦远在千里之外的西方。况且您可以想见,鹰身女妖之子肯定给予每位路过的卡奥丰厚的馈赠,就和潘托斯、诺佛斯与密尔的总督们所做的一样。只需宴请马王,赠予礼物,他们很快就会继续上路。这比战斗的代价要小,也更可靠。"

比战斗的代价要小,丹妮心想,是啊。她要是也可以这么简单就好了,只需带着龙航向君临,付给那男孩乔佛里一箱金子,就让他走开,该有多好啊。

她沉默良久。"卡丽熙?"乔拉爵士催促,一边轻触她的肘部。

丹妮将他甩开。"若是韦赛里斯,就会用所有的钱买尽可能多的无垢者。但你曾说我像雷加……"

"我记得,丹妮莉丝。"

"陛下,"她纠正,"雷加王子麾下都是自由人,而不是奴隶。白胡子说他亲手授予自己的侍从骑士称号,也册封了许多其他的骑士。"

"由龙石岛亲王亲手赐封,没有比这更高的荣誉。"

"那么告诉我——当他用剑触碰一个人的肩膀时,说的是什么?'起来,去杀死弱者'?还是'起来,去守护他们'?韦赛里斯说过,那三叉戟河畔,无数勇士在真龙王旗下战死——他们献出生命,是因为相信雷加的信念,还是贪恋雷加的金钱?"丹妮转向莫尔蒙,双手抱胸,等待回答。

"女王陛下,"高大的男人缓缓道,"您说的一切都没错。但雷加在三叉戟河输了。他输了决斗,输了战争,输了王国,还赔上性命。他的鲜血随胸甲上的红宝石一起顺江东去,而篡夺者劳勃踩在他的尸体上窃取了铁王座。雷加战斗得英勇,雷加战斗得高贵,雷加战斗得荣誉,雷加死得不明不白。"

布兰

沿着蜿蜒的山谷行走,其中并没有道路。平静的湛蓝湖泊躺在灰蒙蒙的石峰之间,狭长而深邃,环绕着无穷无尽的墨绿色针叶林。离开狼林之后,他们在古老的石丘中攀爬,黄褐与金色的秋叶愈发稀少,而当丘陵成为山脉,叶子就彻底消失了。现在,巨大的灰绿哨兵树耸立在头顶,还有云杉、冷杉和士卒松,数量众多,无穷无尽。下层植被却稀稀落落,地面铺着一层暗绿的针叶。

有那么一两次,当他们迷路时,只需等待晴朗的夜晚,抬头寻找冰龙座。正如欧莎所言,紧跟骑手之眼那颗蓝色的星,那就是北方。想到欧莎,布兰不禁疑惑她此刻究竟身在何方。他猜想她跟瑞肯和毛毛狗一起安全地待在白港,与曼德勒大人同桌享用鳗鲡、鲜鱼和热腾腾的螃蟹馅饼;又或者他们去了最后壁炉城,正在大琼恩的壁炉边取暖。布兰自己的生活成了阿多背上无穷无尽的寒冷岁月,坐在篮子里,于群山之间上上下下。

"上上下下,"梅拉边走边叹气,"下下上上。上下上下,下上下上。我讨厌你们家这些无聊的山,布兰王子。"

"可昨天你还说喜欢呢。"

"噢,我是说过。从前,我只在父亲大人的故事中见识过群山,现在才亲眼目睹,简直喜欢得无法形容。"

布兰朝她做个鬼脸,"但你刚才又说讨厌它们。"

"为何不可两者皆有?"梅拉伸手捏他鼻子。

"因为它们是不同的,"他坚持,"就像黑夜和白天,玄冰与烈火。"

"然而玄冰可以燃烧，"玖健用惯有的严肃腔调说，"爱恨能够结合。山脉和沼泽，大地是一个整体。"

"一个整体，"他姐姐赞同，"唉，这里实在太起伏不平了。"

深谷很少南北走向，为旅人提供便利，他们常在错误的方向上走了许多里，到头来不得不原路折回。"如果走国王大道，很可能已经到了长城。"布兰提醒黎德姐弟。我要去见乌鸦，我要飞。他会一连这么说上几十遍，直到梅拉笑着和他一起说。

"如果走国王大道，就不会忍饥挨饿了。"现在他开始这么提。在丘陵地带，他们并不缺食物。梅拉是个好猎手，更擅用三叉捕蛙矛抓鱼。布兰喜欢看她行动，暗暗羡慕她的敏捷。只见那矛闪电般出击，抽回来时，尖头上便会有一尾银光闪闪的鲑鱼翻腾扭动。他们也让夏天为他们捕猎。冰原狼每天傍晚消失，黎明前回来，多半嘴里叼着东西，一只松鼠或一只野兔。

但在群山之间，溪流不仅更细小，且往往覆冰，猎物也比较稀少。梅拉仍尽力打猎捕鱼，却效果不彰，有的晚上，甚至夏天也逮不到猎物。他们只好饿着肚子入睡。

玖健仍固执地远离道路。"有路的地方就有行人，"他以一贯的口吻说，"有行人就有眼睛，有嘴巴，会传播故事，他们会将一个残废男孩、一个巨人和一头冰原狼的故事到处传扬。"玖健是全天下最固执的人，因此他们继续在荒郊野外费力跋涉，每天都爬得更高，也朝北边挪动一点点。

有些日子下雨，有些日子刮风，有一次甚至遇上猛烈的冰雹，连阿多都惊慌地低吼起来。而若天气晴朗，他们又仿佛成了全世界唯一的活物。"这里没有居民吗？"绕过一块跟临冬城一样大的突起花岗岩时，梅拉·黎德发问。

"当然有啊，"布兰告诉她，"安柏家虽基本在国王大道以东活动，但夏季也会到高处的草地来放羊。山脉以西，沿寒冰湾住了渥尔家，我们后面的丘陵中有哈克莱家，而在这里的高地上，有诺特家、里德尔家、诺瑞家，甚至一些菲林特家的人。"他祖母的母亲就是群山中的菲林特。老奶妈曾说，布兰有她的血统，才喜欢像个傻瓜似的到处攀爬。然而在他出生之前许多许多年，她就已经死去，那时连他父亲都没出世呢。

"渥尔？"梅拉说，"玖健，当年打仗时是不是有个渥尔和父亲在一起？"

"对，席奥•渥尔。"玖健边爬边喘气，"外号'木桶'。"

"哎，那其实是他们家族的纹章，"布兰道，"蓝底上三个棕色木桶，灰白相间的格子镶边。渥尔伯爵来过临冬城一次，向父亲输诚效忠，并促膝长谈，我就是在那时见过他的纹章的。他不是真正的领主……呃，也许是，但他的手下只叫他'渥尔'，诺特家、诺瑞家和里德尔家的领主也都这样。在临冬城我们尊称他们为伯爵，但他们自己的人不这样叫。"

玖健•黎德停下来喘口气。"你认为这些山地人知道我们的行踪吗？"

"知道。"布兰见过他们，不是通过自己的视觉，而是通过夏天更为敏锐的眼睛，那双绝少错过任何事物的眼睛。"但他们不会来打扰，只要我们别偷他们的山羊和马匹。"

他们没去偷，后来却不期而遇地碰见了山地人。一阵突然而至的冰雨，迫使人们寻找遮蔽。夏天为大家找到一个，他在一株高大哨兵树的灰绿枝杈后嗅出一个浅浅的山洞，但当阿多在石梁底下弯腰，布兰却看见洞内有橙色的火光，意识到里面有人。"进来暖暖身子吧，"一个男人喊，"这儿的石头足够为我们大家挡雨。"

他与他们分享燕麦饼和血肠，还从随身携带的酒袋子里面倒出一点麦酒，但始终没有报上姓名，也没有打听他们的。布兰认为他是里德尔家的人。因为他的松鼠皮斗篷上的搭扣是黄金和青铜打制而成，呈松果形状，而里德尔家的徽章正是一半绿一半白，白的那半上有许多松果。

"这儿离长城远吗？"避雨期间，布兰问他。

"对会飞的乌鸦来说不太远，"里德尔家的人道——如果他真是的话，"要是没翅膀，就难走了。"

布兰评论，"我敢打赌，如果……"

"……走国王大道，我们已经到了。"梅拉笑着替他说完。

里德尔家的人取出匕首，削起一根棍子。"史塔克家在临冬城的时候，北地的姑娘家满可以穿着命名日的礼服沿国王大道旅行而不受骚扰，庄园与客栈，处处的壁炉、面包和盐都对路人开放。现在不同啦，夜晚渐趋凄冷，门户也都关闭。狼林由乌贼占据，剥皮人沿国王大道盘问陌生人的消息。"

黎德姐弟交换了一个眼神。"剥皮人？"玖健问。

"私生子的部下。对，他本来死了，现在又没死。听说他出大笔银子换两张狼皮，而为某个活死人的消息，会付金币。"他边说边看布兰，以及在旁边伸懒腰的夏天。"至于长城，"那人续道，"我是不会往那边走的。熊老带着守夜人军团深入鬼影森林，回来的却只有乌鸦，而且是没携带任何信件的乌鸦。黑色的翅膀，带来黑色的消息，我母亲经常这样说，现在它们什么消息都没带来，我觉得更为黑暗。"他用棍子拨弄火堆。"史塔克家在临冬城的时候可不是这样。但老狼死了，小狼又去南边投身于权力的游戏，留给我们的只有鬼魂。"

"狼会回来的。"玖健严肃地说。

"你怎么知道，孩子？"

"我梦见了它。"

"有些个晚上，我梦见九年前亲手埋葬的母亲，"那人说，

"但当我醒转,她并没有回来。"

"梦和梦之间是不同的,大人。"

"阿多。"阿多说。

当晚他们一起度过,因为大雨片刻未停,直到深夜。只有夏天想离开山洞,等火堆燃至余烬,布兰便让他走了。冰原狼不像人那样害怕潮湿,而夜晚在呼唤着他。月光给湿漉漉的树木洒上一片深浅不一的银色,将灰蒙蒙的山峰染成洁白。猫头鹰在黑夜中啸叫,于松树之间静默飞翔,而苍白的山羊沿着山坡走动。布兰闭上眼睛,任凭自己坠入狼梦中,陷进午夜的气息与音响。

第二天早晨醒来,火已熄灭,里德尔家的人不见了,但他留下一根香肠和一打燕麦饼,整整齐齐地包裹在一块绿白相间的布料里。有的烤饼掺入了松子,有的掺入了黑莓。布兰各吃一个,却不能决定自己喜欢哪一种。有朝一日史塔克会回到临冬城,他告诉自己,到时候要百倍地报答里德尔家。

那天,他们走的小径比较平坦,到得中午,太阳钻出云层,布兰坐在阿多背上的篮子里,感到相当满足,还差点睡着了呢。篮子随着大个子马童的步伐轻轻摇晃,而他边走边哼,这些都让布兰昏昏欲睡。后来梅拉轻触他的手臂,将他唤醒。"看,"她用蛙矛指向天空,"一只鹰。"

布兰抬头看去,只见那鹰展开灰色的翅膀,一动不动地乘风滑翔。他盯着它盘旋升高,一边疑惑地想:不知如此翱翔是怎样的滋味。会比攀爬的感觉更棒吗?他试图进入那只鹰,离开这愚蠢的残废身体,升到空中与它结合,就像跟夏天结合那样。绿先知能办到。我也能办到。他试了又试,直到那只鹰消失在下午金色的薄雾之中。"它不见了。"他失望地说。

"我们还会见到其他的鹰,"梅拉安慰他,"这里是它们的地盘。"

"我想是的。"

"阿多。"阿多说。

"阿多。"布兰赞同。

玖健踢开一颗松果,"我觉得阿多喜欢你叫他的名字。"

"阿多不是他的本名,"布兰解释,"而是他唯一会说的词。老奶妈告诉我——她好像是他祖母的祖母——他本名瓦德。"提起老奶妈令他伤心。"你认为铁民有没有杀她?"他们在临冬城没见到她的尸体,回想起来,他不记得看到过任何女人的尸体。"她没伤害过任何人,对席恩也很好。她只是讲故事。席恩不会伤害她,对吗?"

"有的人伤害别人只为了炫耀权力。"玖健道。

"临冬城大屠杀的元凶不是席恩,"梅拉说,"因为许多死者正是他手下的铁民。"她将蛙矛换到另一只手。"记住老奶妈的故事,布兰,记住她讲故事的方式,记住她的嗓音。只要你记得,她的一部分就一直活在你心里。"

"我会的。"他承诺。然后他们继续攀爬,沿着弯弯曲曲的狩猎小径穿越两座石峰之间高高的鞍部,很长一段时间都没再说话。细瘦的士卒松攀附在周围山坡上,前方远处,一条结了薄冰的河流顺着山腰流淌而下。布兰只听见玖健的呼吸声和松针在阿多脚下的吱嘎响声。"你们知道什么故事吗?"他突然问黎德姐弟。

梅拉笑道,"哈,知道一些。"

"知道一些。"她弟弟确认。

"阿多。"阿多哼哼着。

"讲个故事嘛,"布兰道,"边走边讲。阿多喜欢听骑士的故事。我也喜欢。"

"颈泽没有骑士。"玖健说。

"没有浮在水面上的骑士,"他姐姐纠正,"只有沼泽里的死人。"

"没错，"玖健说，"安达尔人、铁民、佛雷家族和其他傻瓜，所有妄图征服灰水望的狂徒，没一个找得到它。他们骑入颈泽，却再也出不来，迟早会撞入沼泽，被沉重的钢铁拖着沉下去，淹死在盔甲之中。"

一想到水下淹死的骑士，布兰不禁打了个冷战。但他并不害怕，他喜欢冷战的感觉。

"曾有一位骑士，"梅拉说，"他的故事发生在'错误的春天'。人们称他为'笑面树骑士'，他也许是个泽地人。"

"也许不是。"玖健脸上点缀着斑斑驳驳的绿影。"这故事布兰王子肯定听过一百遍了。"

"没有。"布兰说，"我没听过。就算听过也没关系。有时候老奶妈会反复讲以前说过的故事，如果那是个好故事，我们就不介意。她常说，老故事就像老朋友，得时不时拜访。"

"没错。"梅拉背着盾牌行走，偶尔用蛙矛拨开挡路的树枝。正当布兰以为她终究不会讲故事时，她开了口，"从前有个好奇的男孩，住在颈泽里，他像所有的泽地人一样矮小，也一样勇敢聪明而强壮。他自小打猎、捕鱼、爬树，学习族人所有的魔法。"

布兰差不多可以肯定自己没听过这个故事。"他做不做玖健那样的绿色之梦呢？"

"不做，"梅拉说，"但他能在泥沼下呼吸，在树叶上奔跑，只需低声轻语，就可以把土地变成水，把水变成土地。他能跟树木交谈，能隔空传话，能让城堡出现或者消失。"

"希望我也会，"布兰忧郁地说，"他什么时候遇到树骑士的？"

梅拉朝他扮个鬼脸。"如果某位王子肯安静的话，很快就遇到了。"

"我只是问问而已。"

"这个男孩学会了泽地所有的魔法，"她续道，"但他还想学会更多。你知道，我们这个民族鲜少背井离乡，因为身材的关系，有些人会觉得我们古怪，对我们不大友善。但这男孩比多数人都胆大，有一天，当他长大成人的时候，他决定离开泽地，去造访千面屿。"

"没人去过千面屿，"布兰反驳，"那里有绿人守护。"

"他正是要找绿人。于是他和我一样，穿上缝青铜片的衬衫，带上皮革盾牌和一支三叉捕蛙矛，划一条小皮艇，顺绿叉河而下。"

布兰闭上眼睛，试图想象那个人如何乘小皮艇前进。在他脑海中，那泽地人看上去就像玖健，不过年纪更大，更强壮，而且穿着梅拉的衣服。

"他趁夜穿过李河城，以避开佛雷家，等到达三叉戟河，便爬上岸来，把小艇顶在头上，开始步行。他走了好多天，才终于到达神眼湖，这时他又把小艇放进湖里，朝千面屿驶去。"

"他遇到绿人了吗？"

"遇到了，"梅拉说，"但那是另一个故事，而且不该由我来讲。王子要听的是骑士嘛。"

"绿人也不错啊。"

"是的。"她承认，但没有再说他们的事。"整个冬天，那泽地人都留在岛上，但当春天到来，他听见广阔的世界在呼唤，知道是该离开的时候了。皮艇仍在老地方，于是他跟岛上的人们道别上路。他划了又划，直到看见远处湖岸边矗立的塔楼。越划越近，塔楼也越来越高大，最后他意识到这一定是全世界最大的城堡。"

"赫伦堡！"布兰立刻反应过来，"那是赫伦堡！"

梅拉微微一笑，"是吗？在它的城墙下面，他看到五彩缤纷的帐篷,鲜艳的旗帜在风中飞舞,全副武装的骑士们骑在披挂铠甲的马上。他闻到烤肉的香味,听到笑声和传令官嘹亮的喇叭。一场比武大会即将展开,全国各地的勇士们都来参与。国王带着儿子龙太子亲自莅临。白袍剑客们也都来了,以欢迎他们新加入的弟兄。风暴领主和玫瑰领主通通到场,统治岩山的大狮子跟国王起了争执,没有前往,但他的许多臣属还是来了。泽地人没见过如此华丽壮观的场景,他知道自己或许永远也不会再有这个机会。当时他一心只想成为这幅宏伟画面中的一份子。"

布兰很清楚这种感觉。他从小就梦想当骑士,直到坠楼失去了双腿。

"比武开始时,由大城堡主人的女儿担任爱与美的皇后。五位勇士发誓守护她的后冠,其中包括她的四个兄弟,还有她声名在外的叔叔,他是一名白袍剑客。"

"她是位美少女吗?"

"是的,"梅拉边说,边跳上一块岩石,"但还有比她更美的人。其中一位乃龙太子的夫人,身边有十几位贵妇作陪。骑士们纷纷乞求她们赐予信物,系于长枪之上。"

"这不是一个关于爱情的故事吧?"布兰怀疑地问,"阿多不太喜欢那种故事。"

"阿多。"阿多赞同。

"他喜欢骑士斗怪兽的故事。"

"有时候骑士就是怪兽,布兰。小个子泽地人在场地中穿行,享受着温暖的春光,没伤害任何人,不料却来了三个侍从,都不超过十五岁,但都比他高大。他们三个认为,这是他们的世界,而他无权待在这里,所以夺走他的矛,还把他推倒在地,咒骂他是吃青蛙的。"

"他们是瓦德吗?"听上去像是小瓦德·佛雷会干的事。

"他们没报上名字,但他牢牢记住了他们的脸,以后才能报仇。他每次想起立,都被他们推倒,在地上蜷起身,他们就来踢他。正在这时,突然传来一声怒吼,'你们敢踢我父亲的人!?'一头母狼喝道。"

"四条腿的狼还是两条腿的?"

"两条腿的,"梅拉说,"母狼用比武的钝剑攻击侍从们,把他们赶跑了。泽地人浑身都是淤青与血痕,因此她将他带回巢穴清洗伤口,并用麻布包扎。在那里,他遇到了她族群中的兄弟们:狂野的头狼,沉默的二狼,以及最年轻的幼狼。"

"当晚,大城堡里有一场宴会,以此为比武大会揭幕。母狼坚持要那男孩出席,她说他是贵族出身,有权跟其他人一样在长凳上占有一席之地。要拒绝这头母狼并不容易,因此他穿上幼狼给找的衣服,走进了那巨大的城堡。"

"在赫伦堡的屋檐下,他与狼群一起用餐,同席还有许多向狼群宣誓效忠的部属,包括驼鹿、黑熊和人鱼,还有的来自荒冢地。龙太子唱了一首悲歌,令母狼抽泣,她的幼狼弟弟嘲笑她哭鼻子,被她反手将酒泼在脑袋上。一名黑衣人起立发言,要求骑士们加入黑夜的军团。风暴领主斗酒击败了头骨与亲吻骑士。泽地人看到一位少女,她有一双会微笑的、紫罗兰色的眼眸,她跟白袍剑客跳舞,跟红色毒蛇跳舞,跟狮鹫大人跳舞,最后跟那沉默的狼……不过是在野狼替弟弟邀请之后,他弟弟太害羞,不曾离开座位。"

"在这一片欢愉中,小个子泽地人发现了那三个攻击他的侍从。一个侍奉草叉骑士,一个侍奉豪猪骑士,还有一个侍奉双塔骑士,这是所有泽地人最清楚的徽纹。"

"佛雷,"布兰说,"河渡口佛雷家族的坏蛋。"

"他们过去现在都很坏,"她赞同,"当时母狼也看到了,并指点给她的兄弟们。'我可以给你找匹马,外加合适的盔甲,'

幼狼提出。小个子泽地人向他道谢,但没有答应。他的心都碎了。泽地人比别人矮,但有骨气。那孩子不是骑士,他的族人没一个是骑士,他们坐船而不是骑马,他们划桨而不会用枪。尽管他很想复仇,但他知道这样做只会让自己出丑,给族人丢脸。那天晚上,沉默的狼邀他同住,入睡之前,他跪在湖岸边,面对湖水,望向千面屿所在的方向,向着北境和泽地的旧神祈祷……"

"你从没听父亲说过这个故事?"玖健问。

"讲故事的是老奶妈。梅拉,继续讲啊,你不能就这样停下。"

阿多一定也有相同的感觉。"阿多,"他不停地说,"阿多,阿多,阿多,阿多。"

"好吧,"梅拉说,"如果你想听剩下的……"

"我当然要听。快讲啊。"

"马上长枪比武计划进行五天,"她道,"同时进行的还有一场声势浩大的七方团体比武,以及弓箭比赛、掷斧比赛、赛马和歌手的竞技……"

"那些都不用管。"布兰焦急地在阿多背上的篮子里扭动,"就说长枪比武。"

"谨遵王子殿下命令。如前所述,大城堡主人的女儿是爱与美的皇后,由四个兄弟和一个叔叔守护,但在第一轮,她的兄弟就都被击败了。但胜利者也只是短暂地占据他们的位置,很快也纷纷落马。到第一天结束,恰巧豪猪骑士赢得了挑战者的地位,第二天早晨,草叉骑士和双塔骑士也获得胜利。就在这天下午黄昏,太阳西斜之时,一位神秘骑士出现在赛场上。"

布兰未卜先知地点点头。神秘骑士经常出现在竞技场上,用头盔掩盖面容,盾牌上要么是空白,要么就是大家都不认识的纹章。他们往往是由著名的勇士假扮。龙骑士伊蒙曾以泪之骑士的身份赢得比武大会的胜利,以命名自己的妹妹为爱与美的皇后,取代国王的情妇。而无畏的巴利斯坦两度穿上神秘骑士的盔甲,第一次时才十岁。"这就是那小个子泽地人,我敢打赌。"

"没人知道,"梅拉说,"但那神秘骑士确实身材矮小,并且穿着七拼八凑的盔甲,一点也不合体。他盾牌上画了一棵属于旧神的心树,那是一棵白色鱼梁木,上面有一张红色的笑脸。"

"也许他来自于千面屿,"布兰猜测,"他是绿色的吗?"在老奶妈的故事中,这些守护者们个个有暗绿的皮肤,树叶代替了头发,甚至会长角,但布兰不知道那神秘骑士如果有角的话,还怎么戴头盔。"我敢打赌他是旧神派来的。"

"也许是的。神秘骑士向国王行过礼,然后骑向比武场尽头,五名挑战者的帐篷就在那里。你知道他要向哪三个叫阵。"

"豪猪骑士,草叉骑士,还有双塔骑士。"布兰听过很多类似的情节,知道故事会如何发展。"他就是那小个子泽地人,我告诉过你的。"

"不管他是谁,旧神赐予他力量。豪猪骑士首先落马,接着是草叉骑士,最后是双塔骑士。他们都不受欢迎,因此当新的挑战者诞生时,围观的老百姓为这笑面树骑士热烈欢呼。他的手下败将们试图赎回马匹和盔甲,笑面树骑士透过头盔用洪亮的声音斥道:'教你们的侍从懂得荣誉,把这当赎金就够了。'失败的骑士严惩了他们的侍从,马匹和盔甲便被交还。就这样,小个子泽地人的祈祷得到了回应……回应他的或许是绿人,或许是旧神,又或许是森林之子,谁说得准呢?"

这是个好故事,布兰思考了一会儿之后断定。"后来呢?笑面树骑士有没有赢得比武的胜利,并娶到一位公主?"

"没有,"梅拉说,"当晚在大城堡里,风暴领主和头骨与亲吻骑士都发誓要挑开他的面甲,国王本人也鼓励人们向他挑战,他宣称藏在头盔后面的不会是他的朋友。但第二天早上，当传令官吹响号角，国王就座之后，只有两位挑战者出现。笑面树骑士竟消失了。国王异常愤怒，派他儿子龙太子去追，结果只找到一面挂在树上的彩绘盾牌。长枪比武继续进行，最后的赢家是龙太子。"

"哦。"布兰思考了一会儿，"这是个好故事。不过伤害他的应该是那三个坏骑士，而不是他们的侍从，这样小个子泽地人就可以把他们都杀死了。关于赎金那部分很无聊。神秘骑士应该赢得比武大会的胜利，击败每一位挑战者，最后命名母狼为爱与美的皇后。"

"她的确成为了爱与美的皇后，"梅拉说，"那是一个更加悲伤的故事。"

"你肯定以前没听过这个故事，布兰？"玖健问，"你父亲大人没告诉过你吗？"

布兰摇摇头。这时天色已晚，长长的影子爬下山坡，如黑色的手指一般穿过松林。既然小个子泽地人可以造访千面屿，或许我也行。看来所有的故事都有个共通点，那就是绿人确有神奇的魔力，他们也许能让我再次行走，甚至成为骑士呢。他们把小个子泽地人变成了骑士，即使只有一天，他心想，对我来说，一天就够了。

戴佛斯

这是一间暖和的黑牢。

没错,它很黑。虽然走廊墙壁上的壁台里插着火炬,微弱而摇曳的橙光透过古老的铁栏杆照射进来,但牢房的后半部分仍沉浸在黑暗之中。它也很潮湿,龙石岛这样的地方,这是预料之中的事,毕竟大海近在咫尺。它里面还有老鼠,和任何黑牢一样,甚至还更多。

但戴佛斯无法抱怨寒冷。龙石岛下平整的岩石通道里通常很温暖,戴佛斯常听说,越往下就越热。他估计自己正在城堡底下,手掌按住黑牢墙壁,能感觉到点点温热。也许那些古老的传说是真的,龙石岛乃是由地狱的岩石所构成。

他们将他带来这里时,他正在生病。战争失败之后,咳嗽外加发烧就困扰着他,唇上都是破裂的血泡,黑牢的暖意也不能阻止颤抖。我将不久于人世,他记得自己曾这样想,我将很快死在黑暗之中。

不久,戴佛斯发现,跟其他许多事情一样,这次他又想错了。他依稀记得一双轻柔的手和一副坚定的嗓音,年轻的派洛斯学士俯视着他,喂他温热的大蒜汤和罂粟花奶,以消除疼痛与战栗。罂粟让他沉睡,这期间,他们用水蛭给他放血,吸掉毒素——或者说根据醒来时手臂上的咬痕,他这么猜测。之后,咳嗽停止,血泡消失,他们提供鱼肉汤,里面还有胡萝卜和洋葱。终有一天,他意识到自己比当初黑贝丝号在脚下爆炸,并将他抛进长河时更为强壮。

接着,他被交给两名看守。一个又矮又壮,有宽阔的肩膀和强健的巨掌。他穿镶钉皮甲，每天给戴佛斯带来一碗燕麦粥，有时候会往里面掺一些蜂蜜或牛奶。另一个看守年纪较大，弯腰驼背，脸色发黄，长着油腻肮脏的头发和粗糙的皮肤。他穿一件白天鹅绒上衣，胸前用金线锈了一圈星星，但衣服很不合身，显得又短又宽，而且肮脏破旧。他会给戴佛斯带来一盘肉末或炖鱼，有回甚至拿来半份鳗鱼派。鳗鱼太腻，难以下咽，即便如此，这已是黑牢囚犯鲜有的待遇。

黑牢厚厚的石墙上没有窗户，自然毫无日月之光，只能根据看守换班来分辨昼夜更替。他俩都不跟他说话，但他知道他们不是哑巴，有时候，他听见换班时看守会粗略地交谈几句。他们甚至连名字也不告诉他，他只好替他们取外号，又矮又壮就叫"麦片粥"，而那驼背黄脸的叫"鳗鱼"——因为那半份鳗鱼派的关系。根据一日送来的两餐，根据牢房外壁台上火炬的更换，他简单地推断着日期。

在黑暗中，人会变得寂寞，渴望听见声音。因此每当看守们来到戴佛斯的牢房，不管送食物还是换便桶，他都试图跟他们讲话。他知道，申辩或恳求都不会有人理睬，因此他问问题，期望某天某位看守会开口。"战争有何进展？"他问，"国王还好吗？"除此之外，他还询问自己的儿子戴冯，询问希琳公主，询问萨拉多·桑恩。"天气怎么样？"他问，"秋季风暴开始了吗？狭海上仍有船只航行吗？"

不管问什么，结果都一样，他们从不回答，尽管有时候"麦片粥"会看他一眼，让戴佛斯产生些许希望。"鳗鱼"则连这点也没有。在他眼中，我不是人，戴佛斯心想，只是一块会吃饭会说话会拉屎的石头。他觉得自己比较喜欢"麦片粥"，他至少还当他是个人，而且怀有一种古怪的仁慈。戴佛斯怀疑这满黑牢的老鼠正是他喂的。有一次，他听见那看守在跟老鼠讲话，仿佛当它们是孩子，又或许这只是又一个梦罢。

他们不要我死,他意识到,为某种目的,他们要我活下去。他不愿去想那是什么目的。桑格拉斯伯爵曾被关在龙石岛下的黑牢里,连同赫柏·蓝布顿的两个儿子——但他们最终都被活活烧死。我早该将自己交付给大海,戴佛斯边想,边凝视着栏杆外面的火炬,我早该任凭那艘船过去,死于礁石之上。喂螃蟹也好过葬身火焰。

然后有一天夜里,当戴佛斯快吃完晚饭时,突然感到一阵诡异的红晕朝他袭来。他抬起头,透过栏杆,看到她站在鲜红的光晕里,大红宝石戴在喉头,她红色的眼睛在火炬的光辉之中闪烁。"梅丽珊卓。"戴佛斯说,语气出乎意料的平静。

"洋葱骑士,"她也同样平静地答道,仿佛他俩正在宫殿或庭院里互致问候,"你还好吗?"

"比以前好了。"

"你还缺什么?"

"缺了我的国王。缺了我的儿子。"他推开碗,站起身来。"你是来烧死我的?"她奇异而血红的眼睛透过栏杆打量他。"这是个糟糕的地方,对吗?黑暗而肮脏,没有艳阳普照,没有皓月当空。"她抬手指向壁台上的火炬。"在你和黑暗之间,洋葱骑士,只有它,只有这小小的火焰,拉赫洛的礼物。假如我把它熄灭……"

"不。"他走向栏杆,"不要。"他知道自己无法忍受独坐在纯粹的黑暗之中,和老鼠为伴。

红袍女的嘴唇向上一卷,露出微笑。"看来你开始喜欢火焰了。"

"我需要这火炬。"他的五指开开合合。我不会求她,绝不会。

"我就好比这火炬,戴佛斯爵士。我俩都是拉赫洛的工具。我俩存在的目的只有一个——阻挡黑暗。你明白吗？"

"不明白。"也许该撒谎，也许该顺着她说，但他戴佛斯不是那样的人。"你就是黑暗的母亲，我在风息堡下亲眼见你制造黑暗。"

"英勇的洋葱骑士竟然害怕一个过往的影子？抬起头来吧，影子是光明的仆人、烈焰的子孙，然而国王的火焰烧得太过微弱，不敢再汲取半分，否则便会要了他的命。"梅丽珊卓靠近一步。"然而，如果有另一个人……一个火焰炽烈燃烧的人……如果你愿意为你的国王效力，请在夜晚造访我的房间。我会带给你前所未有的欢悦，并用你的生命之火，制造出……"

"……一个恐怖的怪物。"戴佛斯退离开去。"我不想与你、与你的神有任何瓜葛，女人，愿七神保护我。"

梅丽珊卓叹了口气，"他们没有保护冈瑟·桑格拉斯，尽管他每天祈祷三次，还拿七芒星当纹章，但在真主拉赫洛面前，他的祈祷变成惨叫，他的身躯化为灰烬。你为什么要敬拜这些虚伪的神？"

"我一生都敬拜他们。"

"一生？戴佛斯·席渥斯？那只是你悲哀的昨天啊。"她摇摇头，"你从不怕对国王实言相告，又为什么要骗自己呢？睁开你的眼睛吧，爵士先生。"

"你要我看什么？"

"明睹世间本质，真理环汝四周，诸物一目了然。长夜黑暗，处处险恶，白昼光明，勃勃兴旺。一黑，一白。一冰，一火。恨与爱，苦与甜，女与男，痛苦与欢乐，凛冬与盛夏，邪恶与正义。"她再跨近一步。"死或者生。对立从古到今，战争无处不在。"

"战争？"戴佛斯问。

"对，战争，"她确认。"两位真神之间的战争，洋葱骑士，非七，非一，非百，非千，唯有两位！你以为我穿越半个世界是为把又一个自负的国王扶上空洞的宝座？你错了，战争从世界之初开始，在审判到来之前，每个人都必须选择立场。一边乃真主拉赫洛，光之王，圣焰之心，影子与烈火的神；另一边乃凡人不可道也的远古异神，暗之神，玄冰之魂，黑夜与恐惧的神。我们的选择不是拜拉席恩或兰尼斯特，葛雷乔伊或史塔克。我们的选择是生与死，光明与黑暗。"她伸出纤细白皙的手指抓住牢房栏杆，喉头的大红宝石仿佛有节律地脉动着。"告诉我，戴佛斯·席渥斯爵士，请诚实地告诉我——你的心是否随着拉赫洛的光明而燃烧？还是已经暗浊阴冷，蠕虫长满？"她的手越过栏杆，将三根手指放在他胸口，仿佛要透过血肉、羊毛和皮革感受他的思想。

"我的心中，"戴佛斯缓缓地说，"充满疑虑。"

梅丽珊卓叹了口气。"啊啊啊……戴佛斯，善良的好骑士，即使迷失于黑暗与混乱之中，也不改其诚实正直。很好，你没有骗我，没有让我失望。异神的仆人常将黑暗的心藏于华美的亮光之中，因此拉赫洛给予他的祭司们揭穿伪装的能力。"她稍稍退开。"你为什么想杀我？"

"我会说的，"戴佛斯道，"只要你告诉我是谁出卖了我。"只可能是萨拉多·桑恩，但他到此刻仍在祈祷并非如此。

红袍女哈哈大笑，"没人出卖你，洋葱骑士，我在圣火中预见了你的动向。"

圣火。"既然你能通过火焰看到未来，为何我们还会在黑水河上被人焚烧？是你，是你把我的儿子们送进火里……我的儿子，我的船，我的手下，全被烧毁了……"

梅丽珊卓摇摇头。"你误会了，洋葱骑士，那不是我所造成。正相反，假如我跟你们在一起，战斗将会有不同的结局。可惜陛下身边全是不信真主的人，而他的骄傲压过了信仰。如今惩罚来得沉重而痛苦,他已得到了教训。"

"我儿子们的死就为给国王一个教训?"戴佛斯的嘴唇绷得紧紧的。

"黑夜正降临在你们的七大王国,"红袍女续道,"但太阳不久将再度升起。战争仍在继续,戴佛斯·席渥斯,他们很快就会明白,即使灰尘中的余烬也能重新燃起熊熊烈火,我都看见了!老学士望着史坦尼斯,看到的只是一个凡人,你看到的则是你的国王。你们都错了。他是真主的选民,圣焰之子,光明的战士。我在圣火中目睹他统帅千军万马,抵抗恐怖的黑暗。圣火之中没有谎话,否则你就不会在这里了。亚夏古书预言,长夏之后,星辰泣血,亚梭尔·亚亥将在烟与盐之地重生,并唤醒石头中的魔龙。如今泣血之星已然出现,龙石岛乃是烟与盐之地,史坦尼斯·拜拉席恩正是亚梭尔·亚亥转世!"她的双目如浅红的燃烛一般炯炯发亮,仿佛望进他的灵魂。"你不相信我,你到现在仍怀疑拉赫洛的意旨……但你曾为他效过力,将来还会为他效力。请好好思考我的话。念着拉赫洛是一切善良之源,我给你留下火炬。"

她微笑了一下,旋起血红的裙裾转身离开,只有气味仍旧滞留。她的气味和火炬的气味。戴佛斯在牢房地板上坐下,双臂抱膝,摇曳的火光闪烁不定。梅丽珊卓的脚步声渐渐消失,剩下老鼠窸窣抠爬的响动。冰与火,他心想,黑与白,邪恶与正义。戴佛斯无法否认她的神具有力量,因为他亲眼见到影子从梅丽珊卓的子宫里爬出,而这女祭司又确实知道一些本该无从知晓的事。她在圣火之中预见我的动向。知道萨拉没出卖他,很不错,但一想到红袍女能通过火焰窥探秘密,他就感到一种无法形容的不安。你曾为他效过力,将来还会为他效力。这到底是什么意思?这种感觉他很不喜欢。

他抬眼凝视火炬,一眨不眨地看了很久,注视着它摇动变幻,试图穿过去，看到火幕之后……不管有什么……什么都没有，只有火，火，过了一会儿，眼睛开始流泪。

真主没有对他显灵，而他也确实疲倦，于是戴佛斯在稻草上蜷起身子，将自己托付给睡眠。

三天之后——其实"麦片粥"来过三次，"鳗鱼"只来了两次——戴佛斯听见牢房外有说话声。他立刻坐起来，背靠石头墙，聆听门外的挣扎。这是他一成不变的世界中天大的新闻。嘈杂声来自于左，那里的楼梯通往地面。他听见一个男人时而厉声叫嚣时而绝望乞求。

"……你们疯了吗？"那人进入他视线范围时正在说。他被两个卫兵拖拽，卫兵胸口有烈焰红心。"麦片粥"走在前，拿着一串叮当作响的钥匙，亚赛尔·佛罗伦爵士跟在后。"亚赛尔，"囚犯声嘶力竭地道，"为了你对我的爱，快放了我！你们不能这么干，我不是叛徒。"他是位老人，又高又瘦，银灰色头发，尖胡子，尊贵的长脸因恐惧而扭曲。"赛丽丝，赛丽丝，王后在哪儿？我要见她。愿异鬼把你们通通抓走！快放了我！"

卫兵们对他的喊叫不予理睬。"这儿？""麦片粥"站在戴佛斯的牢门前问。洋葱骑士跟着起立，片刻之间，他打算趁机冲出去，但那太愚蠢。他们人多势众，又有武器，连"麦片粥"也壮得像头牛，他很可能第一关都过不了。

亚赛尔爵士朝看守略一点头。"让叛徒们互相做伴去吧。"

"我不是叛徒！"囚犯嘶喊，但"麦片粥"浑不理会地开锁。这名老人虽衣着朴素，只穿了灰羊毛上衣和黑马裤，可说话的口吻明显是个大贵族。在龙石岛上，出身帮不了他，戴佛斯心想。

"麦片粥"将门拉开，亚赛尔爵士点点头，卫兵们便把犯人猛推进去。老人跌跌撞撞眼看就要摔倒，幸亏被戴佛斯抓住。他立刻挣脱，往门口冲去，但门轰然关闭，砸在他苍白富贵的脸上。

"不，"他高喊，"不——"突然之间，所有的力量都屏弃了他，他滑到地上，手还抓着铁栏杆。亚赛尔爵士，"麦片粥"和卫兵们转身离开。"你们不能这么干，"囚犯朝着远去的背影叫喊，"我是御前首相啊！"

戴佛斯这才认出他来。"您是艾利斯特•佛罗伦。"

老人扭过头。"你是……？"

"戴佛斯•席渥斯爵士。"

艾利斯特伯爵眨眨眼睛。"席渥斯……洋葱骑士。你试图谋害梅丽珊卓。"

戴佛斯没有否认。"记得在风息堡，您穿着红金甲胄，胸甲上镶有天青石色的花。"他伸手扶老人站起。

艾利斯特伯爵拂去衣服上肮脏的稻草。"我……我必须为我的模样道歉，爵士先生。当兰尼斯特袭取我军营地时，我的箱子都遗失了，只穿一身锁甲，戴着手上的戒指逃出来。"

他还戴着这些戒指，缺手指的戴佛斯心想。

"无疑某个厨房小厮或者马童此刻正穿着我的斜纹天鹅绒外衣和珠宝披风，在君临城内神气活现地跑来跑去。"艾利斯特伯爵自顾自地叹气。"大家都知道，战争有其可怖的一面，你也蒙受了沉重的损失。"

"我的船，"戴佛斯说，"我的手下，我的四个儿子，全没了。"

"愿……愿光之王领他们穿越黑暗，到达幸福的彼岸。"他说。

愿天父给予他们公正的裁判，愿圣母赐予他们宽宏的慈悲，戴佛斯心想，但他把祈祷留在心里。龙石岛上没有七神的位置。

"我儿子在亮水城没事，"伯爵道，"但我侄儿却在怒火号上死了，伊姆瑞爵士是我弟弟莱安所生。"

正是伊姆瑞·佛罗伦爵士要他们降帆下桨,盲目地闯入黑水河,毫不在意河口的两座石塔。戴佛斯不会忘记他。"我儿马利克是您侄子船上的桨官,"他记得自己看见怒火号被野火吞没,"他们那艘船有无幸存者?"

"怒火号载着所有船员一起焚毁沉没,"伯爵大人道,"你的儿子、我的侄儿连同其他壮士一起牺牲。彻头彻尾的惨败啊,爵士。"

此人意气消沉,一蹶不振。梅丽珊卓怎么说的?灰尘中的余烬也能重新燃起熊熊烈火。难怪把他发配来这里。"陛下绝不会投降,大人。"

"蠢,真蠢。"艾利斯特伯爵坐回地上,仿佛站着对他而言太费劲。"史坦尼斯·拜拉席恩永远也坐不上铁王座,事实摆在眼前,说出来就算背叛吗?话虽不好听,却是千真万确。除开里斯船,他没了舰队,而萨拉多·桑恩是个见到兰尼斯特的影子就会卷旗逃跑的老滑头。支持史坦尼斯的诸侯泰半倒向乔佛里,要么就是死了⋯⋯"

"狭海诸侯也一样?连直属龙石岛的封臣都靠不住?"

艾利斯特伯爵无力地摆摆手。"赛提加伯爵被俘后屈膝投降,莫佛德·瓦列利安随坐舰阵亡,桑格拉斯给红袍女烧死,巴尔艾蒙伯爵只有十五岁,是个虚胖的毛头小子——这些就是你口中的狭海诸侯。史坦尼斯只剩佛罗伦家的力量,却要对抗高庭、阳戟城和凯岩城的联盟,外加风息堡众多直属诸侯。我们只好期望通过谈判来保住一些成果,诸神保佑,怎能称这为'背叛'呢?"

戴佛斯皱紧眉头。"大人,您做了什么?"

"我不是叛徒,绝对不是叛徒。我比任何人都更热爱陛下。我的亲侄女是他的王后,那些聪明人弃他于不顾,我却依然忠心耿耿。我是他的首相,我是国王之手,绝对不是叛徒!我只想挽救我们的性命……和荣誉……是的。"他舔舔嘴唇。"我写了一封信,萨拉多·桑恩发誓说可以运用关系把它带到君临,呈给泰温公爵。公爵大人他是个……理智的人,而我的条件……很公平……对我们……很有利。"

"您提出了什么条件,大人?"

"这里真脏,"艾利斯特伯爵突然说,"味道……什么味道?"

"便桶的味道,"戴佛斯边说边比画,"这儿没厕所。什么条件?"

伯爵大人惊恐地瞪着便桶。"史坦尼斯大人放弃对铁王座的要求,收回关于乔佛里出身的言论;与之相对,国王不再讨伐我们,并确认大人对龙石岛和风息堡的权利。我个人会向国王宣誓效忠,然后收回亮水城及我家所有领地。我想……泰温公爵会赞赏这个合情合理的建议,毕竟他还要对付史塔克家和铁群岛。为使条约巩固,我还提议让希琳嫁给乔佛里的弟弟托曼。"他摇摇头,"这些条件……我们最多只能保住这些,连你也看得出,对不对?"

"是的,"戴佛斯说,"连我也看得出。"除非史坦尼斯生个儿子,这样的婚姻意味着龙石岛和风息堡终有一天会落到托曼手上,无疑能让泰温公爵满意;同时,希琳将成为兰尼斯特家族的人质,以确保史坦尼斯不会再叛。"您向陛下提议时,他怎么说?"

"他一直跟红袍女在一起,恐怕……恐怕思维不大正常。关于石头龙的说法……疯了,我告诉你,完全是疯了。'明焰'伊利昂、九大法师和炼金术士们难道不是教训吗?盛夏厅难道不是教训吗?成天梦想着龙是没有好结果的。我给亚赛尔分析过,应该稳妥地来,既然史坦尼斯把印章给了我,我就有统治的权力,身为首相,我可以代表国王。"

"这次不行。"戴佛斯并非廷臣,说话一贯直率。"以史坦尼斯的脾气，认准了的事，就绝不会屈服。同样，他也不可能收回对乔佛里的揭发。至于婚约，既然托曼跟乔佛里皆出于乱伦，那陛下宁愿让希琳去死也不会让她嫁给他。"

佛罗伦前额青筋暴突，"可他没有选择！"

"您错了，大人，他可以选择身为国王而死。"

"我们呢？你也想死吗，洋葱骑士？"

"不想。但我是国王的人，没有他的准许，不会自作主张。"

艾利斯特绝望地注视他良久，然后啜泣起来。

琼恩

今晚一片漆黑,没有月光,但天空难得的晴朗。"我要上山去找白灵。"他告诉洞口的瑟恩人,他们哼了哼,放他通过。

好多星星啊,他边数,边沿着山坡跋涉,穿过松树、杉树和岑树。童年时代在临冬城,鲁温学士教过他星象:他知道天空十二宫的名字和每宫的主星;他知道与七神相应的七大流浪星座——冰龙座、影子山猫座、月女座和拂晓神剑座是老朋友,并且可以和耶哥蕊特分享,有的却不行。我们抬头仰望同一片星空,看到的不尽相同。她把王冠座称为"摇篮座",骏马座称为"长角王座",而修士们口中对应铁匠的红色流浪星则被称为"盗贼星"。当盗贼星进入月女座,正是男人偷女人的吉时,耶哥蕊特如此坚持。"你偷我的那一夜,天上的盗贼星特别明亮。"

"我没打算偷你,"他说,"刀锋抵上喉咙之前,我根本不知道你是女的。"

"不管想不想杀人,只要动了手,结果都没差。"耶哥蕊特固执地说。琼恩没遇到过这么固执的人,也许小妹艾莉亚除外。她还是我妹妹吗?他疑惑地想,她曾是我妹妹吗?他从不是真正的史塔克家人,作为艾德公爵的私生子,有父无母,在临冬城里跟席恩·葛雷乔伊一样没有位置。即使这些他也都失去了,发下守夜人誓言时,他就放弃了原来的家庭,加入到一个新家,而今琼恩·雪诺又没有了那些新弟兄们。

不出所料,他在山顶找到白灵。这头白狼从来不叫,却不知怎的非常喜欢高处。此刻他后腿蹲坐,腾腾呼吸化成升起的白雾,红色双眸吸入群星的光芒。

"你也在给它们取名字吗？"琼恩边问，边单膝跪在冰原狼身旁，挠挠他脖子上厚厚的白毛，"野兔座？母鹿座？狼女座？"白灵转头舔他的脸，粗糙的舌头摩擦着琼恩脸颊上被鹰爪抓裂的血痂。那只鸟给我俩都留下了伤疤，他心想。"白灵，"他平静地说，"明天我们就要去了。那儿没有楼梯，没有起重机和铁笼子，没有方法可以让你越过。所以我们不得不分开，你明白吗？"

黑暗中，冰原狼的红眼睛回望着他。他拱拱琼恩的脖子，一如往常地安静，呼吸化为热气。野人们把琼恩称为狼灵，假如真是的话，他也是个没用的狼灵。他不懂如何进入狼的体内，像欧瑞尔和他的鹰。过去有一回，琼恩梦到自己就是白灵，俯视着乳河河谷，发现曼斯·雷德正在那里聚集人马，而这个梦最后成为了现实。可从此以后他不再做梦，只能靠嘴巴说。

"你不能再跟着我。"琼恩双手捧着冰原狼的脑袋，深深注视进那对红眼睛。"你得去黑城堡，明白吗？黑城堡。能找到吗？回家的路？只要顺着冰墙，往东往东再往东，向着太阳的方向，你就会到的，到时候黑城堡的人也会认出你，并得到警告。"他曾想过写信，让白灵带着，但他没有墨水，没有羊皮纸，甚至没有鹅毛笔，而且被发现的危险太大。"我会在黑城堡跟你重逢，但你得自己先去。让我们暂时单独捕猎。单独行动。"

冰原狼挣脱琼恩的抓握，竖起耳朵，突然跳跃着跑开，大步穿越一丛杂乱的灌木，跃过一棵倒下的死树，奔下山坡，仿佛林间一道白影。他是去黑城堡？琼恩疑惑地想，还是去追野兔呢？他希望自己知道。恐怕到头来我做狼灵就跟当守夜人和间谍一样差劲。

寒风在树林中叹息，卷动着松针的气味，拉扯他褪色的黑衣。黑糊糊的长城高耸在南，如一道巨大的阴影，遮挡星星。由此处起伏不平的地形来看，他判断他们正在影子塔和黑城堡之间，可能更靠近前者。数日以来，队伍一直在深湖之间南行，这些湖泊像手指般细长，沿狭窄的山谷底部延伸，两侧是岩石山脊和松树覆盖、竞相攀比的山冈。这种地形会减慢行军速度，但对于想悄悄接近长城的人而言，提供了最好的隐蔽。

是的，对野人掠袭队而言，他心想。对他们。对我。

长城另一边就是七大王国，就是一切他要守护的东西。他发下誓言，立志献出生命与荣耀，理应在那边站岗放哨，理当吹起号角，提醒兄弟们武装起来。虽然他此刻没有号角，但从野人那儿偷一个并不难，可这有什么用呢？即使吹了，也没人听见，长城足有一百里格之长，而守夜人军团的规模小得令人悲哀。除了三座堡垒，其余部分都疏于防备，沿途四十里之内也许不会有一个弟兄。当然，有他琼恩，假如他还算一个的话……

我在先民拳峰上就该杀掉曼斯•雷德，纵然因此丢掉性命也无妨。换作断掌科林，定会当机立断，可惜我却犹豫不决，错失良机。那之后第二天，他便跟斯迪马格拿、贾尔及其他一百多名精选出的瑟恩人和掠袭者一起骑马出发。他安慰自己：我只是在等待时机，等机会到来，便偷偷溜走，骑去黑城堡。但机会一直没有到来。晚上，他们往往在野人废弃的村庄里歇息，斯迪总派出十来个他的瑟恩族人守卫马匹。贾尔则怀疑地监视着他。而最糟糕的是，不论白天黑夜，耶哥蕊特都在身旁。

两颗跳动如一的心，曼斯•雷德的话语在他脑海中苦涩地回响。琼恩少有如此困惑之时。我没有选择，当他头一次任她钻进铺盖时，这么告诉自己，如果拒绝，她也会当我是变色龙。不管要你做什么，都不准违抗……我只是遵从断掌的吩咐，扮演一个角色罢了。

他的身体当然不曾违抗，反而热切地应和，嘴唇紧贴，手指滑进对方的鹿皮衬衣，找到乳房。当她抬起下体隔着衣服蹭他时，那话儿立刻硬起来。我的誓言,他企图聚集心神,回想发下誓词时的那个鱼梁木小丛林,九株白色大树环成一圈,九张脸向圆心凝视、聆听。但她的手指在解他的衣带,她的舌头在他嘴里,她的双手滑进他的裤子,将它拉了出来。他再也看不到鱼梁木,只能看见她。她咬他的脖子,他则拱她的脖子,将鼻子埋进浓密的红发中。幸运,他心想,火吻而生,乃是幸运的象征。"感觉好吗?"她一边低语,一边引导他进入。她下面湿透了,而且明显不是处女,但琼恩不在乎。他的誓言,她的贞操,都没关系,唯有热度,唯有她的嘴唇,唯有她夹着他乳头的手指。"感觉甜美吧?"她又问,"别那么快,哦,慢点,对,就这样。就是那儿,就是那儿,对,亲爱的,亲爱的。你什么都不懂,琼恩•雪诺,但我可以教你。现在用力一点。对——"

一个角色,事后他提醒自己,我只是扮演一个角色。必须干一次,以证明自己背弃了誓言,这样她才会信任我。不会再有第二次。我仍是守夜人的汉子,仍是艾德•史塔克的儿子。我只是履行职责,遵从首长的托付。

然而这过程如此甜蜜,让他难以释怀。耶哥蕊特在身边入睡,头枕在他胸口。甜蜜,危险的甜蜜。他又想起鱼梁木,以及在它们面前发下的誓言。一次而已,必须干一次。连父亲都犯过错,忘记了婚姻,生下私生子。琼恩向自己保证,绝不会再发生了。

但那晚又发生了两次,早上当她醒来,发现他还硬着时,又发生了第四次。野人们已经起身准备,当然注意到了那堆毛皮底下的动静。贾尔催他们快点,否则就朝他们泼水。我们好像一对发情的狗,事后琼恩心想,我就成了这个样子?我是守夜人的汉子,一个细小的声音坚持说,但它每晚都变得更微弱,而当耶哥蕊特吻他耳朵或者咬他脖子时,他根本听不见那声音。父亲也是这样吗?他疑惑地想,当他玷污自己和母亲的荣誉时,也跟我一样软弱吗?

突然间,他意识到身后有东西上山,不可能是白灵,冰原狼不会这么吵。琼恩流利地拔出长爪,结果只是一个瑟恩人,身材魁梧,戴着青铜盔。"雪诺。"对方道,"来。马格拿要。"瑟恩族使用古语,对通用语所知不多。

琼恩不关心马格拿要什么,但跟一个几乎听不懂他说话的人争辩也没用,因此便随对方下山。

洞口是岩石间的裂隙,被一棵士卒松隐约遮掩,仅容匹马通过。它朝北开,因此即便刚巧今晚长城上有巡逻队经过,也看不到里面的火光,只能看见山峦与松林,冰冷的星光照耀在半冰的湖面上。曼斯·雷德将一切都策划周全。

进入岩缝,走下约二十尺的通道,便有一片如临冬城大厅般宽敞的空地。篝火在石柱间燃烧,烟雾熏黑了洞顶。马匹沿岩壁系着,靠在浅水池边。空地中央有一个孔,通往下面的洞穴,它也许比上面的空间更大,黑漆漆的说不准。琼恩能听见地下河轻微的水声。

贾尔跟马格拿在一起,曼斯让他们共同指挥。琼恩注意到,斯迪对此不太高兴。曼斯·雷德把那皮肤黝黑的青年称为瓦迩的"宠物",而瓦迩是曼斯的王后妲娜之妹,所以按身份论,贾尔等于是塞外之王的兄弟,马格拿不情愿又不能不与他分享权力。但他带来一百个瑟恩人,是贾尔手下的五倍,而且通常单独行动。不管怎么说,琼恩知道,领他们翻越冰墙的将是那年轻人,贾尔尽管不满二十岁,但参加掠袭已有八年之久,不仅随猎鸦阿夫因、哭泣者等人越过长城十几次,最近又有了自己的小队。

马格拿直入要害,"贾尔警告我,会有乌鸦在上面巡逻,关于巡逻队,把你知道的情况都告诉我。"

告诉我,琼恩注意到,并非告诉我们,尽管贾尔就站在旁边。他很想拒绝这粗暴无礼的提问,但只要稍有不忠表现,就会被斯迪处死,还连累耶哥蕊特遭殃。"每支巡逻队有四人,两名游骑兵,两名工匠,"他说,"工匠负责修补沿途的裂缝,注意融化的迹象,游骑兵则侦察敌人的动静。他们骑骡子。"

"骡子?"无耳人皱起眉头,"骡子很慢。"

"慢是慢,但在冰上步子稳健。巡逻队通常在长城上骑行,而除了黑城堡周围,冰墙上的路已很多年没铺碎石了。骡子在东海望抚养长大,是专为这一任务而训练的。"

"通常在长城上骑行?不是每次?"

"不是。每四次巡逻中有一次沿基部走,以寻找裂缝或挖掘的迹象。"

马格拿点点头,"即使在遥远的瑟恩,我们也知道冰斧亚森的甬道。"

琼恩听过这故事。冰斧亚森挖穿了一半的冰墙,却在这时被长夜堡的游骑兵发现,他们没费神阻挠,而用冰雪和岩石封住了亚森的后路。忧郁的艾迪曾说,假如把耳朵贴住长城,至今还能听见里面的挖凿声呢。

"巡逻队什么时候出发?多久一次?"

琼恩耸耸肩。"一直在变。据说从前的科格尔总司令每三天派一队人由黑城堡去海边的东海望,每两天派一队人从黑城堡到影子塔,然而那时守夜人军团的人数较多,到莫尔蒙总司令的时代,巡逻次数和出发日期一直在变,教人难以捉摸。有时熊老甚至会派大部队去废弃的城堡居住两周到一个月。"这是叔叔的主意,琼恩知道,为了迷惑敌人。

"石门寨有人驻守吗?"贾尔问,"灰卫堡呢?"

我们就在这两者之间,对不对?琼恩尽力不露声色。"我离开长城时,只有东海望、黑城堡和影子塔有守军。我说不准此后波文·马尔锡和丹尼斯爵士有何举动。"

"城堡里剩下多少乌鸦？"斯迪道。

"黑城堡五百，影子塔两百，东海望也许三百。"琼恩将总数加了三百。真有这么多就好了……

贾尔没上当。"他在撒谎，"他告诉斯迪，"要不就是把死在先民拳峰上的乌鸦也算了进去。"

"乌鸦，"马格拿警告，"不要把我当曼斯·雷德，敢对我撒谎，就割了你舌头。"

"我不是乌鸦，也没有撒谎。"琼恩用剑的手开开合合。

瑟恩的马格拿用冰冷的灰色眼眸打量着琼恩。"我们很快就会知道确切数目，"过了一会儿，他说，"去吧。如果还有问题，我会派人叫你。"

琼恩僵硬地一低头，转身离开。若野人都像斯迪这样，那就好办了。瑟恩族跟其他自由民不同，他们自称为先民末裔，由马格拿实行铁腕统治。斯迪的领地狭窄，只是高山中的峡谷，隐于霜雪之牙极北处，周围有穴居人、硬足民、巨人及大冰川的食人部落。据耶哥蕊特说，瑟恩人是凶猛的战士，而马格拿对他们而言就等于神——这点琼恩毫不怀疑，与贾尔、哈玛或叮当衫的小队不同，斯迪的部下对他绝对服从，无疑这种钢铁纪律正是曼斯选择让他突击长城的原因。

他走过瑟恩人群，他们围在篝火旁，坐在各人的青铜圆盔上。耶哥蕊特跑哪儿去了？他发现她的行李跟自己的放在一起，但女孩本人不见踪影。"她拿支火炬往那边去了。"山羊格里格边说，边指了指山洞后方。

琼恩顺着所指的方向行去，穿过如迷宫一般的石柱石笋，来到一个暗淡无光的洞穴。她不可能在这儿，他正想着，就听到了她的笑声。于是他朝声音传来的方向走，但十步之外是个死胡同，面前为一堵玫瑰色与白色的流石墙。他困惑地转身，沿路折回，走到中途才发现在一块突起而潮湿的石头底下有个黑洞。他跪下聆听,听到微弱的水声,"耶哥蕊特?"

"我在这儿。"她答应道,山洞里有微微的回音。

琼恩不得不爬了十几步,方才到达开阔的空间。等到再次站起,眼睛过了好一阵才适应。洞里只有耶哥蕊特带来的火炬,没有其他光源。她站在一个小瀑布边,水从岩石间的隙流下来,注入宽阔的黑池子。橙色与黄色的火光在淡绿的水面上跳跃。

"你在这儿干吗?"他问她。

"我听到水声,就想看看山洞到底有多深。"她用火炬指指,"瞧,那儿有通道继续往下。我沿它走了一百步,然后折回来。"

"走到底了?"

"你什么都不懂,琼恩·雪诺。它一直往下延伸,延伸。这片山里有千百个洞穴,并且在底下全部连通,甚至通往你们的长城。你知道戈尼通道吧?"

"戈尼,"琼恩说,"戈尼曾是塞外之王。"

"是啊,"耶哥蕊特道,"三千年前,他跟兄弟詹德尔一起,率自由民穿过这些山洞,而守夜人对此一无所知。可惜出来的时候,却被临冬城的狼群袭击。"

"那是一场大战,"琼恩记起来,"戈尼杀了北境之王,但他儿子捡起父亲的旗帜,戴上父亲的王冠,反过来砍倒了戈尼。"

"刀剑声惊醒城堡里的乌鸦,他们披着黑衣骑马出发,夹攻自由民。"

"对,南有北境之王,东有安柏家的部队,北面是守夜人,詹德尔也战死了。"

"你什么都不懂,琼恩·雪诺,詹德尔并没有死,他从乌鸦群中杀了出去,率领人马折回北方,狼群嗥叫着紧跟在后,却没有追上。可惜詹德尔不像戈尼那样熟悉山洞,他转错了一个弯。"

她前后晃动火炬,阴影也跟着跃动迁移。"结果越走越深,越走越深,想原路返回,眼前却始终是石头,看不到天空。很快火炬开始熄灭,一支接着一支,直到最后只剩黑暗。没人再见过詹德尔和他的部下,但在寂静的夜晚里,你可以听到他们的子孙后代在山底哭泣。他们仍在寻找回家的路。你听?听到了吗?"

琼恩只听到哗哗水声和火焰轻微的噼啪响声。"通往长城的那条通道也从此找不到了?"

"有些人去搜索过,走得太深的遇到了詹德尔的子孙。他们总是很饿。"她微笑着将火炬插进石缝中,朝他走来。"黑暗中除了血肉,还有什么好吃的呢?"她低声说,一边咬他的脖子。

琼恩拱她的头发,鼻子里全是她的气味。"你听起来好像老奶妈,她给布兰讲怪兽故事时就是这样子。"

耶哥蕊特捶他肩膀,"你说我是老太婆?"

"你比我大。"

"对,而且更聪明。你什么都不懂,琼恩·雪诺。"她推开他,脱下兔皮背心。

"你干吗?"

"让你看看我究竟有多老。"她解开鹿皮衬衫,扔到旁边,然后一下子脱出三层羊毛汗衫。"我要你好好看着我。"

"我们不能——"

"我们可以!"她单腿站立,扯下一只靴子,任凭乳房弹跳着,然后又换到另一条腿,脱另一只靴子。她乳头周围是粉色的大圆圈。"愣着干吗?脱啊,"耶哥蕊特拉下羊皮裤子时说,"你要看我,我也要看你。你什么都不懂,琼恩·雪诺。"

"我懂,我要你。"他听见自己说,所有的誓词,所有的荣誉都被遗忘。她赤裸地站在他面前,就和出生时一样,而他那话儿像周围的岩石般坚硬。他和她做过好几十次,但都在毛皮底下,因为周围有人。他没见过如此美丽的她。她的腿很瘦,但有肌肉,而两腿间红色的耻毛比头发的颜色更明亮。会更幸运吗?他将她拉近。"我爱你的味道。"他说,"爱你的红发,我爱你的嘴和你吻我的方式。我爱你的微笑,爱你的乳头。"他亲吻它们,一个,另一个。"我爱你纤细的腿和它们中间的东西。"他跪下去吻她私处,起初只轻轻吻那隆起部分,接着耶哥蕊特将腿分得更开,让他看到了粉红的内侧,他也亲吻那里,尝到她的滋味。她发出一声轻呼。"如果你那么爱我,为何还穿着衣服?"她轻声问,"你什么都不懂,琼恩·雪诺。什么——呃,噢,噢噢噢——"

事后,耶哥蕊特几乎有点害羞,或者这对她而言算是害羞。"你干的那个,"一起躺在衣服堆里时,她道,"用你的……嘴。"她犹豫半晌。"那个……南方的老爷跟夫人之间是那样的吗?"

"我觉得不是。"没人告诉过琼恩,老爷和他们的夫人之间干些什么。"我只是……想亲你那里,仅此而已。你似乎很喜欢。"

"是啊。我……我有点喜欢。没人教过你?"

"没人,"他承认,"我只有你。"

"处子,"她嘲笑,"你是个处子。"

他嬉戏般地轻捏离他近的那边乳头。"我原本是守夜人的汉子。"原本,他听见自己说。现在呢?现在是什么人?他不愿细想。"你是处女吗?"

耶哥蕊特单肘撑起来。"我十九岁了,是个火吻而生的矛妇。怎可能还是处女?"

"他是谁?"

"五年前宴会上遇到的男孩。他跟他的兄弟们过来做买卖,有着跟我一样火吻而生的红发,我认为这人会很幸运,不料却是个软蛋。他回来偷我时,被长矛弄断了胳膊,便再没有尝试过,一次也没有!"

"不是长矛就好。"琼恩松了口气。他喜欢长矛,里克相貌朴实,待他友善。

她捶了他一拳,"下流!你会不会跟自己姐妹上床?"

"长矛不是你哥哥。"

"他是我村里的人。你什么都不懂,琼恩·雪诺,真正的男子汉从远方偷女人,以增强部落的力量。跟兄弟、父亲或族亲上床的女人会受诅咒,生出体弱多病的孩子,甚至怪物。"

"卡斯特就娶自己的女儿。"琼恩指出。

她又打了他一拳。"卡斯特不像我们,更像你们。他父亲是只乌鸦,从白树村偷了个女人,但占有她之后又飞回了长城。她去黑城堡找过他一次,给那乌鸦看他的儿子,但黑衣弟兄们吹起号角,把她赶跑了。卡斯特身上流着黑血,背负着沉重的诅咒。"她的手指轻轻划过他肚皮。"我好怕你也会那样,飞回长城去,再也不回头。当初你偷了我之后,根本就不知道该怎么办。"

琼恩坐起来。"耶哥蕊特,我没有偷你。"

"你当然偷了我。你从山上跳下来,杀死欧瑞尔,我还没来得及拿起长柄斧,就被短刀抵在咽喉。我以为你会要我,或者杀我,或者两样都干,但你什么也没做。我告诉你吟游诗人贝尔的故事,告诉你他怎样从临冬城摘走冬雪玫瑰,以为你一定会懂,一定会来摘走我,但你没有。你什么都不懂,琼恩·雪诺。"她朝他腼腆地微笑。"但你也许正在学。"

良久,光线在她周围游移不定。琼恩四下环顾。"我们最好上去,火炬快燃尽了。"

"乌鸦这么害怕詹德尔的子孙吗?"她咧嘴笑道,"上去的路很短,而我跟你还没完呢,琼恩·雪诺。"她又将他推倒在衣服堆里,跨骑上去。"你能不能……"她犹豫地说。

"什么？"他问，火炬开始飘摇。

"再来一遍。"耶哥蕊特脱口而出。"用你的嘴……贵族老爷的吻，我……我知道，你也喜欢。"

火炬燃尽时，琼恩·雪诺已不再担忧。

但他的负罪感又回来了，虽然比以前弱得多。如果这是个错误，他疑惑地想，为何诸神让它如此美好？

完事之后，洞内漆黑一片。只有通往上面大山洞的通道传来一点暗淡的光，大山洞里有二十来堆火在燃烧。他们试图在黑暗中摸索着穿衣服，结果马上互相磕碰起来。耶哥蕊特跌进池子里，冰冷的水令她尖声喊叫。当琼恩哈哈大笑，她将他也拉了下来。他们在黑暗中扭打，溅起水花，然后她又到他的双臂之中，原来他们还没有结束。

"琼恩·雪诺，"他将种子撒在她体内时，她告诉他，"别动，亲爱的。我喜欢你在我里面，我喜欢这种感觉。我们不要回斯迪和贾尔那儿去了吧。我们继续往里走，去找詹德尔的子孙。不要离开这山洞，琼恩·雪诺，永远不离开。"

丹妮莉丝

"全买下?"奴隶女孩难以置信地反问,"陛下,小人没听错吧?"

清爽的绿光滤过镶嵌在斜墙的钻石形玻璃彩窗照射而下,阵阵微风自外面的平台轻柔地吹拂进来,携入庭园的花果香味。"你没听错,"丹妮道,"我要把他们全买下。方便的话,请你转告善主大人们。"

今天她穿着魁尔斯长袍,深紫罗兰色的绸缎映衬紫色的眼睛,左边酥胸裸露出来。阿斯塔波的善主大人们在低声交谈,丹妮举起一只银色细高脚杯,啜饮酸柿酒。她听不清所有的话,但听得出其中的贪婪。

八名商人各由两三名贴身奴隶服侍……其中最老的格拉兹旦带了六人。为不被看做乞丐,丹妮也带来自己的仆人:穿沙丝长裤和彩绘背心的伊丽与姬琪、老人白胡子和壮汉贝沃斯,还有血盟卫。乔拉爵士站在她身后,穿着绣有人立黑熊的绿外套,散发出朴实的汗臭,与阿斯塔波人浑身浸透的香水味形成鲜明对比。

"全部!?"克拉兹尼·莫·纳克罗兹低吼道,他今天闻上去是桃子的味道。奴隶女孩用维斯特洛通用语把这个词重复了一遍。"若以千为单位,就是八千。她全部都要?此外还有六百,等凑齐一千就是九千。这些她也要?"

"全部都要,"问题被翻译后,丹妮说,"八千,加六百……还有仍在训练中、没挣得尖刺盔的,全部都要。"

克拉兹尼又转向同伴们,再次商讨。翻译已把他们的名字告诉了丹妮，但她还记不精准。好像有四个格拉兹旦，想必是取自创世之初建立古吉斯帝国的"伟人"格拉兹旦。他们八个的长相都差不多：粗壮肥胖、琥珀色皮肤、宽鼻子、黑眼睛。直立的头发要么黑，要么暗红，要么就是红黑混杂——这是吉斯人的血统标志。他们都裹着托卡长袍，在阿斯塔波只有自由人才准穿这种服装。

据格罗莱船长所言，托卡长袍上的流苏代表各自的地位。来到这间位于金字塔顶的阴凉休憩厅的奴隶商人中，有两个穿的托卡长袍带银流苏，五个带金流苏，最老的格拉兹旦的流苏则是大颗白珍珠。当他在椅子上挪移或摆动手臂，它们便互相撞击，发出轻微的嗒嗒声。

"我们不能出售未完成训练的男孩。"一位银流苏的格拉兹旦对其他人说。

"当然可以卖，只要她出得起钱。"一位更胖的人说，他带着金流苏。

"他们没杀过婴儿，还不是无垢者，若将来在战场上表现不佳，必定损坏我们的名声。再说，即便我们明天就阉割五千男童，等他们适合出售还需要十年时间，怎么对下一位买家交代呢？"

"我们就告诉他必须等，"胖子道，"口袋里的金钱胜过将来的收入。"

丹妮任凭他们争论，自己啜饮酸柿酒，装作茫然无知。不管价钱多高，我都要全买下来，她告诉自己。这座城市有上百个奴隶商人，但此刻在她面前的八位最有影响力。售卖床上奴隶、农奴、文书、工匠或教师的时候，这些人是竞争对手，但在制造和出售无垢者方面，他们世世代代结成联盟。砖与血造就阿斯塔波，砖与血造就她的子民。

最后宣布决定的是克拉兹尼："告诉她，只要有足够的钱，可以带走八千，外加那六百，如果她想要的话。告诉她，一年后回

来，我们再卖给她两千。"

"一年后我就在维斯特洛了，"丹妮听完翻译后说，"我现在就要，全部都要。无垢者固然训练有素，即使如此，战斗仍会有伤亡。我需要那些男孩作为替补，随时准备取代他们的位置。"她把酒放到一边，俯身靠近奴隶女孩。"告诉善主大人们，我连那些还养着小狗的小家伙们也要；告诉他们，我为一个昨天才阉割的男孩付的价跟一个戴尖刺盔的无垢者相同。"

女孩把话转述。回答仍然是不。

丹妮恼怒地皱眉："很好，告诉他们我付双倍价钱，只要能买下全部。"

"双倍？"带金流苏的胖商人差点流下口水。

"这小婊子是个傻瓜，真的，"克拉兹尼·莫·纳克罗兹说，"照我看，就要三倍价钱，她拼死也会付的。对，每个奴隶要十倍的价。"

留尖胡子的高个格拉兹旦用通用语讲话了，尽管不如奴隶女孩说得好。"陛下，"他瓮声瓮气地道，"维斯特洛是个富裕的国度，这点我们很清楚，但您现在并不是女王，或许永远也不会成为女王，而即使无垢者也可能在战斗中输给七大王国野蛮的钢铁骑士。容我提醒您一句，阿斯塔波的善主大人们不会拿奴隶来交换空口承诺。您想要所有太监，请问有没有足够的金钱或货物呢？"

"你比我更清楚这个问题的答案，善主大人，"丹妮回答，"你们的人已经仔细查过我的船，记下每一颗玛瑙、每一罐藏红花。告诉我，我有多少？"

"足够买一千个，"善主大人轻蔑地微笑，"然而您说要付双倍价钱，那么能买到五百。"

"你那顶漂亮的王冠可以再多换一百，"胖子用瓦雷利亚语说，"那顶三头龙的王冠。"

丹妮等他的话被翻译过来。"我的王冠决不出售。"韦赛里斯卖掉母亲的宝冠,从此便没有欢乐,只余愤恨与暴戾,"我也决不会奴役我的子民,连他们的货物和马匹也不卖。但你们可以拥有我的船,包括大商船贝勒里恩号、划桨船瓦格哈尔号和米拉西斯号。"她预先通告过格罗莱和其他船长,也许事情会演变至此,不顾他们激烈地抗议。"三艘好船应该抵得上不少卑微的太监。"

肥胖的格拉兹旦转向其他人。他们再次轻声讨论。"两千,"尖胡子的家伙回头道,"这已经太多了,但善主大人们很慷慨,愿意考虑您急迫的需求。"

两千人不能实行她的计划。我必须全买下来。此刻,丹妮明白自己该怎样做,但那滋味苦涩得连酸柿酒也无法将其冲刷干净。她曾努力思考了很久,却找不到其他办法。这是我唯一的选择。"全部都要,"她说,"我给你们一条龙。"

身边的姬琪倒抽一口气。克拉兹尼朝同伴们微笑:"我不是告诉过你们吗?她拼死也会付的。"

白胡子因震惊而瞪大了眼睛,抓拐杖的手在颤抖。"不!"他冲她单膝跪道,"陛下,我请求您,用巨龙来赢得王座,而不是靠奴隶。您不能这么做——"

"你不该冒昧地教训我。乔拉爵士,把白胡子带走。"

莫尔蒙粗暴地抓住老人的胳膊,将他拉起来,押送到外面的平台上。

"告诉善主大人们,我为这个插曲表示歉意,"丹妮对奴隶女孩说,"告诉他们,我等待着回答。"

然而她知道答案,她可以从他们烁烁放光的眼睛和竭力隐藏的笑容中看出来。阿斯塔波有数千名太监,还有更多等待阉割的奴隶男孩,但偌大的世界就只有三条活龙。而且吉斯人渴望着龙。他们怎会不渴望呢?创世之初,古吉斯帝国曾与瓦雷利亚五次大战,五

次都以惨败告终。因为自由堡垒有龙,而吉斯帝国没有。

最年长的格拉兹旦在座位上不安地挪动,珠穗互相碰撞,发出轻轻的嗒嗒声。"任由我们选一条龙,"他用尖细而冷淡的声音说,"黑的那条最大、最健康。"

"他叫卓耿。"她点点头。

"我们准许你保留王冠和符合女王身份的服饰,除此之外,所有货物、三艘船和卓耿都归我们。"

"成交。"她用通用语说。

"成交。"老格拉兹旦用那含混的瓦雷利亚语回应。

其他人重复着珍珠流苏老头的话。"成交,"奴隶女孩翻译着,"成交,成交……八个成交。"

"无垢者很快就能学会你们原始的语言,"一切商定后,克拉兹尼•莫•纳克罗兹补充,"但需要你派奴隶去教。收下这一个作为我们的礼物吧,象征交易顺利。"

"很好。"丹妮说。

奴隶女孩替他们翻译彼此的话。假如对于被当做成交的信物送出去有什么感受的话,她也很谨慎地没有表露出来。

丹妮在平台上经过白胡子阿斯坦身边时,他没有做声,而是默默地随丹妮下阶梯,边走边用硬木拐杖"嗒嗒"地敲击红砖。她没有责怪他的愤愤不平,因为她所做的事确实可悲。*龙之母卖掉了她最强壮的孩子。*只要想到这一点,她就很难过。

到得下面的骄傲广场,站在奴隶商人的金字塔与无垢者的军营之间灼热的红砖地上时,丹妮对老人发话了。"白胡子,"她说,"我需要你的谏言,你不必害怕真诚相谏……但只能在我们独处时说,在陌生人面前绝不要和我争执,明白吗?"

"是,陛下。"他怏怏不快地道。

"记住,我不是孩子,"她告诉他,"我是你的女王。"

"女王也会犯错。阿斯塔波人骗了您，陛下，一条龙比千军万马更有价值。三百年前，伊耿在'怒火燎原'之役中便证明了这点。"

"我知道伊耿证明了什么，与之相对，我也打算证明些什么。"丹妮转身面对温顺地站在轿边的奴隶女孩，"你有名字吗，还是也得每天从木桶里抽一个新的？"

"只有无垢者才那样，"女孩说，随即意识到问题是用古瓦雷利亚语提的，她瞪大了眼睛，"噢。"

"你叫'噢'？"

"不……陛下，请原谅小人的失礼。您的奴隶名叫弥桑黛，可……"

"弥桑黛不是奴隶了，从此刻起，我将你解放。过来一起坐轿吧，我有话说。"拉卡洛扶她们上轿，丹妮放下帘子，隔开灰尘与热气。"若你肯留下，可以作为我的女仆之一，"她边说，轿子边走，"像为克拉兹尼服务一样为我传话。但若你思念父母，盼回家照料双亲，随时可以离开，不再为我效力。"

"小人愿意留下，"女孩道，"小人……我……无处可去。小……我很乐意为您效力。"

"我可以给你自由，但不能给你安全，"丹妮警告，"我必须横穿世界，去进行一场前途未知的战争。跟着我，你也许会挨饿、会得病，甚至被杀。"

"*Valar morghulis*。"弥桑黛用古瓦雷利亚语说。

"凡人皆有一死，"丹妮赞同，"但我们可以努力拼搏，改变生活。"她往后斜靠在垫子上，执起女孩的手，"无垢者真的全无恐惧？"

"是的，陛下。"

"你现在为我效力了，别害怕，对我说实话。他们真的感觉不到痛苦？"

"勇气之酒消除了感觉。杀死婴儿之前，他们已经喝了许多年。"

"他们真的很顺从？"

"他们只知道顺从。若您不准他们呼吸，他们会觉得那比违背命令更容易。"

丹妮点点头，"等用不着的时候，我该拿他们怎么办呢？"

"陛下？"

"等我赢得战争的胜利，夺回父亲的王座，我的骑士们将收起武器，回到城堡里，回到妻儿和母亲身边……回到生活中去。但这些太监没有生活，到了无仗可打的时候，我该拿这八千个太监怎么办呢？"

"无垢者是优秀的卫兵和看守，陛下，"弥桑黛道，"再说，如此精良又经验丰富的部队，不难找买家。"

"他们说，在维斯特洛不能买卖人口。"

"不管以哪方面而论，陛下，无垢者都不是人。"

"若我真把他们卖掉，怎么知道他们不会被用来反对我呢？"丹妮尖锐地问，"他们会那么做吗？跟我作对，甚至伤害我？"

"只要主人下令，他们就不会问问题，陛下。任何怀疑都早已从他们身上剔除，他们只知道顺从。"她有点不安，"当您……您用不着他们的时候……陛下可以命令他们自刎。"

"即使如此，他们也会照办？"

"是的，"弥桑黛的声音轻下去，"陛下。"

丹妮捏捏她的手。"但你不希望我让他们这么做，对吗？这是为什么？你为什么如此在意？"

"小人不……我……陛下……"

"告诉我。"

女孩垂下眼睛。"他们中有三个是我的兄弟，陛下。"

希望你的兄弟像你一样聪明而坚强。丹妮往后靠回枕垫上，让轿子载她继续前进，最后一次回到贝勒里恩号，把一切安排妥当。也许是最后一次回到卓耿身边了，她阴郁地抿紧嘴唇。

当晚是个狂风呼啸的黑暗长夜。丹妮一如往常地喂她的龙，却发现自己没有胃口。她独坐在船长室里哭了一会儿，花了很长时间才擦干眼泪，准备好跟格罗莱再争论一番。"伊利里欧总督不在这里，"最后她不得不告诉他，"即使他在，也无法动摇我的决心。比起船只，我更需要无垢者，退下，不要再说了。"

如果我回头，一切就都完了。怒火焚毁了恐惧与悲哀，带给她片刻的坚强。她连忙召来血盟卫和乔拉爵士。他们是她唯一真正信任的人。

完事之后，她本打算睡觉，好好休息，为明天做准备，但在狭小室闷的舱室内翻来覆去一个小时，却始终不能如愿。她走出门，发现阿戈正就着一盏摇晃的油灯为弓安上新弦，拉卡洛盘腿坐在他身边，用油石打磨亚拉克弯刀。丹妮让他俩继续，自己走到上层甲板去体味夜晚清凉的空气。船员们各自来回奔忙，没有理会她，但乔拉爵士须臾便出现在栏杆边。他从来都离得不远，丹妮心想，他太了解我的心情。

"卡丽熙，您该睡会儿。明天会很炎热，很辛苦，我向您保证，您需要体力。"

"记得埃萝叶吗？"她问他。

"那拉札林女孩？"

"他们要强暴她，是我阻止了他们，并把她置于我的保护之下。可当我的日和星死后，马戈又把她夺了回去，将她大骑特骑，最后割了喉咙。阿戈说那是她的命。"

"我记得。"乔拉说。

"我曾经十分孤独，无比寂寞，乔拉，除了哥哥就只有自己。我是如此一个担惊受怕的小东西，本该保护我的韦赛里斯，反而变本加厉地伤害我、恐吓我，甚至售卖我。他不该那么做。他不仅是我哥哥，还是我的国王。若非为保护弱者，诸神又怎么会指派国王和女王呢？"

"有些国王自己指派自己，比如劳勃。"

"他并非真正的君王，只是个篡夺者，"丹妮轻蔑地说，"毫无正义可言。正义……才是君王的追求。"

乔拉爵士没有回答。他只是微笑着抚摸她的头发，如此轻柔。这已足够。

那天晚上，她梦见自己就是雷加，正统率大军前往三叉戟河。但她骑的是龙，不是马。她看到长河对面篡夺者的叛军穿着玄冰的盔甲，而她用龙焰沐浴他们，让他们像露水一样融化，使得三叉戟河如洪流般迸发。她内心的一小部分知道自己在做梦，其余的部分则欢欣雀跃。事情正该如此。现实乃是场噩梦，而我这才刚刚醒来。

她果然在黑暗的舱室中醒来，仍然带着胜利的激情。贝勒里恩号似乎跟她一起苏醒，她听见木头微弱的吱嘎声，流水击打船壳，头顶的甲板有脚步声，以及别的……

舱室内还有一个人。

"伊丽？姬琪？你们在哪儿？"女仆们没有应答。太黑了看不见，但她能听见她们的呼吸，"乔拉，是你吗？"

"他们睡了，"一个女人说，"都睡了。"这声音非常接近，"真龙也需要睡眠。"

她就站在我面前。"谁在那儿？"丹妮朝黑暗中望去，有一个影子，一个极其模糊的轮廓，"你要干什么？"

"记住：要去北方，你必须南行。要达西境，你必须往东。若要前进，你必须后退。若要光明，你必须通过阴影。"

"魁晰？"丹妮从床上一跃而起，猛地打开门。昏黄的灯光泻进船舱，伊丽和姬琪睡意蒙眬地坐起来。"卡丽熙？"姬琪揉着眼睛喃喃地说。韦赛利昂也醒过来，张嘴喷出一团火焰，照亮了黑暗的角落。没有戴红漆面具女人的踪影。"卡丽熙，您不舒服？"姬琪问。

"一个梦。"丹妮摇摇头，"我做了一个梦，仅此而已。继续睡吧。我们都继续睡。"然而她试了又试，却再也没睡着。

如果我回头，一切就都完了。第二天早晨，丹妮经由港口城门进入阿斯塔波时，反复提醒自己。她不敢思考自己的随从是多么地少，多么地无足轻重，否则就会失去所有勇气。今天她骑在银马上，穿着马毛短裤和彩绘皮背心，一条青铜奖章带系于腰间，另两条交叉在胸前。伊丽和姬琪为她编好辫子，并挂上一个叮当作响的小银铃，代表在尘埃之殿中被她焚烧的魁尔斯不朽者。

今天早上，阿斯塔波的红砖街市几乎可算拥挤。奴隶和仆人排列在道路两边，奴隶商人和他们的女人则穿上托卡长袍，自阶梯形金字塔上俯视。说到底，他们跟魁尔斯人也没什么不同，她心想，不过是急切地想看看真龙，好告诉自己的孩子，以及孩子的孩子。她不由得略带悲哀地思及，不知其中多少人会有孩子。

阿戈握着巨大的双弧龙骨长弓走在前面，壮汉贝沃斯在母马右边步行，女孩弥桑黛在左侧，殿后的是身穿锁甲和外套的乔拉·莫尔蒙爵士，他朝任何敢靠近的人怒目而视。拉卡洛和乔戈护着轿子，丹妮已下令移除顶盖，把她的三头龙绑在平台上。伊丽和姬琪在轿旁骑行，努力让他们保持平静。此刻韦赛利昂的尾巴甩来甩去，烟雾从鼻孔里愤怒地升起；雷哥也觉得不大对劲，三次试图起飞，却被姬琪手里沉重的锁链牵制。卓耿则蜷成一团，翅膀和尾巴紧紧缩拢，唯眼睛没有沉睡。

后面跟着她的子民：格罗莱和另外两个船长、他们的船员及八十三名多斯拉克人——卓戈的卡拉萨曾有十万人驰骋，而今留在她身边的只有这些。她将老弱妇孺置于队列内侧，其中还包括哺乳或怀孕的女人、小女孩与头发尚不能编辫子的小男孩。其余的——她所谓的战士们——骑在外侧，赶着那可怜的小马群，这一百多憔悴的马匹是经历红色荒原和黑色咸海硕果仅存的牲畜。

我应该缝上一面旗帜，她边想边领着褴褛的队伍沿阿斯塔波蜿蜒的河流向上游前进。她合上眼睛，想象着它的样子：一块平滑的黑色丝绸，上绣坦格利安家族的红色三头巨龙，喷出金色的火焰。这是雷加的旗帜。岸边出奇的宁静。阿斯塔波人称这条河为蠕虫河。它弯曲宽广，流速缓慢，点缀着许多林木繁茂的小岛。她瞥到其中一座岛上有孩童玩耍，在精致的大理石雕像间穿梭。另一座岛上有两个恋人在高大绿树的阴影下接吻，丝毫不觉害羞，就跟多斯拉克人在婚礼上的表现一样。他们没穿衣服，不知是自由人还是奴隶。

装饰着巨大青铜鹰身女妖像的骄傲广场太小，无法容纳所有无垢者，因此集合地点改在惩罚广场，正对着阿斯塔波的主城门。一旦丹妮莉丝完成交易，便可直接带他们离开城市。这里没有青铜雕像，只有一个木制平台，反叛的奴隶就是在此被折磨、被剥皮、被绞杀。"善主大人们将它放在这儿，好让它成为新奴隶进城后看到的第一样东西。"来到广场时，弥桑黛告诉她。

乍看一眼，丹妮以为那上面的奴隶有跟鸠格斯奈的斑纹马一样的皮肤，随着银马骑近，才发现蠕动的黑斑纹下是鲜红的生肉。苍蝇。苍蝇和蛆虫。如削苹果似的，反叛奴隶的皮肤被长长卷曲、一缕缕地剥下。有个人一条胳膊从手指到肘部爬满黑色的苍蝇，底下则是红色与白色。丹妮在他下方勒住缰绳："这人干了什么？"

"他抬起这只手反抗主人。"

丹妮的胃阵阵翻搅,连忙圈转银马,朝广场中央那支昂贵的军队奔去。他们一排一排又一排地站立着,个个都是没有人性的石头,是她的砖头太监。总共八千六百个经过完整训练、赢得尖刺盔的无垢者,外加五千多光着脑袋,装备长矛和短剑的受训者。她看到远方最后面的那些不过是孩子,但跟其他人一样站得笔直,纹丝不动。

克拉兹尼·莫·纳克罗兹和他的同伴们在此恭候。其他出身高贵的阿斯塔波人也一簇簇站在大奴隶商人们身后,从银色细高脚杯里啜饮红酒,奴隶在他们中间穿梭,捧着盘盘橄榄、樱桃和无花果。年长的格拉兹旦坐在轿子里,由四名古铜色皮肤的高大奴隶抬着。六个枪骑兵沿广场边缘巡逻,挡住围观的人群。他们的黄丝披风上缝有许多闪亮铜盘,反射出明亮炫目的阳光,但她注意到他们胯下马匹的紧张。他们怕龙。真龙不怕他们。

克拉兹尼让一名奴隶扶她下马,因为他自己一手固定住托卡长袍,另一只手抓着一根华丽的长鞭。"他们都在这儿,"他看着弥桑黛,"告诉她,他们属于她了……只要她能付账。"

"她能。"女孩道。

乔拉爵士一声令下,货物带上前来:六捆虎皮,三百匹精纺丝绸,无数罐藏红花、没药、胡椒粉、咖喱和豆蔻,一张玛瑙面具,十二只翡翠猴子,若干桶红色、黑色和绿色的墨水,一箱珍贵的黑紫晶,一箱珍珠,一桶填有蠕虫的去核橄榄,十二桶腌穴鱼,一面大铜锣及其锤子,十七只象牙眼睛,一个巨箱子,里面装满用丹妮读不懂的语言书写的书籍。此外,还有许多许多别的东西。她的人将它们在奴隶商人面前排成一堆。

交付过程中,克拉兹尼·莫·纳克罗兹最后一次嘱咐她如何约束部队。"他们还很嫩,"他通过弥桑黛说,"告诉维斯特洛婊子,聪明的话就先让他们获得一些作战经验。此去西方,路上有许多小城市，很适合洗劫，不管取得什么战利品，都可以全部收归己有，因为无垢者对金钱和珠宝没有欲望。抓获的俘虏，靠一队护卫就能押回阿斯塔波。我们会买下其中健康的，价格从优。谁知道呢？也许十年之后，她给我们送来的男孩会继而成为无垢者，形成良性循环。这样对大家都有好处。"

最后，没有更多东西加到货物堆上了。等她的多斯拉克人再次上马后，丹妮道："这是我们可以搬来的全部东西。其余的在船上，包括大批琥珀、红酒和黑米。船也是你们的。那么剩下的只有……"

"……龙。"尖胡子的格拉兹旦用含混的通用语替她说完。

"他就在这儿。"乔拉爵士和贝沃斯随她走向轿子，卓耿和他的弟弟们正躺着晒太阳。姬琪松开锁链一端，递给她。她拉动链条，黑龙抬头，嘶叫起来，展开那如黑夜又猩红的翅膀。影子落在克拉兹尼•莫•纳克罗兹身上，他贪婪地微笑。

丹妮将锁链递给奴隶商人，他交给她鞭子作为回应。鞭柄是精雕细刻的黑龙骨，镶嵌黄金，连着九根细长皮条，每根顶端都有一个镀金爪子。手柄后的黄金球是个女人的头，口中有象牙做的利齿。克拉兹尼称这鞭为"鹰身女妖之指"。

丹妮将鞭子握在手中转动。轻若鸡犬的一件事物，却承受着比圣母山还大的重量。"成交了吗？他们属于我了吗？"

"成交了。"对方确认，同时猛地一拽锁链，想把卓耿从轿子上拽下来。

丹妮跨上银马。她的心在胸腔里怦怦直跳，她恐惧得要命。哥哥会这样吗？她不知雷加王子看到篡夺者的军团于三叉戟河对岸集结，旗帜尽在风中飘扬时，是否也如此不安。

她站在马镫上，把"鹰身女妖之指"举过头顶，让所有无垢者都看见。"成交了！"她提足中气大喊，"你们是我的了！"她用脚踵一踢母马，沿着第一排飞奔，高举着长鞭。"你们是真龙的子民！你们被买下了，账已付清！成交了！成交了！"

她瞥见老格拉兹旦突然转过灰色的脑袋。他听到我讲瓦雷利亚语了。其他奴隶商人没有在意，他们拥在克拉兹尼和龙的周围，彼此大声叫嚣。而尽管阿斯塔波人又拖又拽，卓耿就是不肯从轿子上移开。灰烟从张开的龙口中腾腾升起，他的长脖子一伸一缩，咬向奴隶商人的脸。

跨过三叉戟河的时刻到了，丹妮心想，她圈转银马，骑了回来，血盟卫们紧紧聚拢到身边。"你们有困难。"她评论。

"他不肯过来。"克拉兹尼说。

"那当然。真龙不是奴隶。"丹妮使尽全力用鞭抽向奴隶商人的脸。克拉兹尼尖叫着踉跄着往后退去，鲜红的血从脸颊淌下，渗进洒了香水的胡子里。"鹰身女妖之指"将他的面目一下子撕成碎片，但她没有驻足细看。"卓耿，"她亲切地大喊，忘记了所有恐惧，"*dracarys*！"

黑龙展翅咆哮。

一道黑色的火焰旋转着直扑向克拉兹尼的面门，熔化了眼睛，果冻般的一团滑下面庞，头发和胡子里的油猛烈燃烧，刹那间，奴隶商人好似戴上了一顶燃烧的冠冕，足有他脑袋两倍之高。焦臭肉味盖过香气，而他的嚎叫淹没了所有声响。

惩罚广场立刻陷入血腥与混乱之中。善主大人们一边尖叫，一边跌跌撞撞地互相推挤，匆忙中被托卡长袍的流苏绊倒。卓耿懒洋洋地拍打着黑翼朝克拉兹尼飞去，让那奴隶商人再度尝到火焰的滋味，同时，伊丽和姬琪解开韦赛利昂和雷哥的锁链，三头龙同时出现在空中。丹妮回头看去，那些梳着恶魔般犄角、骄傲的阿斯塔波贵族战士中有三分之一正竭力安抚受惊的坐骑，另外三分之一则开始四散逃窜，明晃晃的铜盘披风在身后闪耀着光辉。有个人稳住马儿,拔出剑来,却被乔戈的鞭子缠住颈项,截断了呼喊。另一个被拉卡洛的亚拉克弯刀砍掉一只手,鲜血飞溅,骑在马上摇摇晃晃地逃了。阿戈镇定地搭箭上弦,朝穿托卡长袍的商人发射。银的、金的、普通的,不管什么流苏,逮到就射。壮汉贝沃斯也拔出亚拉克弯刀,挥舞着发起冲锋。

"拿起长矛!"丹妮听见一个阿斯塔波人在喊。那是格拉兹旦,托卡长袍上有沉重白珠穗的老格拉兹旦。"无垢者!保护我们,阻止他们,保护你们的主人!拿起长矛!拿起短剑!"

拉卡洛一箭射入他嘴里,抬轿子的奴隶们便一哄而散,将他随便扔在地上。老头爬到第一排太监跟前,他的血在砖地上积成一摊,但无垢者们甚至没有低头。他们一排一排又一排地站立着……

……纹丝不动。诸神听见了我的祈祷。

"无垢者!"丹妮在他们面前奔驰,银金色的发辫于身后飞扬,每跑一步都伴着银铃轻响。"杀死善主,杀死士兵,杀死每一个穿托卡长袍或拿鞭子的人,但不要伤害十二岁以下的儿童,并砍断每一位奴隶的锁链。"她将"鹰身女妖之指"举在空中……狠狠丢掉。"自由!"她高呼,"dracarys! dracarys!"

"dracarys!"他们高声呼应,那是她所听过最为动听的词语。

"dracarys! dracarys!"奴隶商人们在他们四周逃窜、哭泣、乞求和死亡,满是尘埃的空气中充斥着长矛与火焰。

珊莎

今天早上,她的新裙服终于完工,女仆们用冒着蒸汽的热水注满浴盆,为她全身上下努力刷洗,直到皮肤变红。瑟曦派出自己的贴身侍女替她修剪指甲,理发梳洗,将她枣红的秀发做成轻柔的小卷儿搭在背上。这位侍女还带来太后最喜欢的十来种香精,珊莎从中选出一瓶甜腻浓烈的花露水,混合着一丝柠檬的味道。侍女把香水倒在指尖,在她双耳、下巴和乳头上各一轻触。

随后瑟曦带着女裁缝亲自到场,品评珊莎着装。内衣全是丝绸,裙服本身则由象牙色锦绣和银线编织,银色缎子镶边。当她放下胳膊,长袖快触到地板。这是成年女人的衣服,不是小姑娘家的,对此她很确定。紧身胸衣的V形开头几乎露到小腹,它由装饰繁复的密尔蕾丝织成,颜色是鸽子灰。裙子本身则又长又大,腰围极细,珊莎不得不屏住呼吸以便他们为她系紧缚带。她的新鞋子是浅灰色鹿皮拖鞋,缠在脚上,好似爱侣。"您真是太美了,小姐。"裁缝评论。

"是吗?是吗?"珊莎咯咯娇笑,一边旋身雀跃,裙裾飞舞婆娑。"噢,噢!"她简直等不及要让维拉斯看到了!他会爱上我的,会的,一定会的……他一定会忘了临冬城,爱上我这个人。噢!

瑟曦太后用批判的眼光仔细审视她。"我想,再加戴珠宝比较合适。就用乔佛里送的月长石发网吧。"

"是,陛下。"太后的侍女回答。

看着发网挂在珊莎耳际,覆到脖子上,太后满意地点点头。

"好,很好。诸神眷顾你呀,珊莎,将你造得这般美丽。把这么一位甜美纯真的女孩送给那个怪物,真叫人难以心安。"

"怪物?什么怪物?"珊莎不懂。她指维拉斯?她怎么知道?除了她自己、玛格丽和荆棘女王,没人知道呀……噢,还有唐托斯知道,可他只是个微不足道的小丑啊!

瑟曦·兰尼斯特没有回答。"把斗篷拿来。"她下令,女仆们便遵命行事——这是一件装饰着无数珍珠的白天鹅绒长斗篷,上面用银线绣有一只凶猛的冰原狼。珊莎只消看它一眼,便突然恐惧起来。"这是你家族的颜色。"瑟曦道,女仆们则用一根纤细的银链在她脖子上系紧斗篷。

新娘斗篷。珊莎不由自主地伸手到喉咙,只想把这东西扯下来扔掉。

"闭上嘴巴,你会更漂亮,珊莎,"瑟曦告诉她,"现在出发吧,修士正等着你呢,还有无数的婚礼嘉宾。"

"不,"珊莎冲口而出,"不!"

"为什么不?你寄养于王家,国王就是你的监护人。既然你哥哥犯上作乱,已被剥夺一切权利,陛下就有义务为你安排婚姻。你的丈夫是我弟弟提利昂。"

他们盘算的是你的继承权,她满心作呕地想。我的弄臣骑士到底不是傻瓜,他没有骗我。珊莎从太后身边退开一步:"我不去。"我要嫁给维拉斯,我要成为高庭的夫人,求求你……

"这难为了你,我很明白。想哭就哭吧,如果是我的话,非扯头发不可。他是个卑鄙、肮脏、恶心的小怪物,但你必须嫁给他。"

"您不能强迫我结婚!"

"我们当然能强迫你。你可以像个淑女一样,安静地去,念诵那些誓言;也可以挣扎、尖叫,成为马房小弟们的笑柄——最后结果都没差别,你必须结婚,然后上床。"太后打开门,马林·特兰爵士和奥斯蒙·凯特布莱克爵士穿着御林铁卫的全身鳞甲,正等在外面。"护送珊莎小姐去圣堂,"她吩咐,"如果她反抗,就拖着走,但不准弄坏衣服,它花了不少钱。"

珊莎拔腿就跑,没出一码就被瑟曦的侍女抓住。马林·特兰爵士狠狠瞪了她一眼,让她不禁畏缩,凯特布莱克则轻轻碰了碰她,道:"照陛下说的做,小可爱,一切没那么坏。冰原狼应该勇敢,不是吗?"

勇敢。珊莎深吸一口气。是的,我是史塔克家的人,应该勇敢起来。人们全看着她,他们的表情和那天她在场子上被柏洛斯·布劳恩爵士剥衣服时的观众没两样。那天,正是小恶魔,正是这个她今天要嫁的男人救了她。至少,他没这帮人坏,她告诉自己。"我会安静地去。"

瑟曦微笑:"我就知道你会。"

她去了,但整个脑海模模糊糊,记不得如何离开房间,如何走下阶梯,如何穿过庭院,唯一的想法就是强迫自己一步,又一步。马林爵士和奥斯蒙爵士把她夹在中间,他们身上的披风和她的新娘斗篷一般惨白,只是没有珠宝和冰原狼家徽。乔佛里在城堡圣堂外的阶梯上等她,他戴着王冠,一身绯红和金色的打扮,颇为耀眼。"今天,我就是你的父亲。"他宣布。

"不可能,"她反击,"你永远也不是。"

他脸色一黑。"我当然是。作为你父亲的替身,我有权将你嫁给任何人。任何人!只需一句话,你就得和猪倌小弟拜堂,同他睡在猪圈里。"他的碧眼兴奋地闪光,"我也可以把你赏给伊林·派恩爵士,你觉得呢?"

她的心一紧。"求求您,陛下,"她哀告,"如果……如果您曾经对我还有那么一点点的爱意,请不要让我嫁给您的——"

"——舅舅?"提利昂·兰尼斯特穿过圣堂大门走出来。"陛下,"他对乔佛里说,"可否给我一点时间,让我和珊莎小姐单独谈谈?"

国王起初想拒绝,但他母亲狠狠瞪了他一眼,于是他退开几步。

提利昂穿一身装饰金色涡旋花纹的黑天鹅绒上衣,长靴为他增加了三寸身高,脖子系一条红宝石和狮子头的项链。但他脸上那道伤疤又红又可怕,鼻子更是丑陋不堪。"你真是太迷人了,珊莎。"他告诉她。

"谢谢您,大人。"她想不出别的话。我应该赞他英俊吗?如果我这样讲,他会把我看成骗子还是傻瓜?她垂下头,什么也没说。

"小姐,想到您被迫接受这次婚姻,如此突然,如此出乎意料,我感到非常遗憾。保守秘密是为了国家利益,这是我父亲大人的意思,为此他还不准我亲自前来迎接您,很抱歉。"他踱步过来,"我明白,这次婚姻不合你的意,我也不勉强。不愿意的话,尽可以拒绝我,选择我堂弟兰赛尔爵士。这样如何?他年纪与你相仿,长得也算不错。如果你觉得这样更好,只管开口,我决不阻拦。"

我不要嫁给任何兰尼斯特家的人,她想对他说,我要维拉斯,我要高庭,我要我们的小狗和花船,我要我的艾德、布兰登和瑞肯。但唐托斯的话又突然回荡在耳际:提利尔家的人和兰尼斯特完全是一丘之貉,毫无二致,他们盘算的是你的继承权。"您真是太好心了,大人,"她说,内心充满了绝望,"身为王家的被监护人,我的责任就是听从国王陛下的指示。"

他用那双大小不一的眼睛仔细审度她。"珊莎,我知道自己不是你们小姑娘家的梦中情人,"他轻柔地说,"但我也不是乔佛里。"

"您不是,"她回答,"您一直对我很好,我记得的。"

提利昂伸出一只指头短小的粗手。"那么,来吧,让我们履行我们的责任。"

于是他们双手交握,由他把她领到婚礼祭坛前。修士站在天父和圣母之间,等着见证一对新人的结合。她看见唐托斯爵士穿着小丑的杂色服装,用又圆又大的眼睛盯着她瞧。御林铁卫中,巴隆·史文爵士和柏洛斯·布劳恩爵士也在,但没有洛拉斯爵士的身影。提利尔家的人统统缺席,她猛然间意识到。但婚礼的宾客和见证人倒是不缺:太监瓦里斯、亚当·马尔布兰爵士、菲利普·福特爵士、波隆爵士、贾拉巴·梭尔,还有其他十来个显贵齐聚一堂。她看见咳嗽的盖尔斯伯爵,看见正在吸奶的艾弥珊德伯爵夫人,还看见坦妲伯爵夫人那个怀孕的女儿正在莫名其妙地哭泣。

她在哭啊,珊莎心想,等婚礼完毕,我就会和她一样了。

对珊莎而言,整个仪式犹如在梦中进行。她温顺地完成了所有的一切。祷告、宣誓和歌颂,一百根长蜡烛在燃烧,一百道跳动的光线由她朦胧的泪眼看来,竟成千万道花火飘摇。她裹着印有父亲纹章的衣服,没人注意到她在哭;又或者他们早看到了,只是假装不在意。在一片麻木中,换斗篷的时刻到了。

作为国王,乔佛里代替了父亲艾德·史塔克公爵的位置。当他的手摸到她的肩膀,朝斗篷的钩扣伸去时,她僵硬得像根长枪。一只手扫过乳房,在上面捏了一下,接着她的新娘斗篷便解开了,乔佛里将其优雅而夸张地扫下,露齿而笑。

他舅舅则没他这份从容。提利昂穿的新郎斗篷又厚又重,红天鹅绒上绣着无数狮子,边沿是金色缎子与红宝石。没人帮忙,没人搬来一张凳子,而新郎比新娘整整矮了一尺半。他走到她身后,珊莎感到他用力拉她的裙子。他要我跪下,想到这,她不禁面颊通红。事情不该这样的。她上千次梦见自己的婚礼,梦见自己的未婚夫强壮而挺拔,高高地站在面前,将自己的斗篷披在她肩膀,表示永远的守护。随后,他一边靠过来为她系钩扣,一边轻轻吻她。

她感到第二次的拉扯,这次更急迫。我才不跪呢!反正没人在乎我的感受。

侏儒第三次拉她。而她顽固地撅起嘴巴,假装不去在意。身后,有人嗤嗤窃笑。是太后,她心想,不过是谁都没关系。到最后,所有人都笑了,其中乔佛里最为响亮。"唐托斯,你给我趴在地上,"国王命令,"我舅舅爬不到新娘子身上去呢。"

结果她的夫君大人得站在弄臣背上为她系好代表兰尼斯特家族的绯红斗篷。

珊莎转过身去,发现侏儒朝上瞪着她,嘴巴抿紧,脸庞就跟她身上的斗篷一般红。突然间,她为自己的顽固而羞愧,于是抚平裙子,跪在丈夫面前,让两人的头颅处于同一高度。"经由这一吻,献出我的爱,愿你成为我的夫君和依靠。"

"经由这一吻,献出我的爱,"侏儒嘶哑地念诵,"愿你成为我的妻子和连理。"他倾身向前,四片嘴唇在空中轻轻一触。

他好丑啊。当他靠近时,珊莎想。他简直比猎狗还丑。

修士将水晶高高举起,虹彩光芒照在他们脸上。"在此,在诸神和世人的见证下,"他朗声道,"我庄严宣布,兰尼斯特家族的提利昂与史塔克家族的珊莎结为夫妻,从今以后,他们就是一个躯体,一个心灵,一个魂魄,直到永远。任何干涉他们婚姻的人,将受到无情的诅咒。"

她咬紧嘴唇,才没有哭出来。

婚宴在首相塔里的小厅召开,参加者约有五十,其中除了婚礼的见证人,还有兰尼斯特家族的封臣和盟友等。提利尔家的成员终于现身。玛格丽忧伤地看了她一眼,荆棘女王由左手和右手扶持着进入，脸上的神情当她是具业已入土的死尸，而埃萝、雅兰和梅歌则装做不认识她。这就是我的朋友，珊莎苦涩地想。

她的丈夫喝得多，吃得少。当有人上来送菜或恭贺时，他简短地点点头，此外大部分时间里，阴沉得像岩石一样。婚宴似乎没个完，珊莎半点胃口都没有。她只盼这一切早早结束，却又害怕一切结束的时刻——因为那个时候，就要闹新房了。男人们会把她背向婚床，沿途脱个精光，大声喧哗粗鲁的玩笑，描述她今晚的遭遇；而女人们会对提利昂做同样的事。人们玩够后，就让他俩赤身裸体地抱在一起，退到新房外看热闹，隔门叫嚣各种淫秽的语言。这是维斯特洛的婚俗，从小她就觉得十分地好奇、兴奋和期待，如今却只感到恐惧。他们脱她衣服时她一定会哭的，一旦自己听到第一声淫荡的调笑，眼泪必定会不争气地流出来。

听到乐师开始演奏，她胆怯地将手放在提利昂的手上："大人，我们是不是带领大家跳舞呢？"

他嘴唇扭了扭："我认为我们今天已经带给大家足够的娱乐了，你觉得呢？"

"遵命，大人。"她抽手回去。

于是，舞蹈改由乔佛里和玛格丽带领。这个怪物，怎能跳得如此优雅？珊莎忍不住想。她经常做白日梦，幻想自己如何在婚宴上雀跃跳舞，每双眼睛都注目她和她的白马王子。在梦中，人人脸上都洋溢着欢乐；而如今，竟连自己的丈夫也没有笑。

客人们纷纷加入国王和他的未婚妻的行列。埃萝和她年轻的侍从未婚夫跳舞，梅歌与托曼王子跳舞。黑头发、大黑眼睛的密尔美女玛瑞魏斯夫人舞动得如此煽情，吸引了厅内每个男人的目光。提利尔公爵夫妇跳得有条不紊。凯冯·兰尼斯特爵士邀请了提利尔公爵的妹妹，洁娜·佛索威夫人。梅内狄斯·克连恩和被流放的王子贾拉巴·梭尔一起下场，王子穿着一身夸张的羽毛服饰。瑟曦·兰尼斯特太后先和雷德温伯爵跳舞，随后与罗宛伯爵，最后又找到自己的父亲，首相大人跳得流畅沉稳、不苟言笑。

珊莎静静坐着，手放于膝，目睹太后又跳又笑，甩动金色的发卷。她好迷人，珊莎迟钝地想，我好恨她。于是她别过头，去看月童和唐托斯跳舞。

"珊莎夫人，"加兰·提利尔爵士走到高台下面，"能否有幸与您跳一曲？如果您夫君大人同意的话？"

小恶魔大小不一的眼睛往中间一挤："我的夫人想和谁跳就和谁跳。"

或许应该留在丈夫身边，可她实在太想跳……而且，而且加兰爵士是玛格丽、维拉斯和百花骑士的兄弟。"爵士先生，看到您的容颜相貌，我才明白人们为何称您为'勇武的'加兰。"她执起他的手，一边说。

"夫人过誉。其实，这外号是我哥维拉斯起的，目的是为了保护我。"

"保护您？"她不解地看着他。

加兰爵士笑道："当年我是个胖胖的小男孩，而我们有个叔叔就叫'粗胖的'加尔斯。为避免我将来和他一样，维拉斯替我取了这个外号。起初他还恶作剧地威胁我，要叫我'贫血的'加兰，'苦恼的'加兰和'丑陋的'加兰呢。"

想到这些甜美的玩笑，珊莎不由得微笑。她忽然荒谬地开心起来，感到未来毕竟还有希望——即便希望不大。她笑着，任由音乐引导自己，迷失在舞步中，迷失在笛子、竖琴和风笛的吹奏中，迷失在鼓点的节律中……舞蹈让他们接近，她时而倒进加兰爵士怀里。"我夫人很关心您。"他悄悄地说。

"莱昂妮夫人真是太好心了。请告诉她，我一切都好。"

"一个出嫁的新娘应该不止是'好'而已，"他语调温柔，

"您看起来都快哭了。"

"这是欢乐的眼泪，爵士先生。"

"您的眼睛泄露了一切。"加兰爵士带她转了一圈，将她拉近，"夫人，我见过您看我弟弟的目光。洛拉斯既勇敢又英俊，是我们家里的骄傲……但您的小恶魔才是丈夫的料，请相信我，他比看上去要高大得多。"

珊莎还来不及回答，音乐的变换便将两人分开。这一次的舞伴是红面孔、汗水淋漓的梅斯·提利尔，接着是玛瑞魏斯夫人，再下来是托曼王子。"我也想结婚，"胖胖的九岁小王子叫道，"我比我舅舅高呢！"

"是啊，小家伙。"分开前珊莎告诉他。后来，凯冯爵士赞她美丽，贾拉巴·梭尔用她听不懂的盛夏群岛语言唧咕了半天，雷德温伯爵则祝愿她的婚姻快乐长久，并生出许多胖小子。再次换舞伴时，轮到她和乔佛里面对面。

珊莎立时僵硬，但国王紧握住她的手，将她拉近。"不用这么悲伤，我舅舅的确又矮又丑，但你可以来陪我。"

"你要和玛格丽结婚的！"

"国王可以随心所欲。我父亲就和许多妓女睡过。从前有个伊耿国王也这么做——似乎是伊耿三世，或者四世——他有许多妓女和许多私生子。"他们随音乐旋转，乔佛里给了她湿湿的一吻，"只要我开口，我舅舅就会把你送到我床上。"

珊莎拼命摇头："不，他不会的。"

"他当然会，否则我要他脑袋。从前那个伊耿国王就是这样，不管别人结没结婚，想要谁就要谁。"

谢天谢地，换舞伴的时间又到了。可她的脚僵成了木头，随后的罗宛伯爵、塔拉德爵士和埃萝的侍从未婚夫定然以为她是个特别蹩脚的舞伴。最后她重新轮到加兰爵士，幸运的是，舞蹈就在这时结束。

她的宽慰没有维持片刻,当乐声渐息,只听乔佛里大声嚷道:"闹新房的时间到了!让我们脱她的衣服,看看这头母狼拿什么和我舅舅交配吧!"其他人纷纷高声附和。

她的侏儒丈夫将目光缓缓地从酒杯间抬起来:"我不要闹新房。"

乔佛里一把抓住珊莎的胳膊:"必须!这是我的命令!"

小恶魔将匕首猛然插进桌子,握柄不住颤动。"很好,那你自己闹新房时就得装个假鸡巴去了,我会阉了你,我发誓。"

一阵骇然的沉默。珊莎想从乔佛里身边离开,但他握住不放,撕裂了她的袖子。没人听见,没人在意。只见瑟曦太后转向她的父亲:"您听见他的话了么?"

泰温公爵站起身来:"闹新房的事,我们可以商量。但是,提利昂,我不许你口出狂言,涉及国王的人身安全。"

她看见丈夫脸上青筋暴突。"我失言了,"他最后说,"这是个差劲的玩笑,陛下。"

"你竟敢威胁要阉割我!"乔佛里尖叫。

"是啊,陛下,"提利昂说,"我好嫉妒您高贵的命根子,因为我自己的又短又小呢。"他邪恶地望着外甥:"噢,我又放肆了,请您别割了我舌头,否则我真不知该拿什么来满足您赐给我的娇妻哟。"

奥斯蒙·凯特布莱克爵士忍俊不禁,其他人也窃窃偷笑,只有乔佛里和泰温公爵没有表情。"陛下,"首相大人说,"您瞧瞧,我儿子醉得一塌糊涂。"

"是的,"小恶魔承认,"但没有醉到不能上床的地步。"他跳下高台,粗鲁地夺过珊莎的手。"来吧,老婆,该我撞开你的城门啰。今晚,让我们好好玩玩城堡游戏。"

珊莎羞红了脸,任侏儒带她走出小厅。我能有什么选择?提利昂走路的姿势简直就是古怪的蹒跚,尤其是像现在这般走得飞快的时候。诸神保佑,乔佛里或其他人没有跟上来。

由于他们是新婚夫妇,因此特别腾出首相塔高层一间大卧室供他们使用。进房后,提利昂一脚将门踢上。"珊莎,餐具柜里有一壶上好的青亭岛金色葡萄酒,请给我倒一杯,行么?"

"这样好吗,大人?"

"没有比这更好的了。你瞧,我其实没有醉,但我真的想喝醉。"

珊莎拿出两个杯子,一人倒满一杯。如果我也喝醉,会不会比较容易些?她坐在巨大的遮罩床边,狠狠吸了三口,喝掉半杯。酒是佳酿,但她紧张到品不出滋味,只觉头脑发晕。"您要我脱衣服吗,大人?"

"提利昂。"他抬起头,"我叫提利昂,珊莎。"

"提利昂。大人,您要我自己脱衣服,还是您帮我脱?"她又咽下一口酒。

小恶魔转头不看她:"我头一次结婚时,由一个喝醉酒的修士主持,一群猪作见证。我和我老婆就让我们的证人来操办婚宴。泰莎喂我骨头,我从她手上舔油脂,吃饱喝足后,我们笑闹着滚到床上……"

"您结过婚?抱歉,我……我忘了。"

"你什么也没忘,因为我从没给人讲过。"

"您夫人是谁,大人?"珊莎不由得好奇。

"我的泰莎夫人,"他嘴唇扭曲,"来自西维费斯家族(注:SILVERFIST,意为一把银币),他们家族的纹章是染血床单上的一百零一枚钱币——百枚银币和一枚金币。我们的婚姻非常短暂……或许正与侏儒的身高相称吧。"

珊莎望着自己的手，什么也说不出来。

"你多大了，珊莎？"过了一会儿，提利昂问。

"十三岁，"她说，"还差半个月。"

"诸神慈悲，"侏儒又灌了一大口酒，"好吧，说话也不会让你长大。那么，夫人，我们可以继续么？你愿意么？"

"只要我丈夫开心，我什么都愿意。"

听到这话，他似乎很生气。"你把礼貌当城墙，将自己藏在后面。"

"礼貌是贵妇人的盔甲。"珊莎回答。这是茉丹修女经常的教诲。

"我是你的丈夫。你应该把盔甲脱掉。"

"您要我脱衣服吗？"

"没错，"他推开酒杯，"我的父亲大人明令我必须完成这桩婚事。"

她开始脱衣服，手不住颤抖，好像没有指头，只剩十根残废的拇指。最后她终于勉力解开扣子和衣带，任斗篷、裙服、腰带和衬裙滑到地上。接着脱内衣，手臂和大腿都起了鸡皮疙瘩。她望向地板，羞得不敢看丈夫，等脱光后才扫了一眼，发现他正目不转睛地瞪着她瞧。碧眼里闪动着饥渴，黑眼里则是怒火。珊莎说不准哪边更可怕。

"你还是个孩子。"丈夫道。

她用双手遮住乳房："我有月事了。"

"你还是个孩子，"他重复，"但我想要你。你害怕吗，珊莎？"

"怕。"

"我也害怕。我知道我很丑——"

"不，我的夫君——"

他站起来:"不用说谎,珊莎,我明白自己是个畸形儿,长得可怕又丑陋,身材矮小得不成比例,可是……"她听见他吞了吞口水。"……可是,只要在床上,吹灭蜡烛,我就和其他男人一样强。吹灭蜡烛,我就是你的百花骑士。"他又灌下一口酒,"我很慷慨,对忠实于我的人,都会回报以忠实。你瞧,打起仗来我不是懦夫,用起脑子也不差——至少,这点小聪明应该得到肯定吧。再说,我这个人还算温柔,温柔可不是我们兰尼斯特家族的禀性呢,但我知道自己能做到。我可以……我可以当你的好丈夫。"

他和我一样害怕,珊莎终于明白。或许该对他好一点,但她实在做不到。在她心底,能感觉到的只有丝丝怜悯,而怜悯是欲望的毒药。他定定地望着她,期盼她说些什么,但她什么也说不出来。她只是浑身发抖地站着。

当他清楚她不会给他任何答案时,提利昂·兰尼斯特一口喝干了所有的酒。"我明白了,"他痛苦地说,"上床吧,珊莎。我们必须履行责任。"

她爬上羽床,觉察到他继续瞪着她。床边小桌上燃着一支加香料的蜂蜡烛,被单间撒了无数玫瑰花瓣。她牵起毯子,想盖住身体,只听丈夫道:"不。"

她觉得很冷,但还是顺从了,同时闭上眼睛,静静地等待。过了片刻,她听见丈夫脱下鞋子,随后是脱衣服的沙沙声。当他跳上床,将手放到她乳房上时,珊莎再次发起抖来。她紧紧闭上眼睛,每块肌肉都紧绷,内心恐惧着即将发生的事。他会再摸她吗?会吻她么?她应该打开双腿吗?她不知该怎么做。

"珊莎,"丈夫的手放开了,"请你睁开眼睛。"

她必须顺从丈夫的,于是她睁开眼睛。只见对方裸着身子坐在她脚边,双腿交接的地方,又长又硬的男根从一丛粗厚的金毛丛中伸出来——那也是他全身上下唯一挺拔的地方。

"夫人，"提利昂开口，"别误会，你真的非常可爱，可我……我做不到。唉，我父亲真是个混蛋！没关系，我们可以等，一月，一年，一个季节，无论多久。等你了解我、相信我的时候再做吧。"他笑笑，似乎想让她安心，可没鼻子的脸却更可怕和古怪了。

看着他，珊莎告诉自己，看着自己的丈夫，好好了解他。茉丹修女说过，每个男人都有其可爱之处，去发现他的优点吧，努力观察。于是她瞧向丈夫矮短的双腿、浮胀的额头、一碧一黑的眼睛和满头满脸的金发金须。好丑哦，连他的男根也一样，又大又长，脉络突出，带一个涨成深紫色的头。不对，不对，他哪有一点美？我到底造了什么孽，上天要我嫁给他？

"以我身为兰尼斯特的荣誉，"小恶魔道，"我发誓，在你心甘情愿接受我之前，我决不碰你。"

她鼓起所有勇气，望向丈夫那对大小不一的眼睛："大人，如果我说永远也不行呢？"

他嘴唇抽搐，好似她甩了他一巴掌："永远也不行？"

她脖子僵硬，连自己也不明白到底点头了没有。

"原来如此，"他说，"原来如此，这就是诸神造妓女的原因吧。"他将粗短的指头握成拳，从床上爬了下去。